# Zakochać się na zabój

# MAX MONROE

# *Zakochać się na zabój*

Przełożyła
Katarzyna Agnieszka Dyrek

**FILIA**

Tytuł oryginału: Banking the Billionaire

© 2016, Max Monroe

Copyright for the Polish edition © 2018 by Wydawnictwo FILIA

Wszelkie prawa zastrzeżone

Żaden z fragmentów tej książki nie może być publikowany
w jakiejkolwiek formie bez wcześniejszej pisemnej zgody Wydawcy.
Dotyczy to także fotokopii i mikrofilmów oraz rozpowszechniania
za pośrednictwem nośników elektronicznych.

Wydanie I, Poznań 2018

Projekt okładki: Olga Reszelska
Zdjęcie na okładce: © Vstock LLC/Getty Images

Przekład: Katarzyna Agnieszka Dyrek
Redakcja, korekta, skład i łamanie: Editio

ISBN: 978-83-8075-383-9

Wydawnictwo FILIA
ul. Kleeberga 2
61-615 Poznań
wydawnictwofilia.pl
kontakt@wydawnictwofilia.pl

Druk i oprawa: Abedik SA

*Do Cassie i Thatcha: Jesteście łajzy.*
*Sprostowanie: My też jesteśmy łajzy.*
*Kochamy Was!*

# WPROWADZENIE

Nazywam się Thatcher Kelly.

Ukończyłem Harvard.

Jestem konsultantem finansowym Brooks Media i jej spółek zależnych, a także kilku innych firm znajdujących się w rankingu pięciuset najbogatszych w Stanach.

No co? Brzmi znajomo? Pieprzyć to.

Nic nie poradzę, że Kline był pierwszy i podwędził mi najlepsze teksty.

Wartość netto: jeden koma dwa miliarda dolarów. Tak, perfekcyjny Kline ma więcej siana, ale to ja trzymam ręce na wielu innych rzeczach. Ważniejszych rzeczach.

Okej, może nie ważniejszych, ale fajniejszych, bo na... cipkach. Trzymam ręce na cipkach.

Spoko, żartuję. Tak jakby.

Jestem człowiekiem o wielu talentach i jak można by się spodziewać, najbardziej interesuje mnie praca.

Jestem uzależniony od adrenaliny. Wzrosty i spadki, nurkowanie czy wspinaczka – orgazmy. Jeśli cokolwiek sprawi, że ściśnie mi się żołądek, a serce podejdzie do gardła, po czym całe ciało zaleje przyjemność – piszę się na to.

Jestem chłop jak dąb, choć wolę działać niż po prostu stać.

Wyjść z domu, zabawić się, korzystać z pieprzonego życia.

Zapewne nie będzie zaskoczeniem, że jestem znany jako uwodziciel kobiet. Szczerze mówiąc, nie zamierzam za to przepraszać. Bez względu na czas, jaki z nimi byłem – długo czy krótko – wszystkie coś dla mnie znaczyły i nauczyły mnie też czegoś o życiu lub o sobie samym, z czego nie chciałbym rezygnować.

Pragnę jednak zaznać również takiej monogamii, jakiej fanem jest mój przyjaciel Kline. Chcę znaleźć osobę, która się wysili, by mnie poznać i będzie chronić, gdy sam nie będę do tego zdolny. Osobę, która dąży do tego, by jak najpełniej przeżyć dany jej czas – ale zapragnie również przeżyć go ze mną.

Podsumowując, jestem elastyczny. Składa się na mnie nieprzeciętna kombinacja nieprzyzwoitego poczucia humoru i szczerych uczuć, więc można zagłębiać się w moim wnętrzu bez końca, a i tak nikt nie dokopie się do samego dna.

Przynajmniej tak było do czasu, aż nie poznałem Cassie Phillips.

Szalonej, wymagającej i mocno nieprzyzwoitej kobiety.

Kobiety, która ma także najczulsze nieskrępowane serce, a podbicie go stało się moim nadrzędnym celem – chciałbym znaczyć coś dla kobiety, która już tak wiele znaczy dla mnie.

A ponieważ jestem facetem, który w tym samym pieprznonym czasie pragnie szaleństwa i zaangażowania, możecie się spodziewać dość wyboistej drogi z piekła rodem.

Panie i panowie, zapnijcie pasy.

Oto nasza historia.

# ROZDZIAŁ 1

## CASSIE

Promienie słońca chylącego się nad oceanem ku zachodowi skąpały Key West w odcieniach różu i pomarańczu. Pstryknęłam kilka ostatnich zdjęć i odsunęłam aparat od twarzy. Dwunastu szalenie seksownych modeli pozowało na piasku, prężąc mokre od wody muskuły, prezentując wysportowane sylwetki odziane jedynie w najnowszą kolekcję kąpielówek od znanego nowojorskiego projektanta Fredricka La Hue.

Tak, miałam bardzo trudne życie.

– Dobra, chłopcy, kończymy na dzisiaj – powiedziałam, podnosząc się i otrzepując kolana z piasku. – Dziękuję wszystkim za świetną robotę. Jeśli ktoś jest spragniony, a wiem, że większość z was by coś chlusnęła, zapraszam do baru Sloppy Joe. Ja stawiam. – Modele i moja załoga zaczęli się cieszyć, na co się uśmiechnęłam. – Wiedzcie, że ta cholerna sesja zdjęciowa właśnie dobiegła końca! – wykrzyknęłam. Odpowiedział mi rozentuzjazmowany chór głosów, więc poszłam do namiotu, by podłączyć aparat do laptopa.

Na ekranie pojawiła się siatka utworzona z setki miniatur fotografii czekających tylko na kliknięcie. Zaznaczyłam więc wszystkie i przeniosłam do programu edytującego.

Trudno mi było zapanować nad podnieceniem, gdy przeglądałam surowy materiał, jaki udało mi się przygotować. To był zdecydowanie długi dzień, ponieważ pracowałam od wschodu aż do zachodu słońca, wiedziałam jednak, że gdy zakończę magiczną obróbkę, Fredrick będzie wniebowzięty na widok seksownych fotek, które mu wybiorę.

Ze stołu z przekąskami porwałam butelkę wody, a kiedy wróciłam do komputera, zastałam przy nim moją asystentkę Olivię przeglądającą fotki. Dziewczyna spojrzała na mnie znad ekranu i wyszczerzyła zęby w uśmiechu.

– Są fantastyczne, Cass.

– Dzięki. Myślę, że Fredrickowi naprawdę się spodobają. Pokocha gromadę dobrych, prawie nagich facetów. Kto by nie lubił takiego widoku?

Olivia parsknęła śmiechem i przerzuciła zdjęcie.

Współpracowałam z nią już od kilku lat, doceniałam jej pomoc. Stała się nie tylko moją przyjaciółką, ale też uczennicą, bo postanowiłam wziąć ją pod swoje skrzydła i nauczyć wszystkiego, co wiedziałam o fotografii. Ten temat bardzo ją interesował, więc miałam nadzieję, że pewnego dnia, z moją pomocą odnośnie techniki i etyki zawodowej, z asystentki awansuje na fotografa.

Joshua, mój ulubiony makijażysta i patologiczny flirciarz, zerknął Olivii przez ramię i szturchnął ją biodrem, spychając z miejsca. Niewiele czasu zajęło mu, by wetknąć ciekawski nos w moją prywatną kolekcję zdjęć.

– Chwila... co to? Nie pamiętam tych fotek.

Wszedł w katalog, w którym znajdowały się ujęcia drużyny rugby Kline'a, Thatcha i Wesa, co rozbudziło pożądanie w oczach chłopaka. Uśmiechnęłam się na wspomnienie tej sesji, która miała miejsce kilka tygodni przed ślubem Georgii i Kline'a. Wpadłyśmy na trening chłopaków, bo później mieliśmy iść na kolację i nie muszę chyba mówić, że apetyczni faceci grający w rugby sprawili, że dziękowałam bogom, iż wzięłam ze sobą aparat.

Joshua wskazał na zdjęcie Thatchera, którego wysokiej, umięśnionej sylwetki nie dało się przegapić. Idealnie wyrzeźbione seksowne ciało mężczyzny ubranego jedynie w czarne spodenki zajmowało tak wiele przestrzeni, że niemal nie mieściło się w kadrze. Włosy miał mokre od potu i stał z rękami na biodrach, szczerząc zęby do obiektywu jak jakiś zadziorny sukinsyn.

– O Boże – sapnął Joshua. – Kto to?

– Thatch.

– Czy to jakaś odlotowa ksywka?

Pokręciłam głową, śmiejąc się.

– Nie, to zdrobnienie jego imienia. Nazywa się Thatcher` Kelly – wyjaśniłam, nim mruknęłam pod nosem: – Chociaż mógłby to być synonim seksownego ciacha. Boże, tak. – Wpatrywałam się w zdjęcie. – Z pewnością.

Joshua westchnął.

– Ma kogoś?

Pytanie to przez ułamek sekundy było dla mnie dziwne, ale zaraz niepewność minęła. Uśmiechnęłam się.

– O nie, jest bardzo samotny.

Przecież nie miał nikogo na stałe, więc – ściśle rzecz biorąc – był samotny, czyli nie skłamałam. Zapomniałam jednak dodać, że nie leciał na facetów.

Joshua wpatrywał się nieprzerwanie w fotografię, nim zapytał:

– Mógłbym dostać jego numer?

Nie wahałam się ani chwili. Przecież mówiliśmy o Thatchu, a nie przepuściłabym żadnej okazji, by wywinąć mu jakiś numer.

– Daj mi swoją komórkę.

Podał mi telefon, a ja z przyjemnością wpisałam mu do kontaktów numer Thatcha. Postanowiłam się nie zastanawiać, dlaczego znałam go na pamięć.

– Cholera, chcę tego gościa – powiedział Joshua, nadal wpatrując się w ekran mojego komputera, zanim przeniósł wzrok na wyświetlacz swojej komórki.

Przechyliłam głowę na bok.

– Wydawało mi się, że z kimś się spotykasz.

Chłopak się skrzywił.

– Spotykałem się, ale najwyraźniej jestem zbyt wielką przylepą.

– Olej tego typa. To jakiś dupek.

– Tak – mruknął. – Dupek, w którym się zakochałem. Do diabła, wciąż go kocham. Chciałbym, by moje serce zapomniało już o jego istnieniu.

Pokręciłam głową z niewielkim współczuciem – niewątpliwie brakowało mi empatii.

– Rety, miłość to złośliwa zdzira, co?

Joshua zachichotał.

– I mówi to dziewczyna, która nigdy nie miała nikogo na stałe.

Uśmiechnęłam się.

– Może jestem większą zdzirą niż miłość?

Ponownie spojrzał na swój telefon, a jego spojrzenie się rozpromieniło.

– A pieprzyć to, raz się żyje, zadzwonię do tego seksownego skurczybyka.

Zanim zdołałam go powstrzymać – choć tak naprawdę tego nie chciałam, bo nie mogłam przegapić takiej okazji do żartu – kliknął numer Thatcha i dał rozmowę na głośnik.

Trzy sygnały później głęboki głos, od którego zapulsowała moja szparka, wypełnił namiot.

– Thatch.

– Czy to Thatcher Kelly? – zapytał z uśmiechem Joshua, patrząc mi w oczy.

Zapewne powinnam czuć się źle z powodu rzucenia chłopaka wilkom na pożarcie, ale, rany, trudno było nie skręcać się ze śmiechu na myśl o rozwoju sytuacji.

– To ja – odparł autorytarnie i cholernie seksownie Thatch. Moja cipka zaczęła się dosłownie zwijać.

*Boże, nie ciesz się tak, ty sprośna lafiryndo* – zbeształam ją w myślach. – *W tej rozmowie telefonicznej chodzi o wygłupy, nie flirtowanie.*

– Cześć – wymruczał seksownym głosem mój makijażysta w kierunku komórki. – Z tej strony Joshua, mamy wspólną koleżankę.

– A kim jest owa wspólna koleżanka? – zapytał otwarcie, choć też ostrożnie, Thatch. Wiedziałam, że pomimo krzykliwej osobowości był dość skrytym facetem.

– Cassie Phillips.

Thatch zaśmiał się gardłowo, aż stwardniały mi sutki.

– Tak, znam Cassie. – Wyczuwałam, że miał na myśli sens biblijny, bo dobrze wiedziałam, że wcale mnie tak dobrze nie znał.

– Pokazała mi kilka twoich zdjęć i muszę przyznać...

– Cassie ma w aparacie moje zdjęcia?

– Tak, kochany, pewnie, że ma. Bez koszulki i nie potrafię zaprzeczyć, że jestem tobą zainteresowany.

– Jesteś zainteresowany? – W głosie Thatcha pobrzmiewała dezorientacja.

– Tak. Bardzo zainteresowany. Cassie wspomniała też, że jesteś wolny. I, cóż, ja też jestem wolny. Myślę, że moglibyśmy to wykorzystać. Tak się zastanawiałem, czy może miałbyś ochotę na drinka?

– I Cassie powiedziała ci, że też byłbym zainteresowany?

Joshua łypnął na mnie, ale nie zawahał się przy odpowiedzi:

– Nie dosłownie, ale tak.

Z głośnika popłynął cichy śmiech.

– Joshua, miło mi się z tobą rozmawia, ale będę miał poważny problem z tym scenariuszem.

– O – jęknął mój makijażysta. – A jakiż to?

– Tak jakby wolę gadające cycki, a właścicielka takowych jest dosłownie zakochana w moim fiucie.

– Wcale nie kocham twojego fiuta, gnojku – odparłam, na co Olivia i Joshua od razu na mnie spojrzeli.

Chłopak wpatrywał się we mnie przez dłuższą chwilę, nim w końcu pokazał mi środkowy palec.

– Jesteś większą zdzirą niż miłość – powiedział z uśmiechem, podając mi telefon i szepcząc do ucha: – Lecisz na niego, mała krętaczko. I nawet nie myśl, że zapomnę o tej rozmowie. Jesteś moją dłużniczką, Phillips. Wisisz mi sporą przysługę.

Roześmiałam się i pokręciłam głową.

– Nie, tylko się z nim droczę. I o jak sporej przysłudze mówimy?

– O nowym chłopaku z dwudziestopięciocentymetrowym wężem w spodniach.

– Dwudziestopięciocentymetrowym? – Wytrzeszczyłam oczy. – Dasz radę z czymś takim?

– O tak. Mam bardzo głębokie gardło. – Joshua puścił do mnie oko. – A tak przy okazji, to jesteś kłamczuchą. Chcesz tego wielkiego, złego faceta między swoimi udami – dodał szeptem, nim przeszedł do drugiego namiotu, by pozbierać sprzęt.

Wyłączyłam głośnik, po czym głęboki głos Thatcha wypełnił moje ucho.

– Wiesz, że nie musisz wymyślać tych skomplikowanych podchodów, by usłyszeć mój głos, kociaku. Subskrypcja wiadomości, a teraz to? Wydaje się, że to sporo zachodu, choć przecież możesz zadzwonić do mnie, kiedy ci się żywnie podoba.

– Pa, Thatcher – pożegnałam się z irytacją, choć tak naprawdę nie byłam wkurzona. Dzięki fotografii i ochrypłemu śmiechowi tego mężczyzny pochłonęło mnie wyobrażanie sobie, jak jego długi pociąg wjeżdża do mojego tunelu.

– Bądź grzeczna, Cassie.
– Jak zawsze.
Roześmiał się.
– Jakoś trudno mi w to uwierzyć. Powiedz koledze, że doceniam telefon i propozycję. Gdybym nie leciał na babki, zaprosiłbym go na przyzwoitą kolację, drinka, a następnie do siebie, by pieprzyć go do utraty tchu.
– Opisujesz mi tu niezłą randkę. Jesteś pewien, że nie dasz mu szansy? Kto wie? Może polubisz parówki?
– Myślisz? – zapytał, wchodząc w rolę, choć oboje dobrze wiedzieliśmy, że jeśli Thatcher Kelly na coś leciał, to były to cipki.
– Kiedy pozwoliłam ci się pocałować, działy się dziwne rzeczy.
Jego głos opadł o kilka oktaw.
– Masz na sobie biustonosz?
– A co to ma z czymkolwiek wspólnego?
– Noszenie biustonosza zawsze ma wszystko ze wszystkim wspólne. To nieustannie dobry temat.
Pokręciłam głową, ale spojrzałam na swoją koszulkę.
– Nie powinno cię to zaskoczyć, ale nie, nie mam.
Jeśli Thatcher Kelly cokolwiek uwielbiał, były to moje cycki. Z tego, co wiedziałam, był prezesem fanklubu moich zderzaków.
– Tak, staje mi na samą myśl. Można powiedzieć, że pręży się jak dzida.
– Spadaj z tym swoim wzwodem, Thatch.
– Przyjedź i mi z nim pomóż – rzucił wyzwanie.
– Cudna propozycja, ale nie ma mnie w Nowym Jorku.

– A gdzie jesteś?
– Na Key West.
– A kiedy wracasz?
– Dopiero za kilka dni – odpowiedziałam zgodnie z prawdą.
– Powinnaś zadzwonić, gdy będziesz w mieście.
– Tak? Powinnam? A niby dlaczego?
– Bo nie możesz przestać o mnie myśleć.

Zapatrzyłam się na ciemniejący ponad oceanem horyzont. Nie mogłam zaprzeczyć, że miał trochę racji. Niemal dwa miesiące temu spędziliśmy razem nieco czasu, pilnując kota Kline'a i Georgii, podczas gdy tych dwoje pieprzyło się jak króliki w podróży poślubnej na Bora Bora.

Pilnowanie zmieniło się w poszukiwania, gdy Walter zniknął nam na kilka dni, w czasie których Thatcher zaczął do mnie uderzać. Po wszystkim nawet dzwoniłam do niego okazjonalnie i wysyłałam wiadomości, żeby zapytać, co u niego słychać.

Było to do mnie zupełnie niepodobne i zaczynałam się zastanawiać, czy nie musiałam znaleźć sobie kogoś do łóżka, by o nim zapomnieć.

– Nic mi o tym nie wiadomo – odpowiedziałam sceptycznie. – Niedawno widziałam nowego *Supermana* i moje fantazje zajmuje w tej chwili Henry Cavill.

– Piszę się na odgrywanie ról, kociaku. Jeśli cię to kręci, założę wackowi pelerynę.

To była całkiem seksowna wizja.

– A może cię spuszczę po brzytwie.

– Nie spuścisz, bo będę zajęty pożeraniem twojej babeczki, a spuszczanie zostaw dopiero na drugą randkę.

Boże, był królem ciętych ripost. Zapewne powinno mnie to wkurzyć, ale działo się inaczej. Zbyt mocno bawiły mnie takie słowne przepychanki.

– Znów googlowałeś potencjalne odpowiedzi? – droczyłam się.

– Z wielkim penisem wiąże się wielka odpowiedzialność, kociaku.

Roześmiałam się.

– Boże, to okropne.

– Popraw mnie, jeśli się mylę, ale wiem, że chcesz, bym ponownie cię pocałował.

Tak, całowaliśmy się. Raz. Byłam pewna, że zrobił to tylko po to, by zamknąć mi usta, jednak nie pozostał mi po tym niesmak, chociaż Thatch mnie irytował, zachowując się tak, jakby ten pocałunek był częścią gry. Normalnie nie byłam wrażliwa, dałam się jednak porwać tamtej chwili, póki brutalnie nie sprowadził mnie na ziemię. Gnojek.

– Rozłączam się już.

Zaśmiał się.

– Dobra, dobra. Zadzwoń, gdy wrócisz.

– Pomyślę o tym.

– Pomyślisz? – powtórzył. – Cholera, to o wiele lepsza odpowiedź niż ostatnio, gdy cię o to prosiłem.

Uniosłam brwi.

– A co ci ostatnio powiedziałam?

– Że strzelisz mnie z liścia w krocze.

– Nie martw się, T. Wykombinuję coś, by zrobić i to.

Jego głęboki śmiech był ostatnim, co słyszałam, nim się rozłączyłam.

Dopiero wtedy uświadomiłam sobie, że niechcący wyraziłam chęć spotkania się z nim, ponieważ bez względu na moje plany strzał z liścia w krocze wymagał mojej fizycznej obecności przy nim.

# ROZDZIAŁ 2

## THATCH

Czterdzieści lat małżeństwa moich rodziców i trzydzieści pięć lat mojego życia sprowadziły mnie do rodzinnego miasta Frogsneck w stanie Nowy Jork. Rodzice świecili przykładem idealnego zaangażowania w związek małżeński, świętowanie ich rocznicy wiele dla mnie znaczyło. Byli najlepsi – troskliwi, lojalni i szczerzy do bólu.

Jednak nienawidziłem, jak ludzie w tym mieście patrzyli na mnie i na moich rodziców, co od lat pozostawało niezmienne.

Ich opinia często opierała się na domysłach, które, niestety, przeważnie odbiegały od rzeczywistości.

Wiedziałem, że po przyjęciu nie powinienem pojawiać się w lokalnym barze. Doświadczenie powinno mnie tego nauczyć i przełożyć się na pozostanie w domu rodzinnym, ale tak się nie stało.

A teraz, gdy drzwi otworzyły się, ujawniając jedno z najgorszych wspomnień ze szkoły średniej, musiałem stawić czoła konsekwencjom.

– Cześć Ryan, widziałeś, kto się pojawił? – zapytał Johnny Townsend swojego kumpla Ryana Fondlana.

Przez wiele lat mojej młodości sam dźwięk imienia Johnny'ego sprawiał, że krew szybciej krążyła mi w żyłach. Chyba częściowo z tego powodu nie znosiłem kolegi z drużyny rugby, który miał na imię John. BAD była drużyną, w której w weekendy graliśmy z Kline'em i Wesem, niedorzecznie pozwalając nazywać się „bogatymi, złymi chłopcami". Drużynę sponsorowała restauracja Wesa o nazwie BAD. To cholernie zła nazwa dla restauracji, ale kumpel sporo na niej zarabiał. Pomagało mu zapewne również to, że był właścicielem drużyny futbolowej i jadało u niego wielu sportowców.

W rugby grał z nami też John, z którym ściąłem się już zbyt wiele razy. Cholera. Na następnym treningu zapewne będę musiał się postarać nie być aż takim fiutem.

– Johnny... – próbował przerwać Ryan, ale na nic się to zdało.

Ryan zawsze łagodził chamskie docinki Johnny'ego, skrzywiłem się więc, widząc, że po tylu latach nic się w tym względzie nie zmieniło.

– Niemal nie mogłem uwierzyć własnym oczom. Taka szycha jak Thatcher Kelly w barze Lepki Ogórek? Trochę dziwne – skomentował Johnny, próbując mnie wkurzyć. Zaczął grać mi na nerwach w pierwszej klasie liceum, kiedy byłem dzieciakiem z nadwagą. Nie miałem kompleksów, ale on z przyjemnością próbował je we mnie rozbudzić. Sytuacja drastycznie się zmieniła, gdy zaledwie dwa lata później urosłem o trzydzieści centymetrów, a do mojej sylwetki przybyło dwadzieścia kilo mięśni.

– Spokojnie, John – zasugerował Ryan. – Usiądź sobie i zamów drinka. – Następnie zwrócił się do mnie: – Cześć,

Thatch – powitał mnie z grymasem, zajmując miejsce obok, żeby oddzielić Johnny'ego ode mnie (co było mądre, choć nie powstrzymało tamtego przed łypaniem na mnie złowrogo). – Co tam słychać?

– Wszystko spoko – odparłem szczerze, ale nie rozwodziłem się nad tematem, pragnąc, by rozmowa była jak najmniej bolesna. Upiłem łyk piwa. Normalnie nie byłem wielkim fanem złotego trunku, ale dziś gładko przechodził mi przez gardło.

– Sporo czasu cię tu nie widzieliśmy – ciągnął.

– No.

– Nie tęsknisz za domem? – zapytał, a Johnny się skrzywił.

– Oczywiście, że nie tęskni. Jest za dobry, żeby przyjeżdżać w takie miejsce.

Zacisnąłem usta i zrobiłem, co w mojej mocy, by zignorować Johnny'ego i skupić się na rozmowie z Ryanem.

– Tak. Ale widuję się regularnie z bliskimi. Rodzice mnie odwiedzają, Frankie też jest w mieście. – Wzruszyłem ramionami.

– Frankie – powiedział Johnny pod nosem, czym po raz pierwszy naprawdę mnie dziś wkurzył.

– Pilnuj się – ostrzegłem, wstając. Zgrzyt drewnianych nóg stołka na podłodze zwrócił uwagę kilku klientów.

Ryan natychmiast stanął między nami.

– Ma kiepski wieczór, Thatch. Ostatnio się rozwiódł, a dziś jego żona wygrała opiekę nad dziećmi – szepnął.

Próbując uspokoić galopujące serce, ponownie usiadłem i machnąłem na barmana, by podał mi rachunek. Pójście do baru na piwko, by się zrelaksować, stało się dość stresujące.

– Jak się miewa Frankie? – zapytał Johnny. Próbowałem wziąć sobie do serca informacje przekazane przez Ryana i zignorować jego kumpla, modląc się w duchu, żeby barman pospieszył się z moim rachunkiem. Im szybciej stąd wyjdę, tym lepiej.

– Zamknij się, koleś – doradził Ryan, gdy ponownie wstałem. Nigdy nie byłem potulny, a tym bardziej nie teraz, gdy stałem się przeciwieństwem mięczaka. Miałem metr dziewięćdziesiąt sześć i ważyłem sto dwanaście kilo, więc praktycznie byłem dwa razy większy niż oni.

– Też się nie pokazuje – ciągnął niezrażony Johnny. – Ale na jego miejscu chyba też nie pojawiałbym się w domu. Pieprzony prosiak tarzający się we własnym gównie, trzymający się nogawki faceta, który zabił jego siostrę tylko po to, by nie wypaść z interesu.

Johnny wstał, a we mnie zawrzała krew, gdy z cwaniackim uśmieszkiem obszedł Ryana i stanął przede mną.

Jego szyderstwa przekształciły się w ostry jak nóż szept:

– Powiedz, Thatch, jak to jest uniknąć odpowiedzialności za morderstwo?

\*\*\*

Przyglądałem się, jak krew ze zranionej dłoni skapuje na betonową posadzkę. Za pomocą pięści szybko i skutecznie przedstawiłem Johnny'emu swoje zdanie, przez co znalazłem się w tym miejscu – niewielkiej, zimnej, betonowej celi.

Od strony prawnej pojedynczy cios nie stanowił wielkiego problemu, jednak walka, która rozpętała się pomiędzy resztą klientów baru już tak. Zgadywałem, że w starym cichym miasteczku jak to rozrywkę można było znaleźć dosłownie we wszystkim – nawet w bezzasadnej bójce na pięści.

– Kelly! – krzyknął szeryf Miller, wyrywając mnie z zamyślenia. – Rozmowa telefoniczna!

Skinąłem uprzejmie głową.

– Tak, proszę pana. – Wstałem z ławki, by wyjść z celi. Szeryf Miller popatrzył na mnie, gdy jego młody zastępca otwierał kratę. Jego spojrzenie było lekceważące, ale nie mogłem go za to winić. Przez lata poprzedzające mój wyjazd z Frogsneck przysporzyłem mu wielu problemów, a gdy wróciłem po dekadzie, przerabialiśmy powtórkę z rozrywki.

Mimo wszystko jako nieliczny spośród tutejszych szanował moich rodziców, więc robiłem, co mogłem, by okazać mu wdzięczność.

– Przepraszam za całe zajście, szeryfie.

– Tak – powiedział, śmiejąc się. – Jestem pewien, że ci przykro. Zapewne niezbyt wygodnie siedzi się w celi w tak kosztownym garniturze.

Puściłem to mimo uszu. Jego spojrzenie się zmieniło, choć moje pozostało niewzruszone. Być może błysnął w nim jednak szacunek.

– Nie, proszę pana. Jest mi przykro, że się tu znalazłem, bo w wieku trzydziestu pięciu lat powinienem umieć nad sobą panować. Tylko dlatego przepraszam.

– Wyobrażam sobie, że Margo jest dość czułym punktem – mruknął, dając znać, że znał prawdziwy powód zamieszania bez względu na to, co zeznali naoczni świadkowie. Właśnie dlatego był tak dobrym szeryfem.

Margaret, moja szkolna miłość, którą wszyscy nazywali Margo, umarła, spędzając ze mną weekend. Byłem jedynym, który widział całą tragedię. Ale, szczerze mówiąc, poradziłem sobie z tym. Nie zapomniałem o jej śmierci, nie zapomniałem o tym, co widziałem i, tak, zmieniło to moje życie, jednak nie wpływało na każdą decyzję. Nie zadręczałem się czymś, za co nie byłem odpowiedzialny. Niestety ludzie o ograniczonych umysłach mieli za dużo czasu, by dać temu spokój.

Oskarżenie o tak potworny czyn nigdy nie miało przejść bez konsekwencji – w podobnych sytuacjach wciąż nie potrafiłem wykazać się cierpliwością. Właśnie dlatego zazwyczaj nie pojawiałem się w mieście.

Nie podobało mi się też, że pierwsza wizyta po tylu latach wyszła aż tak przewidywalnie.

– Tak, proszę pana – odpowiedziałem szczerze.

– Zadzwoń sobie – polecił, wskazując miejsce, gdzie znajdował się telefon.

*Kurwa*. Można było powiedzieć, że technika mi w tej chwili nie sprzyjała. Na pamięć znałem jedynie numer telefonu rodziców. Cóż, i jeszcze jeden. Roześmiałem się w duchu, przypominając sobie powód, dla którego się go nauczyłem. „Ostatnie cztery cyfry są w parach", powiedziała zadziorna Cassie Phillips w mojej głowie. „Jak bardzo to zajebiste?". Było to niedorzeczne, ale i tak zapamiętałem.

– Szeryfie…

– Czego? – warknął. Super. Przez chwilę się szanowaliśmy, a teraz to zniszczyłem. Po prostu zajebiście.

– Mógłbym zerknąć do swojej komórki, by spisać numer? Na pamięć znam tylko jeden... – zacząłem kłamać.

– Więc pod niego zadzwoń, Kelly – przerwał mi.

Skrzywiłem się, ale się nie poddałem:

– Przykro mi, ale to numer telefonu rodziców, a, szczerze mówiąc, wolę siedzieć tu przez całą wieczność niż zrujnować im obchody czterdziestej rocznicy ślubu.

– Dobra – zgodził się.

Westchnąłem z ulgą.

Jednak stan ten był krótkotrwały.

– Żadnego dzwonienia. Wracaj do celi.

*Cholera!* Zastępca ponownie otworzył kratę i gestem zaprosił mnie do środka. Kiedy posadziłem tyłek na zimnej ławce, z irytacją oparłem głowę o betonową ścianę.

Miałem tu zgnić. Szeryf Miller zatrzyma mnie już na zawsze. *Super ci poszło, złotousty.*

Johnny uśmiechał się drwiąco z drugiej strony celi, póki nie uświadomił sobie, że nie oddzielały nas od siebie żadne kraty.

– Townsend! – krzyknął szeryf. – Twoja kolej na dzwonienie!

Johnny wstał i bez słowa podszedł do telefonu. Pięć minut temu powiedziałbym, że z naszej dwójki to ja byłem mądrzejszy, ale teraz powątpiewałem w to.

Zamknąłem oczy i próbowałem pogrążyć się we śnie lub szczęśliwych myślach, w zależności, co przyszłoby pierwsze. Myślałem, że zobaczę w wyobraźni zielonooką dziewczynę z przeszłości, przez którą tak dziś cierpiałem, ale się pomyliłem. W mojej głowie ożywił się obraz błękitnych i psotnych tęczówek od miesiąca regularnie goszczących w moich fantazjach.

Ja pierdzielę, więzienie nie było dobrym miejscem, by przypominać sobie o tych fantazjach.

Odetchnąłem głęboko, jedna myśl powiodła do drugiej, aż w końcu zasnąłem.

***

– Kelly! – krzyk szeryfa Millera wyrwał mnie z drzemki. Potrząsnąłem głową, by się obudzić, i rozejrzałem się po pustej celi. Kiedy spojrzałem na mężczyznę, był rozbawiony i kiwał na mnie dwoma pulchnymi palcami.

Wstałem, więc otworzył drzwi i wskazał telefon.

– Mam nadzieję, że przyśnił ci się jakiś numer. Masz minutę na zastanowienie i trzy na rozmowę. Sugeruję, byś jak najlepiej wykorzystał wszystkie cztery.

*Szlag by to trafił.*

Wciąż zaspany i sfrustrowany, nie marnowałem czasu. Wyszedłem z celi i udałem się prosto do aparatu. Miałem przeczucie, że gdybym nie poszedł, nie dostałbym trzeciej szansy. Praktyczna strona mojego umysłu wiedziała, że nie będzie mnie tu wiecznie trzymał tylko dlatego, że nie znałem numeru telefonu, ale po nocy z piekła rodem właśnie takie miałem przeświadczenie. Próbowałem być na tyle dorosły, by przekonać samego siebie, że powinienem zadzwonić do rodziców, ale okazało się to bezowocne. Za każdym razem, gdy unikałem wykonania tego telefonu, opóźniałem jedynie wyjście z aresztu, a dziś nie mogłem pozwolić sobie na te żałosne wakacje.

# ROZDZIAŁ 3

## CASSIE

Obudziło mnie jakieś odległe dzwonienie. Próbując otrząsnąć się ze snu, spojrzałam jednym okiem na zegarek stojący na szafce nocnej. Szkarłatne cyfry ujawniły, że było wpół do trzeciej w nocy.

– Cholera jasna – wymamrotałam w powietrze, naciągając kołdrę na głowę, by zawinąć się jak naleśnik.

Jednak komórka nie przestawała dzwonić i wibrować, drwiąc z mojego mózgu pozbawionego snu. Uwielbiałam spać. Kochałam sen. Podczas gdy większość kobiet marzyła o seksie do nieprzytomności z Henrym Cavillem, kiedy peleryna stroju Supermana powiewałaby im przed twarzą, ja dzieliłam ten czas pomiędzy Henry'ego Cavilla, Channinga Tatuma i moje łóżko – mężczyźni nie byli podstawą moich fantazji.

Zakładałam jednak, że ktokolwiek dzwonił, musiał stracić jakąś kończynę lub dosłownie się paliło, ponieważ każdy, kto mnie znał, wiedział, że nie należy mi przeszkadzać w nocy.

Balansując na granicy furii, odrzuciłam kołdrę i z wciąż zamkniętymi oczami wymacałam telefon, przytknęłam go sobie do ucha i wyrzuciłam z siebie pierwsze, co mi ślina na język przyniosła:

– Georgia, przysięgam na Boga, że jeśli to ty, kopnę twojego męża w tego wielkiego fiuta tak mocno, że nie będzie już w stanie spędzać nocy na wbijaniu zagłówka waszego łóżka w ścianę.

Z głośnika dobiegł śmiech, ale nie brzmiał kobieco. Był głęboki, ochrypły i stuprocentowo męski.

Kiedy nie zastąpiły go żadne słowa, westchnęłam i ponownie naciągnęłam kołdrę na głowę.

– Sorry, stary, ale jeśli nie powiesz, kim do cholery jesteś i dlaczego do mnie dzwonisz, wpadniemy w bardzo poważne kłopoty.

– Jakie kłopoty? – zapytał z ewidentnym rozbawieniem.

– Takie, w których moja stopa spotka się z twoim zadkiem – warknęłam w odpowiedzi.

Ponownie się zaśmiał.

– Może mnie to kręci.

– Dobra, zboczony psychopato – powiedziałam z irytacją. – Nie obchodzi mnie, co cię kręci. Możesz walić konia, używając twarożku jako nawilżacza, mam to w dupie. Jedyne, co mnie interesuje to to, że dzwonisz do mnie po drugiej w nocy.

– Cassie – odparł z wciąż irytującym rozbawieniem – mówi Thatch.

– Thatch? Nie znam żadnego Thatcha – skłamałam. Wiedziałam, że to on i to zanim mi powiedział. Od dłuższego czasu jego głos kołatał się w moim umyśle. Pieprzony Thatcher Kelly. Utorował sobie drogę do mojej głowy i został w niej nazbyt długo, zmieniając się najwyraźniej w pasożyta.

Miałam nadzieję, że jeśli nadal będę udawała głupią, pozwoli mi wrócić do snu.

Ponownie się zaśmiał.

– Jestem facetem, który od miesiąca idealnie pieprzy cię palcami. Przypominasz już sobie? Byliśmy razem na weselu. Pomagałem ci znaleźć Waltera, gdy go zgubiłaś. Nawet dzwoniłaś do mnie z Key West, bo tak bardzo się stęskniłaś.

– Nie, nadal nie mam pojęcia.

*Nie zgubiłam tego pieprzonego kota. On go zgubił.*

– Dałem ci nawet pomacać mojego fiuta. A tak przy okazji, bardzo ci się podobało.

– Dotykanie twojego fiuta wcale mi się nie podobało – zaoponowałam. – Prawie tego nie pamiętam, jeśli mamy być szczerzy.

– A to, jak duży był?

Już mu miałam odpowiedzieć, ale się powstrzymałam.

– Dlaczego zadajesz mi tyle pytań?

Ponownie się zaśmiał.

Tak, podobał mi się, ale poważnie, jeśli jeszcze raz się zaśmieje, hasło „zabić Thatcha" trafi na moją listę rzeczy do zrobienia w poniedziałek.

– Dlaczego do mnie dzwonisz? Sprawa nie może poczekać, dopóki, no nie wiem, słońce nie wstanie i nie będę spała?

– Przykro mi – odpowiedział, po czym odchrząknął. Jego oddech był przytłumiony, jakby Thatch się poruszał. – Ale nie mogłem czekać. Wpadłem w tarapaty i naprawdę przydałaby mi się twoja pomoc.

– Moja pomoc? – zapytałam, siadając na łóżku. – W tej chwili?

– Tak – powtórzył, ale przerwał mu ktoś, kto krzyknął w tle:
– Kończą się twoje trzy minuty, Kelly!
Moje brwi samoistnie się zmarszczyły.
– Gdzie ty jesteś? – dociekałam zaniepokojona. – I kto to był?
– A, to był szeryf Miller – odparł nonszalancko. Niemal potrafiłam sobie wyobrazić, jak wzruszył przy tym ramionami.
– Szeryf Miller? – powtórzyłam po nim, wiedząc już doskonale, dokąd zmierza ta rozmowa. To znaczy, nadal się w pełni nie obudziłam, ale nie potrzeba było geniusza, by dodać dwa do dwóch. – Powiedz, że nie dzwonisz z miejsca, o którym myślę.
– Tak, właśnie, jeśli o to chodzi… – urwał, wahając się. – Byłaś kiedyś na północy?
– Na litość boską, Thatch – mruknęłam z irytacją, przecierając zaspane oczy.
– Słuchaj, Cass, wiem, że jestem jak wrzód na tyłku…
– Ja ci się do tego tyłka dopiero dobiorę! – warknęłam ochrypłym z wkurzenia głosem.
Thatch ciągnął niezrażony:
– Ale tak jakby mnie aresztowano i miałem nadzieję, że będziesz na tyle kochana, by zapłacić za mnie kaucję – powiedział, gdy mechaniczny głos obwieścił, że czas jego rozmowy zaraz dobiegnie końca.
– Tak jakby cię aresztowano? – zapytałam. – Brzmi, jakby zrobiono to całkiem porządnie, gnojku.
– To co? Przyjedziesz? – zapytał ze zbyt wielką nadzieją.

– A co z Kline'em? Albo Wesem? Albo jakimś pieprzonym członkiem rodziny? Jak, u diabła, skończyłam na szczycie listy pieprzonych osób, do których zdecydowałeś się zadzwonić z więzienia?

– Zaczynam myśleć, że „pieprzony" jest twoim ulubionym słowem.

– Co? – O czym on w ogóle bredził?

Znów się zaśmiał, przez co miałam ochotę udusić go przez telefon.

*Śmiało, zaznaczcie czas, druga trzydzieści pięć.*

Zabicie Thatcha oficjalnie zostało zapisane na listę rzeczy do zrobienia w poniedziałek.

– Często je wypowiadasz. W różnych sytuacjach.

– No i co z tego? – warknęłam, gdy nie rozwinął myśli.

– I mi się podoba, kociaku. – Wiedziałam, że się uśmiecha.

– Zarywasz do mnie? W tej samej rozmowie, w której prosisz o wyciągnięcie cię z paki?

– To zależy.

Westchnęłam i oparłam się o zagłówek.

– Od czego?

– Jeśli potwierdzę, rozłączysz się?

– Cztery sekundy po odebraniu już miałam ochotę się rozłączyć.

– Thatcher! – zagrzmiał w tle jakiś głos. Zapewne był to szeryf Miller. To najdziwniejsza rozmowa, jaką prowadziłam w sobotnią noc, a to samo przez się mówiło już dużo o sytuacji.

– To co? Pomożesz mi?

– Będziesz moim dłużnikiem.
– Co tylko zechcesz, kociaku.
– Gdzie jesteś? – Przełączyłam go na głośnik i włączyłam nawigację, gotowa wpisać miejsce jego pobytu.
– Na północy, w niewielkiej mieścinie o nazwie Frogsneck – odparł i podał mi dokładny adres. Polecił mi nawet, by przyjechać jego range roverem. Musiałam jedynie wziąć go z garażu jego apartamentowca.
– Na miłość boską – mruknęłam, widząc, że czekać mnie będzie dziewięćdziesięciominutowa podróż. – Przygotuj się, głąbie, bo zamierzam wykazać się pieprzoną kreatywnością, jeśli chodzi o spłatę tej przysługi.

Spodziewałam się usłyszeć śmiech, ale kiedy spojrzałam na telefon, zauważyłam, że połączenie zostało zerwane. Rzuciłam komórkę na stolik nocny i wstałam.

– Co za kretyn – mruknęłam pod nosem, przegrzebując garderobę w poszukiwaniu czegoś przyzwoitego i wygodnego podczas jazdy.

Zdecydowałam się na baleriny, luźne spodnie i koszulkę z napisem „Chciałabym pić wino i pieścić mojego" z obrazkiem kota futrzaka pod spodem. Tak, nie miałam kota, ale miałam futro i uwielbiałam masturbację, więc napis wcale nie kłamał.

Związałam ciemne włosy w kucyk. Nie trudziłam się nakładaniem makijażu, bo szajbus nie zasługiwał na takie poświecenie po tym, jak obudził mnie w środku nocy.

Kiedy wpadłam do kuchni po torebkę, postanowiłam nie jechać jego samochodem. Nie, byłoby to zbyt wielkoduszne z mojej strony.

Niemal zadzwoniłam do Georgii, by sprawdzić, czy Kline pożyczy mi forda focusa, którego mu kupiła, ale porzuciłam ten pomysł, przypominając sobie, że Thatch w sprawie kaucji zadzwonił do mnie zamiast do swojego przyjaciela. To trochę dziwne, ale miałam przeczucie, że był ku temu powód. Bez względu na intencje, zamierzałam trzymać usta na kłódkę, nim Thatch mi tego nie wyjaśni.

Pozostała mi tylko jedna opcja. Wypożyczalnia miejskich aut.

Nie miałam konta w systemie, ale wiedziałam, że miał je mój sąsiad Tony, który był mi winien sporą przysługę za intymną sesję zdjęciową, jaką wymyślił w prezencie na piątą rocznicę znajomości dla swojej dziewczyny Franceski.

Nie ukrywałam, że byłam wziętym fotografem, a ponieważ zazwyczaj miałam otwarte drzwi dla wszystkiego, co seksualne czy perwersyjne, nie pierwszy raz ktoś poprosił mnie o tego typu zdjęcia. Szczerze mówiąc, w swojej karierze wielokrotnie fotografowałam półnagich mężczyzn. Zaletą mojej pracy było poznawanie wielu wspaniałych facetów.

Ale ogromna przysługa nie była związana z samą sesją.

Wzięła się stąd, że nie poinformował mnie wcześniej, że ma to być intymna sesja ich obojga. Wyobraźcie sobie wiele ocierania ciał i pieprzenia języków. Nie muszę chyba dodawać, że przez bite sześćdziesiąt minut musiałam oglądać jego wzwód. A ponieważ nie skończyłam obrabiać jeszcze ich zdjęć, wiedziałam, że miałam teraz sporą szansę na dostanie wymarzonego autka.

Po wykonaniu szybkiego telefonu stałam pod drzwiami sąsiada z uczuciem *déjà vu* z ich napalonej sesji. Francesca powitała mnie z cyckami na wierzchu, dziewczyna ubrana była tylko w męskie gatki. Tony stał za nią, sennie ściskając jej tyłek.

Gdybym nie wiedziała, że znajduję się w naszym bloku, powiedziałabym, że odbywa się tu pornograficzna sesja zdjęciowa. Nie miałam jednak ochoty dołączyć, dlatego porwałam kartę od Franceski i przeprosiłam pospiesznie za obudzenie ich w środku nocy, podkreślając usilnie, że mi się spieszy.

Rzeczywiście tak było. Musiałam wynieść się spod ich drzwi, zanim Tony zacznie głaskać swojego kucyka.

– Bez stresu, kochana. Cieszymy się, że możemy pomóc – powiedziała dziewczyna, zanim para wróciła do środka, zapewne by pieprzyć się aż do odrętwienia lub utraty przytomności.

Pomachałam na taksówkę, po czym wytłumaczyłam kierowcy, że muszę dostać się do wypożyczalni samochodowej znajdującej się jakieś dwadzieścia przecznic od mojego mieszkania. Dzięki późnej porze już dziesięć minut później wysiadłam z żółtego pojazdu.

Normalnie przyszłabym tu pieszo, ale pomyślałam, że cała ta sprawa Thatcha w pace jest dość pilna. I, póki nie chce skończyć jako ofiara kartoteki kryminalnej, kobieta nie powinna chodzić samotnie po mieście po północy.

Wypożyczalnia Zipcars to dość prosty pomysł. Każdy, kto ma u nich konto, może udać się do dowolnej placówki i machnąć kartą przed szybą wybranego pojazdu, dzięki czemu dostanie do niego dostęp.

Rozejrzałam się po parkingu, rozważając możliwości.
*Jeep cherokee – nie, za wielki.*
*Chevrolet malibu – nie, nie lubię zielonych.*
W poświacie księżyca zabłyszczał czerwony lakier i moje spojrzenie osiadło na właściwym samochodzie.
– O tak, jesteś mój – mruknęłam z triumfem.
Chwilę później jechałam w kierunku Frogsneck z uśmiechem wielkości Teksasu rozciągającym się na mojej chytrej twarzy.
Tak, Thatch pomyśli dwa razy, nim ponownie obudzi mnie w środku nocy, by wyciągnąć go z pierdla.

# ROZDZIAŁ 4

## THATCH

Cassie pojawiła się w budynku aresztu miejskiego w Frogsneck zaledwie dwie godziny po tym, jak do niej zadzwoniłem. Szeryf Miller flirtował z nią bezwstydnie, gdy wypełniała dokumenty, by z dobrego serca wykupić mnie za kaucją.

– Ślicznotki nie płacą – powiedział, na co oczywiście dała się złapać.

Jednak do mnie nie odezwała się ani słowem. Czekała na zewnątrz, podczas gdy szeryf zwalniał mnie z celi.

Mężczyzna również nie był szczególnie rozmowny, ale jego oczy przekazywały całkiem sporo – miał niezły ubaw z całej tej sytuacji.

Oczy zaczęły mi łzawić od promieni słonecznych, gdy spojrzałem na wschód i zobaczyłem kobietę opierającą się o najmniejszy samochód, jaki kiedykolwiek wyprodukowano. Stanąłem na skraju chodnika i podniosłem głos, by usłyszała mnie, mimo że dzieliły nas trzy puste miejsca parkingowe.

– Chyba sobie jaja robisz. W tej puszce własnymi kolanami wybiję sobie wszystkie zęby.

– Wiem – stwierdziła radośnie, obracając się, by spojrzeć na czerwonego fiacika, po czym zerknęła na mnie przez ramię. Zmarszczyła nos i lekko mrugnęła niebieskim okiem.

– Daj znać, jeśli zaczniesz się dusić. Zatrzymam się i spróbuję oczyścić twój układ oddechowy.

Drapiąc się po policzkach obiema rękami, pokręciłem głową i się roześmiałem.

– Przypuszczam, że nie ucieszył cię nocny telefon. – Uniosła brew, gdy do niej podszedłem. – Lub przynajmniej wymuszona podróż i jej okoliczności.

– Miło, że zrozumiałeś – mruknęła, kiedy zbliżyłem się na tyle, by po raz pierwszy dziś zauważyć niewielki pieprzyk pod jej prawym uchem. Nie był duży i wyraźny jak u Cindy Crawford, jednak kilkakrotnie już skupiałem na nim wzrok. Być może dlatego, że wpatrywałem się w tę dziewczynę jak w żadną inną.

Kiedy przeanalizowałem jej wygląd czymś więcej niż napalonym fiutem, uświadomiłem sobie, że nie była odstrzelona. Wyglądała, jakby wyskoczyła prosto z łóżka i od razu po mnie przyjechała. Wcześniej się nad tym nie zastanawiałem, ale po szybkich obliczeniach samego czasu jazdy wiedziałem, co musiała zrobić.

Przeniosłem wzrok z niechlujnej fryzury na jej oczy i za pomocą pojedynczego słowa spróbowałem wyrazić wdzięczność.

– Przepraszam.

Jej dzikie wyraziste brwi znów się zmarszczyły, ich przekaz nie pozostawiał miejsca na wątpliwości.

– Naprawdę – potwierdziłem. Nie chciałem wyznawać zawstydzającej prawdy, ale byłem jej dłużnikiem. – Znajomy z liceum powiedział coś, co powinienem zignorować, ale tego nie zrobiłem, a nie wiedziałem, do kogo zadzwonić. Byłem na imprezie z okazji czterdziestej rocznicy ślubu moich rodziców, ale nawet gdyby nie świętowali, i tak bym ich nie powiadomił.

– A Kline? – zasugerowała, patrząc w dół i po raz pierwszy zauważając moje poranione dłonie.

Przewróciłem oczami i przemilczałem fakt, że tylko jej numer znałem na pamięć. Szalone pomysły Cassie Phillips nie potrzebowały tego rodzaju paliwa.

– Ostatnim razem, gdy zadzwoniłem do Kline'a w środku nocy, odgrażał się, że amputuje mi najpiękniejszą część ciała. Przewyższam go wzrostem i wagą, ale typ jest sprytny. Znalazłby na to sposób.

– A Wes? – naciskała.

Pokręciłem głową.

– Jest na Zachodnim Wybrzeżu. Pojechał rekrutować.

Cała się wyprostowała i po raz pierwszy spojrzałem na jej koszulkę. Był to całkowicie niedorzeczny produkt firmy, w której posiadałem czterdzieści procent udziałów. Zapanowałem nad uśmiechem, a ona zapytała:

– Gdzie?

– Co? – dociekałem zdezorientowany. Nie potrafiłem wyłuskać sensu, ale niezbyt skupiałem się na tej rozmowie.

– Kogo? Jak? Dlaczego? – mamrotała, irytując się coraz bardziej. – Gdzie, jak, na jakiej uczelni, szajbusie?

Czułem się, jakbym brał udział w zgadywance. Wiedziałem, że nie wpuści mnie do samochodu, jeśli nie podam prawidłowej odpowiedzi. I choć bardzo mi się nie podobał ten pieprzony fiacik, chciałem jak najszybciej się w nim znaleźć.

– Nie wiem – rzuciłem ostrożnie, drapiąc się po głowie. Z pewnością nie pogardziłbym prysznicem. – Wydaje mi się, że wybierał się na kilka dni.

Prychnęła, otworzyła drzwi, wsiadła do auta i trzasnęła nimi, pozostawiając mnie w oszołomieniu.

Po trzech sekundach szoku zmusiłem się do ruchu, obiegłem autko, otworzyłem drzwi i wpakowałem do środka masywną sylwetkę, składając się przy tym jak scyzoryk. Nie miałem wątpliwości, że ta szalona kobieta mogła przejechać cały dystans tylko po to, by teraz odjechać beze mnie.

– Co zrobiłem nie tak? – zapytałem, gdy nawet na mnie nie spojrzała. Nie byłem ekspertem, ale raz czy dwa widziałem już wkurzoną kobietę. Łowiłem wtedy informacje, by uniknąć tego w przyszłości. Niestety nie udało mi się jeszcze znaleźć w tym wzoru.

– Zadzwoniłeś do mnie w środku nocy i kazałeś jechać przez cały stan! – warknęła.

– Nie – odparłem. – To wiem. Chodziło mi o to, gdy rozmawialiśmy o Wesie.

– Uderzyłabym go? – zapytała znienacka.

Niestety dzisiaj nie nadawaliśmy na tych samych falach. Wydawało mi się, że mówiliśmy o dwóch różnych rzeczach.

– Kogo? Wesa?

– Nie! Gnoja, któremu przywaliłeś! Uderzyłabym go?

Mimowolnie roześmiałem się na to wyobrażenie. Cassie daleko było do wagi ciężkiej, ale zobaczyłem w myślach, że Johnny i tak skończyłby na ziemi.

– Na długo wcześniej niż ja.

Przytaknęła.

– Niech ci będzie, wybaczam. – Wycofała z łatwością i wyjechała z parkingu, skręcając w stronę, z której musiała przyjechać.

Uśmiechnąłem się na jej słowa. Nie wytknąłem jej jednak, że nie prosiłem o wybaczenie.

– Chcę tylko wrócić do miasta, by wskoczyć do łóżka. Brak mi dzisiaj jakichś ośmiu godzin snu.

– Eee – mruknąłem, krzywiąc się. – Właściwie musisz mnie zawieźć do baru.

– Baru? – Samochodem lekko zakołysało, gdy oderwała spojrzenie od drogi i skierowała je na mnie. Z chęcią złapałbym za podłokietnik w drzwiach.

– Do miejsca popełnienia wczorajszego przestępstwa – wyjaśniłem z szorstkim śmiechem. – Zostawiłem tam samochód, który muszę odprowadzić do rezydencji Kellych.

Cassie jęknęła, ale w końcu skręciła, gdzie wskazałem, choć nie powiedziałem nic więcej. Jechaliśmy w ciszy przez jakieś dwie minuty, nim zdjęła rękę z kierownicy i przeczesała palcami włosy. Zaczęła ziewać, ale próbowała nad tym zapanować, przez co jej twarz dziwacznie się wykrzywiła. W mojej piersi coś zawibrowało na ten widok.

– Zmęczona?

Przytaknęła pięć sekund przed tym, jak powiedziała:

– Tak. Powinieneś już o tym wiedzieć, ale w razie, gdyby ci umknęło, powiem, że sen i ja jesteśmy nierozłączni. No wiesz, jak to się mówi, oddałabym za niego swoje pierworodne dziecko.

Kiwnąłem głową, ale uświadomiłem sobie, że nie patrzy na mnie.

– Tak.

– Cóż, kiedy będę mieć dzieci, zostaną poświęcone za sen.

Roześmiałem się.

– Z tego co słyszałem, dzieci to synonim braku snu.

– Cholera, więc może w ogóle nie będę ich miała.

– Nie, musisz tylko mieć je z kimś, kto może się obejść bez snu. Taka wymiana.

Zerknęła na mnie zaskoczona, a samochodem znów zakołysało. Próbując jej tego nie wytknąć, powiedziałem jedyne, co przyszło mi do głowy:

– Chcesz, żebym poprowadził?

Pokręciła głową i tym razem nie udało jej się powstrzymać ziewania.

– Wczoraj twoi rodzice obchodzili czterdziestą rocznicę ślubu?

– Tak.

– Było wiele samotnych lasek wśród gości? – droczyła się.

Zobaczyłem, że mam na spodniach kroplę zaschniętej krwi. Próbowałem ją zdrapać, choć dobrze wiedziałem, że nie zejdzie. Mój umysł powoli przetwarzał jej pytanie, ale odpowiedź nieznacznie mnie zaskoczyła, gdy się w końcu uformowała. Równie dobrze na przyjęciu mogło nie być żadnych kobiet, bo i tak bym ich nie zauważył.

– Impreza nie była huczna, ale rodzicom się podobała i tylko to się dla mnie liczyło.

– Zgaduję, że telefon od syna z lokalnego aresztu by to storpedował.

Roześmiałem się, bo nie miała nawet pieprzonego pojęcia, jak bardzo miała rację.

– Tak, w ciągu całego życia i tak narobiłem im kłopotów.

Kiedy przyjechaliśmy w pobliże baru, wskazałem jej wjazd na parking.

– To tutaj.

Pochyliła się, by lepiej się przyjrzeć i prychnęła.

– Lepki Ogórek? – Z ziemi wyrastał wielki baner z tą właśnie nazwą.

Uśmiechnąłem się.

– Tak.

– Dobry Boże, Thatcher. Mało, że nie potrafisz zapanować nad wzwodem, to to kojarzy się jeszcze z lepkim penisem. Czy to się kiedyś skończy? – zapytała, trzęsąc się ze śmiechu. Luźne pasma włosów opadły na jej rozbawione oczy, które marszczyły się w kącikach, zupełnie jak jej usta. Na środku wargi błyszczała wilgoć po nieumyślnym ruchu języka.

Poczułem pulsowanie w kroczu.

*O Jezu.*

Kiedy z niepohamowaną fascynacją wpatrywałem się w nią, nawet nie pomyślałem, żeby skłamać. Zapanować przy niej nad wzwodem?

– Niemożliwe.

\*\*\*

Po odwiezieniu mojego cholernie fajnego Chevroleta Nova SS z sześćdziesiątego czwartego, wróciliśmy na trasę. Chciałem zaprosić Cassie do domu rodziców, ale wystarczył rzut oka na jej koszulkę i powiązanie z jej wczesną wizytą, by wiedzieć, że odmówi.

– Nie ma mowy, że stanę przed twoimi rodzicami w koszulce mówiącej, że lubię pieścić swoje futro, zanim ty będziesz miał tę przyjemność – powiedziała. Już miałem zapytać, czy to oznacza, że istniała ku temu szansa, ale pomyślałem, by trzymać język za zębami.

Wolałem, by nieświadomie wpadła w moją pułapkę.

Ostatecznie podjęła właściwą decyzję. Po nocy pełnej wrażeń moi rodzice wciąż spali. Pożegnałem się szybko i przeprosiłem, następnie zostawiłem ich nieświadomych mojego dramatycznego wieczoru.

– Całe szczęście – jęknęła ponownie Cassie, gdy wjechaliśmy na most na rzece Hudson.

W każdym innym miejscu i czasie jej jęk spowodowałby zapewne, że mój ogonek machałby ochoczo, ale nie w tej chwili.

Miałem mocny skurcz w lewym udzie, a kolana nieomal przyrosły mi do klatki piersiowej, mimo to udało mi się spojrzeć na zegarek, by stwierdzić, że nie mam wyjścia i muszę prosić pięknego szofera, by wykonał kolejny objazd w tej cholernej parodii samochodu.

Po nocy spędzonej w potrzasku zrobiłbym wszystko, by uciec, ale czekała na mnie dziewczynka z wielkimi oczami i jeszcze większym sercem, więc musiałbym być martwy lub konający, by ją zawieść.

– Eee, Cass?

– Czego? – warknęła. Jej spojrzenie było niemal ucieleśnieniem zła całego wszechświata.

Przygryzłem dolną wargę, aby się nie śmiać, i spojrzałem przez szybę w drzwiach, by nie zobaczyła moich rozciągniętych ust.

– Wiem, że nie jesteś szczęśliwa z powodu mojego towarzystwa...

– Niedopowiedzenie – podkreśliła.

– Ale wydaje mi się, że mam skurcz fiuta. Może nie lubisz tego mojego, ale chyba w ogóle je lubisz, co?

Zmrużyła oczy, zastanawiając się nad moimi słowami. Chciała mnie zignorować, ale nie potrafiła zanegować uwielbienia fujarek.

– Czego chce twój wzwód, Thatcher? – zapytała zaciekawiona.

Nie potrafiąc dłużej ukrywać śmiechu, przedstawiłem swoją wersję prawdy, choć opakowałem ją we flirt, próbując rozproszyć Cass.

– Och, kociaku, zapewniam, że pragnie bardzo wiele, sporo nawet od ciebie, ale tak właściwie nie przystawiam się, nie próbuję obrazić twojej inteligencji i nie proszę twoich cycków, by dotrzymały towarzystwa mojej erekcji.

– Nie rozumiem. Czego innego mógłbyś chcieć? – droczyła się. Parsknąłem śmiechem, ponieważ po raz pierwszy i jako jedyna znana mi kobieta nie zabrzmiała poważnie, gdy to powiedziała. Mówiła, jakby nie sądziła, by moja inteligencja kończyła się na żołędzi mojego penisa. Ta gadka szmatka i odniesienia do wzwodu stanowiły tylko przykrywkę dla wszystkiego, co pod spodem. Wydawało się, że Cass to widzi – bez zanurzania się czy zachęcania do wyjaśnień – a to nie było normą. Większość ludzi nigdy nie dowiadywało się, co leżało pod powierzchnią osobowości innych. Trzymali się najsilniejszej cechy ujawnionej przy pierwszym spotkaniu, bo byli leniwi i mieli uprzedzenia i oczekiwania. Może coś związanego z apetytem Cassie na nowe doświadczenia sprawiało, że chciała szukać głębiej niż reszta.

– Proszę – nalegałem, widząc w oddali zjazd, w który powinienem skręcić. – Zjedź tylko tam i zawieź mnie kilka przecznic dalej.

– Nie wiem, gdzie jadę… – zaczęła, ale natychmiast jej przerwałem, by nie zdążyła tego przemyśleć.

– Ale ja wiem. Cały czas tu przyjeżdżam. Powiem ci, gdzie się kierować. Wszyscy będą zadowoleni. Rozprostuję nogi i kupię ci w nagrodę paczkę Cheetosów.

– I dietetyczny Mountain Dew.

Bingo. Znalazłem szczelinę w jej pancerzu.

– Tak – zgodziłem się. – I Mountain Dew.

– Dietetyczny! – poprawiła.

– Tak. Dietetyczny. Przyrzekam. Przynajmniej póki cycki ci nie schudną.

Uśmiechnęła się i pokręciła głową.

– Sorry, stary, ale cycki zawsze lecą jako pierwsze.

*Normalny napój*, pomyślałem. *Definitywnie kupię normalny.*

– Skręć w prawo – poinstruowałem, gdy zbliżaliśmy się do zjazdu.

Jednak kiedy byliśmy już prawie na końcu drogi, spodziewałem się, że samochód przynajmniej zwolni, ale tak się nie stało. Jadąc jakieś osiemdziesiąt kilometrów na godzinę, Cassie włączyła się do ruchu na kolejnej ulicy i nie zwolniła, nawet gdy zacząłem się wydzierać.

– Jezus Maria! Pogięło cię?! Dlaczego się tam nie zatrzymałaś?! – wrzeszczałem, zerkając za ramię i tym razem bezwstydnie chwytając za podłokietnik w drzwiach.

– O. Chciałeś, bym się zatrzymała? – zapytała, drwiąc i udając niewiniątko. – Nie powiedziałeś, że mam się zatrzymać. Powiedziałeś jedynie „skręć w prawo".

Do diabła, ależ była walnięta!

– Zatrzymanie się sugerował wielki znak stopu!

Szczerzyła zęby jak geniusz zła.

– Może następnym razem będziesz bardziej precyzyjny i pomocny.

– Kurwa, jesteś szalona.

– U-u-u – zanuciła. Czerwony paznokieć niemal mnie zahipnotyzował, gdy pomachała mi nim przed twarzą. Ponieważ zdawało się, że mogę albo się poprawić, albo umrzeć, tak naprawdę nie miałem żadnego wyboru.

– Kurwa, jesteś szalona, Królowo Cassie? – zaryzykowałem.

– Lepiej.

– Przestraszyłaś mnie – powiedziałem, wskazując na nią palcem. – A to znaczące.

Wzruszyła ramionami. Miała to gdzieś. Całkowicie. Nie zdziwiłbym się, gdyby pokazała mi język, by to udowodnić.

Kiedy zbliżył się następny zjazd, ostrożniej dobrałem słowa.

– Słyszałaś kiedyś historię Wei Wanga?

– Nie – odparła, co mnie nie zdziwiło, ponieważ zmyślałem.

– Cóż, wszyscy Wangowie zawsze trzymali się środka, jeśli wiesz, o co mi chodzi.

– Może potrafisz opowiadać jedynie o fiutach.

– Ale nie Wei. On wolał lewą stronę – wyznałem, gdy zbliżaliśmy się do skrzyżowania.

– Co?

– Trzymaj się lewej, skręć w lewo, to kolejna wskazówka, Ponętna Cassie – powiedziałem pospiesznie, gdy zbliżyliśmy się do rozwidlenia.

– Co jest? – zapytała, ale zrobiła, jak chciałem. Oczywiście nie zwolniła, więc przejechaliśmy chyba na dwóch kołach, ale dała radę.

– Chciałaś dokładnych wytycznych.

– Nie były dokładne, tylko skomplikowane i zagadkowe.

Widać, że się wkurzyła, ale udało mi się również rozproszyć jej uwagę. W chwili, gdy próbowałem skłonić ją do czegoś, czego z pewnością nie chciałaby zrobić, był to bardzo pożądany przeze mnie efekt.

– Dlaczego, u diabła, znaleźliśmy się w tej okolicy? – zapytała, uświadamiając sobie, że ją zwiodłem.

Trzy domy dalej, po lewej, widziałem już cel swojej podróży, więc odpowiedziałem od razu.

– Stań tam.

– Zgubiłeś się? – założyła i zatrzymała się z piskiem. – Chyba dopiero powiedziałeś, że wiesz, gdzie jedziemy.

Wysiadłem ostrożnie, wzdychając z ulgą. Strzeliło mi w plecach, gdy się wyprostowałem. Gdyby nie wyglądało to podejrzanie, z ochotą pocałowałbym chodnik.

Przeszklone drzwi niewielkiego, jasnoniebieskiego domku były zamknięte, ale od wewnątrz szybę znaczyły ślady małych rączek.

– Chodź – powiedziałem, pochylając się do wnętrza samochodu. – Jesteśmy na miejscu.

– To znaczy gdzie? – pisnęła Cassie. – Co znaczy „na miejscu"? Co się tu, u licha ciężkiego, w ogóle wyprawia?

Obszedłem samochód, otworzyłem drzwi kierowcy, złapałem Cassie za biodra i wyciągnąłem na chodnik.

– Przykro mi, kociaku, ale nie mogę przegapić imprezy urodzinowej mojej dziewczyny.

Posmutniała. Widziałem, że niewiele dzieliło ją, by kopnąć mnie w jaja. Było to głupie, ale nie chciałem jej puścić, obawiając się o swoje klejnoty. Mimo obaw selekcja naturalna działała jak należy. Kiedy przebywałem w towarzystwie tej kobiety, nie byłem pewien, czy wytrzymam. Jednak nie sądziłem, by inni mieli lepiej. Musiała to być jej biologia.

– Dziewczyny?! – krzyknęła. – Kazałeś mi się zawieźć na urodziny dziewczyny?

Choć było to niebezpieczne, przytaknąłem, gdy za jej plecami stanęła Mila.

– Jedynej dziewczyny, jaką kiedykolwiek miałem – wyznałem. I dlatego, że chciałem, pochyliłem się pospiesznie i cmoknąłem ją w usta. Ciepło jej warg od razu popłynęło do mojej piersi.

Kiedy się odsunąłem i spojrzałem na jej twarz, mogłem jasno stwierdzić, że chętnie rozerwie mnie na strzępy za ponowne pocałowanie jej bez pozwolenia.

Ale powstrzymał ją przed tym głos Mili.

– Wujek Thatch!

Widziałem, jak umysł Cassie natychmiast wyhamowuje.

– Moja mała! – przywitałem się, powoli odwracając wzrok od Cassie, której mina zmieniła się, nim zdołałem w pełni odwrócić głowę.

Sześcioletnia Mila objęła mnie nogami w pasie tak mocno, jak tylko zdołała, i złapała mnie za policzki.

– To moje urodziny, a ty przyjechałeś, la, la, la – śpiewała.

– No pewnie – odparłem, nim zakołysałem nią i opuściłem na ziemię. – Za nic na świecie nie przegapiłbym twoich urodzin.

Cassie przestąpiła z nogi na nogę; miałem nadzieję, że ruch ten związany był ze zmniejszeniem irytacji.

Mila, córka Frankiego, dopiero teraz zauważyła kobietę.

– Kto to? – zapytała. – Twoja dziewczyna?

Cassie wytrzeszczyła oczy.

– To Cassie.

– Cześć, Cassie! – przywitała się mała, machając. – Podoba mi się twoja koszulka!

Cassie spojrzała na kota, a ja parsknąłem śmiechem.

– Mnie też się podoba. – Poruszyłem figlarnie brwiami.

– Mila, chodź! – krzyknął Frankie z ganku. Po chwili mnie zauważył. – O, cześć! Wy też chodźcie. Przyjęcie jest na tyłach.

Mila pobiegła, a Cassie strzeliła mnie w tył głowy.

– To za zaciągnięcie mnie na przyjęcie dziecka bez ostrzeżenia. – Następnie znienacka klepnęła mnie w pachwinę.

– Aua!

– A to za ponowne pocałowanie mnie bez mojej zgody.

Skrzywiłem się w duchu, ponieważ pierwsze ostrzeżenie, które padło podczas pilnowania Waltera, brzmiało całkiem poważnie. „Nigdy więcej nie całuj mnie bez pozwolenia" było dość prostą instrukcją. Albo powinno być.

Po wyrazie jej skrzywienia domyślałem się, że coś to dla niej znaczyło, ale, do diabła, nie potrafiłem się powstrzymać. Pociągała mnie na tyle, że nie umiałem się oprzeć.

– W porządku – zgodziłem się. – Koniec z całowaniem bez pozwolenia.

– Nie, żadnego całowania – dodała.

– Widzisz – powiedziałem. – I tu powstaje problem.

– Thatch... – zaczęła z powagą, patrząc na mnie, ale nie dałem jej dokończyć.

– No weź. Będziesz mogła pokrzyczeć na mnie później. W tej chwili mamy przyjęcie urodzinowe Mili.

Podeszła do otwartych drzwi samochodu, wyciągnęła ze środka gigantyczną torebkę, przez cały czas nie przestając narzekać pod nosem, gdy ja otworzyłem bagażnik, by z torby wyjąć prezent dla małej. Nim zostałem aresztowany i wszystko się posypało, planowałem rankiem wskoczyć do pociągu. Wydawało mi się, że tak będzie prościej niż tłuc się samochodem. Jednak, zważywszy na przystanek w pudle, wyszło jak wyszło. Chociaż gdy spojrzałem na swoją towarzyszkę, nie miałem w sobie siły, by się z tego powodu złościć.

Wprowadzenie Cassie do środka było relatywnie łatwe, jak i przedstawienie jej Frankiemu, z którym przywitała się z szerokim uśmiechem na twarzy. Choć nie wiedziałem, czy uśmiechała się do mnie, czy do niego – mężczyzna był opalony, wytatuowany, miał zielone oczy i kolczyki, więc wywierał na kobietach dość duże wrażenie.

Stanąłem w ciasnej kuchni, machając ręką między nimi.

– Frankie, to Cassie, przyjaciółka żony Kline'a.

– Cześć, miło mi cię poznać – odparł z uśmiechem mój kumpel.

– Cassie, to Frankie. Jesteśmy współwłaścicielami studia tatuażu.

– Macie studio tatuażu? – zapytała natychmiast.

Frankie parsknął śmiechem.

– Widzę, że dobrze się znacie.

Pokręciłem głową z uśmiechem i dokończyłem:

– Znamy się z Frankiem z domu.

– Domu? – zapytała Cassie.

– Przywiozłaś mnie właśnie stamtąd.

– Z więzienia? – zażartowała, a Frankie zmarszczył brwi. Pokręciłem głową, by go zbyć.

– Tak, dokładnie – droczyłem się, ale widziałem, że później przyjaciel przepyta mnie o to szczegółowo.

– Gdzie Claire? – zapytałem.

– Na tyłach, z dzieciakami. – Spojrzałem przez okno i niemal natychmiast zobaczyłem jej promienny uśmiech. – Chodźcie, mamy burgery i inne smakołyki.

Wyszliśmy na zewnątrz, więc położyłem prezent na specjalnie wyznaczonym stole. Cassie przyglądała mi się, gdy go kładłem, następnie zaczęła przekopywać swoją torebkę, a kiedy znalazła to, czego szukała, podeszła bezpośrednio do Mili.

Przyglądaliśmy się z Frankiem, jak wyjęła lalkę Barbie w opakowaniu przewiązanym kokardką.

– Co, u licha? – mruknąłem. – Miała ją wcześniej?

Frankie roześmiał się i skrzyżował wytatuowane ręce na piersi. Wskazał ją ruchem głowy.

– O co z nią chodzi?

– O nic.

– Tak, ale nie jestem ślepy. Widziałem, co ma na koszulce, widziałem też pagórki pod nią.

– Oho – rzuciłem – powiem Claire.

– Co mi powiesz? – zapytała kobieta. Stanęła obok i cmoknęła mnie w policzek na powitanie. Owiał mnie słodki zapach jej perfum, więc się uśmiechnąłem. Przyjaźniłem się z tą parą, odkąd pamiętałem. Miłość do Margo połączyła całą naszą trójkę. Margo była młodszą siostrą Frankiego i najlepszą przyjaciółką Claire.

– Zamierzał ci powiedzieć, że zwróciłem uwagę na zderzaki jego dziewczyny – przyznał dyplomatycznie Frankie.

Claire roześmiała się i wzruszyła ramionami, aż końce jej jasnych włosów dotknęły obojczyków.

– Ja też je zauważyłam.

Odeszła pospiesznie, by zanieść pusty talerz do zlewu.

Kiedy tylko zniknęła w domu, przyjrzałem się Cassie, która podwinęła spodnie do łydek, by pobawić się z dziećmi. Mila starała się ją naśladować, podnosząc sukienkę, ale Cassie obciągnęła jej ją ze śmiechem.

– To z nią rozmawiałeś kilka tygodni temu przez telefon, co? – zapytał Frankie, na co skinąłem głową. Widział mnie przez okno studia tatuażu, gdy śmiałem się i chodziłem w kółko, bo Cassie flirtowała ze mną po pijanemu, ale w tej chwili nie spojrzałem na przyjaciela, bo nadal wpatrywałem się w dziewczynę.

Roześmiał się, gdy Cassie stojąca przed Milą uskuteczniała jakiś szalony taniec, na co również poczułem w piersi wesołość.

– Człowieku – mruknął Frankie – nie mogę się doczekać, by zobaczyć, jak rozwinie się ta akcja.

# ROZDZIAŁ 5

## CASSIE

– Jak długo znasz Thatcha? – zapytała Claire, podając mi świeżo umytą miskę. Byliśmy na przyjęciu urodzinowym Mili od czterech godzin i choć byłam wykończona, świetnie się bawiłam.

*Hej, nie muszę oblewać cycków piwem, by się dobrze bawić.*

Wzięłam naczynie, by je wytrzeć, spoglądając przez kuchenne okno na Thatcha bawiącego się z Milą hula-hopem.

– Niezbyt długo. Jest przyjacielem męża mojej przyjaciółki.

Claire uśmiechnęła się ciepło na to zamieszanie i spojrzała na ścieżkę z okruchów chleba.

– Kline'a?

– Tak. – Przytaknęłam, odstawiając naczynie do szafki. Fakt, że znała Kline'a i Georgię, rozbudził we mnie ciekawość. – Jak długo ty znasz Thatcha?

Uśmiechnęła się.

– Od dziecka.

– Więc znacie swoje wszystkie świńskie sekreciki? – droczyłam się. Jej uśmiech nieco zbladł, choć nie takiej reakcji się spodziewałam. Wzięła kolejną ściereczkę i wytarła dłonie.

– Znam go tak długo jak swojego męża, a mimo to nie wiem o nim wszystkiego. Potrafi być tajemniczy, ale nie jestem pewna, czy robi to celowo. Thatch jest otwarty i szczery, jednak niełatwo dopuszcza do siebie ludzi... pewnie wiesz, o co mi chodzi.

– Tak, zauważyłam. – Przecież aż do dzisiaj nie wiedziałam nic o studiu tatuażu.

– Ale to dobry człowiek. – Skończyła wycierać ręce, rzuciła ściereczkę na blat i uśmiechnęła się, patrząc przez okno. – Pod tym całym urokiem i napompowanym ego znajdziesz wielkie serce.

Spojrzałam tam, gdzie ona. Thatch podniósł Milę, przerzucił ją sobie przez ramię i biegał po ogrodzie, śmiejąc się głośno, gdy goniły ich inne dzieci. Nie trzeba było geniusza, by zrozumieć, że Claire miała rację. Klatka piersiowa ścisnęła mi się na ten uroczy widok.

Claire zakręciła kran w zlewie.

– Ups – powiedziała, jakby całkowicie o nim zapomniała. Wzięła głęboki wdech, oparła się biodrem o szafkę i spojrzała na mnie znacząco. – Gdy go poznasz, okaże się pluszowym misiem. – Puściła do mnie oko i położyła dłoń na moim ramieniu. – Tylko nie utrudniaj mu spraw, okej? Nie ma za sobą łatwej drogi, jeśli chodzi o związki.

Pokręciłam głową, wytrzeszczając oczy.

– Och, ale my nie jesteśmy w związku.

– Wiem – powiedziała z uśmiechem. – Ale znam też Thatcha na tyle dobrze, że przekonałam się, że jest cholernie nieustępliwy.

Wyszczerzyłam zęby w uśmiechu, ponieważ było to pierwsze przekleństwo, jakie usłyszałam z ust tej kobiety

po przekroczeniu progu jej domu, ale podejrzewałam, że nie przysłuchiwałam się za dobrze.
– Nieustępliwy? – zapytałam dziwnie rozbawiona.
Przytaknęła i uniosła brwi.
– Zwłaszcza kiedy chodzi o seksowną laskę z fantastycznymi zderzakami.
Zaśmiałam się głośno.
– Dzięki.
– To ja dziękuję za pomoc w sprzątaniu. Wszyscy tylko by jedli, a kiedy trzeba pozmywać, kryją się po kątach jak szczury.
– Żaden problem. – Nie powiedziałam jej jednak, że gdybym usilnie nie starała się zrobić dobrego pierwszego wrażenia, byłabym pośród ukrywających się szczurów.
– Dzięki, że pozwoliliście mi uczestniczyć w przyjęciu Mili.
– Przyniosłaś prezent – zauważyła ze śmiechem. – I podbiłaś serce mojej córki już w chwili, gdy zobaczyła kota na twojej koszulce i lalkę wyciągniętą z torebki… – urwała na chwilę, następnie dodała: – Nim wrócę na podwórze, chciałabym cię o coś zapytać.
Przechyliłam głowę na bok.
– A o co?
Kiwnęła głową w stronę moich piersi.
– Są prawdziwe, prawda?
Kurna, już kochałam tę kobietę. Była słodka, szczera i waliła prosto z mostu. Miałam nadzieję, że nie jest to ostatni raz, gdy się widzimy. Z tą laską z pewnością bym się dogadała.
– Zaskakująco prawdziwe.

– Wiedziałam! – wykrzyknęła i podeszła do drzwi, otworzyła je i wrzasnęła do męża: – Frankie, wisisz mi dwie dychy!

Mężczyzna się roześmiał, a Thatch spojrzał na niego pytająco. Frankie wyciągnął obie ręce przed klatkę piersiową, a Thatch natychmiast parsknął śmiechem.

– Mówiłem ci, stary.

– Ja też chcę dwie dychy! – krzyknęła Mila, wpadając przez drzwi. Zatrzymała się w kuchni, pochylając, by złapać oddech. – Dlaczego tata jest ci winny pieniądze?

– Bo zapomina, że zawsze mam rację – odpowiedziała Claire, patrząc na mnie.

– Dziewczyny zawsze mają rację, Milo – zgodziłam się. – Nigdy o tym nie zapominaj.

Położyła sobie rękę na biodrze i spojrzała na mnie z poważną miną.

– Ale Patrick mówi co innego.

– Kim jest Patrick, kochanie? – zapytała matka, obejmując słodką buźkę córki.

– Głupim chłopakiem z mojej klasy. Mówi, że chłopacy są mądrzejsi niż dziewczynki i że ja jestem najgłupsza z nich wszystkich.

Och, biedny mały złośliwy Patrick. Czeka go niemiłe otrzeźwienie, gdy będzie starszy. Miałam ochotę go nawrócić, ale z jakiegoś powodu społeczeństwo nie byłoby zadowolone, gdybym w ten sposób potraktowała dziecko.

– Czasami chłopcy mówią takie rzeczy, gdy lubią dziewczynkę – powiedziała Claire i westchnęła, zauważalnie zirytowana słowami sześciolatka, choć próbowała wybrnąć z całej sprawy dość dyplomatycznie.

Mała pokręciła głową.

– Patrick mnie nie lubi. Ciągnie mnie za warkocze i goni po placu zabaw.

Wymieniłyśmy z Claire wymowne spojrzenia.

– Chcesz poznać sekret odnośnie chłopaków, Mila? – zapytałam.

Przytaknęła z entuzjazmem.

– Chodź, szepnę ci na ucho, żeby mama nie słyszała.

Mila podbiegła do mnie i łapiąc za ramię, zmusiła, bym się pochyliła.

– Powiedz! Powiedz! Uwielbiam sekrety!

Claire przyglądała się z rozbawieniem, gdy szeptałam jej córce na ucho. Kiedy skończyłam, mała zakryła usta i zachichotała.

– Nigdy o tym nie zapominaj, dobrze?

Wyprostowała ostatni palec, więc zahaczyłam o niego swoim.

– Umowa na mały paluszek, ciociu Cassie.

Serce mi się ścisnęło.

– Och, kochanie, to nie jest twoja ciocia. Jest przyjaciółką wujka Thatcha – wyjaśniła Claire, patrząc na mnie ze skruchą.

– Tak, ale wujek Thatch się z nią ożeni i będą mieli dziecko, i zabiorą mnie i mojego kuzyna do Disney Worldu! Będziemy się dobrze bawić!

Nie miałam pojęcia, jak, u diabła, miałabym na to odpowiedzieć, co było dla mnie nowością. Przeważnie bez problemu wymyślałam ripostę.

– Mila! – Claire zaśmiała się przerażona.

– No co? – zapytała mała, nie martwiąc się, że zaplanowała mi już całą przyszłość. – Wujek Thatch powiedział, że to naprawdę dobry pomysł!

– Oczywiście, że tak powiedział – mruknęłam i popatrzyłam na rozbawioną Claire.

– Nieustępliwy – powiedziała bezgłośnie i mrugnęła jednym okiem.

– Mila! Czas otworzyć prezenty, córeńko! – zawołał Frankie na tyle głośno, byśmy usłyszały w kuchni. Mila natychmiast puściła się biegiem prosto do piknikowego stolika, gdzie stały paczki opakowane w kolorowe papiery i błyszczące wstążki.

Kiedy wyszłyśmy z Claire na zewnątrz, kobieta szepnęła do mnie:

– Co powiedziałaś Mili?

Uśmiechnęłam się.

– Wszystko, co zapewne chciałaś powiedzieć, ale tego nie zrobiłaś, bo jesteś dobrą matką.

– Mam nadzieję, że powiedziałaś, by kopnęła tego małego gnojka w jaja.

Puściłam do niej oko.

– Och, nie martw się, było to coś mniej więcej w tym stylu.

Zaśmiała się, obejmując mnie jedną ręką.

– Przypomnij mi, bym poinformowała Thatcha, żeby nie pojawiał się u nas bez ciebie.

– Dobrze. Zrobię to, kupując naszemu przyszłemu dziecku i twojej córce bilety do Disney Worldu w Orlando.

Jak na razie zamierzałam dać mu swoje własne upomnienie.

# ROZDZIAŁ 6

## THATCH

Przyglądałem się, jak Cassie pruje ulicą i wiedziałem, że musiała wciskać gaz do dechy. Pożegnała się wcześniej, jej plan stał się dla mnie jasny, gdy usłyszałem, jak niewielki silniczek fiata budzi się do życia. Wybiegłem z domu Frankiego, ale zdołała odjechać. Moja torba nadal tkwiła w bagażniku.

– Wygląda na to, że potrzebujesz podwózki – powiedział przyjaciel, gdy powoli podszedł do mnie.

Wzruszyłem ramionami, wpatrując się w niknące tylne światła.

– Zapewne powinienem powiedzieć jej o planowanym przyjeździe do was, gdy tego ranka wykupowała mnie z więzienia.

Kobiecie takiej jak ona należało się chociaż tyle.

– Tak, a czemu tam trafiłeś? – zapytał.

– Nieważne.

– A, dobra. Wiem już. Nasze kochane miasteczko wciąż naskakuje na ciebie z powodu śmierci mojej siostry.

Przytaknąłem, choć nie było to pytanie, ale nie odezwałem się ani słowem. Nie musiał wiedzieć, że uwagę o Margo puściłem mimo uszu, ale tej na jego temat nie potrafiłem już zignorować. To właśnie ten komentarz mnie ubódł. Obróciłem się, by wrócić do środka, gdy z domu wybiegła Mila. Pustkę za mną wypełnił pisk opon na asfalcie. Zerkając przez ramię, zobaczyłem, że mały samochodzik szalonej kobiety stanął tam, gdzie wcześniej.

– Thatcher! – krzyknęła Cassie, która najwyraźniej objechała tylko kilka przecznic. – Chodź tu i wsiadaj!

Uśmiechała się od ucha do ucha, więc nie potrafiłem zapanować nad własną wesołością. Cassie puściła oko, ale nie do mnie. Odwróciłem się więc zaciekawiony.

Mila stała obok, chichocząc do Cassie, a Cassie wskazywała na nią.

– Co powiedziałam?! – krzyknęła przez uchyloną szybę.

Dziewczynka odkrzyknęła z ekscytacją:

– Zgotuj chłopakom piekło!

– Mila! – upomniała Claire, ale Frankie parsknął śmiechem.

– Dobra, teraz naprawdę ją lubię – powiedział o moim postrzelonym kierowcy. Można było śmiało rzec, że nie był w tym osamotniony.

Na miłość boską, rzuciłem ją wilkom na pożarcie, a poradziła sobie śpiewająco. Weszła w towarzystwo bez mojej pomocy, nosząc luźne spodnie i koszulkę jak suknię balową. Chociaż wciąż nie rozumiałem, skąd wytrzasnęła prezent dla małej.

Tak naprawdę nie była wkurzona z powodu podstępnej zmiany kierunku jazdy i niespodziewanego przystanku, po prostu dostosowała się do reguł gry.

Pocałowałem Milę i Claire w policzek, przybiłem z Frankiem żółwika, następnie podbiegłem do samochodu i złapałem za klamkę, gdy Cassie wcisnęła gaz, przejechała metr, po czym gwałtownie zahamowała. Jej rechot poniósł się po okolicy.

– Dobra, Mary, wpuść mnie do auta.

– Mary?! – pisnęła i ponownie odjechała kawałek.

Frankie, Claire i Mila przyglądali się nam uważnie, śmiejąc się coraz głośniej.

– Lepiej zapamiętaj moje imię, Thatcher. Niektóre kobiety mogą nie zwracać na to uwagi, ale ja jestem zdolna cię zamordować.

– To tylko przezwisko – powiedziałem ze śmiechem, gdy w końcu udało mi się otworzyć drzwi.

– Przezwisko? – prychnęła. – Wiem, że nie masz na myśli Maryi Dziewicy, więc lepiej mi to wyjaśnij.

– Poppins[1] – dodałem, ale dopiero gdy posadziłem tyłek na fotelu i włożyłem obie nogi do środka. Byłem pewny, że poczeka, aż wsiądę, bo ciekawość nie pozwoli jej mnie zostawić. – Jakim cudem miałaś tę lalkę w torebce?

Wzruszyła ramionami.

– Czasami gromadzę w niej różne rzeczy.

– Ale Barbie? Co tam jeszcze masz? Powiedz, że kajdanki i miniówkę.

Wzruszyła ramionami, jakby to była najbardziej normalna rzecz na świecie.

---

[1] Mary Poppins – postać fikcyjna, główna bohaterka serii książek dla dzieci autorstwa Pameli Travers. Mary Poppins to osobliwa niania posiadająca niezbyt przyjazną osobowość, a zarazem obdarzona magicznymi zdolnościami, dzięki którym jej podopieczni przeżywają niecodzienne przygody (przyp. tłum.).

– Lepiej mów, gdzie mam jechać. Nie jestem za dobra w kierunkach świata.

– Po prostu wróć tam, skąd przyjechałaś.

– Pamiętam jedynie, że coś wisiało ci z lewej.

– Nie mi – sprostowałem ze śmiechem.

Również się uśmiechnęła.

– Sąd orzeknie w tej sprawie.

– Tylko jeśli ty nim będziesz.

– Schowaj swój wzwód, Thatcher. Wyrok jest ostateczny – powiedziała, puściła do mnie oko i udawała, że uderza młotkiem w deskę rozdzielczą. Mój fiut raczej ogłuchł, ponieważ postąpił wbrew nakazom. Poprawiłem się na siedzeniu i wskazałem jej kierunek.

– Jedź po prostu z powrotem w prawo i skręć na skrzyżowaniu.

– W prawo? Jesteś pewien?

– Tak – powiedziałem, uśmiechając się cwaniacko.

Kiedy skręciła, wskazałem, by skręciła w lewo, ale wtedy stała się podejrzliwa.

– A nie przejeżdżaliśmy obok parkingu nad rzeką Saw Mill? Wydawało mi się, że widziałam tablicę.

– Żeby wrócić do domu, trzeba jechać naokoło – skłamałem.

Zmrużyła oczy, ale przejechała kolejny kilometr, nim ponownie zakwestionowała trasę.

– Chyba coś ci się w tych portkach jednak zepsuło, Thatcher. Nigdzie nie widzę tego parkingu.

– Och, wiesz co? – zapytałem, nie wychodząc z roli. – Chyba masz rację. Wjedź tam, będziesz mogła zawrócić.

– Ugh – jęknęła, a ja musiałem stłumić śmiech.

Żwir zachrzęścił pod oponami, gdy zjechała z asfaltu i zaczęła zawracać. Kiedy była w połowie manewru, krzyknąłem:

– Czekaj! Stop!

– Co? – pisnęła, wciskając hamulec tak gwałtownie, że natychmiast stanęliśmy.

Otworzyłem drzwi i wysiadłem, przyglądając się, czy zrobiła to samo, nim odpowiedziałem. Ponownie wpatrywała się we mnie szalonym wzrokiem, czułem jego moc na skórze. Na szczęście oparzenia wyimaginowanego lasera nie bolały.

– Dobra. Nie złość się, ale chciałem loda.

– O, ty sukinsynie! – zaskrzeczała.

Machnąłem jej zdawkowo ręką i uśmiechnąłem się bezwstydnie, a następnie odwróciłem się i wszedłem do lodziarni, choć w piersi przez całą drogę do drzwi grzmiał mi gromki śmiech.

– Śmiej się do woli, ale to jedyny lód, jakiego dziś zobaczysz. I lepiej uwierz, że nie uda ci się ze mną dłużej pogrywać.

To się jeszcze okaże.

## ROZDZIAŁ 7

## **CASSIE**

– Wysiadaj, Cass – polecił Thatch, trzymając w stalowym uścisku klamkę. Wpatrywałam się w jego rękę z irytacją, gdy żyły pulsowały na niej jak na jakimś porno GIF-ie.

*Pieprzcie się, zdradzieckie jajniki.*

Sukinsyn kolejnymi podstępami sprawił, że woziłam go w kółko pół dnia. Musiałam stanąć u Frankiego i w lodziarni, ale również w banku i kilku agencjach wynajmu w Queens, których najwyraźniej był właścicielem, nim udało mi się wrócić na drogę, choć nawet wtedy miałam wrażenie, że kusiło go, by zabrać mnie do baru. Na szczęście któraś z rzuconych pod jego adresem gróźb poskutkowała.

*Dzięki Bogu.*

Siedzieliśmy właśnie przed jego apartamentowcem i byłam gotowa wrócić do siebie i odespać całą tę eskapadę, ale Thatcher nieustannie blokował mi dostęp do łóżka. Po wszystkim, co przez niego przeszłam, uznał, że byłam zbyt zmęczona, by jechać do domu.

Pokręciłam głową.

– Wiem, że miło ci w moim towarzystwie, ale zmarnowałeś dziś już wystarczająco dużo mojego czasu, więc bierz tyłek w troki, gnojku, bo spadam stąd.

Położył długie ręce na drzwiach i dachu auta i pochylił się, uśmiechając do mnie.

– Kociaku, wiem, że jesteś kobietą wielu talentów, ale z twoją dalszą jazdą wiąże się pewien dylemat.

– O czym ty bredzisz? – zapytałam, czując, jak grawitacja ciągnie moje powieki w dół. Choć próbowałam, nie chciały się wystarczająco szybko unieść.

– Jestem pewien, że aby ruszyć to śmieszne autko, będziesz potrzebowała kierownicy i pedałów. – Ruchem głowy wskazał na przeciwną stronę deski rozdzielczej. – Które znajdują się tam.

Powiodłam wzrokiem w lewo i uświadomiłam sobie, że siedzę po stronie pasażera.

*Cholera.* Chyba naprawdę byłam zmęczona.

– Dziękuję, Kapitanie Oczywisty, ale już o tym wiedziałam – skłamałam, odpinając pas i przenosząc się za kółko. Thatch powstrzymał mnie, otaczając umięśnioną ręką w talii i wyciągając z samochodu.

– Szlag by cię trafił! Postaw mnie, ty ogrze!

Shrek zignorował moje polecenie, przerzucił mnie sobie przez ramię i ruszył w kierunku wejścia do budynku. Z imponującą precyzją rzucił kluczyki odźwiernemu i poprosił, by ten odstawił auto do wypożyczalni.

– Nie! Proszę go nie odstawiać! Zamierzam go używać! – krzyczałam, uderzając Thatcha w plecy.

– Uspokój się – powiedział. Śmiał się, stawiając płynne kroki po płytkach.

– Thatch! – krzyknęłam, a mój głos odbił się echem po marmurowych ścianach przestronnego holu. Cholera, nie kontrolowałam dziś niczego.

Wielka dłoń wylądowała na moim pośladku. Pisnęłam w odpowiedzi.

– Spokojnie, świrusko, inaczej dostaniesz więcej klapsów.

Wypalałam wzrokiem dziurę w jego plecach, żałując, że moje stopy nie stoją pewnie na ziemi, bym mogła go walnąć.

– Jeśli jeszcze raz dotkniesz mojego tyłka, odgryzę ci fiuta.

– Wiesz, nie kręci mnie gryzienie, ale dla ciebie jakoś to zniosę.

Pieprzony kłamczuch.

Przytrzymał mnie za uda i ruszył w kierunku windy. Gdy drzwi się zasunęły, wybrał piętro. Pojechaliśmy wysoko, jak się domyślałam – na samą górę, do najbardziej luksusowej części apartamentu.

Thatch puścił mnie dopiero, gdy znaleźliśmy się w jego mieszkaniu; wtedy mój tyłek wylądował na miękkiej skórzanej kanapie.

– Zostań – polecił. – Podgrzeję jakieś jedzenie, które, mam nadzieję, dostarczy ci wystarczająco energii, by pojechać metrem do domu.

– Nie jestem psem – odparłam, opierając się o kanapę. Nie wysiliłam się nawet, by obejrzeć jego mieszkanie. Było mi wygodnie, więc natychmiast zamknęłam oczy, a zmęczenie nie pozwoliło mi myśleć o czymkolwiek innym. Wyposażenie mieszkania, mężczyzna, z którym lubiłam się kłócić – wszystko to wymagało energii.

– Wygodnie, co?

Uchyliłam powiekę i zobaczyłam Thatcha stojącego nade mną z głupkowatym uśmieszkiem.

– Myślałam, że robisz mi coś do jedzenia.

– Myślałem, że nie jesteś zmęczona.

Opuściłam powiekę, pokazując mu wyprostowany środkowy palec.

– Daję oczom odpocząć.

– Wiesz, moja mama mawiała dokładnie to samo zaraz przed czterdziestogodzinną drzemką.

Drgnęły mi kąciki ust. Zabawny gnojek.

– Zamknij się i daj mi jeść – odpowiedziałam, ale nie brzmiało to bardzo przekonująco. Sen trzymał mnie już w swoich szponach.

W odpowiedzi usłyszałam jedynie dźwięczny śmiech i oddalające się kroki.

\*\*\*

– Co? – wymamrotałam, gdy wielkie dłonie przycisnęły mnie do twardej jak skała piersi.

*To kolejny sen z udziałem Henry'ego Cavilla?*

Uniosłam ręce, by osłonić oczy przed światłem i możliwością zarobienia kamieniem. W moich fantazjach o Supermanie zawsze wkoło latał jakiś gruz. A jeśli nie, działo się coś innego. Ostatnia fantazja o Cavillu skończyła się, gdy w ustach miałam jego pelerynę zamiast superfiuta. Obiecałam sobie wtedy, że nie dopuszczę, by ta niefortunna sekwencja zdarzeń znów się powtórzyła.

– Zasnęłaś na kanapie w najdziwniejszej pozycji, jaką kiedykolwiek widziałem. Pomyślałem, że w łóżku będzie ci wygodniej – powiedział miękki, ochrypły i podniecający głos.

– Henry?

– Kim, u diabła, jest Henry? – Głos stał się zły, kiedy podążaliśmy albo nawet lecieliśmy do nieznanego miejsca.

Zamrugałam i spojrzałam na Thatcha. Jego brązowe oczy były ciemniejsze niż normalnie, usta zaciskał w prostą linię. Wyciągnęłam rękę i powiodłam palcami po ciemnym, krótkim zaroście na jego policzku.

– Nie jesteś Henrym Cavillem.

– Nie – powiedział z uśmiechem. – Jestem lepszy.

– Ten sen jest jakiś inny, ale, niech mnie szlag, już jestem nakręcona.

Prawda była taka, że nie pierwszy raz fantazjowałam o znalezieniu się tak blisko Thatcha, żeby go poczuć, powąchać i pieprzyć, aż nie mogłabym chodzić. Było więc logiczne, że myśli te przekształciły się w sen.

Zaśmiał się cicho.

– To nie jest sen, kociaku.

Leżałam na czymś miękkim, może na kołdrze... a może mieliśmy dmuchać się na chmurce? Nie wiedziałam, byłam świadoma tylko tego, że otaczał mnie puch.

Wyśniony Thatch leżał obok, nakrył nas kocem... Właśnie wtedy uzmysłowiłam sobie, że byliśmy w łóżku, a właściwie w wielgachnym łożu. Fantazja czy nie, ten wielkolud rzeczywiście potrzebował tak wypasionego wyrka.

Umościł się wygodnie tuż przy mnie, układając się, jak zakładałam, w ulubionej pozycji – leżał na plecach z jedną umięśnioną ręką założoną za głową. Obróciłam się na bok, by przyjrzeć się jego ciału, uniosłam nawet koc i spostrzegłam, że miał na sobie bokserki. O Panie, jakież ten facet miał mięśnie. Był napakowany, tak jak to sobie wyobrażałam.

– Cass? Co robisz? – Przyglądał się, jak pogłaskałam jego twardą pierś.

– Jestem napalona – poinformowałam go. Czy wyśniony Thatch naprawdę musiał być aż tak trudno dostępny? Musiałam zacisnąć nogi, by powstrzymać pulsowanie między nimi. Jednak to nie wystarczyło. Chciałam czegoś więcej.

Roześmiał się cicho.

– Chyba dalej śnisz, kociaku. Zapewne powinnaś dłużej pospać.

Nie powstrzymał jednak moich dłoni przed zwiedzaniem jego ciała. A kiedy odkrywały nieznane, prześlizgnęły się na jego brzuch i niżej, aż do bokserek. O tak. Wyśniony Thatch też był napalony.

Uśmiechnęłam się do niego, uklękłam i usiadłam na nim okrakiem. Jęknęłam w chwili, gdy poczułam, jak długi, gruby penis przyciska się do mojej cipki.

– O cholera, tak.

Uniósł brwi.

– Kociaku…

– Ciii… – Przycisnęłam palce do jego ust. – Leż i rozkoszuj się jazdą, Thatch. Sprawię, że dla nas obojga będzie to zajebiście przyjemne.

– Kurwa – jęknął, gdy otarłam się o niego. – Kurwa. Co się dzieje?

– Nie wiem, ale naprawdę mi się to podoba.

– Obudziłaś się w ogóle? – Złapał mnie za biodra, aby zatrzymać w bezruchu. Z mieszaniną pożądania, ale i troski wpatrywał mi się głęboko w oczy.

Pokręciłam głową i roześmiałam się, gdy wyśniony Thatch próbował mnie podejść. Przygryzłam dolną wargę.

– Za to ty nie śpisz. – Aby podkreślić swoje zdanie, ponownie się o niego otarłam, nawet pomimo jego prób powstrzymania mnie. Jego fiut był twardy i pobudzony. O tak... – Uwielbiam, kiedy jesteś pomiędzy moimi nogami.
– Chryste – ponownie jęknął.
Pochyliłam się i przywarłam do jego ust. Mój język wślizgnął się pomiędzy jego wargi i pocałowałam go głęboko. Thatch przestał się opierać i wsunął mi palce we włosy, przejmując kontrolę nad pocałunkiem. Macanki przybrały na sile, wyścig, by znaleźć się jak najbliżej, zmienił się w zapasy. Oboje jęczeliśmy w swoje usta, ocieraliśmy się o siebie, odnajdując idealnie przyjemny rytm.

Kiedy poczułam, że iskra rozpaliła ogień pomiędzy moimi nogami, cały sen stał się nieco bardziej wyraźny, jakby przeszedł w napędzaną żądzą rzeczywistość. Zaskoczona usiadłam, przerywając pocałunek i patrząc na Thatcha. To uczucie szybko wzrastało, kołatanie w piersi na pewno nie było zasługą snu. O nie, zdecydowanie nie spałam i byłam dwie sekundy od pieprzenia tego faceta.

Cóż, tego się raczej nie spodziewałam.

Przetarłam oczy, mrugając, po czym ponownie spojrzałam na mężczyznę leżącego pode mną. Thatch wydawał się całkowicie zdezorientowany, ale wciąż widziałam w jego rozszerzonych źrenicach pragnienie.

– Cass? – zapytał, patrząc na mnie.

Zastanawiałam się przez dobre pół minuty. Z łatwością mogłam zatrzymać tę sytuację, zanim zabrnęłaby za daleko. Wiedziałam, że Thatch nie robiłby z tego problemu, ale sęk w tym, że nie miałam powodu, by to przerwać. Nie spałam, fiut Thatcha nadal był twardy, a moja szparka błagała o porządną jazdę.

Patrząc na całą scenę obiektywnie, to on mnie obudził. Oznaczało to, że musiał wziąć za to odpowiedzialność i pomóc mi ponownie zasnąć.

Tak, dokończymy to. Miałam zamiar ujeżdżać tego giganta, aż za pomocą oszałamiającego orgazmu ukołysze mnie do pieprzonego snu.

– Wiesz co, Thatch? – zapytałam, uśmiechając się do niego. Milczałam przez dłuższą chwilę, ale wydawał się usatysfakcjonowany, gdy głaskałam jego ciało wszędzie, gdzie mogłam sięgnąć.

– No co? – Przechylił głowę na bok, kładąc zachłanne ręce na moich udach.

Pochyliłam się i ponownie go pocałowałam, wsuwając język pomiędzy jego wargi i smakując go, nim zaczęłam ssać jego język, przez co z jego gardła wydostał się upojny jęk.

– Będę cię pieprzyć – poinformowałam go, gdy przesunęłam usta na jego żuchwę, szyję, a następnie na pokrytą tatuażami pierś.

– Tak? – zapytał zdziwionym, niemal wytrąconym z równowagi głosem.

– O tak. Zajmę się twoim wzwodem i fantastycznie się zabawię. – Uśmiechnęłam się, kiedy znalazłam coś błyszczącego i metalowego do zabawy językiem. Zamknęłam usta na jego przekłutym sutku, zasysając kolczyk i bawiąc się nim. Dzięki tej torturze z jego ust padło kilka przekleństw, więc ponownie usiadłam na piętach.

Do diabła, ciało Thatcha nieźle się prezentowało.

– Obudziłeś mnie, więc winien mi jesteś orgazm. A ja zawsze dostaję, co mi się należy.

– Jestem… Co? – zapytał, na wpół się śmiejąc, na wpół jęcząc. Zgadywałam, że ocierająca się o niego dziewczyna mogła otrzymać taką właśnie odpowiedź.

– Jesteś moim dłużnikiem – powtórzyłam, zdejmując koszulkę i biustonosz i rzucając je na podłogę.

Przestał zadawać pytania, zbyt zajęty wpatrywaniem się w moje piersi. Objęłam je rękami, palcami ściskając sutki. Przyglądałam się, jak wbijał w nie wzrok.

– Cholera, ależ jesteś piękna. – Zwilżył językiem dolną wargę, nie odrywając ode mnie oczu, niezdolny spojrzeć gdziekolwiek indziej niż na moje cycki.

– Chcesz spróbować mojego piękna?

– Nie zadowolę się samym próbowaniem – przyznał. Usiadł i w zniewalającym pocałunku zawładnął moimi ustami. Nasze języki walczyły ze sobą, gdy złapał mnie za pośladki i przesunął po swoim członku. – Pragnę cię całą, kociaku – szepnął przy moich wargach, nim pochylił głowę i wziął w usta mój sutek.

Miał cudowny język, byłam zachwycona, gdy dwa razy liznął mnie szybko, a raz długo i powoli. Otarłam się o niego biodrami, wsunęłam mu palce we włosy, zachęcając, by poświęcił drugiej piersi tyle samo uwagi. Zrobił to. Był domyślny.

Istniała granica drażnienia, które potrafiłam znieść, nim zaczęłam odczuwać frustrację. Szarpnęłam go za włosy, by spojrzał mi w oczy.

– Rozbieramy się. Zakładamy gumkę. Potrzebuję twojego fiuta.

Thatch nie zastanawiał się dwa razy, obrócił mnie na plecy i jak magik zdjął moje spodnie i majtki. Jego bokserki również zniknęły, pomiędzy jednym mrugnięciem a drugim nasunął prezerwatywę.

Zanim zdołał przejąć kontrolę, popchnęłam go na łóżko, usiadłam na nim okrakiem i wprowadziłam w siebie.

– O cholera – jęknęłam, gdy znalazł się we mnie cały.

– Rany, ależ to dobre – powiedziałam, gdy zaczęłam się powoli poruszać w górę i w dół, a moje mięśnie zaciskały się wokół niego za każdym razem, gdy wchodził głęboko. Ciepło jego piersi paliło mnie w dłonie, czułam się jak pobudzona do życia przez defibrylator.

– Czuję twoją cipkę, kociaku. Gdybyś na mnie nie siedziała, wielbiłbym ją językiem. – Objął moje piersi, kciukami dotykając sutków, przez co zadrżałam.

– Jak tylko chcesz – powiedziałam, zeszłam z niego i przesunęłam się, by znaleźć się na jego twarzy. Zaczął zmieniać pozycję, ale jedną ręką chwyciłam go za włosy, a drugą pomogłam mu się do siebie dostać. – Liż, Thatch. Spraw, bym szczytowała na twojej twarzy.

# ROZDZIAŁ 8

## THATCH

*Zawału przez nią dostanę.*

To znaczy... jakie w ogóle były jego objawy? Może nie u wszystkich, ale u kogoś takiego jak ja zawał serca z pewnością objawiałby się w ten sposób.

Kremowe uda Cassie ocierały się o moje zarośnięte policzki, pobudzając nerwy.

Boże. Okej. Jezu, musiałem się rozluźnić. Moje serce biło niekontrolowanie szybko, nie było mowy, bym dłużej niż minutę utrzymał takie tempo.

Ale... kurwa. Zapach piczki, która dosłownie ujeżdżała moją twarz, był niesłychanie dobry. Nie pachniała jak nic innego – nawet inne cipki – ale bez względu na jej feromony, stworzona została specjalnie dla mnie. Cud dla mojego fiuta. Nie wiedziałem tego wtedy, bo myśli zajmowała mi jedynie idealna szparka tej szalonej kobiety, a nie filozofia przeznaczenia, ale sprawa była poważniejsza niż kiedykolwiek. Gdyby ktoś kazał mi postawić na to piętnaście kawałków, zrobiłbym to bez mrugnięcia okiem.

W jaki sposób się tutaj znaleźliśmy? Jakim cudem uprawiałem seks z Cassie Phillips? Najpewniej mój umysł był zbyt zajęty, by skupiać się teraz na tym problemie.

Kiedy mocniej opuściła się na moje usta i jęknęła, poznałem, że musiałem o wszystkim zapomnieć i skoncentrować się tylko na tym, co wiedziałem. A wiedziałem, jak zająć się tak idealną pipką.

Sekret był prosty.

Nigdy nie było tak samo.

Waginy były wyjątkowe. Nawet wagina tej samej kobiety, tego samego dnia i o tej samej godzinie potrafiła być pełna sprzeczności. Mogła być wybredna, choć hojna i nawet jeśli kręciły ją postrzelone rzeczy, to kluczem do sukcesu była różnorodność działania i wyczucie nastroju.

Robiłem, co mogłem, wsłuchując się w sygnały dawane przez Cassie, jej jęki i piski, a także przyspieszony oddech. Czy chciała szybciej, czy wolniej? Nacisk był właściwy? Odpowiedź nigdy nie była spójna, ale bardzo mi się to podobało. Za każdym razem, gdy zostawałem nagradzany podwinięciem palców u stóp czy ściśnięciem kolan, starałem się jeszcze mocniej.

Lizałem i ssałem, a ona ujeżdżała moją twarz. Jej skóra przybrała kolor sutków, mój fiut wzdrygnął się w odpowiedzi.

– Boże, tak. Liż, Thatch – wykrzykiwała, więc przycisnąłem język do miękkiej nagiej skóry. Nigdy wcześniej żadna kobieta nie wydawała mi poleceń, przejmując w takiej chwili kontrolę, ale nie miałem nic przeciwko temu, ba, byłem od tego daleki.

Miała dojść na szczyt tylko dzięki mnie, a był to jedyny bodziec, jakiego w tej chwili potrzebowałem. Ta szalona kobieta była prawdziwą boginią, a ilekroć zapragnie minety, będę na jej usługi – bez zadawania zbędnych pytań.

*No dalej, kociaku, przeżyj to na mojej twarzy.*

Kiedy myślałem, że to się stanie, skradła mi tę chwilę, zeskakując ze mnie. Jęcząc, opuściła się na moje ciało i wróciła do mojego fiuta.

– Pieprz mnie – nakazałem szeptem.

– Nie, kochanie – poprawiła, kręcąc głową. – Nie tym razem. Teraz sama się będę pieprzyć.

I, Boże, zrobiła to, przesuwała się w górę i w dół, używając mnie jak wibratora, nie dając się nawet ruszyć. Byłem jedynie narzędziem, sama odwalała całą robotę. Takie zachowanie nie było niemożliwe, ale musiałem przyznać, że rzadko się zdarzało, by kobieta wykazywała aż taki brak skrępowania.

Objąłem jej piersi, które podskakiwały mi przed twarzą, i uśmiechnąłem się w duchu, gdy nie odtrąciła moich dłoni. Były ciężkie, a kiedy pogłaskałem kciukami ich szczyty, zwilżyła wargi językiem i wspięła się na szczyt.

Odchyliła głowę, zamknęła oczy i mocniej ścisnęła udami moje biodra.

Kiedy z długim westchnieniem opadła na moją klatkę piersiową, złapałem ją za pośladki, głaszcząc lekko, by dać jej chwilę na zebranie sił. Była zmęczona, gdy tu przyjechaliśmy, a teraz sama wykonała całą pracę.

– Wszystko dobrze, kociaku? – zapytałem, dotykając ustami jej policzka i zaciągając się wonią jej skóry. Boże, pachniała wybornie. Jak pomarańcze i my. Polizałem jej ramię.

Nie poruszyła się ani nie odezwała.
- Cassie? – zapytałem.
Do mojego ucha dotarło miękkie chrapanie, więc wiedziałem.
*Po prostu zasnęła. Cholera, zasnęła...*
*Jezu.*
Mój podekscytowany fiut nie doczeka się dziś szczęśliwego zakończenia. Nie, gnojek miał przerąbane przez nagłą zmianę akcji, a ja musiałem przekazać mu tę wiadomość.
*Przykro mi, stary, tym razem nie będzie pełnych ośmiu sekund jazdy.*

Najdelikatniej jak potrafiłem, zdjąłem z siebie Śpiącą Królewnę, choć kiedy potrząsnąłem jej ramieniem, by ją jednak obudzić, dowiedziałem się, że wcześniejszy trud i delikatność były daremne.

– Szlag by to trafił – wymamrotałem pod nosem, wstając z łóżka i człapiąc do łazienki. Może nie byłem zadowolony, ale mój fiut był wściekły jak osa. Zdjąłem gumkę, na żołędzi znalazłem odrobinę preejakulatu, ale żadnej ulgi.

*Nie złość się, dupku,* powiedziałem do niego w myślach. *To nie moja wina... Chyba.*

Cała sytuacja była dezorientująca. Nie rozumiałem, jak do niej doszło ani dlaczego skończyło się w ten sposób. Nic z tego nie miało pieprzonego sensu.

Kurki prysznica zazgrzytały lekko, gdy je odkręciłem i wszedłem pod niezbyt ciepły strumień wody.

Moja ręka była strasznie marnym substytutem cipki Cassie, ale nie miałem wyboru. Poruszałem palcami, wyobrażając sobie jej podskakujące cycki i ich wagę w każdej z moich dłoni. Kilkakrotnie patrzyła mi głęboko w oczy, przyglądała się mojej twarzy z tak bliska, że niemożliwe, by zapomniała, kogo pieprzyła.

I nie była w tym osamotniona. Po dzisiejszej nocy do końca życia będę w stanie wyobrazić sobie każdy fragment jej ciała.

Przeciętny orgazm nie przyniósł ulgi, ale brałem, co było, następnie wytarłem się pospiesznie i wróciłem do łóżka, by położyć się obok mojej nowej ulubienicy.

Spała mocno, co nie powstrzymało mnie od przyglądania się jej unoszącym się przy każdym oddechu piersiom. Zauważyłem też, że jej twarzy brak było zwyczajowej ostrości.

Była piękna, ale też inna. I nigdy nie przepraszała za swoją wyjątkowość. Pochłaniałem ją wzrokiem, a gdybym miał być szczery, powiedziałbym, że zaczynałem się zatracać.

\*\*\*

Rankiem rozdzwonił się budzik ustawiony w telefonie, bezlitośnie informując, że czas wstać do pracy. Wyciągnąłem rękę, by go uciszyć, ale zamiast jak zwykle leżeć na szafce nocnej, komórka dzwoniła w dawno zapomnianych dzięki pięknej kobiecie spodniach znajdujących się na podłodze po drugiej stronie pokoju.

Odrzuciłem kołdrę i pospieszyłem go wyłączyć. Spojrzałem przez ramię na łóżko, ale Cassie nawet nie drgnęła.

Najwyraźniej naprawdę lubiła dobrze pospać.

Poszedłem do łazienki, wziąłem szybki prysznic i wprawnie ubrałem się do pracy. Wróciłem do salonu z marynarką przewieszoną przez rękę. Położyłem ją na oparciu kanapy i poszedłem nastawić kawę.

Kiedyś obywałem się bez snu. Mając udziały w tak wielu firmach i spędzając czas w studiu tatuażu, kiedy tylko mogłem, bardzo krótko spałem. Jednak wtedy było inaczej. Teraz byłem zaspany i sfrustrowany seksualnie i choć brak wypoczynku mi nie przeszkadzał, nie zamierzałem paść ofiarą napięcia. Wczoraj musiałem spuścić nieco pary, by móc normalnie funkcjonować, ale frustracja w połączeniu ze wspomnieniami ciała Cassie sprawiały, że dzisiejszy dzień w pracy zapowiadał się na najdłuższy w historii.

Przed wyjściem poszedłem do sypialni i okrążyłem łóżko, by znaleźć się po stronie, po której spała Cassie. Usiadłem przy jej talii i odsunąłem jej z twarzy zmierzwione włosy.

– Cassie – szepnąłem, potrząsając jej biodrem. – Obudź się, kociaku.

Nie poruszyła się, więc potrząsnąłem nią mocniej, a kiedy odzyskała świadomość, nie była zbyt miła i uprzejma.

Zamachnęła się i gdybym się nie odsunął, dostałbym prawym sierpowym w głowę. Dziewczyna wyskoczyła zaraz z łóżka, zatrzymała się, wpatrując we mnie z dzikością w oczach.

– Nic z tobą nie jest łatwe, co? – zapytałem ze śmiechem.

Zmrużyła oczy, rozejrzała się, jednak rzeczywistość musiała wrócić do niej dość szybko. Podbiegła do mojej komody, wyszarpała z szuflady koszulkę i bez słowa włożyła ją przez głowę.

– Masz tu jakąś kawę? – zapytała, wskazując na drzwi.

– Tak – odparłem i poszedłem za nią, gdy pospieszyła korytarzem. – Przepraszam, że cię obudziłem, ale muszę iść do pracy.

– Spoko – powiedziała, lekceważąco machając ręką. Nalała sobie kawy do kubka.

Uśmiechnąłem się i otworzyłem usta, ale gdy tylko przygotowała sobie napój, obróciła się na pięcie i pomaszerowała z powrotem do mojej sypialni.

Ponownie za nią podążyłem, spodziewając się, że zacznie zbierać swoje ubrania, ale weszła do łóżka i z kubkiem przed twarzą nakryła się kołdrą.

– Muszę, eee... – zacząłem – iść do pracy.

– Wiem – potwierdziła, kiwając przy tym głową. – Miłego dnia.

*Co do...?*

– Okej... Do zobaczenia? – powiedziałem, jakbym zadawał pytanie.

– Tak, jasne – zgodziła się, upijając łyk kawy, i sięgnęła po pilota leżącego na szafce nocnej.

– Masz tu kanał Bravo?

– Chyba... – Pokręciłem głową. – Że co?

– Przegapiłam ostatni odcinek *Vanderpump Rules*. Georgie wkręciła mnie w ten serial.

– No tak – zgodziłem się, choć za cholerę nie wiedziałem, dlaczego. – Jestem pewien, że mam pełen pakiet.

– Zajebiście.

Usilnie próbowałem pojąć, co się działo.

– Tooo... wychodzę teraz do pracy. Zostaniesz tu na trochę?

– Tak – odparła z uśmiechem i mi pomachała. – Chcesz jakieś śniadanie? Umrę zaraz z głodu.

Jej słowa do mnie nie docierały. Wiedziałem, że poranki nie były jej ulubioną porą dnia, więc może potrzebowała dłuższej chwili, by się rozkręcić.

– W lodówce powinny być jakieś jajka. Może nawet boczek.

– O, boczek – zanuciła. – A masz sałatę i pomidory?

Pomyślałem o tym.

– Chyba tak.

– Fantastycznie. Uwielbiam kolorowe kanapki na lunch.

– Lunch?

Skinęła głową i mnie uciszyła. Zaczynał się jej serial, więc wsunęła się głębiej pod kołdrę.

– To... na razie? – powiedziałem niepewnie.

Uśmiechnęła się z lekką irytacją.

– Pa. Powodzenia.

– Dzięki.

Wyszedłem z sypialni, przemierzyłem korytarz, wziąłem marynarkę, portfel, klucze i stanąłem pod drzwiami.

Kiedy jednak zamknęły się za mną, dopuściłem do swojej głowy maniakalnie natarczywą myśl przekształcającą się w palące pytanie: *Co, u licha ciężkiego, się tu właściwie działo?*

\*\*\*

Nie potrafiłem się skupić. Noc. Poranek. Wszystko to mieszało się w moim umyśle i zataczało kręgi. Ledwie byłem w stanie pracować. Jeśli przypomnę sobie później najważniejsze ustalenia z moich dzisiejszych spotkań, będzie to istny cud.

Normalnie pracowałem efektywnie: kończyłem jedno zadanie i rozpoczynałem kolejne. Dziś nie potrafiłem nawet znaleźć czegokolwiek na swoim biurku.

Sparaliżowany niewiadomym, spróbowałem wysłać Cassie wiadomość, by nacisnąć na nią, aż pęknie. Jednak skutek oczywiście był odwrotny od zamierzonego, dziewczyna lubiła pisać – wysłała mi kilkanaście SMS-ów i była w nich tak swobodna, że mógłbym przysiąc, iż pisaliśmy do siebie od wieków.

Wpatrywałem się oniemiały w rozmowę na ekranie.

Ja: MOŻESZ NASTAWIĆ ZMYWARKĘ?

Cassie: TERAZ NIE. PRÓBUJĘ ROZGRYŹĆ TWOJĄ NAGRYWARKĘ. NIE CHCĘ PRZEGAPIĆ FILMU O 14:00.

Ja: CO BĘDZIESZ ROBIĆ O 14:00? A WIESZ, ŻE NACIŚNIĘCIE GUZIKA W ZMYWARCE ZAJMIE CI JAKIEŚ DWIE SEKUNDY? WIERZĘ W TWOJĄ PODZIELNĄ UWAGĘ, KOCIAKU. WIDZIAŁEM CIĘ, GDY BAWIŁAŚ SIĘ CYCUSZKAMI, UJEŻDŻAJĄC MOJEGO FIUTA.

Cassie: ALE CHODZIŁO O ORGAZM. ZMYWARKA NIE JEST TAK FAJNA. TAK CZY INACZEJ, JESTEM BARDZO ZAJĘTA PRZEGLĄDANIEM TWOICH RZECZY. ZROBIŁAM SOBIE PRZERWĘ TYLKO PO TO, BY NAGRAĆ TEN FILM. TWOJE MIESZKANIE JEST CHOLERNIE DUŻE, NIE JESTEM PEWNA, CZY SKOŃCZĘ DO 14:00.

Cassie: TEN KWIATOWY PŁYN DO KĄPIELI STOJĄCY OBOK WIELGACHNEGO JACUZZI JEST TWÓJ? CZY TO TYLKO DLA KAWALKADY TWOICH CIPECZEK?

Cassie: OOO, TO TAK TO DZIAŁA. KARMISZ JE, POISZ, PIEPRZYSZ, PO CZYM MYJESZ W TEJ WIELKIEJ WANNIE Z BĄBELKAMI I ZWRACASZ ŚWIATU.

Cassie: To słodkie, T. Bardzo miłe z Twojej strony.

Cassie: Zapewne sama powinnam z niej skorzystać. Tak, dodam to do swojej listy.

Ja: #1: Nie mam żadnej kawalkady cipeczek. #2: Jestem dorosłym mężczyzną – jeśli chcę się taplać w pianie, robię to. #3: Odłóż wszystko tam, gdzie to znalazłaś.

Cassie: O, ładna wizja. Ty i Twój wzwód w wannie z pianką.

Cassie: I nie martw się. Rozgryzłam nagrywarkę. Wszystko w porządku. Możesz wracać do pracy.

– Kline Brooks na linii – powiedziała przez interkom moja sekretarka Madeline.

Wyrwała mnie tym z oszołomienia. Zamknąłem skrzynkę odbiorczą, wymamrotałem podziękowanie i odebrałem telefon.

– Kline.

– Cześć, T. – przywitał się zwyczajowo. Poruszałem niespokojnie nogą, przez co elegancki but stukał o podłogę pod biurkiem. – Muszę porozmawiać z tobą o…

– Nie musisz mi mówić o tych bzdurach – przerwałem mu, wiedząc, że nie usiedzę ani minuty, słuchając o fuzjach i przejęciach, i technicznych sprawach całego firmowego bałaganu. – Ale cholernie pewne, że ja muszę pogadać z tobą.

– Co? O czym ty mówisz?

Zbyt podekscytowany, zrobiłem oczywiście odwrotnie niż planowałem. Wystrzeliłem w stratosferę, zanim odliczanie do startu w ogóle się rozpoczęło.

– Przeleciałem wczoraj Cassie.

– Co takiego?! – wykrzyknął.

– To znaczy chyba przeleciałem – poprawiłem się. – Tak naprawdę to ona przeleciała mnie. Nie wiem nawet, jak to się stało ani, co się właściwie stało, ani, cholera, jakkolwiek to było. Jestem cholernie zdezorientowany.

Kline zawsze szybko wychodził z szoku. Jak się spodziewałem, natychmiast się otrząsnął i zaczął zadawać pytania.

– Jak to zdezorientowany? Nie było cię przy tym? Nie chciałeś tego?

– Nie! – warknąłem, równie osłupiały. – O to właśnie chodzi. To znaczy, byłem przy tym, ale tak, jakbym nie musiał być. Niczego nie zainicjowałem. Tak jakoś samo wyszło, a kiedy się stało, stary, było zajebiście, mimo to niczego nie kontrolowałem.

– Może właśnie dlatego było tak dobrze – zażartował.

Skrzywiłem się i parsknąłem drwiąco:

– To nie jest dobry czas na żarty, koleś.

– Nie, och, nie – zaprzeczył. – To bardzo dobry czas. Zrobiłbyś mi to samo, ale mogę ci powiedzieć, jak fajnie jest być po drugiej stronie.

– Pieprz się. – Pokazałem mu oba środkowe palce na raz. To nic, że nie mógł tego zobaczyć. Od razu poczułem się lepiej.

Kline się roześmiał.

– Szlag – wymamrotałem, kiedy uświadomiłem sobie, że mogłem się jedynie rozłączyć. Nigdy w życiu bardziej nie potrzebowałem się wygadać, a nie miałem w tej chwili

nikogo, kto by mnie wysłuchał, więc musiałem znieść jego docinki, a nawet je polubić. – Dobra, nabijaj się.
– Dzięki – odparł. – Tak zrobię.
Zmrużyłem oczy w akcie sprzeciwu wobec jego radości, ale i tak wyłożyłem, co leżało mi na sercu.
– Zasnęła na moim fiucie.
– Okeeej – zaryzykował. – Może jednak nie powinienem słuchać o szczegółach.
Zignorowałem jego wrażliwość.
– Zaraz po orgazmie. Doszła na mnie i…
– Jezu!
– I, bum! Jakby ktoś wyłączył jej zasilanie. Zrobiła to z członkiem w najsłodszej pipce, w jaką udało mi się wejść i której dosłownie nie mogłem pieprzyć. To znaczy, mógłbym, ale gdzieś przecież jest granica, a seks na śpiocha byłby przegięciem.
– Nie wiem, co ci poradzić – przyznał Kline. Jeśli mojemu światłemu przyjacielowi brakowało pomysłów, to do kogo miałbym zwrócić się o pomoc?
– Ja też nie. Wykorzystała mnie jak jakiś pieprzony środek nasenny!
Do moich uszu doszedł dźwięk, jak zakładałem, tłumionego śmiechu.
Jedna myśl przechodziła płynnie w drugą i gdy najgorsze szczegóły wracały do mnie falami, paplałem dalej:
– Wciąż jest w moim mieszkaniu!
– Co?
– Rano nie chciała wyjść. – Potarłem zmarszczone czoło. – Wydaje mi się, że chce się wprowadzić.

– Dobry Boże. Zwolnij. Na miłość boską, przecież się nie wprowadzi. A jeśli nawet, to będzie to ruch, który zupełnie nie mieści mi się w głowie.

Kurwa. Wiedziałem, że prawdopodobnie wcale się nie wprowadzi. To znaczy, byłoby to popieprzone. Ale taka była też wczorajsza noc, więc naprawdę nie wiedziałem, co w tej chwili myśleć. Nie miałem zielonego pojęcia. Stałem się tak skołowany, że zdarzyłby się cud, gdybym w tym momencie potrafił odróżnić lewą rękę od prawej.

– Muszę skonsultować to z Georgie.

– Nie roznoś plotek!

– Jeśli myślisz, że przemilczę to przed żoną, jesteś w wielkim błędzie.

– Nienawidzę cię.

– Tak, cóż, ja nienawidzę cię od lat, a wciąż tu jesteś. Wyobrażam sobie, że w drugą stronę będzie tak samo.

Nie podał odpowiedzi. Nie udzielił rady.

Nie było szans, bym się z tym uporał, póki nie dotrę do sedna.

# ROZDZIAŁ 9

## CASSIE

Koło południa postanowiłam zrobić sobie przerwę w drażnieniu Thatcha za pomocą SMS-ów i wzięłam prysznic. Kiedy jedną ręką myłam brązowe loki, drugą powiodłam po granitowych blatach, szukając opuszkami śladów. Ale nic. Ani grama kurzu. Jak na kawalera to mieszkanie było zaskakująco czyste. Niemal za czyste.

Tak, może powinnam przykręcić mu śrubę nieco bardziej, bo, bądźmy szczerzy, miałam niesamowitą radochę, wkręcając go.

Wzięłam telefon i w drodze do garderoby napisałam:

Ja: MASZ POKOJÓWKĘ?

Thatch: RITA JEST MIŁA, PRZYCHODZI DWA RAZY W TYGODNIU.

Ja: WIEDZIAŁAM, ŻE TO NIEMOŻLIWE, BY KAWALER ZDOŁAŁ UTRZYMAĆ TAKI PORZĄDEK. PRYSZNIC AŻ BŁYSZCZY.

Thatch: JESTEŚ POD MOIM PRYSZNICEM?

Ja: JUŻ NIE, ŚWIRUSIE. TERAZ JESTEM W GARDEROBIE.

Thatch: MOJEJ GARDEROBIE?

Ja: EEE, TAK. A CZYJEJ? MUSZĘ COŚ NA SIEBIE WŁOŻYĆ.

Thatch: NIE KRADNIJ MOJEJ ULUBIONEJ KOSZULKI.

Nie musiałam nawet pytać, by wiedzieć, że miał na myśli tę z napisem: „Krążą pogłoski, że jestem boski".

Ja: Możesz dać se siana, bo zrobiłam z niej właśnie coś lepszego.

Thatch: Co takiego?

Wróciłam do świeżo pościelonego łóżka – widzicie, był ze mnie dobry gość – położyłam na nim koszulkę, po czym zrobiłam zdjęcie i mu wysłałam.

Thatch: Co, u licha, zrobiłaś z moją koszulką?

Ja: Była za duża.

Oczywiście nie miałam wyjścia, musiałam wykorzystać swoje amatorskie umiejętności krawieckie. Jego koszulka mogła robić za sukienkę, ale byłaby raczej podomką niż stylową suknią. Na szczęście skróciłam ją o kilka centymetrów, użyłam nici i igły i ta-dam! Stara koszulka Thatcha była w tej chwili moim nowym uroczym topem.

Thatch: Chwila... a dlaczego nie włożyłaś swojej? Jesteś teraz naga w mojej sypialni?

Ja: Nie. Jeśli o to chodzi, mam na sobie obcisłe slipy, które, muszę przyznać, są naprawdę słodkie, Thatch. Podoba mi się, że takie nosisz.

Thatch: Muszę je nosić, gdy gram w rugby, mądralo.

Ja: Stanowią lepsze podtrzymanie dla superfiuta?

Thatch: Tak, a jeśli jesteśmy już przy temacie, mój superfiut (idealna ksywka) chce popatrzeć na twoje cycuszki. Daj je, proszę, do telefonu.

Ja: E tam. Powinieneś wcześniej do mnie napisać. Wymacałam je już dzisiaj.

Thatch: POD MOIM PRYSZNICEM???

Ja: NIE. PREFERUJĘ MASTURBACJĘ W ŁÓŻKU, THATCHER.

Thatch: WIĘC MÓWISZ MI, ŻE LEŻAŁAŚ CAŁY DZIEŃ W MOIM ŁÓŻKU (NIE LICZĄC PRZERW NA GRZEBANIE W MOICH RZECZACH), GŁASZCZĄC W MOJEJ POŚCIELI SWOJE FUTRO?

Ja: MASZ Z TYM JAKIŚ PROBLEM?

Thacth: NIE, ALE W MOIM MIESZKANIU PANUJĄ ZASADY.

Ja: ZASADY?

Thatch: JEŚLI NIE MA MNIE W DOMU, BYM MÓGŁ BYĆ TEGO ŚWIADKIEM, MUSISZ TO NAGRAĆ.

Ja: SCHOWAJ WZWÓD, THATCHER.

Thatch: SAMA ZACZĘŁAŚ, ŚWIRUSKO. TO NIE JA LATAM Z GOŁYM FIUTEM PO TWOIM MIESZKANIU, WYCIERAJĄC GO W TWOJĄ POŚCIEL.

Ja: DOBRA, JAK CHCESZ.

Thatch: KOŃCZĘ SPOTKANIE O 13:30. PRZYGOTUJ SWÓJ OBŁĘDNY BIUST DO KONFERENCJI Z MOIM SUPERFIUTEM.

Ja: PRZYKRO MI, ŻE MUSZĘ CIĘ ROZCZAROWAĆ, ALE IDĘ Z GEORGIE NA LUNCH.

Thatch: JESTEŚ MOJĄ DŁUŻNICZKĄ.

Ja: WCALE NIE.

Thatch: KIEDY W TWOJEJ GŁÓWCE WSPOMNIENIA Z WCZORAJ POUKŁADAJĄ SIĘ W ŁADNĄ CAŁOŚĆ, ZROZUMIESZ, ŻE JEDNAK JESTEŚ. MIŁEGO LUNCHU, KOCIAKU.

*Co to, u diabła, miało znaczyć?*

Pieprzyliśmy się, osiągnęliśmy spełnienie, poszliśmy spać. Jestem pewna, że nic nie schrzaniłam. Nie trudziłam się czytaniem między wierszami, dochodząc do wniosku, że to jakiś wybryk Thatcha, i dokończyłam przygotowania. Nawet jeśli musiałam pożyczyć od niego majtki i koszulkę, byłam wdzięczna, że w torebce miałam czarną ołówkową spódnicę. I za to, że owa spódnica była czysta. Bingo.

\*\*\*

Czterdzieści minut później weszłam do gabinetu Georgii. Zastałam ją za biurkiem, wpatrzoną w ekran komputera, gdy kręciła głową.

– Odpowiedź brzmi „nie" – powiedziała. Zgadywałam, że prowadziła wideokonferencję, ponieważ szczerzyła zęby jak głupi do sera. Musiałam uważniej zbadać sprawę.

Obeszłam jej biurko i na ekranie odkryłam uśmiechającego się do żony Kline'a.

Spojrzałam na niego ponad ramieniem przyjaciółki.

– Cześć, Wielkofiuty, jak leci? Przerywam popołudniową sesję brandzlowania?

Zaśmiał się w odpowiedzi i odwrócił wzrok. Naoglądałam się wystarczająco wiele seriali kryminalnych w telewizji, by wiedzieć, co miał na sumieniu.

– Chryste – mruknęła Georgia, a jej idealne policzki zmieniły kolor na purpurowy. – Możesz przestać nazywać tak mojego męża?

– Przestanę, kiedy ty przestaniesz się z tego powodu wstydzić.

– I to nie była żadna „sesja brandzlowania" – poprawiła, zaznaczając palcami cudzysłów w powietrzu. – To codzienna konferencja, podczas której Kline oferuje mi pracę, a ja mu grzecznie odmawiam.

– No weź, Benny. W moim gabinecie będzie ci fajniej – wciął się, poruszając figlarnie brwiami. W jego niebieskich oczach błyszczało niedowierzanie.

Ta rozmowa nie była między nimi niczym nowym. Kline próbował sprawić, by Georgia wróciła do Brooks Media, odkąd się zwolniła i zaczęła pracować dla Wesa i Mavericksów. Jednak moja przyjaciółka nie pozwalała sobą kierować i nawet jeśli Kline droczył się z nią, by wróciła do firmy, był niesłychanie dumny z żony i wszystkiego, co osiągnęła.

Kline był tak dobry dla Georgii, że nie było to nawet śmieszne. Jego obecność nie powstrzymywała jej przed niczym, za to wzbogacała jej wspaniałą osobowość, regularnie zapewniając do tego fantastyczny seks.

– Muszę lecieć, kochanie. Jest pora lunchu, a ja umieram z głodu – powiedziała i pomimo próśb Kline'a, by pozostała na linii, udało jej się rozłączyć. – Gdzie idziemy? – zapytała, wstając i biorąc torebkę.

Przed oczami stanęła mi żółto-pomarańczowa pychota.

– Do Shake Shack? Mam chrapkę na ich frytki serowe.

– Może być.

Wyszłyśmy z jej gabinetu i po przejściu trzech przecznic zajęłyśmy miejsce przy stoliku na zewnątrz, rozkoszując się shake'ami czekoladowymi i serowymi frytkami, a także słodką letnią atmosferą z unoszącą się wokół nas wonią tłustych burgerów. I ludzkich odchodów. W Nowym Jorku nie da się uciec od ludzi w ich najgorszej postaci.

Wiem, że to straszne, ale ponad milion osób musi się codziennie z tym zmagać. Chodzi wyłącznie o priorytety.

– Dobra, wyduś to. Co się wczoraj stało pomiędzy tobą a Thatchem? – zapytała przyjaciółka, pociągając uprzednio porządny łyk napoju przez słomkę. Uniosła pytająco brwi i mimowolnie zauważyłam, że miała je bardzo ładnie wydepilowane.

– Skąd wiesz o ubiegłej nocy?

– Och, no przestań – powiedziała, śmiejąc się. – Kline, Thatch i Wes są gorszymi plotkarami niż gimnazjalistki. Mój mąż był nazbyt chętny, by podzielić się ze mną szczegółami porannej rozmowy z Thatchem. Normalnie wideokonferencja zaczyna się od słów: „No weź, Benny. Wróć do pracy do mnie" – naśladowała jego głęboki głos. – Ale dziś od razu przeszedł do soczystych ploteczek.

– Co powiedział mu Thatch?

– Nie. Najpierw chcę usłyszeć twoją wersję.

– Dobra – odparłam, przeżuwając frytki z sosem i wycierając tłuste palce w serwetkę. Najwyraźniej byłam powabną damą. – Było typowo dla Thatcha i Cass. Rozmawialiśmy o jego wzwodzie. No wiesz, zawsze te same bzdury.

Przewróciła niebieskimi oczami.

– Spędziliście razem cały dzień i noc, Cass. Powiedz, że rozmawialiście o czymś więcej niż jego fiut.

– O moich cyckach też. Jest ich wielkim fanem.

– Masz cycki jak ja głowę. Oczywiście, że on je lubi.

– Wcale nie są takie wielkie.

Parsknęła.

– Nosisz miseczkę DD, co oznacza Dupnie Duże.

Roześmiałam się, gdy zmodulowała głos, w dodatku pokazała ich rozmiar, wyciągając ręce przed własne piersi.

– Prawda.
– A udało wam się zrobić jakieś postępy w tych sprawach?
– Tak jakby. Pieprzyliśmy się. Wydawało się to pomocne. Przynajmniej przekierowało nieco jego uwagi w moje dolne rejony.
– Jezu! Że co? A to nowość.
– Dlaczego tak cię to dziwi? Sądziłam, że to pierwsze, o czym Thatch powiedział Kline'owi.
Pokręciła głową.
– Tak. – Wzruszyłam ramionami. – Wypieprzyłam go, żeby zasnąć.
– Boże, nie znoszę, gdy tak mówisz. Wiesz w ogóle, jak źle to brzmi?
– Dobra, niech ci będzie. Obudził mnie, gdy zasnęłam na jego kanapie, przy czym byłam napalona i chciało mi się bzykać. Wiesz, co robię, gdy jestem zmęczona, ale nie mogę zasnąć. Potrzebowałam uwolnić napięcie, inaczej przez całą noc gapiłabym się w sufit, a czas wlókłby się nieubłaganie.
– Powiedz, że nie spałaś, gdy do tego doszło.
– O tak, byłam w pełni świadoma tego, co się działo.
– A on?
Posłałam jej zirytowane spojrzenie.
– Oczywiście, że tak. Jeśli facet zdołałby zasnąć, trzymając fiuta w lasce, która wpycha mu cycki przed nos, musiałby być narkoleptykiem, gejem albo powinien się przebadać.
*No co? Jeśli mężczyźni mogą mieć podwójne standardy, my również.*
– Prawda. – Georgia się uśmiechnęła. – To...
– To?

– To jak było?

Przechyliłam głowę na bok.

– Jak było z czym?

– Seks! – wykrzyknęła, uderzając ręką w stół. Od wibracji zatrzęsły się nasze kubki, kilka osób obróciło się nawet w naszą stronę.

– Powściągnij cugle, Susie. Zaraz mi tu odegrasz *Kiedy Harry poznał Sally*, a nie wiem, czy para karmiąca psy lodami to doceni.

Zachichotała i porwała frytkę z koszyczka.

– To świetny film.

O tak, jedynie mordercy i właściciele hodowli psów nie doceniali tego kinematograficznego geniuszu.

– Zajebisty.

– Dobra – powiedziała, pochylając się nad stołem. – Opowiadaj.

– Ciporgia chce posłuchać zwierzeń? Twój rumieniec mi imponuje.

Machnęła zniecierpliwiona, bym w końcu zaczęła mówić na temat.

– To był dobry seks. Właściwie świetny. Ma naprawdę utalentowane usta, jak i niższe rejony. Szczytowałabym dwukrotnie, gdyby moja cipka nie zażądała penetracji.

– Zatem to porządna sesja pieprzenia dla zaśnięcia.

Roześmiałam się, nie potrafiąc powstrzymać napływu wspomnień. Naprawdę mi się podobało. Thatch ma ciało stworzone do miłości. Wszystko w nim jest seksowne.

– Zakładam więc, że Thatchowi też się podobało.

Przewróciłam oczami.

– Jego fiut był we mnie, moje cycki w jego dłoniach... Oczywiście, że mu się podobało.

– Jesteś tego pewna? – dopytywała, nawet jeśli wyrażałam się ładnie i składnie.

Przechyliłam głowę, przypatrując się jej dziwnej minie.

– Co wiesz, czego ja nie wiem?

– Nic – odparła, ale jej spojrzenie twierdziło inaczej.

– Dawaj.

– Nic nie wiem – próbowała mnie przekonać, ale walczyła z uśmiechem, przez co stało się oczywiste, że ściemnia. Boże, była najbardziej nieudolną kłamczuchą na świecie.

– Georgia – zaczęłam, gapiąc się na nią szalonym wzrokiem. Była to moja największa broń, by coś z niej wyciągnąć. Nazywała to „straszliwym spojrzeniem". Przeważnie wystarczało jakieś dziesięć sekund, by wydusić z niej wszystkie tajemnice.

*Pięć.*

*Cztery*

*Trzy.*

*Dwa.*

*Jeden.*

– Dobra! – poddała się, unosząc obie ręce. – Przestań się tak gapić. Wiesz, że mnie to denerwuje.

Działało idealnie za każdym pieprzonym razem.

– Dobra, może i wiedziałam wcześniej, że uprawialiście seks – przyznała.

– Ciporgia! – skarciłam ją równie zszokowana co zdumiona, że zdołała mnie przekonać, że o niczym nie wiedziała, nawet jeśli ten efekt trwał tylko chwilę.

– Przepraszam. – Wzruszyła ramionami, ale zmarszczyła nos, co podpowiedziało mi, że wcale nie było jej przykro. – Chciałam najpierw usłyszeć twoją wersję, nim powiem ci, co wiem.

– To było zbyt przekonujące. – Naprawdę niemal dałam się nabrać. – Wydaje mi się, że przesadzasz z ćwiczeniem na Kline'ie fałszywych łez.

Zaśmiała się.

– Prawda?

– Dobra, ale powiedz wreszcie, co Thatch przekazał twojemu mężowi.

– Zadzwonił do niego rano wystraszony, że się do niego wprowadzasz.

Uśmiechnęłam się szeroko. Podobało mi się, że mój plan zagrania mu na nosie wypalił. Nie zostawałam zazwyczaj w mieszkaniach innych ludzi. Miałam jednak przeczucie, że Thatch nie będzie wiedział, co ze mną zrobić, jeśli wmelduję mu się do łóżka, kiedy będzie przygotowywał się do wyjścia do pracy.

Wskazała na mnie palcem.

– Więc cały ranek go wkręcałaś!

– O tak – odparłam, przytakując. – Wkręcałam po mistrzowsku. Powinnaś widzieć jego minę, kiedy wróciłam do łóżka, włączyłam telewizor i zaczęłam wypytywać o posiadane kanały.

Ale naprawdę przetrząsnęłam mu rano mieszkanie. Gdybym nie kochała Georgii tak bardzo, zapewne dalej bym u niego siedziała, jedząc boczek, oglądając telewizję i korzystając ze wszystkiego, co wpadło mi w ręce.

Przyjaciółka zaśmiała się głośno.

– Cholera, to super! Podoba mi się. Thatch jest nieuleczalnym żartownisiem. Czas go z tego wyleczyć jego własną bronią.

Uśmiechnęłam się.

– Wiem. Szkoda, że tego nie nagrałam.

– Jednak powiedział Kline'owi coś jeszcze… – Umilkła, wpatrując się we mnie z rozbawieniem. – Stwierdził, że środek nasenny w postaci seksu zadziałał. I to porządnie.

Zastanawiałam się nad jej słowami dobre trzydzieści sekund, zanim w końcu zrozumiałam, o co jej chodziło.

– O kurwa – powiedziałam, parskając równocześnie śmiechem. – Zdecydowanie nie była to *Bezsenność w Seattle*.

– Nie. Raczej *Śpiączka w Nowym Jorku* – zgodziła się.

Odtworzyłam w myślach całe zdarzenie i odkryłam, że zasnęłam – na jego fiucie – zanim on skończył.

– Rany, ale kiepsko wyszło.

– No. To jak scena z *Jak stracić chłopaka w dziesięć dni* – ponownie się zgodziła.

Skrzywiłam się, nim zapytałam:

– Będziemy od teraz zarzucać się tytułami filmów?

Wzruszyła ramionami, ale nie wyglądała, jakby sądziła, że to denny pomysł.

Moja szatańska natura sprawiła, że zaczęłam kombinować.

– Na swoją obronę mam fakt, że w nocy spałam zaledwie dwie godziny. Mimo to i tak czuję się jak kretynka. – To, co zrobiłam, nie było fajne.

Georgia zaśmiała się cicho.

– Tak, zapewne powinnaś się tak czuć.

Ogr miał rację, byłam jego dłużniczką, ponieważ, powiedzmy sobie szczerze, jeśli Thatch by mi to zrobił, byłabym wkurwiona. Musiałam przyznać, że gość świetnie sobie poradził, ponieważ nadal żyłam i w ogóle.

Zawsze egzystowałam zgodnie z mottem: „Wszystkich nie można zadowolić", miałam gdzieś, by to robić, ale, cholera, mogłam zadowolić przynajmniej siebie. Co często robiłam.

Jednak z jakiegoś dziwnego powodu zależało mi na zdaniu Thatcha, więc spróbowałam wymyślić sposób, w jaki mogłam to wszystko naprawić. A im dłużej o tym myślałam, tym gorzej się czułam. Był to dla mnie zupełnie nowy koncept, ale nie potrafiłam nawet zaprzeczyć, że zachowałam się wczoraj jak najgorsza zdzira.

Może mogłam mu to jakoś wynagrodzić?

Georgia wskazała na mnie ponownie.

– Znam ten wyraz twarzy. Co kombinujesz?

Rety, te serowe frytki naprawdę siały spustoszenie w moim żołądku. Bulgotało mi w nim.

Kiedy wzruszyłam niepewnie ramionami, podsunęła własną sugestię.

– Może w końcu dostanie namiastkę tego, co sam robi innym.

– Mała Ciporgia podpowiada mi szemrane metody?

Przyjaciółka skinęła głową, a szatański uśmieszek odmalował się na jej twarzy.

– Można założyć, że ta sugestia ma wiele wspólnego z gargulczym kutasem w przemowie Thatcha na waszym weselu?

– Ten żartowniś powinien dostać za swoje.

Najwyraźniej Thatcher miał poznać we mnie swoją nemezis.

Trafiła kosa na kamień.

*Chodzi o żarty*, powtarzałam sobie. Jednak ziarno zostało zasiane, nie było szans, bym powstrzymała je od kiełkowania.

\*\*\*

Weszłam do budynku i skierowałam się wprost do biurka sekretarki Thatcha.

– Dzień dobry, mam się pilnie spotkać z Thatcherem Kellym.

Kobieta spojrzała znad komputera z wahaniem wypisanym na twarzy.

– Oj, ale jest teraz w trakcie konferencji telefonicznej.

– Wiem, wiem – wcieliłam się w rolę. – Właśnie dlatego poprosił, żebym przyszła.

Zmrużyła podejrzliwie oczy, mierząc mój niezbyt biznesowy strój. Na miłość boską, byłam pewna, że gumka majtek Thatcha wystawała mi spod paska spódnicy. Jednak ludzie zawsze wahali się z odmową, jeśli było się wystarczająco pewnym siebie.

– I powinna pani uczestniczyć w tej konferencji?

– Tak – stwierdziłam. Zabębniłam palcami o jej biurko i skierowałam się do drzwi gabinetu. – Będzie zadowolony, że zdążyłam.

– Ale... proszę poczekać... proszę pozwolić... – jąkała się, wstając z fotela. – Powinnam panią zaanonsować.

– Spoko. Poradzę sobie. – Machnęłam jej i otworzyłam sobie drzwi.

Thatch siedział za swoim wielkim mahoniowym biurkiem. Brązowe oczy ukryte za seksownymi okularami straciły swój zabawny wyraz. Wyraźnie się koncentrował, zdenerwowało go coś, co powiedział ktoś znajdujący się na drugim końcu linii. Nie uniósł głowy, aż usłyszał, że drzwi zamknęły się z cichym kliknięciem.

Miał zmierzwione włosy, jakby nieustannie przeczesywał je palcami, przez co naszła mnie ochota, by go za nie wyszarpać. Na przeróżne sposoby.

*O tak...*

Moje podniecenie było intensywne, gdy te brązowe oczy z powagi w sekundę przeszły do zaciekawienia.

– Cześć – powiedziałam bezgłośnie, unosząc torebkę frytek kupionych na przeprosiny za to, że zasnęłam na jego członku. Obeszłam biurko i stanęłam obok niego.

Spojrzał na mnie, ale uniósł palec, odpowiadając do telefonu:

– Sugerowałbym przemyślenie tych inwestycji, no chyba że chcesz dostać własne jaja na srebrnej tacy.

Uśmiechnęłam się, słysząc, w jaki sposób Thatcher Kelly prowadził interesy. Wątpiłam, by ktokolwiek inny groził jądrom klientów i by uchodziło mu to bezkarnie.

Postawiłam torebkę z frytkami na biurku i zaczęłam się ślinić. Grafitowy garnitur okrywał jego muskularną sylwetkę, więc miałam ochotę mu go zdjąć. Dzięki tej biznesowej aparycji i uwydatnionych męskich cechach czułam pulsowanie między nogami.

Biły od niego siła i autorytet, wydzielał silne wibracje samca alfa.

O tak, Thatcher Kelly był ogierem, a ja zamierzałam pokazać mu, jak bardzo było mi przykro, że wczoraj zasnęłam. Frytki nie miały być jedynym posiłkiem skonsumowanym w imię przeprosin.

Słysząc fachową biznesową gadkę, wzięłam z jego biurka notatnik i długopis. Zapisałam pospiesznie pytanie i podałam mu, by je zobaczył.

*Czy przez najbliższe dziesięć minut przyjdzie tu ktoś, kto może przeszkadzać?*

Przeczytał, następnie spojrzał na mnie i pokręcił głową.

Uśmiechnęłam się i puściłam do niego oko, następnie uklękłam i położyłam obie dłonie na jego umięśnionych udach, rozsuwając je, by zrobić sobie miejsce. Uniósł brwi, gdy rozpięłam mu pasek i rozporek.

W chwili, gdy uwolniłam jego fiuta z bielizny, położył dłoń na telefonie, szepcząc:

– Cass, kociaku, co robisz?

– Mówię, jak bardzo mi przykro – odparłam, gdy go pogłaskałam. – Może być? – zapytałam, ale nie czekałam na odpowiedź, tylko zamknęłam usta na jego żołędzi. Powoli, centymetr po centymetrze wsunęłam go sobie w usta, gdy nadal patrzył, co takiego robię.

– Kurwa – mruknął, następnie odchrząknął. – Nie, wciąż jestem, Mike.

Smakował wyśmienicie, uwielbiałam czuć go na języku – był gładki i twardy, naprawdę cholernie twardy. Mogłam jedynie wyciągnąć go całego z ust, by się nieco podroczyć. Przytrzymałam go dłonią, by wargami okrążyć jego główkę, jednocześnie zasysając ją w usta. Ilekroć jego fiut się wzdrygał, ssałam mocniej.

– Mówiłem już co... co... myślę na ten temat – wymamrotał, gdy płasko językiem torturowałam go od spodu.

Popatrzyłam mu w oczy, gdy przyspieszyłam schodzenie ustami wzdłuż jego członka. Nie potrafił oderwać ode mnie spojrzenia, a ja widziałam, jak podskakuje jego grdyka, gdy tłumił jęki, kiedy wsunęłam go aż po gardło.

Ponownie przełknął ślinę.

I kolejny raz.

Można było zaryzykować twierdzenie, że cieszył się lodzikiem, być może nawet za bardzo podczas telefonicznej konferencji biznesowej. Jednak podniecona Cassie nie miała absolutnie żadnej rozwagi. Miała mniej rozsądku niż normalna ja.

Sekundę później Thatch wymamrotał niespójnie:

– Oddzwonię. – Następnie rzucił niechlujnie telefon na biurko i zaczął poruszać biodrami w rytm ruchu moich ust i dłoni.

– Nie mam pojęcia, dlaczego to robisz, ale proszę, nie przestawaj. – Złapał mnie za włosy, zupełnie jak tego chciałam, i łagodnym, choć zdecydowanym ruchem zachęcił do dalszych działań.

Miękki szum sufitowych świetlówek to jedyny dźwięk, który nie był wyraźnym rezultatem uprawiania przez nas seksu oralnego. Wypuściłam go z ust z głośnym cmoknięciem, ale nie przestałam pieścić całej jego długości, gdy patrzyłam mu w oczy. Moja pierś unosiła się gwałtownie, gdy powiedziałam ochrypłym, seksownym głosem:

– Nie martw się, Thatcher. Nie przestanę, póki nie skończysz w moich ustach.

Z jego gardła wydobył się głęboki ryk.

– Mów tak dalej, a nie wytrzymam kolejnych trzydziestu sekund.

Zlizałam kroplę preejakulatu i jęknęłam.

– Dobrze smakujesz – powiedziałam z uśmiechem, nim ponownie wzięłam go w usta i zaczęłam ssać.

– Boże, twoje usta są rajem, kociaku.

Kiedy nadal się w niego wpatrywałam, ból podniecenia stał się zbyt wielki. Potrzebowałam choćby niewielkiej ulgi. Uniosłam koszulkę i biustonosz, ujawniając piersi.

– Pobaw się nimi, gdy będę cię ssała.

Nie trzeba było prosić ponownie. Złapał za moje piersi i kciukami potarł sutki. Pod wpływem wprawnego dotyku poczułam między nogami pulsowanie. Musiałam walczyć, by nie zmienić tej sytuacji w taką, w której oboje zaznalibyśmy rozkoszy.

Ale nie chodziło o mnie. Tylko o niego.

Skubnęłam go ostrożnie zębami, następnie polizałam to samo miejsce.

– Boże, dobra jesteś. Za dobra.

– Och, tylko poczekaj. Sprawię, że dojdziesz… mocno.

Patrząc, jak mi się powoli poddawał, czułam się władczo, ponieważ posiadałam kontrolę nad jego przyjemnością. Każdym ruchem jego bioder, każdym gardłowym, ciężkim jękiem pobudzał mnie bardziej. Do diabła, wydzielał wszystkie możliwe pozytywne wibracje, przez co byłam cholernie pobudzona, niemal tak samo jak on.

Zassałam go głębiej i potarłam mocniej, poruszając rytmicznie językiem.

– Kurwa, tak – syknął, a następnie jęknął. – Nie przerywaj. *Właśnie tak, kochanie. Dojdź w moich ustach.*

Kiedy zdałam sobie sprawę, że był blisko szczytu, ostrożnie pociągnęłam go za jądra, obserwując, jak ten niewielki gest wysłał go na krawędź.

– O kurwa! – krzyknął, a jego głos odbił się echem od ścian gabinetu. Złapał mnie ponownie za włosy, gdy odchylił własną głowę, następnie wydał z siebie najseksowniejszy dźwięk, jaki kiedykolwiek słyszałam, i wystrzelił w moje usta.

Dałam mu chwilę na złapanie oddechu i wybicie sobie z głowy położenia się na biurku, by masturbować się na jego oczach, następnie schowałam mu penisa w spodnie.

Wstałam ostrożnie i pocałowałam go w zszokowane usta.

– Miłego popołudnia w pracy, skarbie – powiedziałam. Wzięłam torebkę, zarzuciłam jej pasek na ramię i podeszłam do drzwi.

– Cass? – zapytał głosem pełnym zdziwienia i podziwu.

W głowie miałam bałagan, byłam nieusatysfakcjonowana, podniecona i wiedziałam, że będę musiała coś z tym zrobić, by ze świeżą głową wrócić do gry.

Zanim wyszłam z jego gabinetu, spojrzałam przez ramię i zostawiłam go z jedyną obroną, jaką miałam przeciwko moim zwariowanym emocjom – zaczęłam się droczyć.

– Och, i smacznych frytek. Są z Shake Shack. – Pomachałam mu palcami. – Do zobaczenia w domu, Thatch.

*Bum. Z tym sobie poradź, żartownisiu*, pomyślałam, idąc korytarzem.

Jednak radość z pogrywania sobie z nim trwała jedynie kilka sekund, a gdy dotarłam do windy, zorientowałam się, że dotykałam ust i uśmiechałam się z powodu tego, co właśnie zrobiłam.

I nie byłam pewna, czy miało to coś wspólnego z deklaracją wojny na psikusy.

# ROZDZIAŁ 10

## THATCH

Cassie puściła oko i zamknęła drzwi mojego gabinetu z cichym kliknięciem, ale wciąż się nie ruszyłem.

Za solidnym drewnianym biurkiem mój drąg miękł we wciąż otwartym rozporku spodni. Słowo „szok" nawet w połowie nie oddawało tego, co właśnie czułem – z powodu nieoczekiwanej wizyty, torby frytek na wynos, loda i sposobu, w jaki się pożegnała, gdy tylko wyciągnęła sobie mojego fiuta z ust.

Zaliczyłem w życiu sporo szalonych rzeczy, ale nigdy nikt nie zrobił mi lodzika w pracy. Pojawienie się tu bez ostrzeżenia było granicą, którą mogła przekroczyć, gdybyśmy byli w poważnym, długim związku lub gdyby była moją pracownicą, ale nigdy nie próbowałem ani jednego, ani drugiego.

Kochałem Margo, ale byłem wtedy młody i, jak każdy nastolatek, naiwny, skoncentrowany na sobie, skupiony na tym, co ona mogłaby zrobić dla mnie, zamiast ja dla niej. Związek przekształciłby się zapewne w ulotne wspomnienie rozszalałych hormonów i błędów młodości, gdyby wszystko nie skończyło się tak, jak się skończyło. Jednak było to coś, co miało zostać na zawsze i nigdy nie ulec zapomnieniu. Po tych wszystkich latach z dnia na dzień zostali mi po niej tylko Frankie, Claire i Mila. Nie zamieniłbym ich na nic innego.

– Panie Kelly? – zapytała Madeline, wyrywając mnie z zamyślenia, przez co się wzdrygnąłem i pospiesznie zapiąłem spodnie.

Wziąłem głęboki wdech, przeczesałem palcami włosy i nacisnąłem guzik w interkomie.

– Tak, Mad?

– Wes Lancaster na linii.

Jezu. Nie miałem pewności, czy w tej chwili była najlepsza pora, żeby z nim rozmawiać, ale wyjechał, by rekrutować, więc spodziewałem się, że w końcu zadzwoni w celu popytania o cyfry. Nie pracowałem dla niego, ale choć nieustannie się droczyliśmy, w kwestii pieniędzy ufał mi bardziej niż komukolwiek innemu. Czasami więc konsultował się ze mną.

Westchnąłem, walcząc o odzyskanie spokoju.

– Cześć, Wes. Co tam? – odebrałem, próbując brzmieć nonszalancko.

To był mój pierwszy błąd.

– Nie żartujesz? – zapytał zaciekawiony, w ogóle się nie witając. – Coś się stało. O co chodzi?

Przewróciłem oczami.

– Wiesz, czasami potrafię być poważny.

– Ale nie ze mną. Nigdy. Ani razu w całej historii naszej przyjaźni.

Rozparłem się w fotelu i potarłem policzek.

– Boże, ależ dramatyzujesz, Whitney.

– Od razu lepiej. Ale, tak, coś ci jest. Co się dzieje?

– Właśnie miałem obciąganko, co ty na to? – zapytałem, kiedy żadna wymówka nie przyszła mi na myśl, więc spróbowałem zlekceważyć całą sprawę.

– Nie. Powiedziałbym, że to też w miarę normalne. Co jest, T-Rex?

– Jesteś wrzodem na mojej cholernej dupie.

– Tak słyszałem. Czekam.

– Jezu Chryste...

– Panie Kelly? – zapytała Mad przez interkom. – Kline na drugiej linii.

– Poczekaj, Wes – powiedziałem do słuchawki i wcisnąłem guzik, by odpowiedzieć sekretarce. – Zrób konferencję, Mad.

Nie odpowiedziała, ale po chwili Kline mógł z nami rozmawiać.

– Thatch.

– Wes też jest z nami.

– Co się z tobą dzieje? – zapytał podejrzliwie Kline.

Kurwa mać. Przecież nie rzucałem żartami nieustannie. Na miłość boską, potrafiłem normalnie odebrać telefon.

– Zastanawiałem się nad tym samym! – wykrzyknął zwycięsko Wes.

– Nienawidzę was obu.

– Kochasz mnie – powiedzieli jednocześnie.

Potarłem zmarszczone czoło.

– Czy to ma coś wspólnego z Cassie? – zapytał bez owijania w bawełnę Kline. Cwany skurczybyk. Później zamorduję go za poruszenie tego tematu.

– Co? Co z Cassie? – zapytał Wes jak głodna ploteczek gimnazjalistka.

– Pieprzył ją w nocy – wyjaśnił uczynnie Kline, na co westchnąłem.

– Cholera! – wykrzyknął Wes.
– Po czym zasnęła na jego fiucie, zanim skończył – ciągnął pieprzony Brooks.

Wes zarechotał.

– Właśnie obciągnęła mi w pracy, dziękuję wam bardzo – powiedziałem, jakbym musiał cokolwiek udowadniać, jednak pożałowałem tego już w chwili, gdy słowa opuściły moje usta.

Głos Kline'a drżał z rozbawienia.

– No i proszę! – Gnojek mnie podpuścił, a ja bez wahania połknąłem haczyk.

– Mówiłeś więc poważnie – wciął się Wes.

– A co zrobiła szalona Cassie, gdy ci już obciągnęła? – zapytał Kline bardziej szczerze niż kiedykolwiek.

Odchyliłem głowę i poluzowałem duszący mnie krawat.

– Życzyła smacznych frytek, które uprzednio przyniosła, i stwierdziła, że zobaczymy się w pieprzonym domu.

– Pieprzonym domu? – powtórzył mądrala Wes. – Co to?

– Dom, palancie. Mój dom. Przysięgam na Boga, Kline, ona się wprowadza. Nie wiem, co się stało, ale chyba przechodzi jakieś załamanie nerwowe. Przez wzgląd na stojącą między nami Georgię prawdopodobnie nie będę mógł się już z tobą przyjaźnić.

Do moich uszu dotarł dźwięk dwóch różnych śmiechów.

– To nie jest śmieszne! Jedna przypadkowa noc, a laska sądzi, że ze mną mieszka!

Wes przestał próbować tłumić śmiech i zaczął się krztusić.

– To zajebiście zabawne.

W końcu Kline się zlitował. W jego śmiechu odnalazłem przynajmniej współczucie. Dziś definitywnie był lepszym przyjacielem niż Wes.

– Spoko, stary. Zapewne się tylko droczy.

Oparłem łokcie na blacie i pochyliłem się szybko.

– Dlaczego miałaby to robić?

– A sam byś to zrobił?

*No pewnie.*

Kline wziął moje milczenie za potwierdzenie.

– Właśnie.

– Cholera. – Nie rozważałem nawet naszych podobieństw.

– Do tego – kontynuował – powiedziałem Georgii o twoim porannym załamaniu nerwowym, a kiedy jej o tym opowiadałem, przygotowywała się akurat, by wyjść z Cassie na lunch.

– Kurwa, Kline! Mówiłem ci, żebyś trzymał język za zębami.

– A ja ci powiedziałem, że i tak powiem o tym żonie. Nawet nie jest mi przykro.

Wes nadal się śmiał.

– Tak, tak. Nabijaj się.

– Słuchaj – powiedział Wes, przestając rechotać, by móc coś z siebie wydusić. – Jeśli ona zamierza z tobą pogrywać, dlaczego się jej nie odwdzięczysz?

Zmrużyłem oczy, wpatrując się w podłogę.

– To znaczy?

– Najwyraźniej spodziewa się, że się wystraszysz. Wykorzystaj sytuację na swoją korzyść.

– To najlepszy pomysł, o jakim dzisiaj słyszałem – zgodził się Kline.

Zastanowiłem się i postanowiłem, że to zrobię. Lepiej się czułem jako jajcarz niż jako osoba, z której robiono sobie jaja.

– Dobra. Napiszę do niej.

– Ale powiedz nam co – zażądał Wes.

– A nie dzwonicie do mnie z jakichś ważnych powodów?

– Mój może poczekać – powiedział Wes, a Kline mruknął:

– To nagle stało się ważniejsze.

– Pieprzcie się.

– Pa, Księżniczko Peach – powiedział Kline ze śmiechem.

Wes nadal rechotał, gdy Kline się rozłączył.

– Naprawdę nie chcesz mnie o nic zapytać?

– Pogadamy, gdy wrócę, ale lepiej poinformuj mnie, jak się rozwinie sytuacja.

– Bez obaw, Samantho. Wprowadzę cię we wszystkie wątki *Seksu w wielkim mieście*.

Odłożyłem słuchawkę z trzaskiem, zanim zdołał coś odpowiedzieć, następnie wziąłem komórkę leżącą na skraju biurka, by wysłać Cassie SMS-a.

Ja: Dzięki za „lunch". Po drodze do domu wpadnę do apteki, potrzebujesz czegoś, złotko? :-*

Wysłałem.

*Myślisz, że się mną zabawisz? Pomyśl raz jeszcze, kociaku. Uczniu, poznaj mistrza.*

# ROZDZIAŁ 11

## CASSIE

Przeczytałam ponownie wiadomość, następnie trzykrotnie sprawdziłam nadawcę, upewniając się, że naprawdę był nim Thatch.

Czy on mi właśnie wysłał emotkę całuska?

Zamrugałam kilkakrotnie, aby upewnić się, że to, co miałam przed oczami, było prawdziwe.

Na miłość boską, on naprawdę mi to wysłał.

Wiedziałam, że miałam talent do robienia loda, ale zaraz po tym, jak go puściłam, oświadczyłam, że spotkamy się w domu. Jego domu, przez co miał pomyśleć, że postradałam zmysły i naprawdę chcę się do niego wprowadzić, co oznaczało, że wiadomość powinna zawierać jakieś groźby, a nie całuski i pytanie, czy chcę, by mi coś kupił.

Dlaczego nie zaczął panikować?

Ponownie wzięłam telefon do ręki i zadzwoniłam do Georgii.

– Cze… – zaczęła mówić, ale natychmiast jej przerwałam.

– On chyba zwariował.

– …ść – dokończyła ze zbyt wielkim rozbawieniem.

– Mówię poważnie, Ciporgia. Thatch jest chyba jeszcze bardziej szalony niż ja, a możesz mi wierzyć, wiem, co to szaleństwo.

Śmiała się.

– Dlaczego uważasz, że jest szalony?

– Zrobiłam mu loda na przeprosiny za to, że zasnęłam, zanim skończył, po czym napisał mi SMS-a, w którym pyta, czy w drodze do domu ma mi coś kupić. Nie wspomnę, że dodał emotkę buziaczka. Jest walnięty, naprawdę. Wariat z superfiutem.

Tak, nie miałam wątpliwości, że wysyłający buziaczki sukinsyn musiał spędzić trochę czasu w pokoju bez klamek i podjąć kilka poważnych życiowych decyzji. Przynajmniej chciałam, żeby Georgia sądziła, że tak mi się wydawało.

– Czekaj. Powtórz proszę, bo mój umysł nie potrafi zrozumieć tego, co właśnie powiedziałaś.

– Wiem – odparłam. Wstałam z kanapy i zaczęłam chodzić po salonie. – Otwierałam tę wiadomość jakieś piętnaście razy, by sprawdzić, czy dobrze widzę. Jaki dorosły facet używa emotek?

– Akurat nie tej części nie potrafiłam zrozumieć.

Westchnęłam, kręcąc głową.

– Wiem, G. Część z zakupami też mnie rozwaliła.

– Nie – nalegała. – Mówię o lodzie, Cassciołku.

Przewróciłam oczami.

– Nie martw się, tym razem nie zasnęłam z jego fiutem w ustach. Dostał pełną usługę, wiesz, o czym mówię. Skończył na moim...

– O to też mi nie chodziło! Jezu – rzuciła ze śmiechem. – Po naszym lunchu poszłaś do jego biura, by mu obciągnąć? Żartujesz?

Skrzywiłam się z irytacją.

– Wyjaśnij mi, proszę, o co ci chodzi. Nie mam pojęcia, co cię tak dziwi.

– Cassie! – wykrzyknęła, rechocząc ze śmiechu. – Stwierdziłaś wcześniej, że pójdziesz go przeprosić, więc myślałam, że zaniesiesz mu lunch, a nie wyliżesz fiuta.

Też tak myślałam, ale, cholera, wyglądał tak apetycznie, gdy tam dotarłam. Czasami kobieta nie może się powstrzymać.

– Czyny są mocniejsze niż słowa, G.

To nie było zamierzone, ale nie miałam wątpliwości, że Thatch docenił moje starania bardziej, niż gdybym przyniosła mu lunch czy podarowała kartkę z przeprosinami. Do diabła, sama wolałam, by facet pokazał mi, że mu przykro, liżąc, co trzeba, niż wysyłając kwiatki. Kwiaty więdły, a fantastyczne orgazmy? Tak, one pozostawały na zawsze w pamięci, napędzając fantazje i stając się bezcennym materiałem do masturbacji.

– Proszę, opowiedz mi o tym, ale bez zbędnych szczegółów. Jak w ogóle zaczęła się ta cała rozmowa, która zakończyła się jego penisem w twoich ustach?

– Jaka rozmowa? Nie było żadnej. Weszłam, zamknęłam drzwi, uklękłam i rozpięłam mu spodnie.

– Lodzik niespodzianka?

– No pewnie.

– Wow. Nie pojmuję, jak po tylu latach wciąż potrafisz mnie zszokować.

– Nigdy nie obciągałaś Kline'owi w biurze?
– Eee, nie.
– Musisz to zrobić – poleciłam.
– Genialny pomysł, Cass! – powiedział Kline. – Popieram ten pomysł, Benny.
– Cześć, Wielkofiuty. Widzę, że rozmawiasz na głośnomówiącym.
– Przykro mi, Cass – powiedziała Georgia. – Wracamy do domu po tym, jak zabraliśmy chłopców do parku. I nie dałaś mi szansy, bym ci o tym powiedziała.

Mówiąc „chłopców", miała na myśli wrednego kota Waltera i jego chłopaka Stana – który, tak się składało, był już pięćdziesięciokilogramowym dogiem niemieckim i dalej rósł. Zwierzęta zakochały się w sobie przy pierwszym spotkaniu u weterynarza, gdy Thatch zgubił Waltera.

Wystarczyło pojedyncze powąchanie tyłka Stana, by Walter odnalazł swą bratnią duszę. Cóż, raczej partnera życiowego, bo byłam pewna, że koty nie mają duszy. Ten zwierzak był wcieleniem szatana.

– Spoko – odparłam. – Powiedz mi, Kline, jak mam sobie z tym poradzić?

– Poradzić? – zapytał z rozbawieniem, ale i niepewnością w głosie. – Jak to poradzić?

– Z Thatchem. Czy to nie oczywiste? Odbiło mu. Uważa, że się do niego wprowadzam i wcale mu to nie przeszkadza. Nie ześwirował?

Kline się zaśmiał, następnie umilkł i powiedział:

– Nie sądzisz, że to dziwne, że przez cały czas Thatch jest bardzo zachowawczy?

– Tak, właśnie dlatego... – zaczęłam, ale urwałam, gdy dotarły do mnie jego słowa. – Czekaj... niemożliwe. Niemożliwe! Myślisz, że przejrzał mój blef?

– Nie mówię, że tak myślę, ale nie mówię też, że tak nie uważam.

– O, jaki przebiegły sukinsyn. Dobry jest, ale nie aż tak dobry. – Przeszłam do sypialni i zaczęłam wyciągać rzeczy z szafy.

– Co robisz? – zapytała Georgia.

– Najwyraźniej wprowadzam w życie plan B.

– A jaki dokładnie jest plan B? Czy nie tak mówi się na „pigułkę dzień po"? Powiedz, że nie jesteś w ciąży.

– Nie, nie jestem w ciąży! Nie było wielkiego finału, pamiętasz?

Geniusz Brooks musiał dodać swoje trzy grosze.

– Facet nie musi skończyć, byś zaszła w ciążę.

– Prawda – dodała Georgia.

– Nie jestem w ciąży, gnojki. Mieliśmy gumę. Plan B zakłada przeniesienie tego żartu na zupełnie nowy poziom.

– Czy w tym scenariuszu ktoś może ucierpieć?

– Nie, ale ucierpi ego tego jajcarza.

Kline się zaśmiał.

– Rety, naprawdę chciałbym to zobaczyć.

– Miejmy nadzieję, że nie będę musiała uciekać się do planu C.

– Czekaj, a co zakłada plan C? – dociekała Georgia.

– Oczywiście to, byś z Kline'em pomogła mi ukryć ciało. To tak w skrócie.

– Chwila! – pisnęła.

Roześmiałam się.
— Spoko, G., żartuję. Tak jakby.
— Cassie!
— Nic się mu nie stanie… przynajmniej dopóki będzie współpracował — skłamałam. — Miłego wieczoru. Pa! — Rozłączyłam się, słysząc śmiech Kline'a i krzyk Georgii, bym nie kończyła połączenia.

Czasami byłam wręcz rozczarowana, jak łatwo dało się ją wkręcić.

Georgia: JESTEŚ PODŁA! WIEM, ŻE ŻARTUJESZ, ALE GDYBYŚ JEDNAK NIE ŻARTOWAŁA, INFORMUJĘ, ŻE NIE POMOGĘ CI Z PLANEM C. THATCH JEST ZA DUŻY. NIE UNIOSŁABYM NAWET JEGO NOGI.

Ja: CIESZĘ SIĘ, ŻE NIGDY NIE OKRADAŁYŚMY RAZEM BANKÓW. BYŁABYŚ OKROPNĄ WSPÓLNICZKĄ.

Georgia: TAK, PAMIĘTAM. JA = OKROPNA WSPÓLNICZKA.

Ja: JAKBYM JUŻ TEGO NIE WIEDZIAŁA. GDYBYŚ BYŁA DZIWKĄ, ZAPEWNE ZAPISYWAŁABYŚ SWOJE ZAROBKI W EXCELU I WYSYŁAŁA JE DO ROZLICZEŃ PODATKOWYCH (DODAJ DO LISTY OKROPNĄ DZIWKĘ).

Georgia: NIEWAŻNE. BYŁABYM NAJLEPIEJ ZORGANIZOWANĄ DZIWKĄ NA ŚWIECIE. MIAŁABYM TERMINAL DO KART KREDYTOWYCH.

Ja: JAKI BYŁBY NAJLEPSZY CZAS NA SFINALIZOWANIE TRANSAKCJI W TYM SCENARIUSZU?

Georgia: CHYBA MUSIELIBY PRZECIĄGAĆ KARTĘ PRZED USŁUGĄ, BY PO NIEJ PODPISAĆ RACHUNEK.

Ja: PROSTYTUTKA GEORGIA Z ZAJEBISTĄ KLASĄ.

Georgia: PRAWDA?

Ja: Striptizerzy też powinni używać terminali. Gdybym dostawała w klubie ze striptizem dolara za każdym razem, gdy kończyły mi się drobne, nigdy nie skończyłyby mi się pieniądze w klubie ze striptizem.

Georgia: To poważne przemyślenia, Cass. Chociaż nieco się niepokoję, jak często odwiedzasz kluby ze striptizem.

Ja: Chodzę tam głównie na steki, ale zostaję na pokazy tańca.

Georgia: W klubach ze striptizem podają steki?

Ja: Tylko w tych dobrych.

Georgia: Proszę, nie zabij Thatcha przynajmniej do urodzin Kline'a. Pomaga mi z sekretnym planem.

Ja: A kiedy Wielkofiuty ma urodziny?

Georgia: 28.06.

Ja: OK, masz moje słowo, że Thatch przeżyje do tego dnia.

Georgia: Jesteś najlepsza :-*

Ja: Kończę, krowo, muszę zacząć się pakować.

Georgia: :-*

Roześmiałam się i rzuciłam komórkę na łóżko. Wylądowała miękko obok stosu ubrań, które zdążyłam wyjąć z szafy, gdy pisałam z przyjaciółką. Musiałam wziąć się do roboty, żeby skończyć, zanim Thatch wróci z pracy.

Pierwotnie zamierzałam skorzystać z klucza, który dała mi Georgia, po czym siedzieć wygodnie na jego kanapie, gdy wejdzie do domu, jednak w tej chwili stawka została podniesiona.

A ponieważ cieszyłam się na myśl o zagraniu mu na nosie, wielkolud miał skończyć jako ofiara mojego najlepszego żartu.

*O tak, czas zacząć grę.*

# ROZDZIAŁ 12

## THATCH

Wykończony po najdziwniejszym dniu mojego życia, wsunąłem klucz do zamka i przekręciłem, następnie ostrożnie otworzyłem drzwi, bym mógł wsunąć głowę do środka, nie wchodząc od razu.

Wszyscy zapewniali mnie, że szaleństwo Cass manifestowało się jedynie w postaci dzikości – że nie była zdrowo pieprznięta w główkę. I przeważnie im wierzyłem, jednak w ciągu ostatniej doby doświadczyłem kilku naprawdę dziwnych sytuacji, które zapewne nie mogły się przydarzyć nikomu innemu na świecie, więc mój sceptycyzm był uzasadniony.

W środku panowała cisza, dlatego postanowiłem wejść do środka. Nie wszystko w zachowaniu Cass mi się nie podobało. Właściwie przez większość czasu czułem inaczej – chciało mi się śmiać i byłem podekscytowany, ilekroć powiedziała coś, przez co powinienem się skrzywić. Jednak taka reakcja kazała mi powątpiewać we własny zdrowy rozsądek, a było to niebezpieczne.

Wchodząc głębiej do mieszkania, rzuciłem klucze na stolik przy drzwiach, marynarkę na oparcie kanapy i poszedłem do kuchni. Otworzyłem lodówkę i zbadałem jej zawartość. Nie dlatego, że byłem głodny, ale świerzbiły mnie palce i chciałem wypełnić czymś czas, a także uciszyć myśli kołaczące mi się niespokojnie w głowie.

Właściwie byłem prostym facetem. Jadłem, spałem, śmiałem się, pieprzyłem, powtarzałem wszystko od nowa. Dobrze się bawiłem, nie zadawałem pytań i nie analizowałem, po prostu działałem.

Kręcąc głową, zamknąłem lodówkę i poluzowałem za ciasny krawat. Musiałem przebrać się w wygodniejsze rzeczy i się zrelaksować.

Poszedłem do sypialni sfrustrowany i rozczarowany, że nie zastałem nigdzie Cassie. Ubolewałem, że czekał mnie normalny wieczór – spokojny i samotny. Wkurzyłem się, bo nie musiałem się pilnować przez całą noc, uważać na słowa lub okazjonalnie latające przedmioty i małe, ale agresywne piąstki.

Chyba traciłem rozum.

Pociągnąłem krawat, następnie rzuciłem go bezmyślnie na łóżko. Rozpiąłem dwa górne guziki eleganckiej koszuli i, chwytając ją jedną ręką za karkiem, pociągnąłem, aż zsunęła mi się z pleców i mogłem ją zdjąć przez głowę.

Nadal oślepiony przez materiał na oczach, skręciłem w kierunku garderoby i mocno uderzyłem w ścianę, której się akurat nie spodziewałem.

– Au! Co do cholery? – warknąłem, zdejmując koszulę z głowy. Mój wzrok osiadł na pudle.

W garderobie stało kilka kartonów. Ten, na który wlazłem, był cholernie wysoki.

Zmarszczyłem brwi i się rozejrzałem. Stały tu same pudła, ale nie było nic więcej.

Wszedłem głębiej, następnie obróciłem się powoli, podejrzewając coś, gdy usłyszałem ciche stukanie dochodzące z łazienki.

Włożyłem rękę do pierwszego pudła i złapałem, cokolwiek się w nim znajdowało, następnie przytrzymałem to przy sobie, w razie gdybym potrzebował broni.

Tak, istniało niewielkie prawdopodobieństwo, że musiałbym się bronić, ale najczęściej złodzieje nie dzwonili do drzwi, moje panie. Tak, patrzę na was, gdy czołgacie się po salonie, by nie widziała was osoba przy drzwiach. Znam wasze sztuczki.

Ostrożnie podszedłem do łazienki i...

– Buu! – krzyknął mi w twarz intruz. Zamachnąłem się tym, co trzymałem, nim zorientowałem się, że miałem przed sobą Cassie. Na szczęście zdołałem zatrzymać cios, nim uderzyłbym ją w twarz.

– Cholera jasna! – warknąłem, wpatrując się w wibrator spoczywający w mojej dłoni, na co dziewczyna wybuchnęła śmiechem.

– Boże – sapnęła. Opadła na podłogę i zwinęła się w kulkę, śmiejąc się tak bardzo, że nie była w stanie wstać. – O rany, to najlepsze, co mnie kiedykolwiek spotkało – powiedziała chichocząc. – Stwierdziłabym, że nie wiesz, jak poprawnie tego używać, ale to największa przyjemność, jaką do tej pory sprawiła mi ta rzecz – ciągnęła, gdy nad nią stałem.

Pokręciłem głową, by pozbyć się ekscytacji i skupić na irytacji.

– Co tu robisz?

– Wydaje mi się, że powiedziałam, że spotkamy się w domu, szefuniu.

Skołowaciałem na docinek o wyższości w pracy, ale nie potrafiłem się na tym skupić.

– No tak – mruknąłem, patrząc to na kobietę, to na pudełka.

– A jak myślisz, Thatcher? – zapytała z uśmiechem i wyciągnęła rękę. – Możesz włożyć wacusia? – Spojrzałem na dół i odkryłem, że wciąż mocno zaciskałem palce na jej zabawce.

Uśmiechnąłem się.

– A przez włożenie masz na myśli...?

Przestała się uśmiechać i zmrużyła oczy.

Ach, role się odwróciły.

– Włożenie do pudełka.

– Twojego? – drążyłem, unosząc brwi.

– Zamknij się – warknęła.

– Później – droczyłem się – z pewnością nic nie powiem.

W garderobie zauważyłem kobiece akcesoria i ubrania wiszące obok moich, a w łazience na blacie pojawiły się przeróżne kosmetyki. Cassie zapewne nie podobał się mój spokój, więc zamierzałem się nie denerwować.

– To sporo babskich pierdół.

Uniosła brwi i zapytała zadowolona:

– Tak?

Odsunąłem jej z twarzy kosmyk włosów i powiedziałem cicho:

– Musisz być zmęczona.

Ponownie zmarszczyła brwi.

– Co?

– Pakowaniem i rozpakowywaniem tego wszystkiego. Może zrobię nam jakąś kolację?

– Kolację?

– Tak. No wiesz, ostatni posiłek dnia, który nie powinien być za syty, ale zawsze taki właśnie jest.

– Kolacja.

– Tak – powiedziałem.

– Ja... – zaczęła, ale jej przerwałem.

Po raz pierwszy, odkąd mnie zobaczyła, skupiła spojrzenie na moim nagim torsie. Na jej oczach rozpiąłem pasek i eleganckie spodnie.

– Wezmę tylko szybki prysznic i wszystkim się zajmę – powiedziałem, zdejmując buty i skarpetki, następnie ściągnąłem spodnie wraz z bokserkami. Śledziła spojrzeniem każdy mój ruch, ale milczała. – Dołączysz do mnie, kociaku?

– Nie – odparła, mimo to w tym samym czasie skinęła głową.

Przygryzłem wargę, by się nie śmiać.

– Wrzuć te ubrania do kosza na brudy, dobrze? – poprosiłem, puszczając do niej oko, a następnie wszedłem do kabiny. Nie potrzebowałem się kąpać, ale, cholera, ciepła woda koiła moje nerwy, kiedy patrzyłem, jak najbardziej uparta kobieta na świecie zbiera moje używane ubrania z podłogi. Dezorientacja była niezwykle potężną bronią.

***

Wymyty i ubrany wszedłem do salonu, w którym Cassie leżała na kanapie z pilotem w ręce. Ekran telewizora wciąż był czarny.

Kiedy się do niej zbliżyłem, nie drgnęła nawet, więc milcząc wcisnąłem guzik zasilania, następnie pochyliłem się i pocałowałem ją w policzek. Jej skóra była ciepła, pachniała cytrusami. Natychmiast wróciły do mnie wspomnienia seksu, musiałem walczyć ze sobą, by się odsunąć.

– Niedługo wrócę – zawołałem i wyszedłem z mieszkania. Na korytarzu dopadło mnie niesamowite *déjà vu*, jednak tym razem zmieszanie dopadło bardziej mnie niż ją. – Co tu się, do chuja wacława, dzieje?

Cała sytuacja, moja reakcja, to, co czułem… Wszystko to było mi zupełnie obce.

Wyciągnąłem telefon z kieszeni, przerzuciłem listę ostatnich połączeń i, nim ruszyłem z miejsca, zadzwoniłem do Kline'a.

– Tak? – zapytał wesoło.

Zamknąłem oczy i pokręciłem głową. Powinienem był wiedzieć.

– To ty jej dałeś klucz, prawda?

– Nie – zanegował. – Georgie.

– Co jest, stary? Masz jeszcze w swoim zimnym jak głaz sercu kodeks braterski?

Zaśmiał się bezczelnie.

– Sądziłem, że to zabawne. I ona chce tylko utrzeć ci nosa. Powinieneś być w siódmym niebie. Ty zawsze ze wszystkich robisz sobie jaja.

– Właśnie – stwierdziłem. – To ja je robię, nie robi się ich ze mnie.

– Ach. – Westchnął. – Już rozumiem.

Zmrużyłem oczy, gdy zrozumiałem, że miał mnie za mięczaka.
– Poradzę sobie. Po prostu do tego nie przywykłem.
– Biedaczysko – pożałował mnie drwiąco.
– Pieprz się. W ogóle nie wiem, dlaczego do ciebie zadzwoniłem.
– Bo szukasz rozsądku, a zazwyczaj to ja jestem jego głosem.
– Tak, zazwyczaj – zgodziłem się.
Ponownie parsknął śmiechem, a ja westchnąłem głęboko i przeciągle.
– Po prostu ciesz się chwilą, tak jak cieszyłbyś się w każdych innych okolicznościach.
Miał rację. Jedna rzecz cieszyła mnie naprawdę mocno...
– O to chodzi – powiedział z radością Kline, zanim się rozłączyłem. – To będzie dobra zabawa.

# ROZDZIAŁ 13

## CASSIE

Drzwi zamknęły się za Thatchem. Zostałam na kanapie, nadal zaskoczona wydarzeniami tego wieczoru. Rozejrzałam się po jego mieszkaniu – w tej chwili po moim mieszkaniu? – które prezentowało neutralny, choć elegancki wystrój. Niezdolna pojąć, co działo się pomiędzy Thatchem a mną, ani przewidzieć jakiekolwiek tego następstwa, doszłam do jednego wniosku: na pewno zapłacił komuś za urządzenie tej przerośniętej kawalerki.

Nie było mowy, by sam spędził czas na dziale dekoracji w jakimś markecie.

Minimalistyczne podejście było nowoczesne, co podkreślały rozmieszczone strategicznie czarne, białe i szare akcenty.

Ktokolwiek to zaprojektował, miał dobre oko. Musiał wiedzieć, że wielkie okno w salonie wpuści sporo naturalnego światła, które ociepli ciemny wystrój i wszystko wyjdzie przyjemnie, a nie ponuro i melancholijnie.

Z zawodowego punktu widzenia miałam ochotę dorzucić obok okna nieco czarno-białych fotografii z miejsc, które odwiedziłam, jednak wywołało to we mnie mieszane uczucia.

Naprawdę się tu przeprowadzałam? Miałam mu tu coś zmieniać?

Potrzebowałam informacji, więc podniosłam tyłek z kanapy i przeszłam do sypialni, gdzie zostawiłam torebkę. Wyjęłam z niej komórkę, usiadłam na wielgachnym łożu i zadzwoniłam do jedynej osoby, z którą w takiej sytuacji mogłam porozmawiać.

– No witaj, Cass – odebrała rozbawiona Georgia.

Podejrzliwie uniosłam brwi.

– Brzmisz, jakbyś spodziewała się telefonu.

– Dlaczego tak mówisz? – Udawała zdziwienie. Dzień, w którym Georgii Brooks uda się skłamać z kamienną twarzą i spokojnym głosem, będzie tym samym, w którym piekło zamarznie, a ja zdołam się teleportować do łóżka Davida Gandy'ego, ilekroć tego zapragnę.

– Och, no nie wiem – odparłam, śmiejąc się w duchu z nieudolnego kłamstwa przyjaciółki. – Może dlatego, że ledwie kontrolujesz swój chichot, a ponieważ zaraz parskniesz śmiechem, wiem, że ściemniasz.

– Wcale nie ściemniam – odpowiedziała, ale słyszałam, że dusi się, by nie zacząć rechotać.

– A tak przy okazji, byłabyś kiepską aktorką – droczyłam się. – Ale ponieważ cię uwielbiam, udam, że połknęłam haczyk i będę się zachowywać, jakbym naprawdę wierzyła słowom wydobywającym się z twoich ust.

– Nie kłamię! – wykrzyknęła.

– Aha, jasne, że nie... Zechcesz posłuchać, co się właśnie stało?

– Tak – odpowiedziała zbyt pospiesznie. Mój pajęczy zmysł zaczął dawać o sobie znać. Wiedziała już o czymś.
– Jestem w mieszkaniu Thatcha i, szczerze mówiąc, nie wiem, czy nie powinnam nazywać go swoim mieszkaniem. – Siedziałam na łóżku, wpatrując się w wielkie okno z całkiem przyzwoitym widokiem na miasto. – Mój pierwotny plan zakładał markowanie poczynań i niewielkie utarcie nosa temu jajcarzowi, ale sprawy nie potoczyły się po mojej myśli.
– Co się stało?
– Nie wpadł w panikę i nie próbował mówić, co mi wolno, a czego nie. Rozebrał się, wziął prysznic, po czym wyszedł przynieść nam coś na kolację. Nie będę kłamać, że mam pojęcie, co z tym zrobić.
– Myślisz, że może… on również z tobą pogrywa?
– A ty tak uważasz? – odpowiedziałam pytaniem na pytanie. – Może od razu wyznasz wszystko, co wiesz?
Zaszeleścił jakiś materiał, jakby chciała zakryć telefon.
– Nie mówię, że coś wiem, ale nie mówię też, że nie wiem – odparła, po czym szeleszczenie powróciło.
Georgia była wyjątkowa. Trzeba było umieć ją podejść, bo błaganie na nic się nie zdawało. Jednak jako jej wieloletnia przyjaciółka wiedziałam, jak sprawić, by sypnęła informacjami – musiałam zachowywać się, jakby całkowicie mi odbiło. Miałam bowiem świadomość, że jej system immunologiczny był całkowicie bezbronny wobec histerii.
– Powinnam się niepokoić? To znaczy, co jeśli kiedy mówi, że wszystkim się zajmie, ma na myśli jakieś sekret-

ne życie, które prowadzi? Co, jeśli niechcący zamieszkałam właśnie z drugim Tedem Bundym[2] ? – Celowo uniosłam głos o kilka oktaw, by brzmiał na spanikowany.

– Cassie – zaczęła, ale nie dopuściłam jej do głosu, nakręcając cały dramat.

– No to co mam teraz zrobić? Wydaje mi się, że wprowadziłam się do psychopaty! A jeśli jest seryjnym mordercą, Ciporgia? – Zaczęłam przegrzebywać jego szafkę nocną dla większego efektu, wiedząc, że to usłyszy i domyśli się, co robię. Kondomy. Bilet na metro. Stara komórka. Żadnej dziewięciomilimetrowej beretty czy miski z zębami.

– Uspokój się, Cass. – Próbowała przemówić mi do rozsądku, ale ciągnęłam przedstawienie.

– W jego szafce nocnej nic nie ma, ale przecież mordercy notorycznie zacierają swoje ślady. Nie chowają dowodów przy łóżkach! Boże, chowają je pod podłogą i za tajemnymi drzwiami, gdzie mają pokoje przeznaczone na swoje szaleństwa, ze ścianami pełnymi zdjęć ofiar! Boże, Boże… Skończę w jakiejś teczce w archiwum FBI, a wszystko to będzie twoją winą! – Zeskoczyłam z łóżka i przełączyłam telefon na tryb głośnomówiący, jednocześnie tupiąc mocno w podłogę. – Gdyby pod parkietem była skrytka, odgłos byłby bardziej pusty, prawda? A jak powinny brzmieć sekretne drzwi, gdy się w nie zastuka?

– Cassie! – Głos Georgii poniósł się po sypialni.

– No co? – zapytałam, wciąż tupiąc głośno.

---

[2] Ted Bundy – amerykański seryjny morderca. Z wyjątkowym okrucieństwem zamordował ponad 30 kobiet, za swoje zbrodnie został stracony na krześle elektrycznym (przyp. tłum.).

– Przestań przeszukiwać jego rzeczy. Thatch nie jest seryjnym mordercą.

Kiedy się zmęczyłam, wyjęłam z torebki pilnik do paznokci i usiadłam z nim na beżowej ławce naprzeciw okna.

– Dlaczego więc poszedł przynieść coś na kolację?! – krzyknęłam, piłując paznokcie. – Dlaczego nie wpadł w szał z powodu tego, że nieznajoma, choć wyraźnie atrakcyjna kobieta pozwoliła sobie na przeprowadzkę do jego mieszkania?

*No dawaj, Georgia. Zdradź soczyste ploteczki. Wiem, że chcesz…*

– Na dziewięćdziesiąt dziewięć procent jestem pewna, że również z tobą pogrywa. Być może poznał się na twoim wygłupie – przyznała w końcu szeptem.

– Dziewięćdziesiąt dziewięć procent wciąż nie jest uspokajające, Ciporgio! Wciąż pozostaje jeden procent, przez który mogę skończyć na stronie ze zdjęciami osób zaginionych! – krzyknęłam, wyciągając przed siebie prawą rękę. Rany, naprawdę potrzebny mi był profesjonalny manicure. – Myślę, że z jego psychiką coś jest nie tak, G. Zastanawiam się, czy powinnam stąd uciec, nim wróci z tą kolacją. Cholera, a co, jeśli kolacja oznacza coś innego? – zapytałam, po czym dramatycznie i gwałtownie wciągnęłam powietrze.

– Boże, poważnie, możesz się uspokoić i nie wrzeszczeć mi do ucha – odpowiedziała zirytowana. – Thatch nie jest mordercą. Nie jest psychopatą, nie jest szurnięty. W chwili, gdy wyszedł z mieszkania, zadzwonił do Kline'a. Wie, że go wkręcasz.

*Bingo.*
– Och, okej. Dzięki za info – powiedziałam zupełnie normalnie.

W telefonie zapadła dłuższa cisza.

– Jesteś podła – rzuciła w końcu ze śmiechem. – Dlaczego zawsze daję ci się nabierać?

Wzruszyłam ramionami.

– Nie mam pojęcia, kochaniutka, ale nie wierzę, że ten sukinsyn próbuje mnie podejść. Jeszcze się zdziwi, jeśli wydaje mu się, że zamierzam się poddać – powiedziałam zdeterminowana.

– Oho... brzmi to, jakby nie miało się dobrze skończyć – zauważyła z troską. Choć jej troska wcale nie brzmiała jakoś poważnie. Brzmiała raczej jak ekscytacja.

– Tak, masz rację. To się może źle skończyć, ale z pewnością nie dla mnie. Nawet jeśli miałabym polec w tej wojnie, możesz postawić swój tyłek, że ją wygram.

– Jezu – jęknęła ze śmiechem. – Co dokładnie planujesz? Obiecałaś, że do urodzin Kline'a nie zabijesz Thatcha.

– Jedyne, co polegnie, to ogromna część ego tego wielkoluda.

Roześmiała się.

– Trochę mi go teraz żal.

– Zasłużył sobie.

Musi zapłacić za to, że moje otoczone murem serce poczuło, jakby ta ściana wcale nie była nieprzenikalna.

– Myślę, że to kwestia sporna, Casscioiku. I zależy głównie od tego, co planujesz. Thatch to naprawdę dobry gość. Kline mówi, że...

Nie chciałam tego słuchać. I tak już wystarczająco lubiłam tego typa.

– Tak, a mówiąc o planach, muszę lecieć. Współlokator zaraz wróci z kolacją, a ja muszę się rozgościć w tej nowej skromnej chacie.

– Okej... – powiedziała i zamilkła na chwilę. – Chociaż zapewne powinnaś unikać kilku rzeczy. No wiesz, paru drobiazgów, które mogłyby go rozzłościć.

A niech mnie szlag, Georgia potrafiła być szczwana, kiedy tego chciała.

– A niby dokładnie jakich?

– Na początek, trzyma tylko jedną paczkę danego produktu w spiżarni, wkurza się, gdy ktoś mu ją zjada. Nie jedz więc płatków Trix. Bez względu na okoliczności nie robiłabym tego na twoim miejscu.

– Jezu, jest jak wielkie dziecko. Na pewno będę się trzymać z daleka od jego słodkiej przekąski.

*Albo wpieprzę całe opakowanie na raz.*

– I nie baw się nagrywarką. Nagrywa swoje ulubione mecze i kilka programów. Jeden z nich to Top Model, co, muszę przyznać, jest nawet ujmujące.

– Rozumiem. Nie mieszać w sporcie. – *Albo skasować wszystkie mecze i, oczywiście, zachować Top Model.* – Jeszcze czegoś mam nie robić?

– I będzie marudził z powodu butów w mieszkaniu. Na twoim miejscu zdejmowałabym je zawsze przy drzwiach. Nie chodź w nich po jego podłogach.

– Zawsze boso, rozumiem. – *Albo nigdy boso. Przenigdy. Do diabła, zapewne zacznę się kąpać w butach.* –

Dobra, G., lepiej pójdę się upewnić, czy nic takiego nie zrobiłam.

– Dobrze.

Rozłączyłam się, włożyłam najstarszą parę trampek i poszłam do kuchni. Znalazłam sobie miseczkę, nasypałam płatków, nalałam mleka i poszłam z tym do salonu, gdzie rozwaliłam się na kanapie i przejrzałam nagrania na dysku.

*ESPN SportsCenter...* Szlag, tego nie skasuję.
*America's Next Top Model...* oczywiście musi zostać.
*The Late Late Show with James Corden...* zostaje.
*Głowa rodziny...* zostaje.
*U nas w Filadelfii...* zostaje.
*The Voice...* cholera, zostaje.

Cóż, nie poszło, jak planowałam. Wcale a wcale. Miał ten sam gust telewizyjny co ja.

– Kochanie, wróciłem! – zawołał Thatch, stając w drzwiach. Słyszałam jego kroki, po czym nastała cisza, gdy zapewne zdejmował buty. – Gdzie jesteś, Cass?

– Na kanapie. Przynieś mi tu jedzenie, skarbie! – krzyknęłam przez ramię, dodając własne pieszczotliwe określenie. Jeśli chciał mnie wkręcać, mogłam robić to samo. Przecież byłam Cassie Phillips. Poradziłabym sobie z wszystkim, cokolwiek zrzuci mi na głowę.

Cóż, może nie w dosłownym znaczeniu. Tego bym chyba nie wytrzymała. Miał sporo siły.

Wszedł do salonu z dwoma torebkami chińszczyzny na wynos, następnie zamarł, kiedy mnie zobaczył.

– Hej – przywitałam się z uroczym uśmiechem, jednocześnie biorąc łyżkę słodkiej przyjemności składającej się z jego ulubionych płatków. – Przepraszam – powiedziałam z pełnymi ustami – ale czekając na ciebie, bardzo zgłodniałam.

Spojrzał na mnie brązowymi oczami, a gdy spostrzegł stary trampek na eleganckiej skórzanej kanapie, mogłabym przysiąc, że zacisnął usta, ale w jakiś sposób udało mu się zachować neutralny wyraz twarzy.

Przełknęłam płatki i zapytałam:

– Co tam masz?

– Mam nadzieję, że lubisz chińszczyznę. Kupiłbym coś, co lubisz najbardziej, ale niestety nie wiem, co to jest. – Uśmiechnął się, położył torebki na ławie i usiadł obok. – Ale przypuszczam, że wszystkie poważne związki się tak zaczynają. Będziemy się musieli lepiej poznać. To chyba normalne – powiedział, wzruszając ramionami i wyjmując kartonowe opakowania.

*Boże, mądrala.* Nie potrafiłam jednak zaprzeczyć, że podobała mi się ta jego głęboka osobowość.

– Dobry związek polega na niewielkiej tajemniczości. – Odstawiłam miskę płatków i dobrałam się do pudełek. – Przynajmniej tak słyszałam... od Georgii, a może wyczytałam w *Cosmo*. Tylko popatrz na Brooksów. Nabierali się nawzajem i jak im się to dobrze przysłużyło.

Zaśmiał się.

– Tak, przysłużyło się to obojgu.

– Mogę zjeść kurczaka w pomarańczach i ciasto? – zapytałam, pokazując mu karton.

– Co tylko chcesz, pączusiu – odparł i puścił do mnie oko. Wziął pilota leżącego mi na kolanach i włączył *SportsCenter*. Kiedy prowadzący omawiał najważniejsze wydarzenia sportowe tego dnia, Thatch oparł się wygodnie i otworzył pudełko z kurczakiem Kung Pao.

 Rozsiadłam się wygodnie, wyciągnęłam nogi i położyłam stopę, na której nadal miałam but, na jego udzie, ale, ku mojemu rozczarowaniu, ledwo rzucił na nią okiem, po czym wrócił wzrokiem do ekranu telewizora i zaczął jeść. I nawet jeśli wcisnęłam w siebie pół paczki płatków, nie potrafiłam oprzeć się chińszczyźnie, gdy siedzieliśmy w milczeniu, jedząc i oglądając *SportsCenter*. Było to dziwnie kojące.

 Nie zdawałam sobie sprawy, że zjadł, póki nie zajął się rozwiązywaniem moich sznurówek i ostrożnym zdejmowaniem mi trampek i skarpetek. Następnie zaczął masować mi stopy, choć nadal pozostawał wpatrzony w ekran telewizora.

 Cała ta scena wydawała się zbyt naturalna z jego strony. Naprawdę nie wiedziałam, czy zdawał sobie sprawę z tego, co robił, chyba właśnie dlatego zapytałam go zaraz:

– Mieszkałeś kiedyś z kimś?

– Na studiach, z Kline'em – odparł, nie patrząc na mnie.

 Zabrałam nogę i postukałam go palcem w udo, by zwrócić jego uwagę.

 Spojrzał na mnie i przechylił głowę w lekkim zmieszaniu.

– Miałam na myśli jakąś kobietę.

– Nie. – Pokręcił głową. – Nigdy nie mieszkałem z kobietą.

 Ciekawe. Może miał po prostu sporo dziewczyn, bo to, jak masował, było naprawdę zarąbiste.

– Kiedy ostatnio byłeś w związku?
– Dawno temu – odparł tajemniczo.
– Dawno? Kilka lat?
– Nie byłem w związku, odkąd byłem w szkole średniej.
– W liceum? – zapytałam zszokowana.
Przytaknął.
– Jak mówiłem, było to dawno temu.
– Wow. To naprawdę dawno.

Obrócił się ku mnie, ponownie masując mi stopy i idealnie trafiając we wszystkie właściwe miejsca. Musiałam się pilnować, by nie jęczeć, gdy używał kciuków na moich piętach.

– A ty? Mieszkałaś wcześniej z facetem? – zapytał, odbijając piłeczkę.
– Nie.
– A kiedy ostatnio byłaś w związku?
– Ee… jakiś czas temu. – *Albo nigdy.*

Uniósł brew i uśmiechnął się.

– Jakiś czas temu? A jaki? Kilka miesięcy czy lat?
– A co właściwie stanowi o związku?

Roześmiał się.

– Powiedziałbym, że to, czy uważasz jakiegoś faceta za swojego chłopaka.
– W takim razie muszę przyznać, że „jakiś czas" oznacza nigdy.

Ściągnął brwi w jedną linię.

– Nigdy nie miałaś chłopaka?
– Nie. – Pokręciłam głową. – Chodziłam na randki, ale nigdy wystarczająco długo, by mówić o związku.

– Z jakiegoś szczególnego powodu?

– Niespecjalnie. – Wzruszyłam ramionami. – Po prostu nie znalazłam nikogo, kto utrzymałby moje zainteresowanie dłużej niż trzy, cztery randki. Wiem, że to brzmi, jakbym bała się zaangażować, ale po prostu nie lubię tracić czasu, nie tylko swojego. Jeśli czegoś nie czuję i wydaje mi się, że cała sprawa jest wymuszona, lepiej to skończyć niż to ciągnąć, wiedząc, że i tak nic z tego nie będzie.

Thatch przytaknął, zgadzając się ze mną.

– Szanuję to.

– Naprawdę? – zapytałam nieco zaskoczona. Choć nigdy nie przejmowałam się tym, co myśleli o mnie inni, neutralna reakcja Thatcha była przeciwna do opinii większości osób. Do diabła, nawet moja matka, która przez większość życia zachęcała mnie, bym kierowała się sercem, bombardowała mnie ostatnio pytaniami, czy zamierzam się ustatkować. Wydawało mi się jednak, że ta troska wynikała z tykania kobiecego biologicznego zegara i tego, o czym zapomniała wspomnieć: pragnienia wnuków.

– Tak, Cass. – Postukał palcem w moją stopę i uśmiechnął się. – Szanuję to, że jesteś otwarta i szczera, i nie owijasz w bawełnę, jeśli chodzi o związki. Żałuję, że więcej kobiet nie ma takich poglądów. Większość powinna uważać, że czekanie na odpowiedniego faceta jest lepsze niż wiązanie się z jakimś gnojkiem, który na nie nie zasługuje. I to lepsze dla tej drugiej strony niż udawanie czegoś, czego nie ma.

Z jakiegoś powodu ciepło w jego kawowych oczach spowodowało, że jeszcze bardziej się otworzyłam.

– Na studiach nie miałam chłopaka, bo nie chciałam się wiązać. Byłam jedną z tych nietypowych dziewczyn, które wolały być same i robić wszystko po swojemu. A kiedy je skończyłam i zajęłam się budowaniem kariery, nieustannie podróżowałam. Bywały takie okresy, że w ciągu czterech miesięcy spędzałam w Nowym Jorku tydzień, góra dwa. Przez taki styl życia żaden związek nie był możliwy.

– Wciąż tyle podróżujesz?

– Cholera, nie, ale tylko dlatego, że tamte wyjazdy się opłaciły. Poszłam własną ścieżką i zapracowałam sobie na dobrą reputację.

– Reputację, która ogólnie polega na byciu dobrą w pstrykaniu fotek półnagim facetom? – zapytał lekkim tonem.

– Cóż mogę rzec? Mam oko do przystojniaków, muskułów i czasami do miłych, ładnych wybrzuszeń w gatkach od Calvina Kleine'a – odpowiedziałam i mrugnęłam do niego jednym okiem.

Oczekiwałam, że skomentuje uwagę o majtkach innych facetów, ale zaśmiał się tylko i kontynuował masowanie mi stóp, przenosząc w końcu wielkie dłonie na moje łydki.

*Hmm... może Thatcher Kelly raz na jakiś czas mógł być poważny?*

Spojrzałam na zegarek na dekoderze i zobaczyłam, że była już prawie dziesiąta.

– Cóż, współlokatorze, lepiej pójdę spać. Muszę wstać przed świtem, mam sesję w Hamptons.

Puścił moje nogi i wstał, następnie podał mi rękę, by pomóc podnieść się z kanapy.

– Co robisz? – zapytałam, stając przed nim. Patrzyłam mu w oczy, czekając, aż się podda i każe mi spadać do domu, co oznaczałoby, że żart został oficjalnie zdemaskowany, jajcarz strącony z dotychczas zajmowanego piedestału, a ja wygrałam.
*Powiedz to! Powiedz! Powiedz!* – powtarzałam w myślach.
– Ja też się położę.
*Że co?*
– Oboje idziemy spać? Teraz? Do twojego łóżka?
– Myślę, że możesz zacząć nazywać je naszym łóżkiem, kochanie – powiedział, puścił do mnie oko i wyszedł z pokoju.
Poszłam za nim do łazienki, w której stanęliśmy przy blacie z dwoma umywalkami. Thatch wydawał się całkowicie nieporuszony, myjąc zęby, sikając – przy mnie – a następnie myjąc ręce. Chwilę później poszedł się położyć, a ja zostałam w łazience, gapiąc się na własną szczoteczkę, którą wcześniej łaskawie mi podał.
– Jeśli zapomniałaś pasty, możesz wziąć moją – zawołał z łóżka.
– Ee... dzięki – mruknęłam.
Kiedy myłam zęby, wpatrując się w swoje lustrzane odbicie, zaczęłam się zastanawiać, co Thatch kombinował. Miałam przeczucie, że coś zaplanował, ale nie zamierzałam dać się zaskoczyć, musiałam być przygotowana.
Położyłam się obok niego, poprawiłam poduszkę i owinęłam się białą kołdrą.
– Dobranoc – powiedziałam w mrok.

– Branoc, Cass – odpowiedział Thatch, ale mogłabym przysiąc, że słyszałam rozbawienie w jego głosie.

A ponieważ naprawdę uwielbiałam się z nim droczyć, dokończyłam „pożegnanie", wkładając rękę pod kołdrę. Chwyciłam go w kroku i szepnęłam:

– Dobranoc, superfiucie.

Thatch zaśmiał się cicho, ale, ku mojemu zdziwieniu, nie próbował złapać mnie za cycki.

*Nie jesteś rozczarowana*, powtarzałam sobie, czując jakąś taką dziwną pustkę.

Po chwili usłyszałam, jak jego oddech się pogłębił. Kiedy leżałam obok śpiącego wielkoluda, a jego powolne i równe tchnienia kołysały mnie do snu, próbowałam zrozumieć jego niebywałe zadowolenie.

Doszłam do wniosku, że żartowniś zaplanował już swój kolejny ruch.

*Piłka w grze, draniu.*

# ROZDZIAŁ 14

## THATCH

– Tydzień – powiedziałem do kamery, pocierając napiętą skórę na czole.

– Co? – zapytał Kline. Miałem ochotę dźgnąć go w te rozbawione niebieskie ślepka.

– Mieszka ze mną już pieprzony tydzień, koleś.

Usłyszałem gromki śmiech i pokazałem mu wyprostowany środkowy palec, ponieważ mógł mnie zobaczyć. Przynajmniej kiedy wyprostował się po napadzie histerycznego śmiechu.

– Więc jest u ciebie od tygodnia. I co w tym złego? – zapytał, przekładając jakieś papiery z jednego końca biurka na drugi. W końcu przestał rechotać, ale szczerzył zęby od ucha do ucha.

– To, że zrobiłem jej rano omlet, bo mnie poprosiła, i nie uprawialiśmy więcej seksu. Mój fiut zabawił się ostatnio przy lodziku w pracy. Czy spełnianie poleceń nie powinno być wynagradzane? Sam już nie wiem, kim jestem.

– A próbowałeś uprawiać z nią seks?

*Nooo… niespecjalnie.* Liczyłem na to, że samo wyjdzie w praniu. Ale nie chciałem mówić o tym kumplowi, który odebrał moje milczenie zupełnie odwrotnie.

– No tak. Zapomniałem, z kim rozmawiam.

*Tak, tak. Według przyjaciela byłem żigolakiem.*

– Poproś ją więc, by się wyprowadziła – powiedział poważnym tonem, patrząc prosto w kamerę i unosząc wyzywająco brwi.

Był to sprawdzian, który najwidoczniej miałem szansę oblać. Albo zdać, w zależności, czego ode mnie chciał. *Szlag by to trafił.*

Nie chciałem, by się wyprowadzała. Była zabawna, ciekawa i tak seksowna, że moje oczy piekły na myśl o niej. Jednak od samego patrzenia zaczynała mi się kurczyć cierpliwość, a nie było to nic dobrego. Dodatkowo wciąż nie rozwikłałem zagadki, co tu się u diabła działo. Wiedziałem, że mnie wkręcała. Po prostu to wiedziałem, choć ostatnio w ogóle tego nie czułem.

Nie chciałem również przyznać przed Kline'em tego, na co tak uparcie czekał.

Walczyłem, by zachować neutralny wyraz twarzy.

– I się poddać? Nie ma mowy!

Nigdy się nie poddawałem.

Uśmiechnął się i pokręcił głową, wracając spojrzeniem do telefonu, najpewniej przeglądając zdjęcia nagiej Georgii. Spojrzał ponownie na mnie i uśmiechnął się szeroko.

– Dlaczego nie ciągniesz tej zabawy? – zapytał, gasząc ekran komórki i odkładając ją na bok. – Siedzisz bezczynnie i pozwalasz jej kierować akcją, co nie jest w twoim stylu.

– Masz rację – zgodziłem się, bazgrząc jakieś głupoty na karteczkach samoprzylepnych. – To nie w moim stylu.

Nie czekałem biernie, ale działałem. Nie patrzyłem na rozwój akcji, kierowałem nią. Żadna kobieta nie miała tego zmienić. Pierwsza zasada życia: kobieta miała pierwszeństwo. W drzwiach, w orgazmach, a także w tym przypadku, żeby się poddać w wojnie na charaktery.

– Pieprzona racja – ciągnąłem, na nowo nakręcony. Zapewne powinienem zwrócić większą uwagę na uśmiech goszczący na twarzy Kline'a, ale najwyraźniej bez względu na to, ile miałem lat, wciąż byłem głupi i spragniony przygód.

\*\*\*

– Kochanie! – zawołałem, przestępując próg własnego mieszkania z nową determinacją. Byłem już w Cassie, zarówno w jej szparce, jak i ustach, co zamierzałem dzisiaj powtórzyć.

Byłem cholernie zdeterminowany.

– Cassie? – zawołałem, gdy nie odpowiedziała. Rozejrzałem się uważnie. Wszystko było na swoim miejscu. Nie przybyły nowe pudła, tampony nie walały się na blacie w kuchni, nie było też kocyka z Hello Kitty na mojej kanapie.

Uśmiechnąłem się do siebie i pokręciłem głową, ciekawy, czym miała mnie zaskoczyć. Nie myślała standardowo. Nie, cofam to – lubiłem wyjątkowe kobiety, a Cassie naprawdę była szalona.

– Joł, Cass! – zawołałem, ale nadal nie było odpowiedzi.

Zdenerwowany poszedłem w kierunku sypialni. Może się poddała i wyprowadziła albo pojechała na jakąś egzotyczną sesję zdjęciową z facetami i miałem odzyskać swoje mieszkanie.

*Boże, mam nadzieję, że nie.*

Zamarłem, gdy uświadomiłem sobie, co pomyślałem. Miałem nadzieję, że nie?

To niedorzeczne.

Mimo to ruszyłem z miejsca, by zajrzeć do cichej sypialni i garderoby, przy czym skurczył mi się żołądek.

Zanim wszedłem, aby poszukać jej rzeczy, które od tygodnia usilnie sprzątałem, rozbrzmiał dzwonek do drzwi. Odwróciłem się więc i przeszedłem przez salon, po czym zbliżyłem się do drzwi. Kiedy je otworzyłem, coś na kształt kwiecistego centaura wypełniało wejście.

Był to pół człowiek, pół bukiet, bo całą górną część jego ciała zasłaniały kwiaty.

– Przesyłka dla Cassie Phillips – powiedział. Jednocześnie ucieszyłem się i zmartwiłem, emocje te walczyły w mojej głowie o pierwszeństwo. Dostała przesyłkę pod mój adres, co było niebywale pocieszające, jednak były to kwiaty, pieprzone czerwone róże, a zazwyczaj wysyłali je faceci.

Zawrzało we mnie.

– Tak, dzięki – powiedziałem, niemal wyrywając mu wielki bukiet. Wzruszył ramionami i odszedł, więc zamknąłem drzwi.

W dwóch susach przemierzyłem odległość pomiędzy wejściem a kuchnią. Postawiłem z hukiem szklany wazon na blacie, a kiedy wiecheć znalazł się niżej, moim oczom ukazała się skryta w nim kartka.

– Aha! – wykrzyknąłem, porywając ją w palce i wyciągając z bukietu.

Koperta była maleńka w moich paluchach, więc otworzyłem ją ostrożnie, choć i tak się pomięła, ale przecież mogłem ją wyrzucić.

Pierwsza strona była pusta, ale na drugiej znajdowało się odręczne pismo pracownika kwiaciarni.

*Najdroższa Cassie,
jesteś stworzona do bzykania.
Całuski
Wzwód Thatchera*

– Ty to wysłałeś? – Spojrzałem pytająco na fiuta, ale po krótkiej chwili irytacji stwierdziłem, że nie byłby w stanie tego zrobić. Był ze mną przez cały czas.

Jedynym logicznym wyjaśnieniem było to, że sama je sobie wysłała w moim imieniu. Lub imieniu części mojego ciała.

*Jezu.*

– Czy ona naprawdę jest szalona? – zapytałem na głos samego siebie. Pokręciłem głową i roześmiałem się, znów gadając do siebie: – Może, ale ty z pewnością jesteś dupkiem.

# ROZDZIAŁ 15

## CASSIE

– Podczas przerwy napisałam świetnego fanficka – poinformowałam Georgię, wsiadając do metra po zakończonej sesji w Hell's Kitchen.
– Fanficka?
– No tak. – Skrzywiłam się i poprawiłam na ramieniu pasek torby ze sprzętem fotograficznym. – Wiesz przecież, że uwielbiam pisać opowiadania inspirowane *Pięćdziesięcioma twarzami Greya*. Nie czytałaś ich nigdy na Wattpadzie?
– Wciąż je piszesz? – zapytała zdziwiona.
– Tak! Wciąż czekam, by E.L. James przeczytała moje dzieła i zakochała się we mnie. – Pisałam fanficki do historii z *Pięćdziesięciu twarzy Greya*, odkąd kilka lat temu odkryłam całą tę serię. Zawsze lubiłam pisać, ale dopiero dzieje Christiana i Any natchnęły mnie do spisania własnych fantazji. Zapewne była to jedna z najlepszych rzeczy, jakie w życiu zrobiłam. W tworzeniu swojego małego świata i wypisywaniu wszystkiego, co się chciało, było coś niesłychanie pociągającego. Prawdziwie wyzwalającego.
– Zapewne jest zajęta czytaniem fanficków na Wattpadzie.
– Niszczysz mój pociąg do BDSM.

– Przykro mi – powiedziała, śmiejąc się. – Szczerze mówiąc, nie wiedziałam, że nadal to robisz. Sądziłam, że pisałaś jedynie w dwa tysiące trzynastym.

– A ja myślałam, że ilekroć coś wrzucam, moja Ciporgia to czyta. Naprawdę jesteś najlepszą przyjaciółką – droczyłam się, choć nie mogłam jej winić. Normalnie nie interesowałam się niczym aż tak długo.

– Musisz mi wyjaśnić, o co chodzi. Napisałaś historię Any i Christiana od nowa czy co?

– Nie. Przeniosłam ich do własnego życia i stworzyłam swój prywatny świat BDSM, ostrego seksu w uroczym mieszkanku, które nie jest usytuowane w gównianej dzielnicy Chelsea. Dodałam też idealnego fiuta, który jest gotowy na każde żądanie.

Kiedy to powiedziałam, kobieta siedząca naprzeciw mnie, ubrana w brązowe mokasyny i koszulkę z Myszką Miki, spojrzała na mnie wilkiem.

– Obrzydliwe – mruknęła pod nosem, choć wystarczająco głośno, bym to usłyszała.

– Poczekaj, G. – Patrzyłam na babkę w mokasynach, aż nasze spojrzenia się skrzyżowały. – Wolałaby pani, żebym powiedziała „penis"? – zapytałam bezczelnie. – Proszę, niech mi pani zdradzi, w jaki sposób mam prowadzić rozmowę.

Skrzywiła się, wstała i przeszła do następnego wagonu.

– Na miłość boską, nie daj się aresztować w metrze – powiedziała Georgia ze śmiechem. – Chelsea nie jest gównianą dzielnicą. A zwłaszcza nie tam, gdzie stoi nasz blok. Mamy przecież windę i odźwiernego. I ściśle rzecz ujmując, nie mieszkasz już w Chelsea.

Dzięki Bogu. Wmówiłam sobie, że byłam zadowolona z przeprowadzki do mieszkania Thatchera, a nie z tego, że codziennie dzieliłam łóżko z wielkim ogrem.

– Boże, nie mogę się doczekać, by się stamtąd wynieść. Przez te wieczne remonty, kurz i depresję, gdy przemierzam okolicę, jestem gotowa się wyprowadzić.

Nie widziałam przyjaciółki, ale gotowa byłam przysiąc, że moja mała Ciporgia kręciła głową, w duchu broniąc Chelsea. Jednak nie lubiłam, gdy mi mówiono, co mam myśleć, więc kiedy stwierdzałam, że dzielnica była podła, to taka była.

Zwłaszcza w porównaniu z miejscem, w którym stał apartamentowiec Thatcha.

– Zatem gdy przestaniesz się bawić z Thatchem w dom, poszukasz sobie nowego mieszkania?

Roześmiałam się.

– Tak. Kiedy Thatch tak uroczo sobie ze mną pogrywa, ja próbuję wyremontować nasze mieszkanie. Jutro spotykam się z szefem ekipy, któremu chcę zlecić remont podłóg i kuchni.

– Cholera. Sprytnie – odpowiedziała. – Ale pozwól, że powtórzę. Chelsea wcale nie jest kiepska.

– No błagam. – Parsknęłam głośnym śmiechem. – Sama wyprowadziłaś się tak daleko, że to nawet nie jest śmieszne, kochana. Nie masz prawa głosu, odkąd przeniosłaś się na przedmieścia i musisz martwić się jedynie o to, w którym pokoju bzykać się ze swoim mężulkiem.

Facet, który zajął miejsce po Myszce Miki, uśmiechnął się do mnie. Patrzyłam mu w twarz, aż się zarumienił.

Georgia zachichotała.

– A skoro mówimy o moim mężu, właśnie wszedł do sypialni. Jesteś już w domu? Spałoby mi się lepiej, gdybym wiedziała, że wróciłaś bezpiecznie. – *Jasne. Jakby Wielkofiuty miał dać ci pospać.* – Czekaj... a o którym domu mówisz?

– Oczywiście – zaczęłam, wychodząc z metra i zmierzając schodami, by wyjść na ulicę. – Idę właśnie do mojego nowego gniazda w centrum.

– Okej, zadzwoń jutro, gdybyś miała wolne w porze lunchu.

– Dobrze. – Rozłączyłam się i schowałam komórkę do jeansowych spodenek.

Musiałam przejść jakieś pięć przecznic, a ponieważ było późno, chodnik był w miarę pusty. Sześć minut później wysiadłam z windy i otworzyłam drzwi mojego nowego domu.

– Thatcher, wróciłam i jestem pierońsko głodna! – wykrzyknęłam, zamykając drzwi odzianą w tenisówki na obcasie stopą. Zastanawiałam się, czy dostarczono po południu kwiaty i miałam w dupie, czy obudzę Thatcha.

Zapewne powinnam się tym przejąć, ale chciałam się z nim spotkać. Pragnęłam tego tak bardzo, że przestałam się kontrolować. Idealnie, pomyślałam na widok wielkiego bukietu w kuchni. Wyglądał niedorzecznie w tym neutralnym mieszkaniu, krwiste płatki róż wyraźnie odcinały się na tle czarno-białego wystroju. Wzięłam kartkę spoczywającą na środku i nie potrafiłam powstrzymać uśmiechu, czytając wybitne słowa.

Boże, byłam geniuszem.

Cóż, napalonym geniuszem.

Na przerwie wymyśliłam plan z kwiatami, kiedy pogrążałam się w opisywaniu klapsów w moim fanficku. Pisząc to, myślałam intensywnie o Thatchu, ponieważ nie potrafiłam wyrzucić z głowy myśli o seksie z nim. Do diabła, równie dobrze moja cipka mogła napisać ten rozdział. Gdyby tylko zdołała utrzymać długopis…

Ale chciałam, by Thatch wykazał jakąś inicjatywę, a ponieważ ostatnio się ociągał, z jakiegoś powodu zapragnęłam dostać kwiaty od jego fiuta.

– No proszę, kto wrócił do domu – przywitał się, wchodząc do kuchni. Nie spał i był cholernie apetyczny. Dopiero się wykąpał i przebrał w wygodne rzeczy. Facet nie powinien wyglądać tak dobrze w zwykłym białym bawełnianym podkoszulku i czarnych spodenkach. Zobaczył, że trzymam liścik.

– Jesteś dziś później. Pracowity dzień? – zapytał z uśmiechem.

– Bardzo pracowity – odpowiedziałam i podsunęłam mu kartkę pod nos. – Wygląda na to, że ktoś tu również miał co robić. Dodam, że to miłe.

Wzruszył ramionami i skrzyżował ręce na piersi. Jego mięśnie się napięły, więc musiałam zdusić jęk.

– Cóż mogę rzec? Mój fiut jest hojny. A biorąc pod uwagę fakt, że miał czas ci je wysłać, powiedziałbym, że jest też dość bystry.

Uśmiechnęłam się.

– Z pewnością ma nienaganny gust. – Pochyliłam się, by powąchać słodki zapach. – Wiesz, niemal czuję się zmuszona mu podziękować.

Thatch oparł się o blat, wyciągnął ręce, przez co uwydatniły się żyły na jego przedramionach, a moje piersi nabrzmiały na ten widok.
– Niemal?
– Tak, niemal. – Postawiłam kartkę obok flakonu i obróciłam się do mężczyzny, który się uśmiechał.
– Skarbie, mój fiut wysłał ci dwa tuziny róż. Myślę, że nie musisz się krępować, tylko podziękować mu, jeśli czujesz się do tego zobligowana.

Podeszłam do niego, aż się wyprostował i zrobił mi miejsce, bym mogła stanąć pomiędzy jego stopami.
– Dziś był naprawdę dobry dzień.

Uśmiechnął się.
– Chcesz o nim posłuchać, Thatcher? – zapytałam, wodząc palcem po jego ręce.

Patrzył na to z zaintrygowanym uśmiechem.
– Opowiedz.
– Jestem zdziwiona, że w ogóle coś zrobiłam. Myśli o tobie cały czas nie pozwalały mi się skupić. – Stanęłam na palcach i pocałowałam go miękko. – Wiedziałeś, że lubię pisać?
– Nie, kociaku, nie wiedziałem. – Złapał mnie obiema rękami za biodra. – Co napisałaś?

Przeniosłam wargi z jego ust na policzek, rozkoszowałam się dźwiękiem jego przyspieszonego oddechu.
– Słyszałeś kiedykolwiek o *Pięćdziesięciu twarzach Greya*? – zapytałam, wyciskając miękkie, choć szybkie pocałunki na jego szyi.
– O książkach z BDSM, klapsami i seksem? Tak, coś słyszałem.

– Lubię pisać opowiadania opierające się na tej historii. Dziś, myśląc o tobie, napisałam jedną ze scen. Chcesz, żebym ci o niej opowiedziała? – zapytałam nieśmiało, patrząc mu w oczy.

Przesunął dłonie pod moją koszulką, aż dotarł nimi pod moje piersi.

– Jeśli mówiąc o opowiadaniu masz na myśli demonstrację… – Pochylił głowę i pocałował mnie zmysłowo. – Chcę o wszystkim wiedzieć – szepnął, a jego ciepły oddech owionął moje usta.

Ponownie go pocałowałam, po czym skubnęłam zębami jego dolną wargę i pociągnęłam za nią nieznacznie, nim się odsunęłam.

– Spotkajmy się w sypialni. – Odwróciłam się i poszłam w kierunku korytarza.

– Mam coś przynieść?

– Tylko swojego fiuta – odparłam przez ramię.

Nie tracił czasu. Dogonił mnie i zaczął rozbierać, zanim zdążyłam powiedzieć, by tego nie robił. Chwilę później oboje byliśmy cudownie nadzy, staliśmy przy łóżku, mocno się całując.

Złapał mnie za pośladki i podniósł, przez co z łatwością objęłam go nogami w pasie. Kiedy położył mnie na łóżku, pomiędzy udami czułam, że był twardy i gotowy, przyciskał się we wręcz idealnym miejscu.

– Cholera, nie mogę się doczekać, by się w tobie znaleźć.

Złapałam go za włosy i odciągnęłam od siebie jego usta.

– Błagaj o to – zażądałam. – Powiedz: pozwól mi poczuć twoją perfekcyjną cipkę.

Uśmiechnął się i poruszył biodrami, wsuwając się odrobinę w miejsce, gdzie byłam wilgotna i gorąca.

– Tego właśnie chcesz, kociaku? Sprośnej gadki?

Przytaknęłam. *Boże, tak. Mów do mnie same brzydkie rzeczy, wielkoludzie.* Jego ciało zajmowało przestrzeń dwóch normalnych mężczyzn. Oczywiście nie miał dwóch członków, ale z pewnością wiedział, jak posłużyć się tym jednym.

– Proszę, pozwól mi poczuć twoją perfekcyjną cipkę obejmującą mojego kutasa.

– Mistrzyni Cassie Grey – dodałam.

Zdezorientowany uniósł brwi.

– Powiedz to. Thatchastasio.

– Thatchastasio? – Usiadł na piętach, wpatrując się we mnie. – Co ty za brednie wygadujesz?

Uśmiechnęłam się.

– Pokazuję ci, pamiętasz?

– Pozwól mi to zrozumieć. – Przeczesał palcami włosy. – Napisałaś opowiadanie, w którym jesteś dominującym mężczyzną, a ja uległą kobietą?

– Tylko tak się to uda, Thatchastasio.

– Słucham?

– Tak naprawdę jesteś o wiele bardziej uległy niż ja, kochanie – wyjaśniłam. Zaczął kręcić głową, ale ciągnęłam: – A skoro mówimy o uległości, nie jesteś w tym za dobry. Za każdym razem, gdy się do mnie zwracasz, powinieneś mówić „mistrzyni Cassie Grey". – Poklepałam go po kolanie. – Ale nie martw się, popracujemy nad tym.

Wpatrywał się we mnie przez dłuższą chwilę, nim się uśmiechnął.

– Zamierzasz dać mi klapsa, mistrzyni Cassie Grey?
– Tylko jeśli będziesz niegrzeczny.

Poruszył figlarnie brwiami i złapał mnie jedną ręką za nogę przy kostce.

– Możesz mi wierzyć, będę bardzo niegrzeczny, kociaku. – Zaczął powoli całować ścieżkę od kostki do uda. – Postradasz zmysły.

– Jesteś okropną uległą – powiedziałam z cichym jękiem. – Powinnam cię wychłostać za to, że nie zwracasz się do mnie właściwie.

– Później mnie wychłoszczesz. W tej chwili muszę cię posmakować. – Złapał mnie za uda i rozszerzył je. – Dojdziesz na moim języku?

Cholera, nie musiałam się długo zastanawiać.

– Kurwa, tak – jęknęłam, wciskając głowę w poduszkę.

Przywarł do mnie ustami, nim zdołałam złapać kolejny oddech. Rozpoczął krótkimi pociągnięciami języka, następnie zaczął perfekcyjnie ssać. Złapałam się mocno pościeli, nogi zaczęły mi drżeć z podniecenia.

– Cholernie dobrze smakujesz – szepnął, nie odsuwając się od mojej skóry, wciąż pracując nade mną.

Złapałam go za włosy, gdy moje biodra samowolnie poruszały się przy jego ustach.

– Jesteś już blisko. Twoja piczka próbuje złapać mój język. – Przesunął ręce w górę, aż dotarł do mojej poruszającej się pospiesznie klatki piersiowej. – Umrę kiedyś przez te idealne cycki – jęknął, obejmując je i pieszcząc kciukami moje sutki.

Boże, facet znał się na rzeczy. Byłam pewna, że jego język miał doktorat z seksu oralnego na jakiejś prestiżowej uczelni.

Chwilę później dzięki cudownym ruchom na mojej łechtaczce wykrzykiwałam imię Thatcha, gdy uderzył we mnie oszałamiający orgazm. Spodziewałam się, że jego efekt utrzyma się przez moment, ale bardzo pragnęłam go w sobie poczuć. Każda przyjemność sprawiała, że chciałam więcej.

– Teraz, Thatch – wydyszałam, gdy nakładał kondom. – Proszę, pieprz mnie – błagałam.

– Nie sądzę, by któreś z nas z natury było uległe, kociaku, ale kiedy słyszę, jak błagasz, bym cię pieprzył, sądzę, że możesz się nadawać. – Uśmiechnął się i uklęknął pomiędzy moimi nogami.

Zanim zdołałam rzucić jakąś ciętą ripostę, złapał mnie za uda, następnie wszedł we mnie mocno i cudownie głęboko.

– Cholera jasna!

Jęknął.

– Nigdy nie wyjdę z tej cipki. – Poruszał się szybko, posuwając mnie dziko i nieskrępowanie. – Do końca swoich dni będę jadł, pieprzył i spał wewnątrz niej.

– Tak, zrób to – zgodziłam się, jęcząc. – Nie przestawaj mnie pieprzyć.

Objął mnie, podniósł, aż znalazł się na plecach, a ja na nim.

– Ujeżdżaj mnie, Cassie – zażądał, gdy się podniósł, by possać mój twardy sutek. – Spraw, by te piękne cycki zaczęły podskakiwać.

Boże. Spełniłam polecenie, przy czym zauważyłam, że z każdym ruchem czułam się, jakby moje nerwy łączyły się w pachwinach. Wiedziałam, że Thatch mi się przygląda i poczułam się niewiarygodnie seksownie z tą świadomością.

Nie przestałam ujeżdżać fiuta wielkoluda, aż wykrzykiwałam jego imię z powodu kolejnego orgazmu. Orgazmu tak silnego, że czułam, jakby porwało mnie wewnętrzne tornado, pozostawiając bez sił, gdy położyłam głowę na jego piersi.

Do diabła, potrzebowałam chwili, by złapać oddech. Chwileczki. Króciutkiej…

## ROZDZIAŁ 16

## THATCH

Jak brzmi to przysłowie?

Powinnaś się wstydzić, zasypiając podczas seksu, ale gdy zdarza się to po raz drugi, wstydzić się powinien twój partner.

Co by się stało za trzecim razem? Musiałbym wzywać do Cassie lekarza?

Kurwa. Gdybym miał pewność, że trzeci raz też na mnie zaśnie, skończyłbym z krzywymi nogami i jądrami wstępującymi do podbrzusza.

Choć za pierwszym razem pomimo szoku, jakiego doznałem, częściowo rozumiałem, dlaczego tak się stało, tym razem byłem bardzo zaangażowany w ten akt, jednak i tak jej rozkosz stała się końcem mojej. Jakby ktoś wyłączył jej zasilanie, zaczęła chrapać i się ślinić, gdy tylko opadła na moje wilgotne ciało.

Zapewne powinienem odpuścić czekanie do trzeciego razu i już teraz poradzić się jakiegoś lekarza. Może doktor Savannah Cummings mogłaby mi pomóc?

Nie, to zdecydowanie nie był dobry pomysł.

Tak właśnie wyglądało prawdziwe życie?

Miałem być sfrustrowany seksualnie i pokryty płynami ustrojowymi innej osoby?

Ślinę mogłem znieść, ale sine jądra nie były czymś pożądanym. Nigdy tego nie lubiłem, nie miałem tak nawet, gdy byłem nastolatkiem i przestałem być prawiczkiem, więc nie wyobrażałem sobie, by teraz miało się to zmienić. Jednak po raz pierwszy mniej więcej od tamtych szkolnych lat nie miałem ochoty znaleźć sobie zastępstwa w postaci bezimiennej kobiety. Zamiast tego fantazjowałem o tej konkretnej, która sapała właśnie na mój sutek.

– Cass? – szepnąłem, próbując wyciągnąć ją ze śpiączki.
– Cass! – Nie zdziwił mnie brak odpowiedzi.
– Cholerna Śpiąca Królewna – mamrotałem, gdy zdjąłem ją z siebie i wyszedłem z niej. Byłem wkurzony, jednak bardziej martwił mnie fakt, że nie chciałem się od niej odsuwać, nie chciałem kłaść się po swojej stronie łóżka lub w ogóle z niego wstawać.

Chciałem leżeć i wsłuchiwać się w jej oddech, bo rzadko na to pozwalała. Śmiała i całkowicie bezwstydna Cassie Phillips rzadko się zamykała, a jeśli nawet to robiła, napastliwe spojrzenie mówiło za nią. W tym stanie była całkowicie wyluzowana, a jej ostre rysy twarzy zupełnie zmiękły.

Zastanawiałem się, czy w głębi duszy okaże się wrażliwa, czy jednak agresja stanowiła naturalną manifestację jej natury. Nie znałem prawdopodobnej odpowiedzi, ale miałem pewność, że chciałem ją poznać.

Cassie była naga, skórę miała nadal lekko zaróżowioną. Luźne pasma czekoladowych włosów opadały wokół jej ust, jedno przykleiło się, więc je odsunąłem, dotykając przy tym jej policzka, i założyłem je za ucho.

Unosząc wzrok z jej twarzy na zegarek za nią, ponownie się zirytowałem. Musiałem wstać do pracy za trzy godziny, a wyprężony drąg ani myślał pozwolić mi na sen. Ponownie mogłem sam pozbyć się tej frustracji, ale wiedziałem, że przyczyni się to jedynie do mocniejszego zdenerwowania i nie przyniesie upragnionej satysfakcji.

Uderzyłem pięścią w poduszkę, przewróciłem się na bok i zamknąłem oczy, by nie wpatrywać się w Cassie, choć miałem na to ochotę.

Było w niej coś, co mnie poruszało. Żartowała, że podstawą dobrego związku była tajemniczość, ale miała w tym rację.

Niewiedza sprawiała, że chciałem odkryć drugą osobę. Znałem już to uczucie, choć nie zdołało utrzymać się tak długo. Dwie randki, może trzy i kobieta zawsze okazywała się płytsza niż oczekiwałem. Nie szukałem ideału, tylko kogoś, kto by mnie intrygował. Cassie interesowała mnie o wiele dłużej niż jakakolwiek kobieta przynajmniej od piętnastu lat, a nawet się o to nie starała.

Jeśli już, próbowała mnie do siebie zniechęcić.

Gapiąc się przez okno na sąsiedni budynek, zamrugałem i dałem myślom odpłynąć. Zastanawiałem się nad tym, co zrobiłem źle, co zrobiłem dobrze i czego w ogóle bym nie zmienił.

***

Trzy bezsenne godziny i prysznic później moja irytacja przekształciła się w zniecierpliwienie.

– Cass – zawołałem, potrząsając nią. – Obudź się, pieprzona narkoleptyczko.

Zamrugała, rozkleiły jej się rzęsy. Odchrząknęła i zdezorientowana dotknęła mojej piersi. Pierwsze chwile po przebudzeniu zawsze były najciekawsze. Potrzeba wiele wysiłku, by przenieść ją ze spokojnego snu do chaosu rzeczywistości, cieszyła mnie więc możliwość przyglądania się temu. Nigdy nie było tak samo.

– Thatcher?

– Tak – odpowiedziałem, sfrustrowany własnymi uczuciami, które – paradoksalnie – były dalekie od frustracji. Przy tylu powtórkach powinienem przyzwyczaić się już do takiego biegu wypadków, ale zamiast tego martwiłem się, dlaczego tak bardzo mnie do niej ciągnęło. Szlag, dlaczego zawsze musiałem wszystko sobie komplikować?

– Chyba jest za wcześnie. Dlaczego budzisz mnie o świcie? – zapytała, nie otwierając oczu i trzymając małą dłoń na mojej piersi. Nawet przez koszulę czułem jej ciepło.

– Muszę iść do pracy – powiedziałem. Chciałem szepnąć, ale użyłem normalnego tonu głosu. Po wczorajszej nocy zasługiwała na brutalne przebudzenie. Dodatkowym powodem, by ją zbudzić, była moja chęć zobaczenia się z nią, porozmawiania, wzięcia jej nim wyjdę z domu.

– Cholera, musimy porozmawiać o tym twoim wychodzeniu do pracy – odparła, otwierając nieznacznie jedno oko. – Niezbyt mi się to podoba.

W odpowiedzi uniosłem brwi, ale nie powiedziałem ani słowa.

– Masz jakąś kawę? – zapytała, wydymając usta w sposób, który zwykle uważałem za uroczy. Była ze mną jedynie przez tydzień, ale kobiety szybko się uczyły. Polowały na słabości i bezwstydnie je wykorzystywały. Podziwiałem to nawet.

– Nie – odparłem. – Nie mam kawy.

– Nie masz kawy? Dlaczego nie masz kawy?

– Przestań mówić, że nie mam kawy.

– Więc miej kawę! – warknęła, otwierając oczy.

– Nie. Jesteś okropnie kiepską współlokatorką. Jedynie dobre współlokatorki dostają kawę do łóżka.

– Co u licha takiego zrobiłam?

Przysunąłem twarz do jej twarzy, wpatrując się jej prosto w oczy. Odsunęła się, aż natrafiła na zagłówek, ale nadal się przysuwałem. Szepnąłem ostro:

– Jaką mam minę, gdy przeżywam orgazm?

– Co?

– Jaką mam minę, gdy szczytuję? – powtórzyłem.

Zastanowiła się, patrząc w górę, jednak nie potrzebowała dużo czasu, by załapać, dlaczego nie znała odpowiedzi na to pytanie.

– Cholera.

Przytaknąłem.

– No właśnie.

Wstałem, wyszedłem z sypialni, wziąłem marynarkę i włożyłem ją. Spojrzałem na zegar wiszący na ścianie, wziąłem portfel, klucze, telefon i udałem się do wyjścia.

Usłyszałem za sobą kroki, ale nie trudziłem się spoglądaniem za siebie. Facet nie powinien pragnąć takiej kobiety – egoistycznej, szalonej – powinien uciekać od zaangażowania. Ale kiedy pomyślałem o minionym tygodniu spędzonym w jej towarzystwie, nie potrafiłem przekonać samego siebie, że jej nie chciałem. A to było cholernie niebezpieczne.

– Thatch! – krzyknęła, gdy chwytałem za klamkę.

Obejrzałem się, ale nie odsunąłem od drzwi.

– Chciałam... przeprosić.

To słowo uderzyło mnie prosto w pierś. Nie spodziewałem się prostolinijnych, szczerych przeprosin. Moje ciało samoistnie się ku niej zwróciło.

– Za co chciałaś przeprosić? – naciskałem, widząc, że przed wyjściem z sypialni zdołała włożyć króciutkie spodenki i koszulkę na ramiączkach.

Unikała jednak odpowiedzi.

– Nigdy nikomu nie zrobiłam tego dwukrotnie.

Parsknąłem oschłym śmiechem, nim ponownie obróciłem się w kierunku drzwi.

– Super. Przypuszczam więc, że jestem wyjątkowy.

– Thatch.

Znowu się odwróciłem i, wzdychając, oparłem plecami o drzwi.

– Co, Cass? Wybaczam ci, okej? Nikt nikomu nic nie jest winien, wiesz o tym tak dobrze jak ja.

Nie chciałem być tym, który się podda, ale cała sprawa zmieniała się w coś, czego się nie spodziewałem. Nie miałem pojęcia, ile może potrwać jednostronna fascynacja.

Wyraz jej twarzy zmienił się w sposób, który mi się nie spodobał, więc opuściłem wzrok na podłogę.

Nie widziałem, co zamierzała.

Podbiegła do mnie, podskoczyła i chwyciła mnie za szyję, następnie pocałowała w usta. Smakowała żalem, poczułem też jej zapach.

Złapałem ją za pośladki i podniosłem. Otworzyłem usta, by ją pocałować, dzięki czemu wykorzystała sytuację. Całowała mnie łapczywie, ciągnąc za włosy. Próbowałem odnaleźć się w tej sytuacji, zrozumieć, co się działo, ale przyciskająca się do mnie kobieta sprawiała, że nie było to możliwe.

Przytuliła się, więc ścisnąłem jej biodra. Potrzebowałem więcej, a po nocy myślenia o niej moje ciało nie chciało zaakceptować żadnej innej odpowiedzi.

Pogładziłem kciukami jej policzki i wsunąłem język w usta. Tym razem to ja sprawowałem kontrolę, i niech mnie szlag, jeśli nie osiągnę satysfakcji.

Objęła mnie mocniej nogami w pasie, więc przesunąłem ręce na jej boki, zatrzymując je dopiero na jej piersiach.

Jęknęła, więc ruszyłem z miejsca.

Poszedłem prosto do sypialni, zmierzając tam prawie na ślepo, wkładając ręce do jej spodenek i ściskając nagą skórę jej tyłka. Nie miała bielizny.

– Kurwa – jęknąłem, przesuwając palce pomiędzy jej pośladkami aż do szparki. Była wilgotna, zacisnęła się na moim grubym paluchu.

Cassie zdjęła mi krawat i zaczęła rozpinać koszulę, skubiąc zębami odsłoniętą skórę.

Z każdym ukłuciem jej zębów mój fiut stawał się coraz twardszy. Uklęknąłem na kołdrze i posadziłem ją na skraju łóżka. Oddychała ciężko, gdy zdjąłem jej spodenki i uniosłem koszulkę, a następnie przywarłem ustami do jej piersi.

Nogi zaczęły jej drżeć, gdy uwolniłem sutek i złapałem ją za uda, szarpnięciem posyłając na materac.
– Cholera! – pisnęła, gdy odbiła się plecami od materaca.

Obróciłem ją, przyciągnąłem jej biodra do siebie i zmusiłem, by uklękła na łóżku. Kiedy zobaczyłem jej wilgotną cipkę, dałem jej ostrego klapsa w tyłek.

Krzyknęła i mocniej wypchnęła ku mnie pośladki. Zawrzała we mnie krew.

– No dalej, kociaku, zaśnij teraz – droczyłem się. – Wyzywam cię.

# ROZDZIAŁ 17

## CASSIE

Thatch klęczał na łóżku, gdy obejmowałam go nogami. Otaczał mnie jedną ręką w talii, drugą przesunął po moim ciele i wsunął palce w moje zmierzwione włosy. Jęczał cicho za każdym razem, gdy we mnie wchodził.

– Skończmy razem – zażądał, patrząc mi w oczy.

Dwukrotna śpiączka sprawiła, że nie miał zamiaru słuchać protestów. Pieprzyliśmy się już dłuższą chwilę, jednak straciłam poczucie czasu. Thatch sprawiał, że mogłam skupić się wyłącznie na nim, patrząc na niego z intensywnością, o którą bym się nie podejrzewała.

Przesunęłam palcami po jego piersi, ramionach, aż dotarłam do włosów. Złapałam go za nie i przyciągnęłam do swoich ust, kiedy rozkosz zaczęła wzbierać w moich żyłach.

– Thatch, już niedługo. Niedługo – wołałam. Posapując, dotykałam jego warg.

Jęknął.

– Boże, jesteś taka ciasna, kociaku. – Tempo stało się dzikie, kiedy dał się ponieść, nie marnując okazji. Kiedy uderzył we mnie orgazm, a oczy wywróciły mi się na tył głowy, klepnął mnie w tyłek. Ukłucie bólu nałożone na przyjemność tylko ją wzmocniło. Musiałam przyznać, że było to dobre posunięcie. Nawet ja nie zdołałabym zasnąć, gdy jego wielka ręka lądowała na moim pośladku.

– Tak, kurwa – jęczał, kiedy w końcu osiągnął długo wyczekiwane spełnienie. Objął mnie obiema rękami, trzymając blisko siebie, gdy szczytował w moim wnętrzu.

Przez dłuższą chwilę słychać było jedynie pospieszne oddechy.

Kiedy doszliśmy do siebie, Thatch położył się na plecach, wyciągając na materacu, więc przytuliłam się do niego.

Cholera. Byłam przekonana, że ten facet miał wytrzymałość pieprzonego superbohatera. Każde doświadczenie seksualne bladło w porównaniu z tym, co mi dziś zaserwował. Pieprzył mnie w każdej możliwej pozycji. Spojrzałam na zegar, oczy niemal wyszły mi z orbit. Trzy godziny bez przerwy, gdy byłam obracana, przerzucana i wykorzystywana na każdej możliwej powierzchni w jego mieszkaniu.

Wziął mnie powoli w łóżku. Ostro pod prysznicem. Płasko na stole w kuchni, gdzie dosłownie pożarł mnie na śniadanie.

Pieprzył mnie nawet przy drzwiach na taras, gdy pod nami rozciągało się całe miasto.

Doszedł dopiero w łóżku i, cholera, musiałam przyznać, że poczynania, dzięki którym się tu znaleźliśmy, trwały godziny. Może chodziło mu tylko o to, by mi pokazać, że da radę.

Przeczesał palcami wilgotne włosy.

– Nie śpisz, kociaku? – zapytał z rozbawieniem.

Uniosłam głowę z jego piersi i spojrzałam mu w brązowe oczy.

– Wyglądasz teraz na niebywale z siebie zadowolonego.

– Och, możesz mi wierzyć, tak właśnie się czuję. To była z twojej strony niezła deklaracja uwielbienia dla mojego fiuta.

Miał rację. Potrafiłam to nawet poetycko wyrazić. W którejś chwili pokusiłam się o stwierdzenie, że będę musiała kupić większą torebkę, bym codziennie mogła go nosić ze sobą. Poinformowałam go też, że znajdę taką akceptowaną jako bagaż lotniczy.

Szczerze mówiąc, normalnie nie miałam ochoty nosić przy sobie penisów, ale na swoją obronę miałam to, że członek Thatcha byłby w torebce idealny.

Atuty tego mężczyzny?

1. Niebywała wytrzymałość.
2. Seksowne ciało.
3. Długi, gruby kutas.
4. Niewyparzony język.
5. Doktorat z miłości francuskiej.

Już rozumiecie?

Też szukałybyście w Internecie odpowiedniej torby.

– To pierwszy raz, gdy ktokolwiek zaproponował poniesienie mojego penisa. Prawdę mówiąc, schlebiasz mi tym – droczył się.

Wzruszyłam ramionami.

– Cóż, wysłał mi kwiaty. Powiedziałabym, że to normalne.

*Równie dobrze mogłabyś go poślubić*, krzyknęła moja wagina.

Wow. Spokojnie, cipko-swatko.

Thatch zaśmiał się, przez co jego pierś zadrżała pod moją.

Nie potrafiłam się powstrzymać i również parsknęłam. Thatch pięknie się śmiał. Wydawał głęboki, ochrypły, zaraźliwy dźwięk.

W głębi duszy był szczęśliwym, beztroskim facetem. Nie ograniczał się i, co najważniejsze, cieszył życiem. Daleko mu do człowieka spędzającego całe dnie w domu. O nie. Thatch żył pełnią życia, doświadczał go, bardziej głodny wrażeń niż ktokolwiek, kogo znałam.

Był światłem, które chciałam zamknąć w dłoni.

Coraz bardziej go pragnęłam – jego śmiechu, zadowolenia, głupiego puszczania oka i dowcipnych uwag. Nie potrafiłam zaprzeczyć, że chciałam się w nim zatracić.

Postukał mnie palcem po nosie.

– Wiesz, jeśli po wszystkim nie zasypiasz jak zabita, jesteś całkiem dzika, kociaku.

Uniosłam brwi.

– Całkiem dzika?

– Naprawdę dzika. – Uśmiechnął się i pocałował mnie w usta. – Jestem fanem takiej dzikości – szepnął wtulony w moją twarz.

– A ja jestem fanką twojej kondycji.

– I mojego fiuta – dodał. Mrugnął jednym okiem.

Roześmiałam się.

– Tak, jego też.

– Zasada dziesiąta – powiedział. – Nie powstrzymuj swojego dziewczęcego chichotu.

Zaczęliśmy układać listę reguł wspólnego życia. Większość punktów była tak dziwaczna, że musiałam je zapisać, by o nich pamiętać.

Na waszym miejscu też byłabym ich cholernie ciekawa.

Oto dotychczasowa lista zasad koegzystencji Cass i Thatcha:

#1. Ten, kto zapomni włączyć zmywarkę, przez godzinę chodzi po mieszkaniu bez koszulki.

#2. Thatch w łóżku zawsze jest łyżką stołową.

#3. Cassie nie wolno iść z Thatchem do klubu ze striptizem. Nigdy.

#4. Cassie nie wolno kasować odcinka *Top Model*, zanim Thatch go nie obejrzy (Kara: patrz punkt pierwszy, ale dodaj szpilki i odtwarzanie pokazu z odcinka w bieliźnie).

#5. Raz w tygodniu Thatch ma obowiązek oglądać z Cass film na kanale Lifetime.

#6. Cass nie wolno pić dietetycznych napojów. Wyłącznie zwykłe.

#7. Thatchowi nie wolno mówić o lodach, gdy nie ma ich w zamrażarce, inaczej zarobi z liścia w fiuta.

#8. Cass codziennie musi przynajmniej piętnaście razy zakląć w obecności Thatcha.

#9. Obietnice na mały paluszek nie są tylko dla dzieci. Jeśli zahaczasz z kimś palec, jest to przysięga równie ważna, co przyrzeczenie złożone krwią, tylko ładniejsza.

A teraz zasada #10. Cass nie wolno powstrzymywać się od dziewczęcego chichotu.

Przewróciłam oczami.

– Ja nie chichoczę.

– Tak, kociaku, chichoczesz. – Przytaknął powoli. – Nieczęsto, ale zdarza ci się.

Jęknęłam i wtuliłam twarz w jego pierś.

– Nie wstydź się. Uwielbiam widok twardej Cassie, która staje się miękka i dziewczęca.
Ponownie spojrzałam mu w oczy.
– Nie wstydzę się. Jestem zirytowana. To różnica.
– Rumienisz się więc, kiedy się wkurzasz? Przepraszam za pomyłkę – droczył się.
– Nie rumienię się! – Klepnęłam go w pierś.
– Au! Szlag – jęknął ze śmiechem i obrócił mnie na plecy, nim zdołałam go powstrzymać. Przytrzymał mi ręce za głową i pocałował. – Spędź ze mną ten dzień – zażądał, patrząc mi w oczy.
– Jestem pewna, że właśnie go spędzam, pozwalając się pieprzyć do utraty tchu.
Uśmiechnął się.
– Tak, ale chciałbym, byś spędziła ze mną cały dzień. Bez żadnych sesji zdjęciowych organizowanych w ostatniej chwili i tylko z niewielkimi przerwami na jedzenie.
– Jutro nie będę mogła chodzić.
Poruszył figlarnie brwiami.
– Na to liczę.
Uśmiechnęłam się.
– Dobra. Niech ci będzie.
– Fantastycznie. – Pocałował mnie czule. – A teraz, Mistrzyni Cassie, muszę zamówić nam coś na lunch. – Wstał i założył bokserki. – Chcesz coś konkretnego? – zapytał, idąc do drzwi.
– Zasada jedenasta – zawołałam, nadal wygodnie leżąc. – Nie trać kondycji.

Zatrzymał się i obrócił. W jego oczach połyskiwało rozbawienie.
– Kondycji?
Przytaknęłam powoli.
– Tak. Nie trać jej. Nigdy.
Odpowiedział uśmiechem od ucha do ucha.
– Och, kociaku, nie sądzę, by mi to przy tobie groziło.

# ROZDZIAŁ 18

## THATCH

– Co jest z tymi wszystkimi ludźmi? Nie mają życia? – zapytała Cassie, kiedy szliśmy przewidywalnie zatłoczonym Times Square.

Zaśmiałem się i przyciągnąłem ją bliżej siebie.

– Tak, mają. Wierz lub nie, ich obecność to właśnie oznaka, że mają.

Przez większość dnia i wieczoru nie wychodziliśmy z mieszkania. Nauczyłem się o jej ciele więcej niż o jakimkolwiek innym, no chyba że własnym. W jednonocnych przygodach nie chodziło o szczegóły, a w przypadku Margo byłem za młody i za bardzo napalony, by zwracać na nie uwagę. Moje genialne myśli kończyły się tylko na jednym.

Teraz, gdy w końcu wyszliśmy, chciałem, by Cass mnie poznała. Nigdy wcześniej nie byłem tak zmotywowany.

– Popieprzeńcy! Niemożliwe! Ktokolwiek uważa, że to jest życie… – zaczęła przeklinać, ale przerwała jej stająca na drodze, by porobić zdjęcia, wycieczka. – Cholera, patrzcie, jak łazicie, dupki!

Uśmiechnąłem się, ponieważ grupa w ogóle nie „łaziła", tylko stała. Wziąłem ją za rękę i odciągnąłem od Azjatów. Przeszliśmy zaledwie jedną przecznicę, ale wprawnym okiem dostrzegłem już neon Fu-Get-About-Ink pośród innych rozświetlających Times Square reklam, jednak prowadząc towarzyszkę, miałem wrażenie, że dotarcie na miejsce zajmie nam całe lata.

Mimo tego nie spieszyło mi się. Miałem przy sobie to, co chciałem.

– Na miłość wszystkich popieprzonych lachociągów, a myślałam, że to Chelsea mnie wkurzała, więc przeniosłam się w pobliże Times Square.

– Nie jest źle – odparłem, uśmiechając się przez cały czas i ciągnąc ją lekko za rękę, kiedy zatrzymała się, by spiorunować wzrokiem jakieś niewinne dzieci.

– Nie jest źle? – pisnęła. – To jak siódmy krąg piekieł.

– Ciesz się więc, że nie ósmy – droczyłem się.

– Co wam odbiło, żeby założyć interes w tej okolicy?

Roześmiałem się.

– Eee, chcieliśmy coś zarobić?

– W głębi mojego złotego serca nie sądziłam, że kiedykolwiek poczuję żal, ale macie mało pieniędzy?

– To głównie kasa Frankiego – skłamałem, bo ściśle rzecz ujmując, miałem w tym interesie pięćdziesiąt jeden procent udziałów.

– Nie wiem, czy sobie poradzę – ciągnęła z napiętym wyrazem twarzy.

Pociągnąłem ją nagle, by się zatrzymała, bo wiedziałem, że nie mogę dłużej czekać.

Z jakichś pokręconych jak jej włosy powodów ciągnęło mnie do niej, choć nie powinno.

Zaczęła protestować, ale umilkła, gdy przycisnąłem ją plecami do najbliższej ściany i przywarłem ustami do jej ciepłej, różowej skóry.

– Jeśli nie chcesz, żebym cię pocałował, lepiej szybko mi o tym powiedz.

Miała czas jedynie wytrzeszczyć nieco oczy, nim wsunąłem język pomiędzy jej wargi i zmusiłem tym jej powieki do opadnięcia. Całe powietrze ze świstem uszło z jej płuc i powędrowało do moich ust i gardła. Wiedziałem, że technicznie to tak nie działa – że jej dwutlenek węgla nie przysłuży się moim płucom – ale, Boże, w tamtej chwili, gdy walczyliśmy na języki, czułem, jakbyśmy oddychali tym samym powietrzem.

Wsunąłem rozgorączkowane palce w jej włosy, zaciskając je, aż nie zdołałaby się uwolnić. Z każdą mijającą chwilą chciałem więcej, jakby błagała mnie, bym znalazł się bliżej, więc się poddałem i cieszyłem, że mogłem zaspokajać jej pragnienia. Wbiła paznokcie w moje bicepsy, drapiąc nieznacznie, gdy przepychałem jej język, skubałem zębami wargi i całowałem kąciki ust.

Na dźwięk jej jęku spodnie zrobiły mi się za ciasne, a przed zejściem ustami na jej sutek powstrzymała mnie jedynie świadomość, że wokół nas tłoczyli się ludzie.

Cholera, jej skóra była przepyszna. Gdybym nie spędził całego dnia w jej towarzystwie, pomyślałbym, że wykąpała się w najsłodszym z soków. Jednak razem ze mną wzięła dziś zwykły prysznic.

Odsunąłem się nieznacznie, ale przysunęła się, podążając ustami za moimi, aż w końcu nie mogła ich dosięgnąć.

– Chodź, kociaku – poleciłem, przeczesując palcami jej splątane włosy i puszczając do niej oko. – Później przyjdzie czas na więcej.

Zmrużyła oczy, ale nie umniejszyło to iskry, jaka się w nich tliła.

Pociągnąłem ją za biodra, odklejając od ściany i poprowadziłem przed sobą, trzymając rękę na jej plecach.

Spojrzała przez ramię zdegustowana, ale ani drgnąłem. Zawsze byłem fanem jawnego okazywania zainteresowania, ale ją miałem szczególną ochotę obmacywać przy każdej nadarzającej się okazji.

Kiedy zatrzymaliśmy się przed budynkiem, w którym znajdowało się studio, przyglądałem się, jak patrzyła na wielki na dwa piętra neon.

– To tutaj.

Skinęła głową. Nie zrobiła tego ze znudzeniem czy pogardą. Nie, ogień w jej oczach mówił o dumie, a w mojej piersi rozgorzało jakieś dziwne uczucie.

Sporo zarobiłem w świecie biznesu, ale wynikało to z wrodzonego talentu, a nie interesowności. Pomysł na studio wypłynął jednak wprost z mojego serca.

Dla Frankiego było to miejsce pracy, ale dla mnie coś na kształt domu. Czułem się tu swobodnie z powodów, których do końca nie rozumiałem.

Jednak Cassie wyglądała, jakby rozumiała. Desperacko zapragnąłem zajrzeć do jej duszy.

Może wtedy mógłbym pojąć wszystko, co czuła i co sam odczuwałem.

Coś, co rozpoczęło się jako wojna na żarty i walka charakterów, przekształciło się w coś głębszego i o większym znaczeniu.

Gdzieś po drodze reguły gry się dla mnie zmieniły. Nie rozumiałem ich ani tego, jak znalazłem się na tym etapie, nie wiedziałem też, czy Cassie czuła podobnie, ale w głębi serca pragnąłem więcej.

Jej śmiech, postawa, wyrazistość – sposób, w jaki żyła. Nie potrafiłem się nasycić nią całą.

– Chodź – powiedziałem, więc spojrzała na mnie. – Wejdźmy.

Odezwał się dzwoneczek nad drzwiami i Frankie uniósł spojrzenie znad portretu, nad którym pracował w otwartym studiu. Mieliśmy też zamykane pomieszczenie, ale kiedy Frankie pracował sam, pozostawał z przodu, by mieć na wszystko oko.

Skinął mi z zaciekawieniem głową, gdy zobaczył, że przyprowadziłem ze sobą kobietę, co nie było normalne, ale zaraz wrócił do pracy.

Jak sięgałem pamięcią, nigdy nie przyprowadziłem tu kobiety. Powstrzymywało mnie poczucie, ile to miejsce dla mnie znaczyło.

Nie planowałem przyprowadzać tu dziś również Cassie.

Moje brwi ściągnęły się bezwiednie w jedną linię. Sam nie miałem zielonego pojęcia, o co mi chodziło.

– Wow, cudownie tu! – wykrzyknęła, przyglądając się zdjęciom prac powieszonym na ścianach. Niektóre z nich były moje, ale nie czułem się jeszcze gotowy jej to wyznać.

– Tak?

Pokiwała entuzjastycznie głową i podeszła, by usiąść na ladzie. Uśmiechnąłem się z powodu jej swobody. Nikt z moich znajomych nie usiadłby na ladzie w lokalu usługowym, w dodatku bez pozwolenia.

Rozglądała się, ale w końcu spojrzała na mnie z rozmarzeniem.

– Kiedy byłam młodsza, myślałam o otworzeniu studia fotograficznego, ale Georgia wybiła mi ten pomysł z głowy.

Podszedłem do niej i stanąłem pomiędzy jej rozchylonymi kolanami.

– Dlaczego? Własne studio byłoby fajne.

Roześmiała się i wzruszyła ramionami, nim przewróciła oczami.

– Zapewne miało to coś wspólnego z tym, że chciałam je nazwać „Pstryknę ci dziecko".

Parsknęliśmy z Frankiem śmiechem. Obróciliśmy się z Cass do mężczyzny, uświadamiając sobie, że wszystko słyszał. W jego zielonych oczach błyszczało rozbawienie, jednak wzrok pozostawał skupiony na pracy.

– A ty? Studio tatuażu i… co ty tu właściwie robisz?

Pokręciłem głową z uśmiechem.

– Doradzam.

– Nic mi to nie mówi. Zakładam, że siedzisz nad cyferkami, licząc pieniądze?

– Jestem jak Chandler Bing[1], nikt nie wie, czym się zajmuję.

---

[1] Chandler Muriel Bing – fikcyjna postać występująca w popularnym na całym świecie serialu *Przyjaciele* (przyp. tłum.).

Bezwstydnie wzruszyła ramionami.
– Przynajmniej jesteś wyższy.
– Tak, dzięki Bogu, jestem wyższy – rzuciłem żartem.
– Jakim cudem twoje inwestycyjne portfolio stało się tak zróżnicowane? – Poruszyła brwiami, by zwrócić moją uwagę na to, że potrafiła posługiwać się biznesowym żargonem.
– Poszedłem na studia, planując robić coś pożytecznego.
– Jak na ciebie dość ciekawy pomysł – droczyła się.
Przysunąłem się z uśmiechem i ścisnąłem jej nagie uda. Cholera, jej skóra była jak ruchome piaski. Mogłem zatracić się w niej na wiele godzin. Potrząsnąłem nieznacznie głową, by odzyskać koncentrację.
– Okazało się, że byłem dobry w finansach. Biegły w cyfrach.
– Światły nawet – rzuciła z uśmiechem.
– Tak – zgodziłem się.
– Teraz to zaczyna nabierać sensu – skwitowała, ale nie dałem się złapać.
– Kiedy zacząłem zarabiać duże pieniądze, zacząłem się nudzić.
Pokręciła głową i ścisnęła mnie kolanami.
– Rany, jak to znajomo brzmi.
– Też to przerabiałaś? – zapytałem, na co odparła ze szczerością:
– Od początku.
– Miałem kasę, by zainwestować w coś, co mnie kręciło. Wiele nieruchomości i niewielkich zakładów, próbujących stanąć na własnych nogach.

– Aż otworzyłeś to studio.
– Nie – poprawiłem z uśmiechem. – Frankie je otworzył. Ja tylko cztery lata temu w nie zainwestowałem.
– Chociaż z pewnością jesteś kimś więcej niż cichym partnerem.
Wzruszyłem ramionami.
– Lubię to miejsce. A Frankie lubi mieć pomoc.
– Pewnie, że tak! – krzyknął mój przyjaciel, ponownie potwierdzając, że bezwstydnie wszystko podsłuchiwał.
Cassie uśmiechnęła się, a jej policzki padły ofiarą jej rozbawienia zaatakowane przez włosy, które zsunęły się z ramienia. Odsunęła mnie nieco, by mogła usiąść na zgiętej nodze i podeprzeć się ręką, przez co zauważyłem, jak dobrze się tu czuła.

\*\*\*

– Zorganizuj nam jakieś pieprzone jedzenie, T. – powiedział Frankie.
Cassie dołączyła entuzjastycznie do żądań.
– Serio! I niech to będzie pizza z szynką i ananasem.
– Nie mam nic do powiedzenia?
Wymienili wymowne spojrzenia, nim oboje spojrzeli na mnie i powiedzieli jednocześnie:
– Nie.
Wymamrotałem pod nosem przekleństwo, ale nie kazałem im spadać. Byliśmy sami w studiu, klient właśnie wyszedł, a ja lubiłem towarzystwo ich obojga.
Wiedząc, że o tej porze i przy tej lokalizacji dostawa pizzy zajmie jakiś rok, zastanawiałem się, czy nie lepiej by było, gdybym sam po nią poszedł. Jednak wystarczyło jedno spoj-

rzenie na zainteresowaną i rozluźnioną twarz Cassie, która pochylała się nad Frankiem, prosząc, by pokazał jej pistolet do tatuowania, bym wiedział, że nigdzie nie pójdę.

Kline i Wes wiedzieli o mnie prawie wszystko – o moich nastoletnich wyskokach i śmierci Margo, ale żaden z nich nie zdawał sobie sprawy, że trenowałem, by stać się tatuażystą.

Miałem ochotę powiedzieć o tym Cassie, i to tak wielką, że musiałem walczyć z pokusą, by zaraz nie zacząć jej o tym opowiadać.

Wziąłem telefon z lady i sięgnąłem do tylnej kieszeni po portfel, jednak gdy trafiłem palcami w pustkę, od razu stwierdziłem, że coś jest nie tak. Zdziwiony poklepałem się po tyłku, ale nic z tego nie wynikło.

– Kurwa!

– Co się stało? – zapytała Cassie, odsuwając się od Frankiego i podchodząc do mnie.

Mieszkałem od dekady w tym pieprzonym mieście, ale po raz pierwszy mnie okradziono. Wszystko dlatego, że moje myśli koncentrowały się bardziej na wybrzuszeniu w spodniach niż na najbliższym otoczeniu.

– Co się stało? – zawołał Frankie, marszcząc brwi, gdy kąciki moich ust zaczęły się unosić.

Było możliwe, że traciłem zdrowie psychiczne. Właśnie po raz pierwszy w życiu mnie okradziono. Musiałem natychmiast zadzwonić, by wszystko poblokować, wyrobić nowe prawo jazdy, powiadomić odźwiernego w apartamentowcu. Nigdy też nie odzyskam gotówki, którą miałem w portfelu, mimo to szczerzyłem zęby w uśmiechu, ponieważ gdy pomyślałem, jaki byłem rozkojarzony i jak nieodpowiedzialny był brak czujności, zacząłem myśleć o powodach mojej dekoncentracji – o sposobie, w jaki jej usta odpowiadały na moje, przez co nie byłem w stanie się nasycić.

Pokręciłem głową i parsknąłem śmiechem.

– Ktoś gwizdnął mi portfel.

– Co? – pisnęła Cassie, a Frankie jeszcze bardziej zmarszczył brwi.

– Jak to się stało? – zapytał.

Spojrzałem na Cassie i nawet nie próbowałem tłumić uśmiechu.

– Chyba nie byłem dość uważny.

Zarumieniła się, choć nie sądziłem, że w jej przypadku to możliwe. Nie była kobietą, która często odczuwała zakłopotanie, zastanawiała się, czy powinna coś zrobić i nigdy za nic nie przepraszała, ale czuła to samo co ja, co uwidoczniło się wyraźnie w tej chwili. Powód jej zaczerwienienia zaskoczył mnie.

Wiedziałem, że nie udawała, ponieważ dla mnie również było to ciut niezręczne.

– Przypuszczam, że zasada dwunasta powinna zakazywać całowania w miejscach publicznych – powiedziała, zerkając na Frankiego, gdy ponownie usiadła na ladzie przede mną.

Pokręciłem głową.

– Nie ma mowy.

– No dalej, Thatcher. Zasady powinny opierać się na dobrym, solidnym fundamencie, a wygląda na to, że ta akurat ma uzasadnienie.

– Spalę całą tę listę. Żadnej dwunastej zasady.
– Nigdy? – zapytała, udając powagę.
Nie potrafiłem się złościć, że ze mnie zadrwiła.
– Nie. Zrobimy jak z trzynastym piętrem w hotelu. Po prostu nie będzie istnieć.
– Ponieważ się boisz? – dogryzała.
Pokręciłem głową.
– Dlatego, że jeśli zaistnieje, będzie permanentnie łamana.
– Po co więc się wysilać, co?
– Otóż to.

# ROZDZIAŁ 19

## CASSIE

Ja: Zasada #25: Nie używaj mojej gąbki do mycia.

Thatch: A jeśli będę używał jej na Tobie?

Ja: Pytasz o seks pod prysznicem?

Thatch: Nie pytam, kociaku.

Ja: O, T. zachowuje się jak samiec alfa. Mistrz mnie później wychłosta?

Thatch: Tylko jeśli Mistrzyni Cassie będzie błagać.

Ja: Na kolanach?

Thatch: Staje mi przez Ciebie.

Ja: Biorąc pod uwagę, że staje Ci już przez lekki wietrzyk, to nic dziwnego.

Thatch: Przez CIEBIE mi staje. Cały pieprzony czas.

Ja: Kusisz mnie swoim wężem?

Thatch: Cóż mogę rzec? Bywają takie chwile.

Thatch: Co masz dziś w planach? Wyświadczysz mi przysługę?

Ja: Nic wielkiego. Obrabiam zdjęcia. Chcesz kolejne obciąganko w biurze?

Thatch: Tak, ale zostawmy to sobie na jutro. Dziś chciałbym czegoś innego.

Ja: A czego?

Pół minuty później Thatch do mnie zadzwonił.
– Witam, Mistrzu – droczyłam się.
Roześmiał się.
– Możesz nagiąć nieco swoje plany?
– Zapewne tak. A dlaczego?
– Mam zabrać Milę na jedną z naszych randek w Central Parku, ale w ostatniej chwili w południe wypadło mi spotkanie z jednym klientem, a niestety nie mogę go przełożyć. Powinno zakończyć się na dziesięć minut przed tym, jak mam się stawić u Claire i Frankiego.
– Chcesz, żebym odebrała małą i przywiozła ją do twojego biura? – zapytałam. Generalnie nie chciałam zmieniać planów przez Thatcha, ale Mila stanowiła wyjątek. Rozejrzałam się po mieszkaniu. Przecież nie musiałabym jechać do Gwatemali, by to zrobić.

*Następnym razem, gdy będziesz mieć szansę spędzenia czasu z Milą, zapewne będziesz na sesji zdjęciowej w Gwatemali*, podpowiedział mi umysł. *Nie przepuść tej okazji.*

– Mogłabyś? Mila zawsze czeka na mnie na ganku, czułbym się podle, gdybym miał się spóźnić.
– Ale pod jednym warunkiem – negocjowałam.
Wiedziałam, że się uśmiechał, mówiąc:
– A jakimż to?
– Pojadę audi.
Roześmiał się.
– Możesz jechać audi, ale tylko jeśli obiecasz, że spędzisz z nami czas.
*Tak!* I tak planowałam to zrobić. Nie było mowy, bym po nią pojechała, po czym się zmyła.

– Ooo... Thatcher nie ma mnie dosyć?

– Tak jakby.

– Okej. Wchodzę w to. Przyślij mi adres, a wszystkim się zajmę.

– Dzięki, kociaku.

Rozłączyłam się, otworzyłam folder na komputerze, ale zaraz go zamknęłam. Nawet jeśli gonił mnie termin i potrzebowałam dodatkowych szesnastu godzin, by dokończyć pracę nad fotografiami dla „Men's Health", zdecydowałam, że Mila była ważniejsza. Spędzenie czasu z Thatchem też nie było poświęceniem, a tak naprawdę odczuwałam to wręcz odwrotnie – lubiłam spędzać z nim czas. Droczył się ze mną i bezlitośnie flirtował, zawsze potrafił mnie rozśmieszyć.

Wczoraj, gdy wróciłam do domu, Thatch siedział w wannie z moją ulubioną maseczką złuszczającą na twarzy. Przez to, że zużył całą tubkę wartą pięćdziesiąt dolarów – ten drań ma tak duży łeb, że potrzeba jej było naprawdę sporo – powinien zarobić z liścia w krocze, ale nawet ja nie potrafiłam zaprzeczyć, że wyglądał naprawdę uroczo.

Tak uroczo, że rozebrałam się i dołączyłam do niego.

Boże, był kreatywny. I cholernie zabawny. Nie pamiętałam, kiedy ostatnio bawiłam się z kimś tak dobrze i się nie znudziłam, a wręcz chciałam więcej. Nie miałam go dość bez względu na to, ile razy idiotycznie się uśmiechał, puszczał oko czy mnie tulił.

Kiedy, u licha, stał się tak ważny w moim codziennym życiu?

To musiała być sprawka superfiuta. Albo wielkich dłoni. A może utalentowanych ust.

*Tak, ale nic z tych rzeczy, kretynko. To już nie jest gra*, podszepnął mój umysł. *Zakochujesz się w tym czarującym ogrze.*

Pospiesznie wyrzuciłam te myśli z głowy i skupiłam się na mniej skomplikowanych zagadnieniach, jak na przykład przygotowanie się do wyjścia.

Godzinę później parkowałam „dziecinką" Thatcha przed domem Claire i Frankiego. Audi było czerwone, wygodne i jeździło jak marzenie. Posiadanie samochodu w Nowym Jorku przysparzało więcej problemów, niż przynosiło korzyści, ale okazjonalnie fajnie było wskoczyć za kółko. A odpowiednie autko sprawiało, że frajda stawała się jeszcze większa. Zapamiętałam, by poszukać częstszych okazji do pożyczania go. Lub jakiegokolwiek innego auta. Thatch nie był podobny w tym do Kline'a i miał ich kilka.

Mila zeskoczyła z huśtawki na ganku i podbiegła do mnie, zanim zdołałam wysiąść.

– Ciocia Cass! – krzyczała.

– Powoli, Mila – zawołała za nią Claire, idąc za córką i kręcąc z rozbawieniem głową.

Mila nie traciła czasu, otworzyła drzwi i wskoczyła na tylne siedzenie.

– Gdzie wujek Thatch? – zapytała, patrząc na mnie w lusterku.

Obróciłam się do niej, przyglądając się jej strojowi. Miała koszulkę z napisem: „Harry Styles jest moim chłopakiem" i gumiaczki z naklejonymi zdjęciami zespołu One Direction.

– Spotkamy się z nim w biurze. Mogę dziś spędzić z wami dzień?

Wyciągnęła rękę w górę.

– Tak! Super!

– Hej, Cass – przywitała się Claire. – Jestem zaskoczona, że przyjechałaś.

– Pomyślałam, że się przydam, ale tylko dlatego, że chciałam się spotkać z Milą – powiedziałam, puszczając oko do uroczej dziewczynki siedzącej z tyłu.

– Wybacz jej strój – szepnęła Claire, pochylając się i przysuwając do mnie, bym mogła ją słyszeć. – Nie zdołałam jej przekonać, by się przebrała.

– Cieszę się, że tego nie zrobiła – odparłam szeptem, następnie dodałam już głośniej: – One Direction są najfajniejsi!

– Kocham ich – zgodziła się z entuzjazmem Mila.

Claire parsknęła śmiechem.

– Rano sama zrobiła sobie te buty. Mam przeczucie, że zdjęcia Harry'ego i zespołu będą dziś fruwały po całym Central Parku.

– Jedźmy – zażądała Mila. – Pa, mamo!

Claire nadal się śmiała.

– Myślisz, że jest aż zbyt chętna, by jechać?

– Może troszeczkę – zgodziłam się z uśmiechem.

Kiedy Claire zamocowała fotelik samochodowy i pocałowała córeczkę na pożegnanie, odjechałam, zakładając uprzednio okulary przeciwsłoneczne.

– Posłuchamy muzyki? – zapytałam na światłach.
– One Direction!
*Oczywiście*, pomyślałam i się uśmiechnęłam.
– Robi się, psiapsióło. – Podłączyłam telefon i weszłam do Internetu. Odnalazłam idealną listę (z albumem One Direction), włączyłam odtwarzanie i udałam się na Manhattan.
– Wooohooo! – krzyknęła Mila z tylnego siedzenia. Śpiewała na całe gardło, jednocześnie wymachując rękami, gdy wjeżdżałyśmy do miasta.

Ruch na Piątej Alei był dość spory, ale w Nowym Jorku to norma. Ulice wypełnione były żółtymi trąbiącymi taksówkami i pieszymi spieszącymi przez zatłoczone skrzyżowania. Turyści podziwiali wieżowce, a tubylcy obchodzili ich zirytowani i zdesperowani, by jak najszybciej dostać się do swojego celu.

– Zrobimy sobie krótki przystanek, dobrze? – powiedziałam Mili, stając przed Brooks Media.

Klasnęła.

– Mam nadzieję, że w fajnym miejscu!

Paul – jeden z ochroniarzy pracujących w budynku Kline'a – ruszył w naszym kierunku z irytacją wypisaną na twarzy.

– Proszę pani, tu nie wolno parkować… Chwila, Cassie Phillips? – Jego złość przeszła w ciekawość. Uśmiechnął się nieznacznie.

– Cześć, przystojniaku. – Puściłam do niego oko. – Co tam słychać?

– Po staremu, kochana. Od odejścia Georgii nie widujemy tu już twojej pięknej twarzyczki.

– Chyba powinniśmy to zmienić, co?
Przytaknął.
– Z pewnością.
– Słuchaj, zostawię tu auto na jakiś kwadrans. Muszę wziąć coś od Deana.
– Cass... no nie wiem...
– Och, no weź, Paulie. – Zatrzepotałam rzęsami. – Przyrzekam, że się pospieszę.
Wzruszył ramionami.
– Okej, ale naprawdę się pospiesz.
– Jesteś najlepszy – powiedziałam, wysiadając z auta i pomagając Mili wypiąć się z fotelika. – Jestem twoją dłużniczką.
– Zjemy kolację i będziemy kwita.
Uśmiechnęłam się do niego i wzięłam dziewczynkę za rękę.
– Nie wiem, czy mój chłopak się ucieszy, jak usłyszy, że mam zamiar umówić się z innym.
– Chłopak? – Wytrzeszczył oczy. – Cassie Phillips ma chłopaka?
– Hej, jej chłopakiem jest wujek Thatch! – wyjaśniła Mila.
Na twarzy mężczyzny zagościło zdziwienie.
– Thatch? Thatcher Kelly?
– Tak! – wykrzyknęła mała katarynka.
Roześmiałam się.
– To jego siostrzenica i wielbicielka, Mila.
Paul ukłęknął przed nią i wyciągnął rękę.
– Miło mi cię poznać, ślicznotko – powiedział, biorąc ją za rękę i całując.

Zachichotała i zatrzepotała rzęsami, na co parsknęłam śmiechem. Małej mężczyźni już jedli z ręki. Gdy będzie nastolatką, Claire, Frankie, a nawet Thatch zapewne powyrywają sobie włosy z głów.

– Jeszcze raz dzięki, Paul – zawołałam przez ramię, idąc do środka.

– Gdzie jesteśmy? – zapytała Mila, rozglądając się po holu budynku Winthorpa.

– Idziemy do przyjaciela. Muszę coś od niego pożyczyć – wyjaśniłam, prowadząc ją do windy.

– Chyba już tu byłam – powiedziała, gdy wysiadłyśmy z windy i przeszłyśmy korytarzem pośród różnych biur. – Czy pracuje tu przyjaciel wujka Thatcha?

– Kto? Kline?

– Tak – powiedziała i skinęła głową, przez co zakołysał się jej kucyk. – Kiedy tu poprzednio byłam, Kline pozwolił mi pograć na swoim komputerze.

– Tak, pracuje tu. – Właściwie jest właścicielem tej firmy, ale to przecież to samo. Znając Kline'a, powiedział zapewne, że jest swoją własną sekretarką. Trzymając małą za rękę, poprowadziłam ją do końca korytarza, gdzie znajdował się gabinet Deana. Mila wpatrywała się we mnie, gdy nacisnęłam klamkę i uchyliłam drzwi.

– Czy to miejsce, w którym odbywają się spotkania fanklubu One Direction? – zapytałam, wsadzając głowę do środka i widząc, że mężczyzna pisze coś na komputerze.

Uniósł głowę i się uśmiechnął.

– Tylko jeśli przyprowadziłaś ze sobą bardzo chętnego Harry'ego Stylesa.

Roześmiałam się, otworzyłam szerzej drzwi i wpuściłam Milę do środka.

– Cóż, przyprowadziłam jego największą fankę. Może być?

Dean wstał i obszedł biurko. Jego uśmiech poszerzył się, gdy przyjrzał się małej.

– Już cię lubię, panieneczko. Też chciałbym, by Harry był moim chłopakiem.

Mila położyła rękę na biodrze i popatrzyła na niego z determinacją.

– Nie może być twoim chłopakiem, skoro będzie moim. Kiedy skończę trzynaście lat, Harry się ze mną ożeni. Włożę różową sukienkę, a on mnie pocałuje. – Przypieczętowała to stwierdzenie, pstrykając palcami.

Dean się roześmiał, rozbawiony małą złośnicą.

– Zaprosisz mnie przynajmniej na ślub?

Przyjrzała mu się sceptycznie i wskazała na niego palcem.

– Tylko jeśli obiecasz, że nie zjesz całej pizzy i pączków.

Uniosłam brwi.

– Pączków?

Przytaknęła.

– No tak. Na weselu będziemy mieć z Harrym tort z pizzy i pączków.

Rany, uwielbiałam ten mały rozumek. Na moim wymarzonym weselu też miał być tort z pizzy i pączków. Do diabła, prawdę mówiąc, niezbyt lubiłam dzieci, ale Mila była tak uroczą dziewuszką, że mogła sprawić, bym zastanowiła się nad posiadaniem własnych.

– Dobra, panieneczko – zgodził się Dean, uśmiechając do niej.

Pociągnęłam ją lekko za kucyk.

– Mam nadzieję, że mnie też zaprosisz.

– No jasne. – Przewróciła oczami. – Ciebie i wujka Thatcha, i też mojego małego kuzyna, ciociu Cassie.

Deanowi oczy wyszły z orbit.

– Dziecko?

Roześmiałam się i machnęłam ręką.

– Żadnego dziecka.

– Jeszcze nie – dodała Mila. – Ale niedługo. Najpierw musisz wyjść za wujka Thatcha.

Dean przechylił głowę na bok.

– Wujka Thatcha? Chyba ktoś musi mi coś powiedzieć.

– Nie.

– Kłamczuszka – odparł i ponownie się zaśmiał.

– Później – zgodziłam się. – Kiedy pójdą sobie małe uszka.

– Trzymam cię za słowo, bo wiesz, że muszę wszystko o wszystkich wiedzieć. – Wskazał palcem i puścił do mnie oko. – Okej, a teraz, nie żebym was wyganiał, ale co tu robicie?

– Jak widzisz, Mila ubrana jest wystrzałowo, ale mnie ewidentnie czegoś brakuje – naprowadziłam go. – Jak na fankę One Direction to niewybaczalne.

Uniósł brwi.

– Kto ci powiedział?

– Nie mam pojęcia, o czym mówisz – skłamałam. – Miałam jednak przeczucie, że mógłbyś mieć coś, co mogłabym pożyczyć.

Dean z pewnością miał, co potrzebne. Kilka lat temu One Direction grało w naszym mieście na Madison Square Garden, było tam też stoisko dla fanów. Georgia zdradziła mi kiedyś, że nasz przyjaciel wyczyścił je dosłownie ze wszystkiego.

– Nie zadawaj pytań, tylko chodź za mną – powiedział, przemierzając gabinet. Mila spojrzała na mnie zaciekawiona, ale udawałam, że zapinam usta na zamek błyskawiczny.

Po kilku zakrętach korytarza, którym nigdy wcześniej nie szłam, wprowadził nas do składziku znajdującego się po drugiej stronie budynku. Kiedy zapalił światło, zobaczyłam, że pomieszczenie wyglądało jak z nastoletniego snu. Ściany oklejone były plakatami, stały tam nie dwa, ale aż trzy wieszaki z ubraniami. W kącie ustawiono kartonową podobiznę zespołu.

– O rany! Ale fajne! – wykrzyknęła, podskakując, Mila.

– Wiem – zgodził się Dean. – To moje ulubione miejsce w całym budynku.

– Jestem w szoku, że Kline pozwolił ci wykorzystać to pomieszczenie na sanktuarium niegasnącej miłości do One Direction. – Rozejrzałam się, kiedy Mila podbiegła do wieszaków.

– Rozumie mnie.

Uniosłam brwi i uśmiechnęłam się półgębkiem.

– Rozumie cię?

Posłał mi wymowny uśmiech.

– Tak, rozumie, że czego oczy nie widzą, tego sercu nie żal.

Parsknęłam śmiechem.
– Kline Brooks ześwirowałby na ten widok.
Położył sobie rękę na biodrze.
– Dobrze więc, że tego nie widział, prawda?
– Spoko, ziomek – droczyłam się. – Nie sprzedam twojej tajemnicy.
Udawał obrazę.
– O nie, kochana. Nie będziesz nazywać mnie „ziomkiem".
– Ale właśnie cię nazwałam – powiedziałam, podchodząc do Mili.
– Masz szczęście, że nie zamierzam deprawować tego niewiniątka, inaczej byłabyś świadkiem prawdziwej wojny, Cassandro.

\*\*\*

– Puk, puk – powiedziałam, gdy Mila otworzyła drzwi do gabinetu Thatcha.
Uniósł głowę znad komputera i uśmiechnął się szeroko.
Serce ścisnęło mi się na widok uwielbienia na jego twarzy, odetchnęłam głęboko, by złagodzić kłucie.
Rany, zapewne powinnam pójść do lekarza. Żadna osoba przed trzydziestką nie powinna uskarżać się na bóle w piersi. Cóż, no chyba, że ćpa kokainę, a w weekendy uczestniczy w libacjach. Z którymi oczywiście nie miałam nic wspólnego.
Choć zapewne mogłabym się skusić na jakąś imprezkę z nagim Thatchem. Wykorzystałabym jego superfiuta, pomijając oczywiście narkotyki. Ten facet nie potrzebował żadnych wzmacniaczy. Gdyby jego kondycja jeszcze się

poprawiła, moja cipka potrzebowałaby wózka inwalidzkiego, żeby to wytrzymać.

Mila puściła moją rękę, obiegła biurko i wskoczyła Thatchowi na kolana.

– Cześć, wujku! – przywitała się, złapała go za policzki i pocałowała w nos. – Gotowy do wyjścia?

Przytaknął i pocałował ją w czoło.

– Co tam mamy na dzisiaj, kochana?

Zeskoczyła z jego kolan, podała mu koszulkę i swój plecaczek.

– Musisz się najpierw przebrać, żebyśmy do siebie pasowali.

Przechylił głowę na bok i zmierzył mnie wzrokiem. Powiódł nim po całej mojej sylwetce, po czym wrócił do twarzy – po drodze poświęcając więcej uwagi mojej koszulce z napisem: „Liam jest moim duchowym zwierzęciem". Kiedy dotarł ponownie do moich oczu, w jego własnych błyszczało rozbawienie.

– Mam to włożyć? – zapytał małą.

Skinęła głową.

– Tak. Będziesz wyglądał super!

Pięć minut później Thatch wyszedł z łazienki i wziął Milę na ręce, by ponieść ją na plecach. Wyglądał niedorzecznie w koszulce z napisem: „Niall jest moim chłopakiem" rozciągającym się na jego szerokiej piersi i w czapce One Direction, którą założył na głowę daszkiem do tyłu.

– Jak wyglądam? – zapytał Milę.

– Superaśnie! – odparła, kładąc podbródek na jego ramieniu.

Spojrzał mi w oczy i się uśmiechnął.
– Następnym razem zamienimy się z ciocią. Liama lubię bardziej niż Nialla.
– Niemożliwe – zaoponowałam, głaszcząc front swojej koszulki.
– Będziesz musiał zawalczyć o to cudo.
– Nie mam nic przeciw zapasom z tobą, świrusko. – Puścił do mnie oko.
– Możemy już iść? – zapytała zniecierpliwiona dziewczynka. – Jestem głodna.

Thatch włożył do kieszeni swój nowy portfel, klucze i telefon, i wyszedł z Milą na plecach.

– No to chodźmy – powiedział i wziął mnie za rękę, prowadząc do windy.

Kiedy jechaliśmy na parter, nie potrafiłam się nie uśmiechać, gdy patrzyłam na Thatcha przebranego za fana One Direction z dzieckiem na plecach. Żaden mężczyzna o zdrowych zmysłach nie zgodziłby się ochoczo na coś takiego.

Ale Thatch nie był przeciętnym facetem.

Był inny.

I lubiłam tę jego inność.

# ROZDZIAŁ 20

## THATCH

– Na pierwszej linii czeka pan Sanchez – poinformowała przez interkom Madeline, gdy zamykałem akurat sprawozdanie finansowe Hughes International za pierwszy kwartał. Firma była pod moją opieką dość krótko, więc starałem się poznać szczegóły ich finansowania i zarządzania kapitałem, co porównywałem z ich portfelem inwestycyjnym, aby wypracować dla nich nowy system kontroli i równowagi. Mieli dobry plan, ale najwyraźniej przez chwilę nie podejmowali optymalnych dla siebie decyzji w dziedzinie finansów. Właściwie najlepszą, jaką ostatnio podjęli, było zatrudnienie mnie, abym przywrócił im płynność.

– Dzięki, Mad – odparłem po zapisaniu zmian w arkuszu. Robiłem wiele kopii zapasowych, nie zamierzałem w najmniejszym stopniu ryzykować utraty rezultatów kilkunastu tygodni pracy.

– Witaj, Carl – przywitałem wieloletniego klienta, uprzednio wciskając guzik, by się połączyć. – Co mogę dla ciebie zrobić?

– Tak śpieszno ci się mnie pozbyć, Thatch? – przywitał się z rozbawieniem.

– Wcale nie. Mam tylko wiele na głowie i wiem, że też nie możesz narzekać na nudę. Czuję przez skórę, że dzwonisz, by zaprosić mnie na opłacone wakacje, więc im szybciej się ciebie pozbędę, tym szybciej się opalę na kalifornijskiej plaży.

Roześmiał się, a ja z rozbawieniem potarłem palcami kant biurka. Zaczął mówić o nowej fabryce w Encino i pytał, jakie środki finansowe zapewniłyby im długoterminowe zyski, więc wziąłem długopis i zacząłem bazgrać w kalendarzu, gdy przerabialiśmy szczegóły.

Poranek zmienił się w przedpołudnie i, nim się zorientowałem, w mojej głowie pojawiła się kobieta z fantastycznym biustem, obok której znajdował się bukiet róż. Nabazgrałem coś, odłożyłem długopis, nim pogubiłbym się w rozmowie z Carlem.

– Wiem, że dzwonię w ostatniej chwili, ale mam tu zespół, który opracowuje model biznesowy, a to w dodatku jedyna chwila, gdy nasz kontrahent jest dostępny, bo wyjeżdża na kolejne pół roku.

– Możesz powtórzyć, kiedy będziesz mnie ponownie potrzebował? – zapytałem, bo przestałem go uważnie słuchać.

– Jutro. Pozwoliłem sobie zarezerwować ci bilet na lotnisku JFK na lot w południe, ale mogę powiedzieć Ashley, by zmieniła rezerwację, jeśli ci nie pasuje. Oprowadziłbym cię po fabryce w czwartek rano.

Spojrzałem w kalendarz, po czym na zegar na ścianie. Zostały zaledwie dwadzieścia cztery godziny. Wyprawa zdawała się być miłym odpoczynkiem od nietypowo pustego mieszkania.

Przeżyłem w nim samotnie siedem lat, a teraz dwa dni bez Cassie, która poleciała do Vegas, sprawiły, że wydawało się bardziej niż puste. Podczas ostatniego tygodnia w jakiś sposób udało nam się wejść z naszym związkiem na zupełnie nowy etap, przy czym wspólne mieszkanie było czymś tak naturalnym, że prawie mnie to przerażało.

Nasze poranki rozpoczynała wspólnie pita kawa, zawsze po kłótni o to, że brutalnie obudziłem swoją towarzyszkę, a wieczory kończyły się, gdy Cassie wtulała się w moją pierś po tym, jak oglądaliśmy telewizję lub próbowaliśmy złapać dech po oszałamiającym orgazmie – lub po obu tych rzeczach. Czas pomiędzy wypełnialiśmy pisaniem do siebie, rozmowami, planowaniem kolacji czy tego, co zamierzaliśmy robić wieczorem.

Cass sama z siebie zaproponowała nawet, że w poniedziałek weźmie moje rzeczy do pralni, ja za to poszedłem do marketu i zapakowałem cały koszyk dziewczyńskimi rzeczami, które dopisała mi do listy zakupów.

Jasne, nadal robiliśmy sobie żarty i nieustannie się zaskakiwaliśmy, ale cholernie mi się to podobało. Wszystko było dzięki temu bardziej interesujące i nie potrafiłem się tym nasycić.

Zaczęliśmy nawet wspólne żarty, wysyłaliśmy z jej numeru tę samą subskrypcję wiadomości, którą niegdyś Cassie wysyłała mnie. Była naprawdę utalentowana w wymyślaniu dowcipów, więc gdy pewnego dnia zorientowałem się, że przyjaciel nie ma jej numeru, postanowiliśmy nie przepuścić okazji i trochę się zabawić.

– Przylecę, ale w czwartek rano spodziewam się kawy i pączków. Żaden spacer po industrialnej części przedsięwzięcia nie jest bez nich możliwy.

Roześmiał się głośno.

– Umiesz się targować, ale dobra. Dopilnuję, by czekała na ciebie kawa i pączki.

– Super.

Jeśli cokolwiek było w stanie wyciągnąć mnie z transu, to słodka przekąska i bieg w kalifornijskim słońcu, by spalić kalorie.

Kiedy tylko odłożyłem słuchawkę telefonu stacjonarnego, wziąłem komórkę i odblokowałem ekran.

Ja: Jak Vegas?

Cassie: Gorące jak jądra.

Ja: Czy to właściwa analogia? Tak naprawdę moszna jest chłodna.

Cassie: Co?

Ja: Bawiłaś się kiedyś przez dłuższy czas czyimiś jajami?

Cassie: Nie. Wiesz w ogóle, jak szybko muszę brać prysznic, by uniknąć kontaktu z ich potem? A to prawie niemożliwe, no i nie kręci mnie to jak Georgię.

Ja: Chwila… Georgię kręcą spocone jaja?

Cassie: Nieważne. To coś z czasu, gdy Georgie zerwała z Kline'em. Żeby zrozumieć, trzeba było tam być.

Zatrzymałem kciuk nad ikonką zielonej słuchawki, ale na ekranie zdążyła pojawić się kolejna wiadomość.

Cassie: Muszę lecieć. Obowiązki wzywają. Pozdrów ode mnie wzwód.

Ja: Również przesyła pozdrowienia. Tęskni za twoimi cyckami.

*Ja za tobą tęsknię.* Wypuściłem powietrze i wziąłem głęboki wdech, wpatrując się dłuższą chwilę w ekran, nim pogodziłem się z faktem, że nie będzie więcej wiadomości. Pracowała, co sam powinienem robić, ale nie potrafiłem się skoncentrować.

Nie było szans, bym zmusił myśli do skupienia się nad kolejnym raportem finansowym i na planach opierających się na cięciach budżetu, jak i wydatkach na reklamę dla Hughes International.

Zastanawiałem się, czy nie zadzwonić do Kline'a, ale wiedziałem, że pracuje.

Zamiast tego wybrałem więc numer Wesa, który odebrał po trzecim sygnale.

– Co tam?

Obróciłem się w fotelu w stronę okna.

– Chciałem się tylko dowiedzieć, co porabiasz, Whitney.

– Znów siedzę na Zachodnim Wybrzeżu.

– Ach, kolejna runda. Gdzie tym razem jesteś? Jutro lecę w tamte strony.

– Na terytorium Seahawków. Mam zaplanowanych kilka spotkań z chłopakami, którym kończą się kontrakty.

– Poniedziałkowe przedpołudnie i naprawdę wszyscy pracują? Nie rozumiem.

– Wiem, to kwestia dorosłości, dlatego tak cię to dziwi.

– Ha, ha – drwiłem.

– Dlaczego sam nie pracujesz?

– Od Excela dostaję zeza – skłamałem.

– Ojej, szkoda, że nie mogę wisieć na telefonie pół dnia, żeby wysłuchiwać twoich żali.

– Gdybyś miał wątpliwości, właśnie pokazuję ci środkowy palec.

– Na to też nie mam czasu. Idź coś zjeść. Najlepiej wybierz moją restaurację.

– Dostanę rabat? – zapytałem, choć znałem odpowiedź.

– Cholera, nie.

– Wiesz, możesz przyznać, że mnie kochasz. Wcale nie umniejszy to twojej męskości.

– Buziaczki, Thatch.

Roześmiałem się i odłożyłem telefon. Rozmowa z Wesem właściwie poprawiła mi nastrój. Kurwa, miałem dziwne potrzeby.

Ponownie spojrzałem na komórkę, ale postanowiłem, że mam dosyć. Musiałem pracować, ale nie miałem zaplanowanych żadnych spotkań, więc mogłem udawać, że mam wolne.

Wyłączyłem monitory, wziąłem marynarkę i spakowałem do jej kieszeni klucze, portfel i telefon.

Madeline spojrzała na mnie, gdy wychodziłem.

– Nie będzie mnie do końca dnia. Muszę się spotkać z Carlem Sanchezem, więc jutro w południe lecę z lotniska JFK.

– Wynajmę samochód – odparła, zapisując informacje na samoprzylepnej karteczce.

– Dzięki. Kiedy mnie nie będzie, możesz popracować z domu.

Uśmiechnęła się, więc wiedziałem, że dobrze postąpiłem. Kobieta pracowała dla mnie naprawdę ciężko, była dostępna bez względu na to, gdzie przebywałem, czy o której dzwoniłem. Miałem innych pracowników, ale tylko ona spędzała czas w moim biurze i odwalała całkiem niezłą robotę, zarządzając niemalże całym moim życiem.

Bardzo długo przesiadywałem poza gabinetem, spotykając się z klientami i pracując po godzinach. Czas naprawdę się nie zatrzymywał, ale mimo niekończącej się liczby zleceń w mojej firmie nie było miejsca na działalność grupową. Kiedy przychodzili do mnie ludzie, robili to po to, by zapłacić wysokie stawki za porady finansowe lub układane przeze mnie plany, a nie po to, by dla mnie pracować.

Uśmiechnęła się.

– I tak bym to zrobiła.

Roześmiałem się.

– Widzisz, Mad, właśnie dlatego się dogadujemy. Nie przejmujesz się mną za bardzo.

– Jestem też organizacyjnym geniuszem.

– Tak, to też.

– Dobrej zabawy w Los Angeles – powiedziała na pożegnanie, a ja się zaśmiałem.

– Dobra, rozumiem. Już spadam.

Uniosła brwi.

Podszedłem do drzwi i z uśmiechem uniosłem ręce w geście poddania.

– Dobra, już dobra. Rety. I to moje własne biuro.

***

Los Angeles nie zmieniło się w ogóle, odkąd po raz ostatni je odwiedziłem. Było jasne, głośne i zatłoczone.

Przy ulicach rosły wielkie palmy, słońce świeciło na odsłoniętą skórę moich przedramion. Promienie słoneczne zdawały się być tu intensywniejsze, ale przynajmniej nie przytłaczała łącząca się z temperaturą wilgoć.

W dodatku duszący zapach szczyn nie był tak intensywny jak w Nowym Jorku. Dało się go wyczuć w powietrzu, ale nie był tak ostry.

Ręką trzymaną dotychczas na otwartej szybie taksówki wyjąłem z kieszeni telefon i otworzyłem skrzynkę z wiadomościami. Od wczoraj nie kontaktowałem się z Cassie.

Ja: Zasada #40: Przynajmniej raz w roku wybierz się do L.A.

Cassie: Rekreacyjnie? Masz na myśli prochy, Thatcher?

Ja: Jestem tu w interesach, chociaż wolałbym dla zabawy.

*Z tobą.*

Cassie: Dlaczego nie wiedziałam, że wybierasz się do L.A.?

Ja: Dowiedziałem się o tym wczoraj. Po naszej rozmowie.

Ściśle rzecz ujmując, to przed nią, ale nie byłem pewien, dlaczego o niczym nie wspomniałem. Stało się tak zapewne dlatego, że tak szybko przerwała połączenie.

Cassie: Och.

Zmarszczyłem brwi w reakcji na tę nienaturalnie normalną – prostą – odpowiedź.

Ja: Wszystko w porządku?

Cassie: Tak. To nic takiego.

Ja: Co się stało?

Cassie: Chodzi o moją asystentkę. Nie warto nawet opowiadać. Wcześniej trochę się posprzeczałyśmy, ale wydaje mi się, że sprawa zostanie rozwiązana. To naprawdę nic takiego.

Zgadywałem, że usilnie starała się kogoś do czegoś przekonać. Nie wiedziałem jednak, czy sam nie robiłbym tego samego na jej miejscu.

Ja: Zadzwoń do mnie, porozmawiamy o tym.

Cassie: Dzięki, ale teraz nie mogę. Zaczynam pstrykać.

Pragnąc ją rozśmieszyć, napisałem:

Ja: Mam nadzieję, że zdjęcia, nie jakieś dzieci.

Cassie: Ha, ha. FBI monitoruje już zapewne obydwa nasze telefony.

Ja: Wyślij więc fotkę swoich cycuszków, uratuje to nas oboje.

Cassie: Schowaj wzwód, Thatcher.

Uśmiechnąłem się, pisząc odpowiedź, ale pojawiła się kolejna od niej.

Cassie: Zdołasz zapanować nad swoim ego, jeśli ci powiem, że tęsknię za Tobą?

Uśmiechnąłem się i napisałem najmniej śmieszną rzecz, którą chciałem wyznać.

Ja: Ja też za Tobą tęsknię, kociaku.

# ROZDZIAŁ 21

## CASSIE

Potrzebowałam nowej asystentki. Teraz stało się to oczywiste.

Przez ostatnie dwa dni Olivia zaczęła pokazywać pazurki. Jej sugestie, by zamienić się miejscami, były niejasne, ale bez względu na powód takiego zachowania, cierpiał na tym jej profesjonalizm, gdy wydawała się cieszyć, robiąc wszystko odwrotnie, niż jej poleciłam. Kiedy potrzebowałam mniej światła, oślepiała wszystkich, kierując na nich fluorescencyjne lampy. Kiedy poprosiłam, by dała znać dwóm modelom, że zmieniam godziny ich sesji, sprawiła, że przyjechali na plan dwie godziny później, niż ich potrzebowałam.

Celowo robiła mi na złość.

I byłam tym już cholernie zmęczona.

Normalnie bym się nie przejmowała. Zwolniłabym ją i miała święty spokój, ale wcześniej wzięłam tę dziewczynę pod swoje skrzydła i uczciwie uczyłam fachu. Towarzyszyła mi od bardzo długiego czasu i dałam jej klucz do mojej kariery z nadzieją, że pomoże jej to w rozwoju własnej.

Najwyraźniej był to wielki pieprzony błąd.

Olivia wykorzystywała ludzi. Zamiast szanować to, co dostała, wolała mnie wydymać. Od jednego ze znajomych z „Men's Health" dowiedziałam się, że zaczęła kontaktować się z moimi kontrahentami, pragnąc wkupić się w ich łaski. Widocznie dziewczyna postanowiła zniszczyć mi karierę i przejąć moje zlecenia.

Nie podobało mi się, że tak mnie to zabolało. Nie mogłam znieść, że tej pipie udało się trafić mnie w serce. I wyrzucałam sobie, że próbowałam być dla niej miła. Powinnam już wczoraj wykopać ją na bruk i mieć spokój.

Przemierzyłam pokój w hotelu Wynn i z szafki nocnej wzięłam telefon. Stanęłam przed wielkim oknem z widokiem na główną ulicę Vegas Strip, choć nie byłam pewna, co ze sobą zrobić.

Czułam się żałośnie. To znaczy, cholera, spędzałam dzień w Vegas, a mimo to siedziałam w pokoju. Powinnam spacerować teraz po Strip, popijać drinki, grać w blackjacka. Bawić się, a nie użalać nad sobą.

Pustynne słońce spalało betonową utopię, błyszczące promienie przeskakiwały z jednego budynku na drugi, a ja, zamiast kombinować, co by tu fajnego zrobić, mogłam myśleć jedynie o tym, jak bardzo pragnęłam, by był tu ze mną Thatch.

Moja tęsknota za nim wcale mnie już nie dziwiła, choć może powinna... Udało mu się wedrzeć do mojego życia – a może to ja wdarłam się do jego? – i nie miałam pewności, czy chciałam odejść.

Z Thatchem wszystko było lepsze.

Choć było szalone. Więc powinno być gorsze. Facet był głośny, nieprzyzwoity i nie potrafił zachować powagi na dłużej niż minutę. Nieustannie mi dogryzał, całe dnie poświęcał na wypisywanie wiadomości, w których prosił, bym wysłała mu zdjęcie cycków.

Ale, niech mnie szlag, co to za facet!

A ja, jak jakaś pieprznięta wariatka, lubiłam go.

Wybrałam pierwszy numer na liście w telefonie, następnie poczekałam dwa sygnały, nim moje ucho wypełnił ochrypły głos.

– Co porabiasz, świrusko? – Thatch się uśmiechał. Słyszałam to.

– Właśnie skończyłam jeść lunch z kilkoma striptizerkami ze Spearmint Rhino, a teraz wybieram się do burdelu. No wiesz, zwyczajny dzień w Vegas.

– Dopasowujesz się do otoczenia?

– Tak, wiesz, jak to mówią: co dzieje się w Vegas, zostaje w Vegas.

– No, chyba że złapiesz chlamydię – wytknął. – Wtedy sprawa nie zostanie w Vegas. Będzie się za tobą ciągnęła.

– Dopilnuję więc, by facet z agencji miał ochraniacz na zęby.

Zaśmiał się.

– Mądra kobieta. Przedkłada swoje zdrowie seksualne ponad inne rzeczy.

Chciałam się zaśmiać, ale miałam kiepski humor.

– Znasz mnie, bezpieczny seks i takie tam – mruknęłam.

– Dobrze się czujesz, kociaku? – W sekundę jego ton zmienił się z rozbawionego w zatroskany.

– Nie – odparłam i oparłam czoło o szybę. – Wyjazd jest do dupy.

– Co się stało?

– Moja asystentka, pipa, dla której byłam miła, robi wszystko, by mnie zniszczyć. Niech się udławi tłustym fiutem, siedząc na słupku parkingowym.

– Zwolniłaś ją?

– Nie – przyznałam cicho. – Co jest niedorzeczne. Odkryłam, że skopiowała listę moich kontrahentów i skontaktowała się z połową, żeby przejąć ich dla siebie i wygryźć mnie z pracy, przez co wypadłam w ich oczach naprawdę źle. Kiepsko, co? – Westchnęłam przeciągle. – A byłam miła dla tej laski. Nauczyłam ją wszystkiego. Normalnie nie tolerowałabym takiego zachowania, normalnie wywaliłabym ją na zbity pysk.

– Dlaczego teraz nie jest „normalnie"?

– Nie jestem pewna – odparłam szczerze. – To do mnie niepodobne. Dlaczego tak się dzieje, T.?

– Wydaje się, jakby cię zraniła, kociaku. Najwyraźniej uważałaś ją za przyjaciółkę.

– Właśnie tak to jest? Jak się ma uczucia? – zapytałam zszokowana. – Wcale mi się to nie podoba. Zabija to klimat Vegas.

Zaśmiał się cicho do telefonu.

– Chcesz mojej rady?

– Tak, poproszę – odpowiedziałam i siadłam na fotelu przy oknie.

– Nawet jeśli uważam, że pipa zasługuje na udławienie się tym tłustym fiutem, myślę, że powinnaś podejść do sprawy w profesjonalny sposób.

Boże, mógłby zasugerować coś bardziej nienaturalnego?

– A niby co takiego mam zrobić?

– Dowiedz się, z kim się skontaktowała i sama to zrób. Poinformuj klientów o sytuacji, ale nie przeklinaj przy tym i nie wyzywaj tej laski. Zapewne zrezygnowałbym też z gróźb. Następnie powiedz jej, żeby spakowała fatałaszki i błyszczące cienie, po czym zbierała dupę w troki.
Parsknęłam cicho.
– Fatałaszki i błyszczące cienie?
– Jedynie kobieta określonego typu mogłaby postąpić w ten sposób, z pewnością nie taka nosząca szpilki od Louboutina.
– A co z facetem, który byłby do tego zdolny? Jakie on miałby buty?
– Od Tommy'ego Hilfigera.
– Thatchastasia lubi ciekawostki modowe. No nie miałam pojęcia.
Zaśmiał się.
– Później cię wychłostam.
Normalnie rechotałabym ze śmiechu, ale wciąż nie było we mnie krztyny wesołości.
– Super – odparłam bez entuzjazmu.
– Nie lubię, gdy jesteś smutna, kociaku.
– Nie jestem smutna – skłamałam.
– Hej, przykro mi, że kończę, ale muszę lecieć – powiedział.
– Dobra, pa – odparłam, nie potrafiąc zapanować nad irytacją.
– Nie, czekaj chwilę, mądralo. Zanim się rozłączę, chciałem ustanowić nową zasadę. Numer czterdzieści pięć: żadnego smęcenia w Vegas.

Prychnęłam.

– Tak, postaram się ze wszystkich sił nie złamać tej zasady, choć naprawdę mam ochotę zwinąć się w kłębek w łóżku i obejrzeć powtórki serialu *Biuro*.

– Mówię poważnie, kociaku. Żadnego smęcenia.

– Nie jesteś moim szefem, T.

– To się jeszcze okaże, świrusko.

– Numer czterdzieści sześć: weź gorącą kąpiel i się zdrzemnij.

– Przestań dokładać zasady! – poleciłam. – A w ogóle ta była dziwna.

– Po ciepłej kąpieli wszystko wygląda lepiej.

– Zapomniałam, że jednym z ulubionych zajęć Oprah, jak i twoim, są kąpiele w pianie.

Zaśmiał się.

– Kiedy ty też w niej jesteś, rzeczywiście je lubię. Jednak nie mogę mówić za Oprah. Nie wiem, co ją kręci.

– Dobra. To pomyśl o mnie w tej wannie – droczyłam się.

– A ty pomyśl, jak bardzo jestem napalony i wkurzony, że mnie z tobą nie ma.

\*\*\*

Sześć godzin później byłam po gorącej kąpieli – a dokładniej po dwóch kąpielach – i wydaniu osiemdziesięciu dolarów na wypożyczalnię filmów. Jednak nic nie poprawiło mi humoru. Nie zrobił tego nawet telefon do Olivii z informacją, że już dla mnie nie pracuje.

Powinnam się cieszyć. Powinnam delektować się każdą sekundą rozmowy, w której informowałam ją, że trafiła na czarną listę u wszystkich, z którymi kontaktowała się za moimi plecami, i że od teraz jest bezrobotna. Jednak to również nie poprawiło mi humoru.

Raczej go pogorszyło.

Było mi przykro, że ktoś, kogo uważałam za przyjaciela, postąpił tak podle i zmusił mnie do takiej odpowiedzi. Jeśli miałabym być szczera, lubiłam ją uczyć. Chciałam zobaczyć, jak odnosi sukces. Gdyby postępowała właściwie, zrobiłabym wszystko co w mojej mocy, by trafiła pod właściwe adresy.

Jednak chciwość i władza zmuszały ludzi do robienia głupot. Świat pełen był osób, które miały dobre intencje, ale pełno było też manipulatorów takich jak Olivia.

Krzyżyk na drogę, niewdzięczna krowo.

Słońce zaczynało zachodzić, a mój nastrój wcale się nie poprawiał.

Wzięłam telefon leżący na szafce nocnej i wysłałam Thatchowi krótką wiadomość.

Ja: Chcę usunąć zasady #45&#46.

Thatch: Zasada #47: ilekroć jesteś w Vegas, idź na koncert Britney.

Ja: Przestań dodawać nowe zasady!

Thatch: Zasada #48: Otwórz drzwi.

Ja: Co?

Rozbrzmiało pukanie, ale zamiast ruszyć się z łóżka, napisałam do Thatcha kolejną wiadomość.

Ja: Czy Twój fiut wysłał mi kolejny bukiet róż?

Thatch: Zasada #49: Zawsze, ZAWSZE przestrzegaj zasady #48, kiedy Ci nakazuję.

Głośniejsze pukanie zmotywowało mnie do działania. Wstałam i podeszłam do wejścia.
– Kto tam? – zapytałam.
– Obsługa – powiedział męski głos silący się na podobieństwo do damskiego.
Wyszczerzyłam zęby w uśmiechu.
– Nie zamawiałam obsługi.
– A nie trzeba pani świeżych ręczników?
– Nie.
– A papieru toaletowego?
– Nie.
– A miętówek? – kontynuował zabawę.
Walczyłam ze śmiechem, gdy wyglądając przez wizjer, zobaczyłam na korytarzu Thatcha.
– Nie.
Uśmiechał się.
– A to może masaż? Lubi pani erotyczny?
– Jasne. Okej – zgodziłam się w końcu i otworzyłam drzwi.
Thatch stał przede mną w całej swej cudownej krasie. Brązowe spojrzenie osiadło na mnie, a na jego twarzy zagościł szeroki uśmiech. Przytłoczyła mnie równoczesna chęć wybuchnięcia płaczem i roześmiania się histerycznie.
– Przyleciałeś z Los Angeles, by zrobić mi masaż?
Pokręcił głową.
– Właściwie przyjechałem. Nie było już na dziś biletów lotniczych.
– Przyjechałeś?

– Tak – potwierdził cichym, seksownym głosem. – Przejechałem całą tę drogę, by poprawić ci humor. Zaprosisz mnie więc do środka?

Rzuciłam się na niego, objęłam go nogami i rękami jak mała małpka. Wtuliłam twarz w jego szyję i zaciągnęłam się zapachem wody po goleniu – intensywną, specyficzną wonią Thatcha.

Boże, nie wiedziałam, jak bardzo pragnęłam tu jego obecności, póki naprawdę się nie zjawił.

– A co ze spotkaniami? – wymamrotałam, nie odsuwając się i nie chcąc wypuszczać go z objęć.

Uścisnął mnie mocniej.

– Musiałem być na miejscu tylko dziś rano. Resztę spraw mogę ogarnąć z domu.

– Jesteś niemożliwy – szepnęłam mu do ucha. – Dziękuję, że przyjechałeś.

– Proszę, kociaku. – Trzymał mnie mocno, wchodząc do apartamentu. – Wzięłaś ciepłą kąpiel i zdrzemnęłaś się? – zapytał, przemierzając pokój. Usiadł na łóżku i posadził mnie sobie na kolanach, przez co mój szlafrok nieznacznie się rozchylił.

Przytaknęłam.

– Właściwie kąpałam się aż dwa razy.

Uśmiechnął się i powiódł palcami po mojej piersi.

– Zwolniłaś asystentkę?

Skinęłam głową, oddychając nieco szybciej.

– Gotowa, by zabawić się ze mną w Vegas?

Wzruszyłam ramionami, mietosząc krótkie włoski na jego karku.

– Zależy, co masz na myśli.

Podążyłam za nim wzrokiem, gdy spojrzał na własną koszulkę z napisem: „To Britney, zdziro!".

Puścił do mnie oko.

– Zasada numer czterdzieści siedem.

Kurna, nie miałam czasu zapisać wcześniejszych. Przez sekundę zastanawiałam się, o co mu chodzi, nim mnie w końcu oświeciło.

– Zabierasz mnie na koncert Britney?! – wykrzyknęłam, zeskakując z jego kolan. – Nie pogrywaj ze mną, Thatcher. Nie waż się ze mną pogrywać. – Wskazałam na niego palcem.

Roześmiał się, włożył rękę do tylnej kieszeni i wyjął z niej dwa bilety. Przytrzymał mi je przed nosem.

Z ekscytacją wyrwałam mu oba, aby się upewnić, że były prawdziwe.

– Cholera! Miejsca w pierwszych rzędach! – krzyczałam, tańcząc w apartamencie. – Jak, u licha, je zdobyłeś?

– Mam wpływowych znajomych – powiedział z chłopięcym uśmiechem. – Dobra niespodzianka?

– Fantastyczna! – Ponownie się na niego rzuciłam, przez co opadł na łóżko na plecy, a ja na niego. – Dzięki tym biletom zaliczysz dziś laskę.

Rozbawione spojrzenie skrzyżowało się z moim. Wsunął mi ręce we włosy i przyciągnął mnie, by pocałować. Pocałunek był namiętny i trwał, aż Thatch odsunął się z jękiem.

– Nie wierzę, że to powiem, ale musimy odłożyć na później ten seks – stwierdził i postawił mnie obok łóżka.

– Masz pół godziny, by przygotować się do wyjścia. – Obrócił mnie w kierunku łazienki i klepnął w tyłek. – Ruszaj seksowną dupcię, świrusko. Nie możemy się spóźnić na Britney.

***

Hotel Planet Hollywood był nieziemski. Miał błyszczące korytarze wiodące do sali koncertowej. Thatch kupił mi koszulkę identyczną jak ta, którą miał na sobie, następnie zaniósł mnie w swoich szerokich ramionach na miejsce, wykrzykując po drodze rzeczy w stylu:

– Mam nadzieję, że zagra *Hit Me Baby One More Time*.

Kobiety wpatrywały się w nas, a ja się śmiałam. Ogromny ogr nie przepuszczał okazji do żartów.

Stanowiliśmy parę. Głośną i cholernie irytującą parę.

I było zajebiście.

Fanki krzyczały wokół, więc dołączyłam do nich i wrzeszczałam bezlitośnie. Byłam w swoim żywiole, oglądając Britney Spears kręcącą małym tyłeczkiem i hipnotyzującą widownię seksownym tańcem i chwytliwymi tekstami piosenek. Kiedy skończyła mocny utwór *I Wanna Go*, spojrzałam na Thatcha, który wydawał się bawić równie dobrze jak ja.

Wyglądał niedorzecznie, unosząc kciuki. Wielka sylwetka – wciąż odziana w koszulkę Britney – górowała ponad większością publiki. Był jednym z nielicznych mężczyzn na sali, ale zgodnie ze swoją prawdziwą naturą – miał to gdzieś. Śpiewał, jeśli znał słowa, i przy każdej piosence tańczył jak szaleniec, często łapiąc mnie za biodra i ocierając się dla zabawy.

Boże, fajnie z nim było. Strasznie fajnie.

Neony połyskiwały na scenie, gdy Britney zaczęła uwodzicielsko śpiewać początek do *I'm a Slave 4 U*. Poruszała się na scenie, kołysząc biodrami w rytm hipnotyzującego utworu.

– Dobrze się z tobą bawię – szepnął mi do ucha Thatch.

Oparłam głowę o jego pierś i spojrzałam w górę. Popatrzył mi w oczy i uśmiechnął się, a następnie zaczął śpiewać z Britney.

Uśmiechnęłam się.

– Ja też dobrze się z tobą bawię.

– Świetnie. – Serce mi urosło, gdy pochylił głowę i pocałował mnie słodko. – Twój smutek mi się nie podobał.

Obróciłam się w jego ramionach, stanęłam na palcach i pocałowałam go w kącik ust.

– Dzięki, że chciałeś mnie rozweselić. – Czułam się naturalnie, wyznając to. – Stajesz się jednym z moich ulubieńców.

Uśmiechnął się.

– I *vice versa*, kociaku.

– Vegas! Dajcie czadu! – Głos Britney wypełnił salę, więc obróciłam się w kierunku sceny i zaczęłam krzyczeć i wiwatować razem z tłumem. – Potrzebny mi ochotnik. Kto pomoże mi zaszaleć? – Uśmiechnęła się do publiki i zaczęła przeszukiwać morze podniesionych rąk.

Thatch przyglądał się temu z pobłażaniem, aż złapałam go za rękę i uniosłam mu ją wysoko.

– On! – zawołałam głośno w kierunku bogini popu. – On lubi szaleć!

Zaśmiał się w odpowiedzi, ale zaraz wytrzeszczył oczy, gdy Britney wskazała dokładnie na niego i zeszła ze sceny, by stanąć naprzeciw nas.

– O kurwa – mruknął.

– Nie wstydź się. – Zachichotała do mikrofonu. – Chodź tu, wielkoludzie. Potrzebna mi twoja pomoc – poleciła mu.

Thatch zaczął kręcić głową, ale było za późno – znalazło się przy nim dwóch ochroniarzy.

– Jesteś moją dłużniczką, Cass – warknął mi do ucha, nim dał się zaprowadzić po schodkach na scenę.

Stanął przed całą publiką dumnie wyprostowany, w koszulce z napisem: „To Britney, zdziro!". Kobiety krzyczały, by na nie spojrzał. Nie mogłam ich winić. Do diabła, dołączyłam do tego wilczego wycia.

– Ściągaj gacie! – wydarłam się najgłośniej, jak umiałam.

– Wow, ale jesteś duży – powiedziała Britney, gdy stanął obok niej w otoczeniu utalentowanej grupy tanecznej. – Jak masz na imię?

– Thatch i często to słyszę – odpowiedział, nie tracąc rezonu.

Roześmiała się.

– Cóż, Thatch, z kim dziś do nas przyjechałeś?

– Z tamtą świruską. – Wskazał dokładnie na mnie, a uśmiechając się jak sam diabeł, dodał: – To moja dziewczyna, Cassie.

Dziewczyna? Gdybym nie była tak zafascynowana tym, że Britney Spears stała na wyciągnięcie ręki, zapewne pokazałabym mu środkowy palec.

*Jasne, właśnie dlatego tego nie zrobiłaś. Dalej tak sobie wmawiaj.*

Ale, poważnie, próbował mnie wkręcić?

A może próbował mi coś powiedzieć?

Nie miałam pojęcia, o co mu chodziło. Cholera, nie wiedziałam nawet, co sama czułam, jednak byłam pewna dwóch rzeczy: granice naszej relacji zaczynały się coraz bardziej zacierać i nie chciałam, by się to zmieniało. Chciałam go całego dla siebie.

Pragnęłam jego żartów, niespodzianek i niesamowitej zdolności do podbijania stawki.

Britney spojrzała na mnie z uśmiechem.

– Kurde, dziewczyno, też jesteś wspaniała! O co chodzi z tymi wszystkimi pięknymi ludźmi w Vegas?!

Publika wiwatowała, rozbawiona.

– Thatch – zagadnęła, gdy tancerki zgromadziły się wokół niego i zaczęły zakładać mu coś na szyję. – Czy Cassie określiłaby cię mianem niegrzecznego chłopca?

Podczas gdy większość facetów umarłaby z zażenowania, stojąc na scenie w koszulce z twarzą Britney, Thatch sprawiał wręcz odwrotne wrażenie – wyglądał, jakby czuł się świetnie. Zaśmiał się i odparł:

– Z pewnością nie powiedziałaby, że jestem grzeczny.

Przygryzłam wargę, gdy publika oszalała, wykrzykując propozycje tak głośno, że musiałam zakryć uszy.

Britney roześmiała się, a Thatch popatrzył na mnie i wzruszył tylko ramionami.

– Zaszalejmy, Vegas! – wykrzyknęła wokalistka, gdy z głośników popłynęły pierwsze nuty *Freakshow*.

Spojrzałam na tancerki zebrane wokół seksownego ogra pośrodku sceny, które tańczyły synchronicznie, poruszając do rytmu biodrami i kusząco przerzucając włosy.

Wyciągnęłam telefon i zaczęłam nagrywać, ponieważ nie mogłam przegapić okazji do zdobycia świetnego materiału do szantażu.

Szeroki uśmiech rozciągał się na mojej twarzy, gdy Thatcher Kelly stał się rekwizytem na koncercie Britney Spears. Gwizdałam, gdy poprowadzono go na smyczy po scenie, po której przeszedł na czworakach, aż koniec uprzęży podano samej gwieździe i Britney zaprowadziła go w dół, przy czym poddał się jej woli bez zażenowania czy wstydu.

Został zmuszony do podniesienia się na nogi i zajęcia pozycji w kółku tancerek.

I wtedy zaczął szaleć. Od uśmiechu twarz mało mi nie pękła, gdy obserwowałam imponujące popisy taneczne.

Channing Tatum nie dorastał mu do pięt.

Jak na faceta tego wzrostu poruszał się z łatwością, postanowiłam więc, że w przyszłości będę musiała sprawdzić, jak mu pójdzie, gdy będzie to robił tylko dla mnie. Jego ciało kołysało się zgodnie z uwodzicielskim rytmem, na co każda kobieta znajdująca się na widowni krzyczała z podniecenia. Spełnił nawet polecenie babki po lewej, która krzyknęła:

– Ściągaj koszulkę, przystojniaku!

Z cwaniackim uśmieszkiem Thatch zdjął ją i wsadził sobie do tylnej kieszeni spodni. W świetle reflektorów ukazały się muskularna pierś i wyrzeźbione ramiona, a z widowni popłynęły piski i wrzaski. Tańczył, Britney śpiewała, a pod koniec utworu byłam pewna, że ten uroczy, seksowny jajcarz podbił serce każdej kobiety obserwującej jego występ, wliczając w to samą księżniczkę popu.

– Zasada pięćdziesiąta: nigdy nie posyłaj mnie na scenę, no chyba, że chcesz, bym się odpłacił – to były pierwsze słowa, które powiedział po powrocie na miejsce.

Roześmiałam się.

– Och, weź się ubierz. Zdjąłeś pieprzoną koszulkę. Wszyscy wiemy, że ci się podobało.

Puścił do mnie oko.

– Nie bądź zazdrosna, kociaku. Wieczorem ściągnę dla ciebie nie tylko koszulkę, ale i spodnie.

– Przyhamuj nieco swoje ego – droczyłam się, nawet szturchnęłam go w ramię.

Wyszczerzył zęby w uśmiechu, objął mnie od tyłu i przycisnął do swojej piersi.

– Jeśli będziesz grzeczna, Cass – szepnął mi do ucha – poliżę cię dokładnie tak, jak lubisz.

Wulgarne? Tak.

Podniecające? Oczywiście.

Spojrzałam na niego spod rzęs i się uśmiechnęłam.

– Zgoda.

Zostaliśmy na widowni do końca koncertu. Kiedy widzowie zaczęli się rozchodzić, Thatch wziął mnie za rękę, chcąc poprowadzić do wyjścia, ale nie mogłam się ruszyć z miejsca. Stałam, rozglądając się po na wpół opustoszałej sali, próbując pojąć wszystko, co się dzisiaj stało.

Byłam przytłoczona, ale nie miało to nic wspólnego z koncertem Britney ani nagrywaniem Thatcha prowadzonego na smyczy po scenie.

Chodziło o niego. To on mnie przytłaczał.
Ale nie w złym tego słowa znaczeniu.
W bardzo dobrym.

Nie mogłam uwierzyć, że to zrobił; że zmienił swoje plany i przez wiele godzin jechał z Los Angeles tylko po to, by poprawić mi humor. I nie ograniczył się tylko do tego, by zabrać mnie na kolację. Pociągnął za sznurki i załatwił bilety na koncert, na który bardzo chciałam iść. Chyba tylko raz wspomniałam, że chciałabym się wybrać.

Ale to zapamiętał.

I nie wahał się, by wszystko dla mnie rzucić.

Ponownie pociągnął mnie za rękę, ale zatrzymał się i spojrzał mi w twarz, gdy uświadomił sobie, że się nie ruszam.

– Dobrze się czujesz, kociaku? – zapytał.

Pokręciłam głową.

Podszedł do mnie.

– Co się stało?

– Nic – odpowiedziałam szczerze. – Przytłoczyły mnie tylko uczucia.

Złapał mnie za podbródek, uniósł mi głowę i spojrzał miękko w oczy.

– Dziękuję ci za dzisiaj. To najsłodsza rzecz, jaką kiedykolwiek ktoś dla mnie zrobił.

Pogłaskał kciukiem mój policzek.

– Jeśli chodzi o ciebie, moja słodycz się nie kończy, Cassie.

– Jesteś słodki tylko dla mnie? – zapytałam, nie mówiąc wprost, co tak naprawdę myślałam.

*Bądź mój. Tylko mój. Żadnej innej. Tylko my.*
– Tak – odparł bez namysłu, nim dodał: – A ty jesteś dobra tylko dla mnie?

Uśmiechnęłam się, przytaknęłam i powiedziałam:
– I dla twojego fiuta.
– Jeśli o niego chodzi, możesz być tak niedobra, jak ci się żywnie podoba.

Właśnie wtedy na wciąż zatłoczonej sali w hotelu Planet Hollywood Thatch wziął mnie w ramiona i pocałował czule, w sposób, dzięki któremu poczułam się, jakbyśmy byli zupełnie sami.

# ROZDZIAŁ 22

## THATCH

Ubrania pokrywały przestrzeń pomiędzy drzwiami a łóżkiem, kiedy popychałem Cassie, by szła do tyłu. Jej włosy, uśmiech, zapach jej skóry – nie byłem w stanie się nią dziś nasycić.

Nie potrafiła ustać i nadążyć za moimi długimi krokami. Jęknęła, gdy złapałem ją za pośladki i podniosłem.

– Thatch – szepnęła podniecona.

– Dokładnie tak, kociaku – odpowiedziałem, kładąc ją na łóżku. Zdjąłem jej koszulkę i napadłem na jej piersi.

Cassie uśmiechnęła się i klepnęła mnie w twarz, choć ze śmiechem próbowałem zrobić unik.

– Jezu, nie możesz być poważny? Nigdy? – prychnęła.

Powiodłem nosem po jej szyi.

– Chcesz, żebym był? – zapytałem cicho.

Zamarła na krótką chwilę, ale się nie denerwowałem, bo im bardziej się nią zajmowałem, tym bardziej nie przejmowałem się jej odpowiedzią. Moje zadowolenie stawało się synonimem jej zadowolenia. Z trudem uświadamiałem sobie, że z jej cyckami przed twarzą nawet nie starałem się zdenerwować.

– Nie. Nie chcę, byś był poważny – stwierdziła, a jej oczy powiedziały mi, że chciałaby, bym był sobą.

W dość pierwotny sposób zmusiłem ją, by się położyła, nakrywając jej ciało własnym, i polizałem jej skórę od policzka aż do mostka. Okrążyłem językiem idealny pępek, bawiąc się kolczykiem, następnie pociągnąłem zębami jej spodnie.

Uniosła biodra, a żar w jej oczach naznaczył moją skórę. Kiedy ponownie pociągnąłem jej ubranie, ale nie rozpiąłem guzika, warknęła:

– Przestań mnie drażnić!

Uśmiechnąłem się wtulony w jej skórę i potarłem o siebie wargami, patrząc jej w oczy.

– Dlaczego, złotko? Coś cię dzisiaj nakręciło?

Przytaknęła i zwilżyła usta językiem.

– Nie potrafię wyrzucić z myśli jednego obrazu.

– Opowiedz o nim – zażądałem, czując, jak krew napływa w niższe rejony mojego ciała.

– Gdy byłeś na scenie.

– Tak.

– Na kolanach.

– Tak.

– Z obrożą na szyi…

– Cass – ostrzegłem, przyszpilając ją biodrami, ocierając się o nią kroczem. Odchyliła głowę w tył i sapnęła.

– Dobra. Na miłość boską, ściągnij mi wreszcie te spodnie. Nie potrzeba mi żadnego pokazu.

Zważając na jej zniecierpliwienie, zsunąłem jeansy i polizałem jej szparkę.

Jej cipka zacisnęła się tuż przed moimi oczami.

– Cholera, kociaku, poczekaj, aż znajdzie się tam jakaś część mnie – droczyłem się z uśmiechem. Język, palec, fiut, cokolwiek, co mogłaby objąć.

Odsunąłem się od niej, wyjąłem telefon z kieszeni jej spodni, gdy ją rozbierałem.

– Hasło? – zapytałem, odblokowując ekran.

– Spadaj – odparła z uśmiechem, więc przysunąłem się, opadłem na kolana przed łóżkiem i oblizałem wkoło jej łechtaczkę, jednocześnie wkładając w jej ciało dwa palce.

Ponownie odrzuciła głowę i jęknęła.

– Hasło – powtórzyłem.

Straciła nieco uporu w oczach, ale miałem przeczucie, że to walka, w której nie chciała się poddać.

Niewiele to znaczyło, ale, cholera, pragnąłem, aby odpuściła. Pracowałem palcami i pieściłem językiem, aż musiała ścisnąć w dłoniach białą pościel.

– Hasło, Cassie – nakazałem i tym razem się ugięła, gdy jej cipka zapulsowała na moich palcach.

– Brzmi CASS, gnojku. – Uśmiechnąłem się, bo potrafiła obrażać mnie nawet w objęciach orgazmu.

Nie było na świecie podobnej do niej.

Powinienem był sam zgadnąć to hasło.

W końcu pokazałem jej, że czasami opłacało się spełniać polecenia. Kiedy dźwięki piosenki *Freakshow* wypełniły sypialnię, w jej oczach odmalowało się zaskoczenie.

– Pozwól, kociaku – zawołałem, pociągając ją na skraj łóżka i sadzając z szeroko rozstawionymi nogami, bym w słabym świetle mógł widzieć jej błyszczącą szparkę.

– Co robisz? – zapytała, a ja puściłem do niej oko.
– Może nie mam smyczy, ale mogę dla ciebie zatańczyć.
Uśmiechnęła się, a ja się zatraciłem. W niej, w tej chwili, we wszystkim.
*O tak, skarbie. Dziś zatańczymy.*

\*\*\*

– Nie wierzę, że jedziesz ze mną do moich rodziców – mamrotała Cassie, gdy wsiadaliśmy do taksówki na lotnisku w Portland. Prawdę mówiąc, nie mówiłem jej, że pojadę, aż nie przeszliśmy przez ochronę na lotnisku i nie poszedłem za nią do bramki. Myślała, że polecę do Nowego Jorku.

Po wspólnie spędzonym weekendzie uśmiech nie schodził mi z twarzy i jak zawsze jej narzekanie jeszcze bardziej mnie bawiło. Nasza osobliwa mieszanina – cała moja wesołość i docinki Cassie.

Był to najdziwniejszy na świecie katalizator szczęścia, ale zgadzałem się na niego. Oznaczało to więcej tej kobiety, więcej śmiechu, seksu, wszystkiego, bez czego nie chciałem żyć.

– Uwierz, bo jadę – doradziłem. – Jeśli nie chciałaś, bym się wybrał, trzeba było powiedzieć, zanim wsiadłem do wielkiego metalowego ptaka, by przelecieć nim półtora tysiąca kilometrów.

Skrzywiła się, na co przygryzłem wargę, by się nie śmiać.

– Skąd, u diabła, wiesz, ile kilometrów dzieli to miejsce od Vegas?

Wzruszyłem ramionami.

– Kilometry to cyfry, a jestem w nich dobry.

– Och, Chandler.
– A w ogóle o co ci chodzi? – zapytałem z powagą, próbując dotrzeć do sedna problemu.
– Spotkanie z moimi rodzicami? Heloł? O to mi chodzi.
– Zaprosiłem cię do moich – wytknąłem.
– Tak, kiedy miałam na sobie koszulkę sugerującą, że lubię się masturbować. Wiedziałeś, że nie wejdę. A ty jedziesz ze mną, żeby tam zostać!
– No i?
– No i nigdy wcześniej nie przywiozłam faceta do domu.

Roześmiałem się. Najwyraźniej ją wkurzyłem, gdy musiała przyznać to, co oczywiste.

– Wiem przecież.
– Słucham? – Spiorunowała mnie wzrokiem. Zobaczyłem w lusterku, że kierowca się nam przyglądał, ale gdy wytrzeszczyłem oczy, natychmiast skupił spojrzenie z powrotem na drodze. Ta scena niewątpliwie pojawi się pewnego dnia w książce, która trafi na listę bestsellerów „New York Timesa". Kierowca taksówek, który stał się autorem romansów.

Hmm, całkiem niezły pomysł. Powinienem podrzucić go komuś za drobną opłatą.

– Nigdy nie byłaś w prawdziwym związku, kociaku. Sama mi o tym powiedziałaś. Założyłem więc, że nigdy wcześniej nie przywiozłaś nikogo do domu.
– Och.
– Och – papugowałem, unosząc brwi.

Klepnęła mnie w krocze.

– Kurwa, Cass! – syknąłem, kładąc rękę na pachwinie, by złagodzić pieczenie.

Satysfakcja zabłyszczała w jej oczach.

– Dobrze ci tak.

Na szczęście spodziewałem się tego ciosu, więc po sekundzie odzyskałem oddech.

– Co więc muszę wiedzieć o... – zacząłem.

– O?

– Wstaw tu imiona rodziców – wyjaśniłem.

– A, o Diane i Gregu.

– Tak, Diane i Gregu. Co muszę o nich wiedzieć?

– Mama pojawia się często w lokalnych wiadomościach.

– Popełnia wiele przestępstw? – droczyłem się.

Spojrzała przez szybę, kąciki jej ust uniosły się nieznacznie. Najwyraźniej była zżyta z matką.

– Od dziewiętnastu lat pracuje jako prezenterka na kanale KTLJ. Ma przeciętne poglądy polityczne, ale jest o wiele bardziej tradycyjna niż ja. Praca jest dla niej misją. Tata jest lekarzem, ale przeszedł na emeryturę. Poświęca się wolontariatowi w pobliskich przytułkach, w domach dziecka i takich tam.

– Wow, wygląda na to, że twoi rodzice są bardzo...

– Filantropijni? – podsunęła, obracając głowę, by na mnie spojrzeć.

– W rzeczy samej. Są też świetnymi ludźmi.

– Tak, są świetni. Zawsze mnie wspierają, a nie ułatwiam im tego. – Wyraz jej twarzy nieco złagodniał.

– Dokładnie wiem, jak to jest – przyznałem szczerze. Sam dostarczyłem rodzicom nie lada zmartwień.

Zanim zdołałem zapytać, co jeszcze powinienem wiedzieć, wesołe spojrzenie Cassie przeniosło się na okno.

– Jesteśmy! – przyznała i po raz pierwszy, odkąd zadeklarowałem, że jadę z nią, zacząłem się denerwować.

Otworzyła drzwi, ale obróciła się i położyła rękę na moim ramieniu.

– Jeszcze jedno.

– Tak?

– Nie przeklinaj przy moich rodzicach. Cholernie tego nie znoszą. – Wybiegła, pozostawiając mnie na tylnym siedzeniu taksówki.

Nie trwało długo, nim podążyłem za nią.

– Co?

Pospieszyła do drzwi domu, ale dogoniłem ją w dwóch długich susach i obróciłem twarzą do siebie.

– Jak to mam nie przeklinać?

– Po prostu nie przeklinaj – powtórzyła, krzywiąc się i patrząc na mnie jak na idiotę.

– Znasz mnie w ogóle? – zapytałem, na co roześmiała się i klepnęła mnie w tyłek.

– Dobrze cię znam. Wyprostuj się i zacznij być dorosły.

Drzwi otworzyły się, na progu stanęła elegancko ubrana kobieta z czekoladowymi włosami, kremową skórą i znajomymi niebieskimi oczami. Cassie upuściła torbę i pobiegła, by ją uściskać.

Wróciłem do taksówki, by zapłacić za kurs, następnie wziąłem torbę z ziemi i poszedłem w kierunku domu.

Mama Cassie objęła twarz córki i spojrzała na nią w matczyny sposób, przyglądając się zmianom, jakie zaszły, odkąd ją po raz ostatni widziała, i zapamiętując każdą sercem.

Oczywiście z biologicznego punktu widzenia było to niemożliwe, ale jak najbardziej prawdziwe. Kobiety miały dwa rodzaje wspomnień: rzeczy, które chciały pamiętać i te, których zapomnieć nie pozwalało im serce. Pierwsze sobie wybierały, a były to rzeczy głównie pozytywne i pokrzepiające, zaś drugie pamiętały bezwiednie i wiecznie, bez względu na upływ czasu i choroby takie jak demencja czy Alzheimer. Zostały wyryte jak na powierzchni dysku twardego, a towarzyszące im uczucia nigdy nie znikały.

– Greg, Sean! – zawołała Diane w stronę domu. – Cassie przyjechała! – Stanąłem naprzeciw kobiety, gdy znów się obróciła. Następne słowa wypowiedziała cicho pod nosem. – I przywiozła ze sobą wielkiego przyjaciela. – Spojrzała na córkę. – Tak bez zapowiedzi?

– Nie byłam w stanie tego przewidzieć. Ten dziwny facet po prostu za mną poszedł. – Cassie wzruszyła ramionami. – Ale wydaje się miły. I wątpię, by w bagażu na lotnisku przemycił siekierę, więc powinniśmy być bezpieczni.

Diane przyjrzała się pustemu wyrazowi twarzy córki, następnie uśmiechnęła się nieznacznie.

– Wygadujesz same bzdury.

Cassie wyszczerzyła zęby.

– Dobra, może i go znam, ale do ostatniej chwili nie spodziewałam się, że ruszy ze mną do Portland.

Uśmiechnąłem się, ostrożnie odsunąłem Cassie z drogi, następnie po przyjacielsku objąłem jej mamę.

– Miło mi panią poznać, pani Phillips – powiedziałem ponad jej głową, nim się odsunąłem. – Jestem Thatch.
– Thatch?
– Zdrobnienie od Thatcher, mamo – wyjaśniła Cassie.
*Jaka matka, taka córka*, pomyślałem.
– Wejdźcie, wejdźcie – szepnęła po otrząśnięciu się z oszołomienia.
Kiedy wszedłem, poczułem się jak w domu. Budynek był podobny do tego, jaki mieli moi rodzice. Panowała w nim miła, przyjazna atmosfera, wszyscy prócz mnie czuli się dobrze. Wejście było nieco za małe, sufit trochę za nisko, ale szeroko się uśmiechałem.
Chętnie wchodziłem do domu ludzi, którzy byli tak swobodni.
– Cassie! – przywitał się Greg, gdy weszliśmy do kuchni.
– Cześć, tato – powiedziała z uśmiechem i obiegła wyspę, by go uścisnąć.
– Co to za hałasy? – usłyszałem głos, którego się nie spodziewałem.
– Sean, Greg – powiedziała mama Cassie – to Thatcher...
– Mój chłopak – mruknęła ich córka, gdy zapadła niezręczna cisza.
Pierwszy odezwał się Sean:
– No proszę. Spotykasz się z wielkoludem.
– Sean! – skarciła go Diane, a ja się roześmiałem.
– Nie szkodzi – wtrąciłem, wzruszając ramionami i patrząc bezpośrednio na Seana. – Widziałem w jej telefonie twoje zdjęcie, ale myślałem, że jesteś jej jakimś byłym. – Choć Cass miała jedwabistą, jasną skórę, jej brat stanowił

tego przeciwieństwo – był muskularny i miał ciemną, afroamerykańską karnację.

Dopiero niedawno przyznała, że jej rodzice go adoptowali.

– Naprawdę nie dostrzegasz rodzinnego podobieństwa? – zapytał. Pierwsza roześmiała się Cassie, a na widok jej radości sam się szeroko uśmiechnąłem.

Kiedy przełamaliśmy pierwsze lody, rozmowa przebiegła, jakby mnie tam nie było. Zlałem się z tłem, gdy Cassie mówiła o swojej pracy, a rodzice o planowanej podróży. Cassie próbowała wypytywać brata o futbol, ale wprost kazał jej porzucić ten temat.

Było to spotkanie rodziny, która mocno się kochała, ale nie widywała za często. Odniosłem wrażenie, że powinienem częściej spotykać się z rodzicami. Phillipsowie nadal mieli Seana w domu, przynajmniej na razie, ale moi rodzice nie mieli więcej dzieci. Musiałem być lepszym synem.

– Wyjdziemy dziś, mały S.? – zapytała Cassie brata, klepiąc go po policzku.

– Jasne. Narobisz wstydu?

– Zapewne – odpowiedziałem za nią z uśmiechem, przez co zarobiłem kuksańca w bok, na co Sean parsknął śmiechem.

– Tak myślałem. Pójdziemy gdzieś, gdzie nie będzie znajomych.

– Super! – krzyknęła Cassie, na co obaj parsknęliśmy śmiechem. – Przygotuję się. – Zrobiłem jej przejście, gdy zatrzymał mnie wyprostowany palec. – Nawet nie myśl za mną iść, Thatcher.

Nie miała złości w oczach, więc wiedziałem, że droczy się tak, jak lubiłem najbardziej.

– Zaraz do ciebie dołączę. Pomogę ci rozpiąć zamek.

– Nie mam zamka – wytknęła, gdy Sean powiedział:

– Fuj, siostrzyczko.

Uśmiechnięta Cassie poszła w kierunku schodów, a jej brat pokręcił głową.

– Bądźcie gotowi za godzinę. I nie mówię, że macie godzinę się pieprzyć i godzinę zbierać do wyjścia, tylko za godzinę wychodzimy.

– Ja...

– Nie potrzebuję szczegółów – przerwał mi.

Parsknąłem śmiechem i poklepałem go po przyjacielsku po ramieniu.

– Do zobaczenia za godzinę.

Szedłem spokojnie, aż dotarłem do schodów, następnie wbiegłem nimi po dwa na raz i pospieszyłem korytarzem, aż znalazłem pokój, w którym matka Cassie poleciła mi zostawić bagaże, gdy się już ze wszystkimi przywitaliśmy.

Otworzyłem drzwi, po czym oparłem się o nie, widząc całkowicie nagie plecy Cassie. Nagie plecy oznaczały najczęściej nagi przód, więc nie mogłem się doczekać, by się obróciła.

– Wiem, że tu jesteś, Thatcher – powiedziała, nie odwracając się. Uniosła nogę i położyła stopę na łóżku, nim zaczęła rozprowadzać krem na udzie.

– Nie próbowałem się skradać, Cassie.

Odepchnąłem się od drzwi i podszedłem do niej, gdy milczała. Przycisnąłem biodra do jej pośladków i ścisnąłem skórę jej podbrzusza.

– Masz najseksowniejsze ciało na świecie – szepnąłem jej wprost do ucha.

Zadrżała.

– Nie mamy teraz czasu na seks – powiedziała, odsuwając się i pochylając. Przycisnęła tyłek do mojego fiuta, a jej piersi zakołysały się przed nią na tyle, bym dostrzegł jej sutki. Jęknąłem.

– Na seks zawsze jest czas.

– Nie. – Klepnęła mnie w dłoń, którą przysuwałem do jej piersi.

– Czy to oznacza, że później będziemy mieć czas na seks? Naprawdę lubię czas na seks.

– Zobaczymy – przyznała, odwracając się w moich ramionach i przywierając biustem do mojego brzucha. – Może, jeśli będziesz naprawdę dobrym chłopakiem.

Zastanawiałem się, ile potrzeba jej czasu, by popadła w nastrój, w jakim sam się teraz znajdowałem. Miałem wrażenie, że droczyła się ze mną, wyzywała mnie, ale nie miało to większego znaczenia. Lubiłem to bez względu na powód i czekałem na więcej.

– Potrafię być dobry. A ty?

Pokręciła głową, stanęła na palcach i skubnęła mnie zębami w szyję.

– Nie dzisiaj, kochanie. Jestem zbyt dobra w byciu złą.

\*\*\*

– Ile już wypiła?! – zapytał Sean, przekrzykując muzykę.

Przyglądałem się, jak Cassie wspięła się na scenę, ciągnąc za sobą faceta po siedemdziesiątce. Światła dyskotekowe połyskiwały, muzyka była tak głośna, że podłoga trzęsła się pod naszymi stopami.

– Pięć drinków – odpowiedziałem z uśmiechem i upiłem łyk wody. Pilnowałem jej, przyglądając się pokazowi, który właśnie dawała. Sam nie wypiłem ani kropli alkoholu, deklarując się jako kierowca, i chcąc lepiej poznać Seana.

Wielu mężczyzn na moim miejscu byłoby nieszczęśliwych, ale nie ja. Cassie dobrze się bawiła, a ja miałem dopilnować, by bezpiecznie wróciła do domu. Z pewnością nigdy nie pomyślałbym, że może się pokusić o ocieranie o jakiegoś starego gościa, ale nie chciałem też kobiety, która byłaby przewidywalna.

Byłem również świadomy uwagi, jaką obdarzali ją młodsi faceci, choć oni zupełnie jej nie interesowali. Nawet pijana szanowała mnie. Tylko tego było mi trzeba. Dzikiej kobiety, której mogłem zaufać.

Rzadka kombinacja, która zdawała się nie do znalezienia aż do teraz.

Zawibrował telefon w jej torebce, którą miałem na ramieniu, więc wyciągnąłem komórkę i przeczytałem wiadomość, którą napisała do niczego niepodejrzewającego Kline'a.

I tak, powiedziałem, że torebka znajdowała się na moim ramieniu. Do tej pory powinniście się zorientować, że niełatwo mnie zawstydzić.

Cassie: Subskrybując dalsze wiadomości, zdobędziesz 25% zniżki w niedzielę u Cartiera. Odpisz NIE, jeśli chcesz zrezygnować z otrzymywania wiadomości.

Kline: NIE.

Cassie: Nie, kochanie? Żaden problem! Napisz TAK, by subskrybować wiadomości od naszej zaprzyjaźnionej firmy Trojan. Odpisz NIE, jeśli chcesz zrezygnować z otrzymywania wiadomości.

Kline: NIE. Proszę usunąć mój numer z listy!

Wróciłem spojrzeniem do mojej genialnej dziewczyny. Wiedziałem, że Kline był zbyt mądry, by to ciągnąć i nie zapłacić komuś, kto zająłby się problemem, ale zbyt dobrze się bawiłem, by to przerwać.

Sean odciągnął moją uwagę od Cassie, która ocierała się tyłkiem o starszego jegomościa.

– Podobasz mi się.

– Co? – zapytałem, ale nie dlatego, że go nie usłyszałem, ale chciałem, by wyjaśnił, co ma na myśli.

Wiedział, że usłyszałem, ale uśmiechnął się i powiedział:

– Cassie jest specyficzna. Łatwo się nudzi, potrzebuje potańczyć z jakimś dziadkiem i wypić tyle drinków, ile zapragnie, jednak zazwyczaj martwiłem się o nią, zastanawiałem się, czy ktoś jej pilnuje. Teraz wiem, że nie muszę się już tym przejmować.

Mnie również podobał się ten gość.

– Nie, już nie musisz – przyrzekłem i skinąłem głową.

W ten sposób zdałem test dwudziestojednoletniego brata Cassie. Nie był tak trudny jak te w NASA, ale od razu poczułem się o niebo lepiej.

# ROZDZIAŁ 23

## CASSIE

Otworzyłam oczy i zobaczyłam promienie oregońskiego słońca wpadające przez szybę mojego starego pokoju. Ciepło wielkiego ciała otaczało mnie zewsząd, więc rozejrzałam się jednym okiem. Thatch leżał obok – na jednej mojej piersi trzymał rękę, a na drugiej głowę.

Jego przystojna twarz wyglądała chłopięco i beztrosko, gdy pogrążony był w głębokim śnie. Ciemne rzęsy spoczywały na jego policzkach, spomiędzy rozchylonych warg wydobywały się miękkie oddechy. Powiodłam palcami po atramentowoczarnych włosach, próbując przypomnieć sobie, co działo się w nocy.

Jednego byłam pewna – tańczyłam i się upiłam. Miałam za sobą bardzo intensywną noc, podczas której zmusiłam Seana i Thatcha, by siedzieli ze mną do końca, a w drodze do domu zażądałam przystanku w Taco Bell. *Dobrze pomyślane, Cassie.* Fast food uratował mnie zapewne przed porannymi modłami do porcelanowego boga.

Thatch się obudził, a zaspane, ciemne oczy spojrzały w moje.

– Dzień dobry – powiedziałam z uśmiechem.

– Bry, kociaku – odparł ochrypłym głosem, ale nie zabrał głowy z mojej piersi. Dołożył też drugą rękę i ściskał mi biust. – Mmm… – mruknął. – Potrzebuję nowej zasady. Numer pięćdziesiąt jeden: te cudeńka zostają moimi nowymi poduszkami.

Roześmiałam się i postukałam go palcem w czoło.

– O cholera – odparł ze śmiechem. – Za co to było?

– Mam zamiar odebrać ci prawo do ustanawiania nowych zasad. Przez ostatnią dobę utworzyłeś ich chyba ze dwanaście.

Zerknął na mnie zaspany.

– Zasada pięćdziesiąta druga: nigdy nie możesz odebrać mi prawa do ustanawiania zasad.

Uśmiechnęłam się i postanowiłam wymyślić własne.

– Zasada pięćdziesiąta trzecia: jeśli którekolwiek z nas będzie musiało prowadzić, będziesz to ty.

Zaśmiał się.

– Z tą akurat mogę się zgodzić.

Zaskoczona uniosłam brwi.

– Serio?

– Wydaje mi się, że miałem więcej radości z obserwowania twoich szaleństw po pijaku niż cierpienia z powodu picia wody.

– Co za bzdury – fuknęłam. – Nikt nie lubi być trzeźwym, który musi użerać się z pijanym idiotą.

– Tak, ale jesteś wyjątkiem. Jesteś moim ulubionym pijanym idiotą.

Zachichotałam, a jego uśmiech poszerzył się w odpowiedzi. Thatch położył podbródek na mojej piersi i spojrzał na mnie. Jego oczy pełne były uczucia, a pozbawione pretensji czy oceny ciemne tęczówki potwierdzały prawdę wychodzącą z jego ust.

– Zatroszczyłeś się wczoraj o mnie, prawda?

Wzruszył ramionami.

– Pilnowałem cię, ale głównie siedziałem, rozmawiałem z Seanem i pozwalałem ci szaleć. Dobrze się wczoraj bawiłaś?

*Byłam z tobą, oczywiście, że dobrze się bawiłam.*

– Tak – odpowiedziałam i skinęłam głową. – A ty?

– Poza martwieniem się, czy biedny dziadek nie dostanie zawału, miałem cudowną noc.

Przechyliłam głowę na bok.

– Jaki dziadek?

– Twój partner, z którym przetańczyłaś prawie cały wieczór.

– Tańczyłam z jakimś dziadkiem?

Przytaknął powoli i na jego twarzy pojawiło się rozbawienie.

Trybiki zaczęły pracować, mój umysł zalały ospałe wspomnienia.

– Och, starszy pan w niebieskim blezerze? Ten, który ocierał się swoim geriatrycznym kroczem o mój tyłek?

Na twarzy Thatcha zagościło mocne rozbawienie.

– W jego obronie mogę powiedzieć, że zachęcałaś go do tych podstarzałych ruchów.

Parsknęłam śmiechem.

– O rety. Założę się, że Sean był zachwycony. Jak bardzo go wczoraj zawstydziłam?

– W skali od zera do dziesięciu?

Przytaknęłam.

Przesunął rękę z mojej piersi i założył mi kosmyk włosów za ucho.

– Powiedziałbym, że dwanaście. Góra dwanaście i pół.

– Fantastycznie. – Wyrzuciłam rękę w górę. – Zatem wieczór należy uznać za udany.

Zaśmiał się.

– A co z tobą? Jak bardzo zawstydziłam ciebie?

Przechylił głowę z rozbawieniem.

– Nie narobiłaś mi wstydu.

– Och, no weź. – Uniosłam brwi. – Bądź szczery, Thatcher.

– Kociaku, nie narobiłaś mi wstydu – odparł pewniejszym tonem. – Z przyjemnością oglądałem, jak się dobrze bawisz.

– Nawet, jeśli ocierałam się o jakiegoś dziadka?

Wyszczerzył zęby.

– Zwłaszcza, gdy ocierałaś się o dziadka.

Mój zaspany mózg nie potrafił przetworzyć tak wielu anomalii. Przecież faceci się tak nie zachowywali.

Ten natomiast był wyjątkiem od reguły. Co ja miałam z nim zrobić?

Nigdy nie zawiódł mnie w udzielaniu niestandardowych, lecz odświeżających odpowiedzi na moje zachowanie. Thatch stał się kimś, na kim stale mogłam polegać. Kimś, komu bez względu na okoliczności mogłam zaufać. Takie osoby były bardzo rzadkie w świecie wypełnionym egoistami i pustakami. Miałam szczęście, że znalazłam kogoś takiego jak on.

*Tak, ale ile będzie to trwało?*
Przestraszyłam się tej myśli. Zaczęliśmy ten związek od żartu, nieustannie próbując się nawzajem w coś wrobić, ale gdzieś po drodze wszystko się zmieniło. Jasne, umiejętnie potrafiłam unikać zaangażowania lub przekazywania komuś kontroli nad sobą, ale nie byłam też ślepa na to, co działo się między nami. Gdzieś po drodze wskoczyliśmy w coś, co przypominało prawdziwy związek.
A jeśli miałabym być ze sobą szczera, nie chciałam, by to coś się skończyło.
Nie wiedziałam, dokąd ta relacja zmierzała, ale w głębi serca nie chciałam jej przerywać. Nigdy nie planowałam nic na przyszłość, ale z Thatchem ciężko mi było tego nie robić.
Z łatwością potrafiłam wyobrazić sobie codzienne życie z nim.
– Nad czym tak intensywnie myślisz, kociaku? – zapytał cicho. Położył rękę na moim policzku i spojrzał mi w oczy.
*Nie chcę tego spieprzyć. Nie chcę cię stracić.*
Przylgnęłam do jego dłoni.
– Bez względu na to, co stanie się między nami, pozostaniemy blisko, prawda?
Uniósł pytająco brwi.
– Blisko?
– Tak – odpowiedziałam. – My, zawsze będziemy... – urwałam w pół zdania, nie mając siły zwerbalizować myśli, które chciałam wypowiedzieć. Moje serce i umysł toczyły wojnę, bo jedno czekało na wyznanie czegoś silnego, drugie zamarło w strachu przed nieznanym.

Nigdy nie byłam kobietą, która trzymała się czegoś przez dłuższy czas. Jak w takim razie mogłam proponować mu długoterminowe zobowiązanie lub wymagać deklaracji uczuć, jeśli sama nie byłam pewna, czy moje teraźniejsze emocje wkrótce się nie zmienią?

*Ale przecież się nie zmienią. On jest dla ciebie, ty związkofobiczna kretynko.*

Thatch nie naciskał na wyjaśnienia. Przez dłuższą chwilę patrzył mi w oczy. Poszukiwał niewypowiedzianych słów, a kiedy odnalazł to, czego szukał, zmienił pozycję – nakrył mnie swoim ciałem, kładąc ręce po obu stronach mojej głowy.

– Nie martw się, kociaku – powiedział, a jego usta znajdowały się milimetry od moich. – Chodzi nam o to samo.

– Ale skąd możesz to wiedzieć? – zapytałam. – Co, jeśli to nie jest nasza bajka?

– Po prostu to wiem. – Uniosły się kąciki jego ust. – Chodzi nam dokładnie o to samo, zdanie w zdanie, kropka w kropkę.

– Ale skąd o tym wiesz?

– Bo to właśnie nasza historia, Cassie. Twoja i moja, i niech mnie szlag, jeśli pozwolę, by źle się skończyła.

Wiem, o czym myślicie.

Unikanie poważnych relacji?

Ale już w niej tkwiliśmy.

Czy powinnam jednak spodziewać się czegoś mniej dezorientującego? Przecież mówimy tu o mnie i o Thatchu. Równie dobrze mogliśmy występować w programie pod tytułem: *Zaneguj Normalność*.

Ale przynajmniej byłby to ten sam, wspólny program.

Zaśmiał się lekko, jego brązowe spojrzenie złagodniało. Leżeliśmy nos w nos, więc widziałam jedynie jego twarz oświetlaną promieniami porannego słońca. Wpatrywał się we mnie błyszczącymi oczami, aż opuścił wzrok do moich warg i przez chwilę go tam zatrzymał. Jego usta znajdowały się blisko. Tak blisko, że nasze oddechy się mieszały. I, Boże, uwielbiałam te pełne, miękkie wargi. Uwielbiałam ich smak i dotyk.

W moim podbrzuszu rozpaliła się iskra, wkrótce żar zalał całe moje ciało. Desperacko go pragnęłam – wszystkiego, co mógł mi dać. Powiodłam palcami po linii jego żuchwy.

– Ta sama pieprzona historia – powtórzył, ale nie czekał na moją odpowiedź.

Przywarł do moich ust, całował mnie, jakby był spragniony mojego smaku, mojego oddechu, mojego serca. Pracował językiem do chwili, aż nie wiedziałam, gdzie kończył się jego, a zaczynał mój. Materiał moich spodenek do spania ustąpił z łatwością, gdy Thatch zsunął go z moich bioder, aż nagie dłonie spoczęły na moich pośladkach.

– Jesteś tak cholernie dobra – szepnął w niewielką przestrzeń pomiędzy moimi wargami. Wchłonęłam jego słowa, które mnie obezwładniły. Odchyliłam głowę, a jego usta znalazły się na mojej szyi.

Językiem prześledził pulsującą żyłę, a moja pierś zaczęła unosić się nieco szybciej. Cholera. Byłoby z tego niezłe porno o wampirach.

Przenosząc ciężar ciała, zdjął mi całkowicie spodenki. Zwilżył językiem swoją górną wargę, nim z jękiem przygryzł dolną.

– Nie masz majtek, kociaku? – Wsunął we mnie palec, ale nie pozostawił go zbyt długo. Wyciągnął go i oblizał. – Masz najsłodszą cipkę. Wszystko w tobie musi zmieniać się w cukier.

Przewróciłam oczami. Thatch wstał i zdjął bokserki, zrzucając je na podłogę.

Moim oczom ukazało się sporo twardych, fioletowych centymetrów.

– Cycki na wierzch – rozkazał, puszczając do mnie oko.
– Muszą spełnić polecenie.

Uśmiechając się, zdjęłam koszulkę i rozszerzyłam nogi.

Obie wielkie dłonie znalazły się na moich łydkach, głaszcząc je delikatnie w niemal nierealnie przyjemnej pieszczocie.

Jego słodkie oczy powiedziały tak wiele, gdy patrzyły na mnie. Nie wpatrywały się w moje piersi czy w odsłoniętą kobiecość. Ich spojrzenie pozostawało wbite w moją twarz. Pokryła mnie gęsia skórka.

– Jesteś najpiękniejszą kobietą, jaką kiedykolwiek widziałem.

– Thatch – szepnęłam. Nie miałam nic więcej do powiedzenia, co było rzadkością.

Nakrył mnie swoim ciałem, opierając łokcie na łóżku, i przyciskając ciało do mojego ciała, wszedł we mnie głęboko.

Jęknęłam, gdy zrobił to stanowczo. Poruszał wolno biodrami, celowo ustawiając się tak, by pobudzić również moją łechtaczkę.

– Cholera – mruknął i zatrzymał się. – Zapomniałem o gumce.

Chciał wyjść, ale objęłam go nogami, a pięty wbiłam w jego pośladki, zmuszając, by znalazł się głębiej.

– Nie przerywaj. Proszę, nie przerywaj – błagałam. – Jestem zdrowa. Biorę tabletki. Nie przerywaj. Muszę cię czuć.

– Boże – jęknął. – Wierz mi, nie chcę przerywać, ale jesteś pewna? – Objął czule moją twarz. – Wiesz, że nigdy bym nie ryzykował, by zrobić ci krzywdę, prawda? Też jestem zdrowy. Często się badam.

Ale jak często? Z iloma kobietami spał od ostatnich badań? Nie chciałam o tym myśleć, ale po jego wyznaniu uświadomiłam sobie, że apetyt Thatcha na seks był silny. Jednak odrzuciłam te myśli, bo wiedziałam, że na nic by mnie nie naraził. Nie w taki sposób, nie dla chwilowej rozrywki.

– Ufam ci. – Uniosłam biodra. – Ufam – powtórzyłam, ale nie wiedziałam, czy dla niego, czy dla siebie. Wiedziałam jedynie, że go potrzebuję. Musiałam poznać różnicę między tym a każdym innym aktem seksualnym, jaki przeżyłam. To było coś osobistego, celowego i z pewnością nie pozostanie po tym żal.

Jego oczy zalśniły na moje słowa, a gardłowy jęk, który wydobył się z jego piersi, wypełnił pokój. Thatch ponownie mnie pocałował i wszedł we mnie aż po nasadę. Wszędzie, gdzie był w stanie dotrzeć – a przy swojej wielkości potrafił naprawdę sporo – dotykał mnie, wodząc palcami po mojej skórze, rozpalając każdy z moich nerwów.

Ponownie odnalazł językiem mój, poruszając się we mnie szybciej, by zaraz zwolnić. Nie byłam pewna, czy któreś z nas mogło to przerwać, bo oboje byliśmy siebie spragnieni i nie chciałam się nad tym nawet zastanawiać.

Ponownie przyspieszył, a w cichym pokoju dało się słyszeć dźwięk zderzających się ciał. Thatch przesunął dłonie po moich bokach i położył je na piersiach. Zadrżałam w odpowiedzi, mój oddech przeszedł w posapywanie zmieszane ze słowami padającymi z moich ust.

– Jeszcze, jeszcze, jeszcze – powtarzałam, nie przejmując się hałasem ani tym, czy usłyszy mnie rodzina.

– Tak dobrze, Boże, Cassie, co ty mi robisz? – Znów zwolnił, całkowicie zmieniając kąt, podczas gdy z jego gardła dobył się niski, ochrypły warkot.

Przy każdym jego ruchu czułam się, jakby przeszywał mnie prąd.

– O kurde – dyszałam w jego usta, gdy zadrżałam od zbliżającego się orgazmu. Intensywność odczucia była tak duża, że zaczęłam się martwić, czy naprawdę nie rozpadnę się na kawałeczki, jeśli pozwolę sobie na całkowity odlot.

– Nie powstrzymuj się, kociaku – zażądał, ponownie przyspieszając, poruszając się zachłannie.

– Thatch, ja... – W pokoju nie było powietrza, nie mogłam oddychać. – Pragnę... Kurwa... Potrzebuję... – *Cię. Bardzo cię potrzebuję.*

Położył dłoń na moim policzku i popatrzył mi głęboko w oczy.

– Wiem – wydyszał, jakby potrafił czytać mi w myślach. – Wiem, skarbie. Ta sama historia. Zawsze.

Złapałam go za włosy, by się przytrzymać, ale orgazm dosłownie mnie pochłonął. Thatch przyglądał mi się z uwagą, jego oczy płonęły. Wygięłam się, uniosłam ku niemu biodra, drżąc mocno przy każdej obmywającej mnie fali.

Żar rozpalił moje wnętrze i rozszedł się jak prąd do każdego nerwu, komórki i molekuły mojego ciała.

Z każdym ruchem Thatch wchodził we mnie szybciej, mocniej, głębiej, aż zatracił się w moim wnętrzu.

– Cassie. Moja Cassie – szeptał gardłowo i niekontrolowanie. Czułam jego głos aż po koniuszki palców u stóp.

\*\*\*

Siedziałam przy kuchennym stole, przyglądając się jędrnemu tyłkowi Thatcha stojącego przy zlewie mojej matki, gdy pomagał jej myć naczynia po śniadaniu. Zmywał. Mama wycierała. Rozmawiali przy tym swobodnie.

– Kogoś mocno wzięło – szepnął tata, nim dopił kawę i wstał.

Przewróciłam oczami, ale nie dałam mu satysfakcji i nie odpowiedziałam.

Podszedł do mnie, zmusił, bym wstała, następnie mocno mnie przytulił. Woń taty, domu, miłości i dzieciństwa napełniła mnie nostalgią. Odwzajemniłam uścisk, wtulając twarz w pierś ojca.

– Tęskniłam za wami – szepnęłam.

– Ja też za tobą tęskniłem, dziecko. Odwiedzaj nas częściej, dobrze?

Przytaknęłam wciąż wtulona w jego ramię.

Odchylił się i spojrzał na mnie z uśmiechem.

– Trudno uwierzyć, że moja mała Cassie jest dorosła, mieszka w Nowym Jorku i rozwija swoją karierę. Jestem z ciebie dumny, kochanie.

– Dziękuję, tatusiu. – Odwzajemniłam jego uśmiech.

– Wiesz, wyglądasz jakoś inaczej.

– Tak?

Przytaknął.

– Wyglądasz na szczęśliwą.

Zdezorientowana zmarszczyłam brwi.

– Zawsze byłam szczęśliwa, tato. Nie mam się czym martwić.

Pokręcił głową.

– Nie o to chodzi, kochanie. To inny rodzaj szczęścia – powiedział i spojrzał na Thatcha wciąż stojącego przy zlewie. – Jestem pewien, że nie muszę mówić o powodzie tych promiennych oczu i szerokiego uśmiechu.

Chciałam mu odpowiedzieć, ale porwał mnie w kolejny mocny uścisk.

– Posłuchanie głosu serca było najtrudniejsze – szepnął mi do ucha – ale to najlepsza decyzja w moim życiu. – Ścisnął mnie po raz ostatni i poszedł do swojego gabinetu.

Stałam nieruchomo, aż w korytarzu pojawił się Sean i niemal na mnie wpadł.

– Joł, Thatch! Idziesz, cholera, czy co? – prawie krzyknął, siadając na krześle, po czym wsunął tenisówki.

– Jezu – mruknęłam i klepnęłam go w głowę. – Przestraszyłeś mnie.

Zignorował to, dalej wiążąc buty.

– Idziesz już? – zapytał Thatch, odwracając się do nas. Przeskakiwał wzrokiem pomiędzy Seanem i mną. Mama wytarła ręce w ściereczkę.

– Tak – odparł mój brat i wstał. – Gotowy?

– Chwila. Gdzie się wybieracie? – Skrzyżowałam ręce na piersi.

– Twój chłopak idzie ze mną na siłownię.

– W porządku? – Thatch podszedł i złapał mnie za biodra. – O której mamy lot?

– Jeśli wrócicie przed trzecią, będziemy mieli sporo czasu, by dotrzeć na lotnisko.

– A może wrócimy przed pierwszą, to przed wyjazdem przygotuję nam lunch? – zaproponował.

Ucieszyłam się.

– Coś włoskiego?

Wyszczerzył zęby w uśmiechu.

– Co tylko zechcesz, kociaku.

– Dobra. Niech będzie. Tylko nie zajedź mi brata. Wciąż dochodzi do siebie po kontuzji.

Sean prychnął.

– Jestem zupełnie zdrów, Cass. Przestań być taką kwoką.

Spiorunowałam go wzrokiem.

– Jestem twoją starszą siostrą. Moją życiową rolą jest martwienie się o ciebie.

– Cholera, dosyć! – krzyknęła mama z kuchni, odkładając talerze. – Żadnych kłótni w niedzielę. Zasady!

Thatch zmrużył oczy. Poznał nas wcześniej, ale w tej chwili dowiedział się prawdy. Spojrzał najpierw na Seana, po czym na mnie, następnie na mamę, aż wrócił wzrokiem do mnie i znacząco uniósł brew.

– Wkręcałaś mnie z tym, że mam nie przeklinać, co?

Uśmiechnęłam się.

– O tak. I to bardzo. W porównaniu ze mną mama klnie jak szewc.

Uśmiechnął się i wskazał na mnie palcem.

– Odpłacę ci się za to, świrusko.

– Mam to w... – powiedziałam, kończąc to zdanie drapaniem się po nosie wyprostowanym środkowym palcem.

Roześmiał się i pokręcił głową, nim zwrócił się do Seana:

– Miałeś jakąś kontuzję? – zapytał.

Mój brat westchnął.

– Tak. Uraz więzadeł kolana podczas gry w futbol, ale to się stało rok temu, od tamtego czasu ostro trenowałem.

– Będzie zawodowcem – dodałam.

Thatch zaciekawiony uniósł brwi.

– Mam nadzieję, że mnie wezmą. Jeszcze nic nie jest ustalone – wyjaśnił.

– Będzie grał zawodowo – obwieściłam. – Jest dobry.

– Będzie pieprzonym zawodowcem! – zawołała mama.

Thatch wyszczerzył zęby.

Sean przewrócił oczami, ale milczał. Wiedział, że lepiej milczeć. Kiedy mama mówiła, że coś się stanie, tak właśnie miało być.

Brat grałby już w lidze, gdyby nie odniesiona na trzecim roku studiów kontuzja. Jednak przez ostatni rok mocno trenował, więc byłam pewna, że osiągnie wymarzony cel. Talentu nie można się nauczyć, on po prostu się z nim urodził. A wkrótce miał wypełnić przeznaczenie, zaczynając grać jako zawodowiec.

– Dobra, chodźmy się poruszać – powiedział brat, biorąc kluczyki, portfel i komórkę z kuchennego blatu. – To dzień nóg, czekają mnie dwie godziny podnoszenia ciężarów, a potem cardio.

Thatch cmoknął mnie w usta.

– Lepiej bądź cholernie grzeczna, gdy mnie nie będzie, świrusko – szepnął mi do ucha, nim poszedł na górę, by się przebrać.

Mama patrzyła na mnie – zauważyłam to dopiero, gdy przestałam się gapić na tyłek Thatcha – uniosła konewkę i gestem poleciła, bym poszła za nią na taras. Kiedy podlewała kwiaty w donicach, ja wpatrywałam się w czyste niebo i góry. Nigdy mi się nie znudzi krajobraz Oregonu. Był tak inny niż zatłoczone, głośne ulice Nowego Jorku.

– Naprawdę lubię Thatcha – powiedziała mama, gdy przeszła od róż do lilii. – Myślę, że jest dla ciebie odpowiedni.

– Ale czy ja jestem odpowiednia dla niego?

Obróciła się do mnie i spojrzała mi w oczy.

– Co masz na myśli?

– Nie wiem. – Usiadłam na krześle i westchnęłam. – Po prostu nigdy nie byłam zbyt stała. Zawsze już taka będę?

– Zawsze byłaś spontaniczna – odpowiedziała. – Ale nie powiedziałabym, że nie byłaś stała.

– Och, na litość boską, mamo – prychnęłam. – Nie pieprz głupot. Pamiętasz, gdy w piątej klasie chciałam grać na fortepianie?

Uśmiechnęła się, przytakując.

– Tak. Wytrwałaś na lekcjach zaledwie miesiąc.

– A potem gimnastyka? Ile na nią chodziłam?

– Trzy tygodnie – odparła.

– Później należałoby dodać do tej listy przynajmniej z dziesięć różnych hobby, a nawet nie zaczęłam historii z chłopakami. Wydaje mi się, że coś jest ze mną nie tak. Może brakuje mi jakiegoś genu?

– Kochanie, wszystko z tobą w porządku.

– Właśnie, że nie. Szybko się nudzę i zniechęcam.

– Tak, może rzeczywiście szybko odpuszczasz, jeśli coś ci nie pasuje, ale zbyt krytycznie się oceniasz, Cassie. Widziałam już, że gdy naprawdę czegoś chciałaś, gdy coś ci się podobało, nic nie mogło cię powstrzymać. Poświęcałaś się temu w stu dziesięciu procentach.

– Na przykład?

– Fotografii – odpowiedziała bez namysłu. – Pragnęłaś tego i popatrz, gdzie zaszłaś – przypomniała mi. – Masz bardzo udaną karierę, niektórzy zabiliby, by znaleźć się na twoim miejscu.

– Tak, ale sądzę, że z fotografią jest inaczej, mamo. To moja praca, nie życie miłosne.

– Nie uważam, by wiele się to różniło, kochanie. Wydaje mi się, że kiedy poznasz mężczyznę, z którym powinnaś spędzić resztę życia, poczujesz się jak w przypadku fotografii, będzie to bardziej intensywne, bardziej pochłaniające. Będziesz chciała spędzać z nim coraz więcej czasu. Nie będziesz w stanie powstrzymać się przed wyobrażaniem sobie przyszłości z nim.

– Tak właśnie miałaś z tatą?

Odstawiła konewkę i oparła się biodrem o poręcz tarasu.

– W jego przypadku po prostu wiedziałam. Po krańce mojej pieprzonej duszy wiedziałam, że nie chcę bez niego żyć – powiedziała rozmarzona. – Nie bądź dla siebie za surowa. Thatch będzie cholernym szczęściarzem, jeśli zostaniecie razem na dłużej. Jesteś piękna, dobra, zabawna i masz największe serce, jakie w życiu widziałam. Nigdy o tym nie zapominaj.

Chciałam być odpowiednią osobą dla Thatcha i chciałam, by on był odpowiednią dla mnie.

W tamtej chwili miałam naprawdę wielką nadzieję, że mama się nie myliła.

# ROZDZIAŁ 24

## THATCH

Syreny wyły głośno, wozy strażackie przeciskały się przez zatłoczone ulice w centrum.

W drodze do Wesa, gdzie mieliśmy porozmawiać o zawodnikach i pieniądzach przeznaczanych na ich kontrakty, rozglądałem się po Siódmej Alei, która zdawała się nie mieć końca.

Jak okiem sięgnąć, przestrzeń pomiędzy dwoma rzędami budynków wypełniały sygnalizatory drogowe, samochody i piesi. Byłem wysoki, więc widziałem lepiej niż większość osób. Idąca przede mną filigranowa kobieta sprawiła, że zacząłem się zastanawiać, jak inaczej mógł wyglądać świat z perspektywy Cassie, która nie należała do niskich, ale mimo to przewyższałem ją o dobre trzydzieści centymetrów, bo byłem wyższy niż przeciętny mieszkaniec Nowego Jorku.

Nie umiałem sobie tego wyobrazić. Wyrosłem już w liceum, cały dziecięcy tłuszczyk zniknął, gdy wystrzeliłem w górę. Nigdy nie przemierzałem tych ulic, będąc małym, a gdy mijałem wiele osób o „kwestionowanej poczytalności", moje postrzeganie zupełnie się zmieniło.

Czy Cass czuła, że nie jest tu bezpieczna, czy może, biorąc pod uwagę jej twardy, surowy charakter, miała fałszywe poczucie wolności? I, co ważniejsze, czy zawsze była odpowiedzialna za swoje bezpieczeństwo, czy może lekceważyła tę kwestię?

Kiedy zbliżyłem się do budynku, w którym Wes miał biuro, zaledwie przecznicę od restauracji BAD, niemal wychodziłem z siebie, nie znając odpowiedzi.

Ja: Zasada #55: jeśli gdzieś wychodzisz, bierzesz ze sobą gaz pieprzowy.

Cassie: To jakiś nowy fetysz? Mam ci pryskać nim w twarz, jednocześnie liżąc jaja? Słyszałam o dodawaniu pikanterii, ale większość par nie potrzebuje tego tak wcześnie.

Ja: Nie bądź taka urocza.

Cassie: Cholera, Thatcher, to jakbyś powiedział, bym nie oddychała czy nie jadła nachos. Po prostu nie mogę tego nie robić.

Pokręciłem z uśmiechem głową. Musiałem pamiętać, by po drodze do domu kupić nachos.

Ja: Po prostu… myślałem, jak bezbronna jest kobieta w wielkim mieście.

Cassie: Między cyckami noszę nóż sprężynowy.

Ja: Wiem, że to nieprawda. Nigdy go nie wyciągnęłaś.

Cassie: Bo tak właściwie moje cycki są całkiem przyjazne.

Ja: Założę się, że są. Zaproszą mnie później na drinka?;-)

Cassie: Ohyda. Nigdy więcej nie używaj tej emotki. SMS-y są jedynym miejscem, które powinno być wolne od puszczania oczka.

Ja: Czy to oficjalna zasada?
Cassie: TAK. Uznaj, że to treść zasady #56.
Ja: Akceptujesz więc tę #55?
Cassie: Jasne. Zawsze chciałam sprawić sobie gaz pieprzowy.
Ja: Jezu, ale nie psikaj nim na przypadkowych ludzi.
Cassie: Nie będą całkowicie przypadkowi. Zrobię to tym, którzy mnie wkurzą.
Ja: Kurwa, przez ten gaz napytasz sobie jeszcze więcej biedy, prawda?
Cassie: Czas pokaże, Thatcher.

Dopiero kiedy na kogoś wpadłem, przypomniałem sobie, że nie byłem z nią sam na sam. Cały gwar miejski wrócił do mnie natychmiast, w końcu przebijając barierę jej wesołości i otaczając mnie. Po powrocie z Vegas i od jej rodziców ciągle mi się to przytrafiało.

Potrząsnąłem głową, włożyłem telefon do przedniej kieszeni eleganckich spodni, nim otworzyłem drzwi do budynku i przytrzymałem je dla wychodzącej kobiety. Miała gładki kucyk i czarną obcisłą sukienkę, uśmiechnęła się do mnie, patrząc spod rzęs i, przechodząc, obróciła się, by nie zrywać kontaktu wzrokowego.

Przy wielu okazjach takie zachowanie prowadziło do kolacji i horyzontalnego tańca, ale dzisiaj mogłem obdarować ją jedynie ciepłym uśmiechem. Uniosła brew, jakby pytała, czy jestem pewien, ale nie zwolniłem. Płynnym ruchem wróciła więc na swoją ścieżkę i odeszła ode mnie, kołysząc biodrami.

Nie zatrzymałem się nawet, by się za nią obejrzeć.
– Dzień dobry, panie Kelly – powitał mnie jeden z ochroniarzy. Nieczęsto bywałem w centrali Mavericksów, ale kilkakrotnie zawitałem tu już wcześniej i rozmawiałem z Samem na temat baseballu.
– Cześć, Sam. Widziałeś przedwczorajszy mecz?
– Nie, miałem nocną zmianę w innej firmie. Chociaż słyszałem, że w końcówce dziewiątej rundy i przy obstawionych bazach Rodriquez dał jednak radę. Uratował naszym dupy.
Skinąłem mu tylko głową i przeszedłem obok wind, wprost do drzwi na klatkę schodową.
Biura znajdowały się na trzecim piętrze, więc nie przeszkadzało mi wspinanie się schodami w garniturze. Przy takiej ilości czasu spędzanej na jedzeniu oraz w mieszkaniu z Cassie trochę ruchu z pewnością nie powinno mi zaszkodzić.
Recepcjonistka uniosła głowę, gdy otworzyłem drzwi biura, jednak zaskoczenie na jej twarzy zmieniło się w pogodny uśmiech, gdy zobaczyła, że to ja.
Spojrzała na mnie, jakby wiedziała, jakiego rozmiaru jest mój fiut, jednak zawsze pilnowałem, by nie mieszać takich rzeczy. Nie spałem z nikim z kręgu pracowników moich przyjaciół. Flirtowałem, przez co Susie zapewne miała tak szeroki uśmiech na twarzy, ale nigdy nie posunąłem się za daleko.
– Witaj, Susie – przywitałem się z uśmiechem, podchodząc do biurka.
Jej porcelanowe policzki nieco się zaczerwieniły.

– Dzień dobry, panie Kelly.
– Mam się spotkać z Wesem.

Przytaknęła, jakby o tym wiedziała, ale uniesionym palcem wskazującym zasygnalizowała, że mam poczekać. Wcisnęła kilka guzików na telefonie, prawdopodobnie, by połączyć się z sekretarką Wesa i sprawdzić, czy mogę wejść.

Rozmawialiśmy o niczym, rozglądałem się po pomieszczeniu zamiast skupiać wzrok na niej. Stare zdjęcia zawodników i tak stanowiły większą atrakcję niż Susie. Nie zrozumcie mnie źle, kobieta była ładna, miała przyjazną twarz i złotobrązowe włosy, ale nie zamierzałem do niej startować.

Najwyraźniej podobały mi się w tej chwili jedynie huraganowe kobiety, takie, które torpedowały niespodziankami i grzmiały opiniami – takie, które wyglądały złowieszczo, a ich ciosy były równie silne, jak ich zapowiedzi. Takie, które w zasadzie stanowiły odrębny rodzaj kobiet; takie, które nie były po prostu wyjątkowe, ale były pieprzoną Cassie.

Ta jedna skupiała w sobie te wszystkie cechy i nie potrafiłem wyrzucić jej z głowy.

– Panie Kelly – zwróciła się do mnie Susie, więc się odwróciłem. Zauważyłem, że pospiesznie uniosła głowę, dlatego podejrzewałem, że gapiła się na mój tyłek. – Pan Lancaster rozmawia jeszcze przez telefon, ale może pan wejść.

– Dzięki – powiedziałem i puściłem do niej oko. Ponownie się zarumieniła, a kiedy zauważyłem, że się wyprostowała, by jej piersi nieco się uniosły, zdałem sobie sprawę, że prawdopodobnie nie powinienem był tego robić.

Stanowiło to jednak moją drugą naturę. Jak tik nerwowy. Nie wiedziałem, czy potrafiłem to kontrolować.

Próbując przybrać neutralny wyraz twarzy, minąłem kobietę i przeszedłem korytarzem, wpatrując się w tabliczki na drzwiach. Wes nie miał tu wielu pracowników, bo stadion znajdował się w New Jersey, jednak trzymał przy sobie osoby, z którymi regularnie współpracował. Różnorodne interesy, które prowadził, oznaczały, że musiał być na Manhattanie.

Ponieważ wciąż rozmawiał przez telefon, miałem czas na odwiedzenie ulubionej koleżanki.

Zapukałem do jej zamkniętych drzwi, nim pociągnąłem za klamkę i wsadziłem głowę w szczelinę. Uśmiechnęła się na mój widok – co było całkowicie inną reakcją, niż kiedy zobaczyła mnie po raz pierwszy w barze Raines Law Room.

– Cześć, Georgia – szepnąłem, gdy zobaczyłem, że trzyma przed sobą komórkę, jakby rozmawiała z kimś przy użyciu kamery.

– Cześć, Thatch – powiedziała przesadnie, na co zmarszczyłem brwi.

– Thatcher? – Usłyszałem z telefonu i natychmiast zrozumiałem. – Co ten sukinsyn tam robi?

Obszedłem biurko Georgii, aż moja głowa znalazła się tuż przy niej.

– Cześć, kociaku. Ciebie też miło widzieć.

Georgia przewróciła oczami, ale jednocześnie się uśmiechnęła.

– Nie wiedziałam, że planujesz tę wizytę – rzuciła Cassie.

– Tak, skarbie, mam spotkanie z Wesem – odparłem i zauważyłem kątem oka, że Georgia patrzyła zdziwiona moim nagłym przypływem uczuć.

– Dobra, już dobra.

– Hej, miałem zapytać, czy będziesz dziś wcześniej w domu?

Georgia przeskakiwała wzrokiem pomiędzy nami, ale próbowałem tego nie zauważać. Zamiast tego patrzyłem na Cassie, która powiedziała coś do kogoś ponad lewym ramieniem, po czym wróciła wzrokiem do mnie, a jej brązowe włosy znalazły się na jej sporym dekolcie.

– Tak, sesja powinna się skończyć za kilka godzin. A ty?

– Po tym spotkaniu muszę wrócić do biura i popracować nad kilkoma raportami kwartalnymi, które mam prawie skończone, potem wskoczę do Frankiego, a następnie wrócę do domu.

– Dobrze, to do zobaczenia. Odebrać ci po drodze rzeczy z pralni?

– Byłoby super, skarbie. Zajmę się kolacją.

– Idealnie. – Ktoś znów ją zawołał, więc ponownie się odwróciła. – Muszę lecieć – powiedziała i wyglądała przy tym na rozczarowaną. – Pogadamy później, Ciporgia. Daj znać, jeśli będziesz mnie potrzebowała do pomocy przy urządzaniu imprezy dla Wielkofiutego.

– Potrzebuję, byś zajęła się gotowaniem – droczyła się Georgia, na co Cass pokazała jej wyprostowany środkowy palec.

– Daj znać, gdybyś potrzebowała mnie do czegoś, na czym się znam.
– Na przykład do robienia lasek?
Cassie uśmiechnęła się i pokazała gest podrzynania gardła. Wykorzystałem szansę, by się wtrącić.
– W tym ja mógłbym skorzystać z twojej pomocy.
– A ile razy mam to skreślać z twojej listy rzeczy do zrobienia na dziś? Ilekroć wymażę coś z góry, na dole pojawia się po raz kolejny.
– No tak, to się zawsze będzie odświeżać.
Usłyszałem, że ktoś znów coś od niej chce, więc kiedy ponownie wróciła do mnie wzrokiem, powiedziała tylko:
– Dobra, teraz to już naprawdę muszę lecieć. Na razie.
Rozłączyła się, więc natychmiast za nią zatęskniłem.
– Odbierze ci pranie? – zapytała Georgia, ale machnąłem ręką, by ją zbyć.
– Oj tam.
– Nie, Thatch. To była jedna z prac domowych, a nigdy... cóż, w całej historii nie widziałam, by przyjaciółka zajmowała się czymś takim, a w dodatku nawet się nie wkurzyła.
– Jest zdeterminowana, by nie dać mi wygrać tej wojny – wyjaśniłem, nie chcąc za bardzo o tym rozmawiać. Byłem pewien, że Cassie nadawała na tych samych falach co ja, czuła to samo co ja, miałem więc nadzieję, że instynkt mnie nie zawiedzie.
– Prawda, ale nie o to chodzi.
Wziąłem głęboki wdech i zmieniłem temat.
– Jak tam impreza Kline'a? Wszystko gotowe?

– Subtelne unikanie odpowiedzi – zadrwiła. Pokręciłem głową i spojrzałem prosto w łagodne niebieskie oczy.

– Nie próbowałem być subtelny.

– Niech ci będzie – zgodziła się, przeciągając słowa.

Spojrzała na ekran komputera i otworzyła plik ze szczegółami organizowanego przyjęcia, długi na dwie strony.

– Jezu – skomentowałem. Miała to być uwaga do siebie, ale sądząc po piorunującym spojrzeniu, chyba mi nie wyszło.

– To główny zarys historii, jaką opowiedziałam Kline'owi. Wiesz, że jest bystry, a ja próbuję nie dać się złapać na kłamstwie.

– Zwłaszcza, że nie umiesz kłamać.

– Skąd wiesz, że nie umiem? – dąsała się.

– Kochana. – Przechyliłem głowę na bok. – Wszyscy o tym wiedzą.

– Cholera. Kiedyś będę w tym dobra.

Pokręciłem z uśmiechem głową i założyłem jej włosy za ucho.

– Nie, nie będziesz. Ale to dobrze. Z jakiegoś powodu jesteśmy, jacy jesteśmy. Ty idealnie pasujesz do mojego przyjaciela, ponieważ właśnie taka jesteś. Mam przeczucie, że wkurzyłby się, gdybyś się zmieniła.

Uśmiechnęła się z zadowoleniem. Tak, Kline naprawdę dobrze wybrał.

– Dlaczego ty jesteś, jaki jesteś?

– A jaki dokładnie jestem?

– Puk, puk – powiedział Wes, przyglądając się nam z zaciekawieniem. – Czekam na ciebie przynajmniej od pięciu minut, stary. Zgadywałem, że cię tu znajdę.

– Wpadłem się przywitać – skwitowałem, pochylając się, by cmoknąć Georgię w policzek.

– Kline wie, że całujesz jego żonę? – droczył się Wes.

– Właściwie to tak, Whitney. – Nie podobało mu się to, ale wiedział. Przecież nie całowałem jej z języczkiem, łapiąc przy tym za cycki.

Georgia pokręciła głową i machnęła ręką.

– Pa, chłopcy. – Spojrzała na mnie wymownie, przekonując, że nasza rozmowa się jeszcze nie skończyła.

Pomachaliśmy jej z Wesem, nim przeszliśmy do jego gabinetu.

– W czym przerwałem? – zapytał, gdy zamknął za mną drzwi.

– W niczym. – Zdjąłem marynarkę i usiadłem w fotelu naprzeciw jego biurka. – Rozmawialiśmy o przyjęciu urodzinowym Kline'a.

– Nie tak mi to wyglądało.

– Jezu. – Potarłem czoło. – A ty co, policja konwersacyjna? Nic się nie działo.

– Nie miało to więc nic wspólnego z twoją współlokatorką? – naciskał z uśmiechem.

Zmrużyłem oczy i wyznałem prawdę. Cóż, przynajmniej częściowo.

– Nie. Nie miało. – Obrócił sobie fotel i usiadł, a ja zapytałem: – I skąd wiesz, że z nią mieszkam? Jestem pewien, że nie było cię w mieście, gdy do tego doszło.

– Nie było mnie, ale Kline był.

Obróciłem się i założyłem nogę na nogę, by prawa kostka spoczywała wygodnie na lewym kolanie, jednocześnie próbując ukryć wkurzenie. Rozmowa z innymi o Cass sprawiała, że sprawy stawały się poważne, przez co czułem się, jakbym mógł to wszystko stracić. Mój umysł przekierował cel, porzucając myśl o wygraniu wojny na żarty. Pragnąłem podbić jej serce.

– Kline z Perfekcyjnego Paula stał się Plotkarzem Gabem.

Wes się uśmiechnął.

– Cieszy się, że nie jest już w centrum zainteresowania. Nigdy tego nie lubił. Ale ty powinieneś czuć się teraz w swoim żywiole.

Uniosłem obie ręce i rozłożyłem je w geście bezradności.

– Nic nie poradzę, że jestem nieskończenie interesujący.

Zatrząsł się ze śmiechu, sięgając po dokumenty leżące na skraju biurka.

– Mam tu kilku chłopaków, których chciałbym mieć u siebie. Potrzebuję, byś znalazł kwoty, które sprawią, że będzie to wykonalne. Niektórym kończą się kontrakty z Seahawksami, ale jeden dzieciak dopiero kończy studia.

– Nikt go jeszcze nie zrekrutował?

– W poprzednim sezonie poważnie uszkodził więzadła w kolanie, przez trzy pierwsze lata szkolnej kariery zastępował Pulcheka, więc nikt jeszcze o nim nie pomyślał. Zapomniano o nim, gdy skończył liceum.

– Dlaczego ty więc o nim myślisz?

Uniósł sugestywnie brwi, więc pokazałem mu środkowy palec.

– Bo jest cholernie dobry.

Parsknąłem śmiechem ze zdziwienia.

– Cholera, powiedziałbym, że to całkiem dobry powód.

– Wyciągnąłem rękę. – Poczekaj, niech zerknę w jego dokumenty.

Wes wyciągnął teczkę ze spodu i mi ją podał, następnie oparł się w fotelu i przeczesał palcami włosy.

– Wiesz, że nie musisz pomagać mi w wyborze, prawda? Chciałem jedynie wiedzieć, że płacę odpowiednie stawki.

– Wiem, na czym polega moja praca, a robię to z dobroci serca.

– Naprawdę nie…

– Nie musisz mi dziękować? – przerwałem i wskazałem na niego palcem. Zmrużył oczy. – Masz rację. Przyjaciele nie dziękują za takie rzeczy.

Pokręcił tylko głową, więc otworzyłem teczkę, nie starając się ukryć uśmiechu. Łatwo wkręcało się Wesa, a ponieważ niczego innego w tej chwili nie kontrolowałem w swoim życiu, dobrze było podroczyć się choć z nim. Dla nas to coś całkiem normalnego.

Wzdrygnąłem się na widok zdjęcia zawodnika.

– Cholera! Sean Phillips? – Coś zaświtało mi w głowie, gdy Wes powiedział o urazie kolana, ale była to tak pospolita kontuzja, że nie spodziewałem się, iż może dotyczyć tej samej osoby. Już wcześniej pomyślałem, że będę musiał podrzucić kilka zalet Seana, by Wes dowiedział się o dzieciaku i zechciał go wybrać, ale to, co trzymałem w rękach, miało właśnie zaoszczędzić mi kłopotu.

Wes skrzywił się ze zdziwienia.

– Tak. Znasz go?

– Ha! – wykrzyknąłem, szczerząc zęby jak naćpany głupek. – Tak, znam.

*Będzie pieprzonym zawodowcem!*

Rzuciłem teczką niemal zbyt mocno.

– To brat Cassie.

– Nie gadaj – powiedział Wes z uśmiechem. – Młody jest czarny.

Pokręciłem głową.

– Kiedy wcześniej zobaczyłem jego zdjęcie, powiedziałem to samo. Myślałem, że mnie wkręcała, ale nie. Niedawno byliśmy u jej rodziców i Sean naprawdę jest jej bratem.

– Tego się nie spodziewałem.

Cholera, ja też nie. Chociaż nie potrafiłem się nie uśmiechać.

# ROZDZIAŁ 25

## CASSIE

– Słuchaj, Phil, musisz być spoko – powiedziałam, ścieląc psie posłanie, które kupiłam po drodze do domu. Zgodnie z poradnikiem wychowywania miniświnek, położyłam posłanie w kącie głównej sypialni i wyścieliłam mnóstwem kocyków. Ponieważ minęły prawie dwie dekady, odkąd miałam Tatusia, moją poprzednią świnię, nie pamiętałam już dokładnie, jak obchodzić się z tym gatunkiem.

– Po powrocie Thatcha zapewne rozpęta się piekło, ale jeśli my będziemy spoko, reszta też powinna się ułożyć.

Maluch chrumknął w odpowiedzi i zaczął szturchać moją nogę swoim małym różowym ryjkiem, machając przy tym małym różowym ogonkiem.

Poprawiłam mu muchę i wskazałam na jego nowe łóżko.

– Tam będziesz spał.

Zachrumkał i przestał wymachiwać ogonkiem, wpatrując się w stos koców na swoim legowisku.

Westchnęłam.

– Nie wypróbowałeś go nawet.

Znów chrumknął.

– No dalej – poleciłam, klękając i biorąc go na ręce. – Kiedy posadzisz tyłek na bawełnianej niebiańskiej chmurce, zakochasz się w niej bez pamięci. – Postawiłam go ostrożnie. Siedział nieruchomo i patrzył na mnie.

– Philmorze, musisz się bardziej postarać.

Prychnął, ale pogrzebał nosem w kocach. Przyglądałam mu się przez dłuższą chwilę, gdy wydawał się cieszyć swoim nowym domem.

Usiadłam obok jego posłania i pogłaskałam go po plecach.

– Myślę, że będziesz tu szczęśliwy, maluchu. Nowy Jork jest całkiem fajny. Czynsz jest kosmiczny, ale nie powinieneś się tym przejmować, skoro będziesz mieszkał u nas na waleta. Cóż, właściwie to u Thatcha. Ściśle rzecz biorąc, ja tu też waletuję, co stawia nas w podobnej sytuacji. Łączy nas dzięki temu nierozerwalna więź, co? Myślałam nawet, że kupiłam cię dla niego. Tak pomiędzy nami, podstawą decyzji było zażartowanie z żartownisia, ale nie potrafię zaprzeczyć, że jesteś uroczym małym draniem.

*Tak, ale twoim celem nie są już żarty i wkręcanie Thatcha...*

Dobra, może więc trochę się pozmieniało. Może moim celem stał się po prostu on sam. Zapewne było to bardziej skomplikowane, ale nie zmieniało faktu, że naprawdę uwielbiałam robić mu psikusy. Uwielbiałam go dręczyć.

Phil położył się na posłaniu, głowę oparł na moim udzie i popatrzył na mnie.

Objęłam jego świńską mordkę i kontynuowałam opowiadanie o mieście.

– Jedzenie jest fenomenalne, ale nie wchodź do baru sushi na Deane Reade. Raz popełniłam ten błąd i przez tydzień nie wychodziłam z łazienki.

Patrząc na to z perspektywy czasu, mogłam uniknąć niektórych nieprzyjemności, ale z natury jestem osobą, która musi się sparzyć, by stwierdzić, że coś jest gorące, nawet jeśli wcześniej jej o tym powiedziano.

– Zapewne powinnam cię ostrzec, że w Nowym Jorku hodowla świń nie jest dozwolona, ale nie martw się, znalazłam sposób, by to obejść – powiedziałam, głaszcząc go po szczecinie na plecach. – Będziesz też musiał przywyknąć do spacerów.

Chrząknął i szturchnął mnie ryjkiem w rękę.

– Przykro mi, ale takie są realia. Taksówki są za drogie, żeby nieustannie z nich korzystać. Zapewne powinieneś pomyśleć o bilecie miesięcznym na metro! Wiem, że spodoba ci się Central Park. Z pewnością stanie się twoim ulubionym miejscem! A ponieważ nie za bardzo lubię się ruszać, to Thatch będzie cię tam zabierał. Wielkolud i tak ciągle biega i ćwiczy.

W końcu oczka zaczęły mu się zamykać, świnka przewróciła się na bok i zasnęła.

Poszłam do kuchni posprzątać bałagan, jakiego narobiłam, przywożąc Phila. Wszędzie znajdowały się puste reklamówki, oderwane etykiety z nowych zabawek i obroży, miski ze stali nierdzewnej na wodę i karmę. Kiedy już wyrzuciłam niepotrzebne rzeczy, a resztę ustawiłam tak, jak chciałam, rozsiadłam się wygodnie na kanapie i włączyłam telewizor.

Thatch wrócił, gdy od czterdziestu pięciu minut oglądałam film na kanale Lifetime.

– Jezu, Deb, weź się w garść! – krzyknęłam do ekranu. – Boże, ślepa jesteś? Julianna to podła kreatura. Pozabija wszystkich!

– Kochanie, wróciłem i mam jedzenie na wynos! – zawołał Thatch z kuchni. – Może mogłabyś oderwać się od telewizora i spędzić ze mną trochę czasu? – zapytał, drocząc się.

– Przynieś to tutaj – pisnęłam. – Muszę zobaczyć, jak skończy się ten film, choć i tak wiem, co się wydarzy.

Wszedł do salonu i postawił torebki z jedzeniem na ławie.

– Widziałaś go już?

– Nie, ale w filmach na tym kanale są pewne dwie rzeczy. Po pierwsze – powiedziałam, prostując palec – to, że gra aktorska będzie tragiczna i po drugie – wyprostowałam drugi palec – że akcja będzie cholernie przewidywalna.

Zaśmiał się, siadając obok.

– To po co je oglądasz?

– Żartujesz? Ponieważ to uzależniające. Te produkcje są tak straszne, że aż dobre.

– To nielogiczne.

Wzruszyłam ramionami.

– Cóż, uznaj, że to kolejna kobieca tajemnica. Kto wie, dlaczego laski uwielbiają filmy? Jednak uwielbiają, jestem na to żywym dowodem.

– Co za niefart – zażartował.

– Wiesz, co jest niefartowne? – Wskazałam pilotem na ekran. – To, że Deb nie potrafi się domyślić, że jej siostra Julianna jest pieprzoną psychopatką.

– A która jest która? – zapytał, otwierając torebkę i wyciągając z niej biały pojemnik. Położył go na stoliku i rozluźnił krawat. Uklękłam na kanapie, odepchnęłam jego ręce i pomogłam mu w tym zadaniu. Jego oczy przypominały płynną czekoladę.

Skóra kanapy była chłodna. Obróciłam się, by usiąść.

– Deb to ta, która wygląda, jakby wstała z grobu. Najwyraźniej potrzeba jej poradnika dobrego makijażu. A Julianna to ta zdzira z blond włosami – odpowiedziałam, obserwując, jak otwierał pojemnik. Kiedy w pokoju rozszedł się zapach fasolki, sera, salsy i kurczaka, niemal wsadziłam w to wszystko twarz. – Kupiłeś nachos? – zapytałam podekscytowana.

Puścił do mnie oko.

– Jasne, kociaku.

– Podaruję ci to oczko, bo właśnie mnie rozweseliłeś. – Wzięłam jednego chipsa z pojemnika i ugryzłam chrupką rozkosz. – Mmm… – mruknęłam.

– Dobre?

– Javelina robi najlepsze w mieście – powiedziałam, kiwając głową. – Wiele zrobię za to żarcie.

– A może mnie pocałujesz i podziękujesz? – zasugerował, wskazując na swój policzek.

Ponownie uklękłam i cmoknęłam go we wskazane miejsce.

– Dzięki, skarbie. Skąd wiedziałeś, że miałam ochotę na nachosy?

Złapał mnie za biodra i z łatwością posadził sobie na kolanach. Nie puścił moich nóg, póki nie siedziałam na nim okrakiem.

– Wspominałaś o nich – odparł, zakładając mi włosy za ucho.

Przechyliłam głowę na bok, wpatrując się w złote plamki w jego tęczówkach.

– Nie kręcą mnie sentymentalne bzdury, ale chyba naprawdę powinnam powiedzieć, że to słodko z twojej strony. Zwłaszcza, kiedy karmisz mnie moimi ulubionymi nachosami.

– Zapamiętam, że nachosy są prawdziwą drogą do twojego serca. – Uśmiechnął się i pocałował mnie w kącik ust.

Wskazałam na drugi.

Pocałował i ten.

Wskazałam na nos.

Usta spełniły polecenie.

Kiedy wskazałam na wargi, wsunął palce w moje włosy, przyglądając mi się przez chwilę i wpatrując mi się głęboko w oczy. Nie potrafiłam zaprzeczyć mrowieniu w podbrzuszu i przyspieszeniu oddechu, gdy jego usta zbliżały się do moich. Przyglądałam mu się przez wpół opuszczone rzęsy, a gdy nasze wargi się spotkały, opuściłam powieki.

Pocałunek był wymagający już od samego początku, jego język wślizgnął się pomiędzy moje wargi i zaczął tańczyć z moim, przez co wymknął mi się cichy jęk. Palce pozostały w moich włosach, a ciągnąc lekko za pasma, zachęcały do pogłębienia pocałunku, na co przystałam z ochotą, ponieważ, kurde, ten facet potrafił całować. Pełne, miękkie usta miały taką właśnie moc. Potrafiły przekonać mnie praktycznie do wszystkiego.

– Cholera, Cassie – jęknął Thatch, przesuwając rękami po moich plecach i chwytając mnie za pośladki. Przysunął mnie bliżej siebie, więc jęknęłam głośno. Superfiut był twardy i gotowy.

Zapomniałam o filmie i pysznych nachosach.

Pragnęłam go. Do diabła, zaskoczyła mnie moja desperacja. Chwilę napędzała żądza zmieszana z czymś nieokreślonym, innym, czymś, czego mój umysł nie potrafił w pełni przetworzyć.

Gdzieś w tle – choć w tym samym pokoju – usłyszałam szuranie.

Zignorowałam je jednak, zbyt pochłonięta seksownym mężczyzną. Przesuwałam ręce po szerokich ramionach, umięśnionych bicepsach. Był idealnie wyrzeźbiony. Jego ciało można było badać godzinami, moje usta zapewne nigdy nie miały się nasycić.

Szuranie wzmogło się, dołączyło do tego ciche chrumkanie.

*Cholera.*

Thatch przestał mnie całować i się odsunął. Przechylił głowę na bok, wpatrując się w moją twarz.

– Czy ty właśnie chrząknęłaś?

Miałam dwa wyjścia. Albo zaryzykować i skusić się na gorący i ostry seks, albo…

– Tak – skłamałam.

Najwyraźniej była tylko jedna możliwość. Chciałam poczuć Thatcha między nogami, a miałam przeczucie, że jeśli ujawnię maleńką niespodziankę, mój partner nie będzie już tak napalony.

Zły? Z pewnością. Napalony? Pewnie nie.

Wyraz jego twarzy pozostawał sceptyczny. Thatch posmutniał i spróbował się rozejrzeć, ale złapałam go za policzki i zmusiłam, by się do mnie przysunął.

Usłyszałam kilka chrumknięć, więc – aby stłumić dźwięki wydawane przez Phila, który najwyraźniej się obudził i trafił do salonu – zaczęłam chrząkać i kaszleć prosto w twarz Thacha, który próbował odsunąć moje ręce, ale pozostawałam nieugięta.

– Cass – powiedział, marszcząc brwi. – Co się dzieje?

– To pora roku, gdy wszystko kwitnie i pyli, mam zatkany nos.

– Zatkany nos?

– Tak, no wiesz, przez alergię. Dopadła mnie.

– To pierwszy raz, gdy słyszę, byś narzekała na alergię.

– Normalnie mi nie przeszkadza, ale… – urwałam, szukając wymówki. – Ale gdy biegałam dziś w Central Parku, gdzie koszono trawę, najwyraźniej dopadły mnie pyłki.

Zdziwiony uniósł brew.

– Biegałaś dzisiaj?

– Tak, kocham biegać.

Zmrużył oczy z niedowierzaniem.

– Kochasz biegać?

*Kurwa, wkopałam się po uszy.*

– Cały czas.

– Biorąc pod uwagę, że gdy ostatnio próbowałem cię obudzić, by pobiegać, postraszyłaś, że odgryziesz mi fiuta, dlatego powiedziałbym, że coś kręcisz, kociaku.

Zanim zdołałam mu odpowiedzieć, ponownie rozległo się chrumkanie, co oznaczało, że musiałam chrząkać i kaszleć, i naprędce wymyślić jakiś plan, bo obecny właśnie zaczął się sypać. Chryste, przyniosłam Phila, by pomógł w bałaganie z Thatchem, a nie blokował mnie przed pójściem do łóżka z tym cholernym żartownisiem. Chciałam po prostu wycisnąć z niego kolejną reakcję na niespodziewaną sytuację, co miało mnie wprawić w świetny nastrój.

Spojrzałam na poluzowany krawat wiszący na jego szyi i wzięłam się za pospieszne rozwiązywanie węzła.

– Zabawmy się, kochanie – wymruczałam, trzymając go przed nim.

Wyraz jego twarzy pozostał sceptyczny, ale jego fiut niezaprzeczalnie był twardy i prężył się pomiędzy moimi nogami.

– Zabawimy się – powiedziałam, wiążąc mu opaskę na oczach – w „jaką część ciała Cassie dotykam".

– Będę się bawił, tylko jeśli moje usta wylądują na twoich wargach, cyckach lub cipce.

– Dobra – zgodziłam się i zeszłam z jego kolan, by złapać Phila, który trzymał głowę w torebce z jedzeniem na wynos.

– Cholera – mruknęłam, modląc się w duchu, by mała świnka nie dotarła do nachosów. Nie byłam ekspertem od zwierząt, ale znajomość meksykańskiej kuchni, jak i układu pokarmowego ssaków podpowiedziała mi, że to niedobra mieszanka.

– Czekaj, co kombinujesz? – zapytał za mną Thatch.

– Eee… chciałam się tylko dla ciebie odświeżyć – powiedziałam, uświadamiając sobie, że źle to zabrzmiało, chociaż byłam zdeterminowana się tym nie przejmować.

Musiałam ukryć małego wieprzka, by wrócić do seksu z Thatchem.

– Zostań na miejscu, skarbie. Nie ruszaj swojego dużego fiuta z kanapy. Zaraz wrócę.

Należy w tym miejscu zauważyć, że nie śmierdziało mi rybą z kroku i nie musiałam golić piersi. Byłam świeżutka jak pieprzona stokrotka w tych cholernych reklamach mydła Irish Spring.

Poważnie, moja cipka pachniała jak łąka pełna kwiatów.

Cóż, łąka z delikatną wonią cipki.

Ponieważ, powiedzmy sobie prawdę, cipki pachniały jak cipki.

I nie można było nic z tym zrobić, no chyba że chciało się nabawić drożdżycy.

Wzięłam Phila pod pachę i zaniosłam go na korytarz, mówiąc cicho:

– Dałam ci jedno pieprzone zadanie. Miałeś być spoko. Tylko tyle, a ty i tak to spieprzyłeś.

Phil chrząknął i pomachał ogonkiem, kiedy postawiłam go na łóżku.

– Przerywasz mi gorącą scenę, koleś – skarciłam, ale się nie obraził, najwyraźniej zajęty ryciem w kołdrze.

– Kto przerywa gorące sceny? – zapytał za mną Thatch.

Odwróciłam się i zobaczyłam jego pokaźną sylwetkę – wciąż seksownie odzianą w grafitowy garnitur – w drzwiach, z opuszczoną przepaską z krawata.

Wytrzeszczył oczy na widok chrumkającego i ryjącego po łóżku prosiaka.

– Co to, do chuja, jest?

*Cholera. I tyle z seksu.*

A ponieważ kot – cóż, właściwie świnia – został wyciągnięty z worka, zrobiłam jedyne, co mogłam zrobić w tej sytuacji...

– Niespodzianka! – wykrzyknęłam i pomachałam rękami. – Kupiłam ci świnkę!

– Kupiłaś... – Przeskakiwał wzrokiem pomiędzy mną a Philem. – ...mi co?

Wzięłam Phila z łóżka, przytuliłam do piersi i podeszłam do Thatcha, który zamarł w wejściu.

– Kupiłam ci tego maluszka – wyjaśniłam. – Chciałam zrobić ci przyjemność.

– Przyniosłem ci nachosy, a ty podkładasz mi świnię?

Próbowałam się nie śmiać. Boże, to było niemal tak dobre jak seks.

– O, kochanie, nie chodzi o wynik. Jestem pewna, że odpłacisz mi się czymś równie uroczym.

Patrzył na mnie bez wyrazu.

– Nigdy nie mówiłem, że chciałbym mieć świnię, Cassie. Na miłość boską, mieszkam w mieście. Co u diabła mam zrobić z tą świnią? Kurwa. Jestem przekonany, że ich hodowla nie jest legalna w Nowym Jorku.

– Nie martw się – powiedziałam, podając mu Phila. – Zajęłam się i tym – zapewniłam, biorąc z szafki nocnej dokument. – To certyfikowane zwierzę do pomocy.

– Do pomocy? A dla kogo?

Uniosłam dokument.

– Dla ciebie, głuptasie.

Zaczął czytać.

– Pan Philmore P. Bacon?

– Czyż to nie najtrafniejsze imię?
– A od czego jest „P."?
– Od „Pieprzony". Całe nazwisko jest pełne klasy, a drugie imię ma jak na twardziela przystało. Myślę, że to do niego pasuje.
– Jakim cudem to ma być zwierzę do pomocy?
– Ma pomagać na twoje stany lękowe i depresję.
– Nie mam stanów lękowych i depresji. – Thatch poprawił sobie Phila na rękach, trzymając go teraz jak piłkę do futbolu.
– Ja o tym wiem, ty o tym wiesz, ale magistrat nie.
– Cassie – zaczął, ale nie dałam mu dokończyć.
– Thatch – powiedziałam cicho, trzepocząc rzęsami, przygotowując się do wytoczenia największych dział. – Czuję, że to następny krok w naszym związku. No wiesz, przed małżeństwem i dziećmi. Chciałabym mieć pewność, że jesteśmy wystarczająco odpowiedzialni, zanim przejdziemy dalej. Pomyślałam, że najlepsze będzie do tego zwierzę. I, cóż… – szepnęłam, udając wzruszenie. – …tak bardzo przypomina mi Tatusia. A pamiętasz, jak bardzo go kochałam.
– Jezu – mruknął pod nosem.
– Chcesz rozwijać nasz związek? – zapytałam, udając, że się dławię.
Patrzył na mnie przez moment, po czym zerknął na Phila. Kiedy ponownie spojrzał mi w oczy, odpowiedział wreszcie:
– Tak, kociaku. Myślę, że to bardzo dobry pomysł.
Czekałam, aż wypełni mnie zwyczajowe rozczarowanie i irytacja z powodu nieudanego dowcipu, ale nic takiego się nie pojawiło.

Dzięki Bogu.
Nie chciałam sobie z niego żartować.

***

– Obudź się, skarbie – szepnął mi Thatch do ucha.
– Idź sobie – jęknęłam i poklepałam go po twarzy.
– No dalej, Cassie. Pobudka.

Obróciłam się na drugą stronę, naciągając kołdrę na głowę, ale jego śmiech odnalazł mnie nawet pod przykryciem.

– Jest za wcześnie.

Resztę wczorajszego wieczoru spędziliśmy, jedząc i oglądając denne filmy na kanale Lifetime, gdy Phil spał smacznie na kolanach Thatcha. A kiedy sama zasypiałam, miałam w planach przespać cały następny dzień. Ta pobudka nie była zamierzona.

– Wiesz w ogóle, która jest godzina?
– Wiem, że jest cholernie wcześnie.

Objął mnie w talii i z łatwością obrócił na plecy, udało mu się nawet w tym procesie ściągnąć mi kołdrę z głowy.

– Ale mam dla ciebie niespodziankę.
– Nie chcę widzieć twojego wzwodu, Thatcher. – Chociaż moja cipka nie zabawiła się wczoraj, więc może jednak chciałam. Gdyby tylko sen tak mocno mnie nie wciągał...

Roześmiał się.

– Nie chodzi o mój konar.

Uchyliłam powiekę, zerknęłam na niego sceptycznie jednym okiem, obracając ku niemu głowę.

– To o co chodzi?
– Belgijskie gofry. Śniadanie marzeń.

– Jak w Wafles and Dinges? – Ta knajpa serwowała moje ulubione gofry. Wyobraźcie sobie bitą śmietanę, gorący kajmak i karmel, i wszystko, czego zapragniecie na gofrze...

Przytaknął.

– Pomyślałem, że weźmiemy Phila na spacer do Central Parku, zanim zacznie się tam sobotni ścisk, a gofry zjemy w drodze powrotnej do domu.

– A może poszlibyście razem? No wiesz, nie mieliście szans, by dobrze się poznać... – urwałam i ponownie obróciłam się na bok. – To świetny pomysł. Weźmiesz Phila na spacer do parku i kupisz mi gofry po drodze do domu. – Cmoknęłam kilkakrotnie w powietrze i naciągnęłam kołdrę na głowę. – Buziaczki. Jesteś najwspanialszy, kochanie.

Zaśmiał się i poczułam, jak ugiął się materac, gdy Thatch wstał z łóżka.

Westchnęłam z ulgą, ale nim ponownie zasnęłam, zdarł ze mnie kołdrę i przerzucił mnie sobie przez ramię.

– Ty gnojku! – wrzasnęłam.

– Czas wstawać! – Klepnął mnie w tyłek. – To dla dobra naszego związku, kociaku. Musimy wspólnie zajmować się Philem. Nie sprowadziliśmy go na ten świat tylko po to, by natychmiast odczuł, że mieszka w patologicznym domu. Co oznacza, że idziesz dziś z nami do parku.

– Która jest godzina?

– Nieco po szóstej – odpowiedział, stawiając mnie na podłodze.

– Nieco po szóstej?! – wykrzyknęłam i szturchnęłam go w pierś. – Żartujesz? Jest za wcześnie! Cholernie za wcześnie!

Uśmiechnął się.

– Ja bym się zgodził, ale nie Phil. Jęczy, cóż, właściwie popiskuje od pół godziny. – Na tę wzmiankę do pomieszczenia wszedł Phil, tupiąc swoimi małymi raciczkami, i chrumknął, gdy usiadł u stóp Thatcha.
– Widzisz? – zapytał Thatch, a Phil spojrzał na mnie.
– Dobra – jęknęłam. – Ale nie mam zamiaru się czesać – obwieściłam, wiążąc włosy w kok.
– Załóż biustonosz i jakieś spodenki.
– Co? – zapytałam, myjąc zęby, ale zostałam zignorowana. Thatch wziął Phila na ręce, wyszedł z łazienki, postawił świnkę na łóżku i zaczął zapinać jej szelki.

Kwadrans później szliśmy w kierunku Central Parku, Thatch w jednej ręce trzymał moją dłoń, w drugiej smycz. Phil szedł chodnikiem z wysoko uniesioną głową, przy każdym kroku kołysząc swoją małą różową dupką.

Prosiak wiedział, jak podrywać dziewczyny. Czterokrotnie się zatrzymywaliśmy, gdy przypadkowe osoby klękały, by go pogłaskać. Dwie z nich były rozchichotanymi kobietami nalegającymi na możliwość zrobienia zdjęcia małemu casanowie.

Nie pomagało, że mężczyzna trzymający smycz był wielkoludem i zwracał uwagę równie mocno jak świnka. Dostawał uśmieszki, oczka i chichoty jak cukierki. Gdybym tylko nie była tak wkurzona poranną pobudką, mogłabym uznać to wszystko za zabawne.

*Kłamczucha. I tak podoba ci się przedstawienie wielkoluda i Philmore'a.*

Thatch zaprowadził nas do stołu piknikowego w Central Parku i uśmiechnął się do siwej kobiety trzymającej podkładkę do pisania.

– Thatch Kelly i Cassie Phillips. – Przerzuciła strony długopisem i z uśmiechem odhaczyła coś dwukrotnie. – Wygląda na to, że wypełniliście już formularze i opłaciliście wejście. – Podała Thatchowi dwa kartoniki z agrafkami. – Przypnijcie je i ustawcie się na linii startu. Wyścig zaczyna się za dziesięć minut.

Wytrzeszczyłam oczy.

– Wyścig? Jaki wyścig?

– Dziękuję, kochana – powiedział kobiecie i, biorąc mnie za rękę, pociągnął w stronę wejścia do parku. Poprowadził mnie do ławki, ignorując pytania o to, co tu się, u licha, działo, aż chwytając mnie ostrożnie za ramiona, posadził na miejscu.

Kiedy próbował przypiąć mi kartonik do koszulki, klepnęłam go w rękę.

– Thatcher – warknęłam. – Co tu się, kurna, dzieje?

– Pobiegniemy na pięć kilometrów – odparł, jakby to była najzwyklejsza rzecz na świecie.

– O nie – nie zgodziłam się. – Nie pobiegnę w żadnym pieprzonym wyścigu. Czy ty mnie w ogóle znasz? – zakwestionowałam jego poczytalność. Cassie Phillips nie biegała w żadnych wyścigach. Biegała jedynie, kiedy Macy's organizował pod koniec roku wielką wyprzedaż butów. A nawet wtedy moje tempo bardziej przypominało chód.

– Ale kochasz biegać – stwierdził. – Czyż nie to przyznałaś wczoraj wieczorem? – Popatrzył mi w oczy, przy czym nie spodobało mi się rozbawienie, jakie zagościło na jego twarzy. – Naprawdę się staram. Dla dobra naszego związku próbuję robić z tobą fajne rzeczy. Chciałem być miły i zrobić z tobą coś, co kochasz. – Jego uśmiech przepełniała słodycz, ale oczy mówiły „szach-mat". – Nie chcesz spędzić dziś ze mną czasu, kociaku?

O rety, ależ był podły.

Pieprzony król starań właśnie rzucił mi wyzwanie.

Uśmiechnęłam się słodziutko.

– Oczywiście, że chcę spędzić z tobą czas, kochanie. Jestem szczęśliwa, że to zaplanowałeś – skłamałam, wyrywając mu kartonik z palców i przypinając sobie do koszulki.

Ustawiliśmy się na linii startu, przy czym miałam ochotę kopnąć go w jaja. Powstrzymała mnie przed tym tylko stojąca między nami świnka.

Pistolet wypalił, wszyscy ruszyli, sportowe buty uderzały o chodnik, zmierzając do mety. Zaczęłam powoli, modląc się w duchu, by Thatch pobiegł szybko, dzięki czemu mogłabym gdzieś się zgubić, znaleźć ławkę i usiąść. Ale oczywiście nie pobiegł. Nie, bo byłoby to zbyt proste. Thatch truchtał tuż obok mnie, oddając mi prowadzenie.

Po minucie przeklinałam wszystko i wszystkich.

*Pieprzę biegi. Pieprzę słońce. Pieprzę ptaszki. Pieprzę babkę z wózkiem. To ja powinnam w nim siedzieć.*

Uniosłam głowę i zauważyłam, że Thatch się uśmiechał, przebierając powoli długimi nogami. Na jego twarzy nie było nawet cienia dyskomfortu. Zatrzymał się na krótką chwilę, by wziąć na ręce piszczącego Phila i przytrzymać go jak dziecko. Wykorzystałam ten moment, by podrapać się po twarzy środkowym palcem, patrząc przy tym na niego.

Zobaczył to i uśmiechnął się szerzej.
– Dobrze się czujesz, kociaku?
– Tak – wysapałam. – Nigdy nie czułam się lepiej.
Nie przyznałam, że ciało błagało, bym się zatrzymała. Jednak dziesięć minut później nie potrafiłam milczeć.
– Kurwa mać! – wykrzyknęłam, a zawodnicy znajdujący się przede mną rzucili zniesmaczone spojrzenia przez ramię. – Nie dam rady dalej biec, Thatch – wydyszałam i zbiegłam ze ścieżki. Zatrzymałam się przy ławce, pochyliłam się i położyłam ręce na kolanach. – Mam dość. Mam w pizdu dosyć. Dlaczego ludzie robią coś takiego? To cholernie głupie. Dlaczego ktokolwiek miałby biegać, kiedy nikt go nie goni lub gdy u Prady nie ma wyprzedaży? – mamrotałam, oddychając pospiesznie.
Thatch posadził Phila na ławce i, nim zdołałam go powstrzymać, złapał mnie za biodra, uniósł wysoko i posadził sobie na ramionach.
– Wow! Co do…? – pisnęłam. Poderwałam głowę przez nagłą zmianę pozycji.
– Jestem naprawdę z ciebie dumny, świrusko – powiedział i wziął Phila z ławki. – Jak na kogoś, kto nigdy wcześniej nie biegał, poszło ci nieźle, pokonałaś półtora kilometra. – Spojrzał na mnie i puścił oko. – Teraz więc posiedź sobie i się zrelaksuj. Tylko trzymaj mocno Phila, a ja zajmę się resztą.
Podał mi świnkę.
Phil pisnął w proteście, ale wsadziłam go sobie pod koszulkę i trzymałam mocno, by się uspokoił.
– Już dobrze – koiłam. – Trzymam cię, maluchu.

W końcu piski ustały, gdy wystawił głowę przy moim dekolcie. Wciągnął powietrze kilkakrotnie i chrumknął zadowolony, bo poczuł się dobrze przy mojej piersi.

– To najsłodszy obrazek, jaki kiedykolwiek widziałem – powiedział Thatch, wyciągając w górę telefon i robiąc zdjęcie całej naszej trójce. Kiedy popatrzył mi w oczy, w jego brązowych tęczówkach dostrzegłam uwielbienie. – Uśmiech, kociaku – powiedział i sam wyszczerzył zęby.

Uśmiechnęłam się.

Phil chrząknął.

Pstryk. I tak po prostu nasza szczęśliwa chwila została utrwalona.

*Na zawsze niezmienna. Jak rozwijające się uczucie do tego pięknego, czarującego, idealnego dla ciebie faceta... Choć pięć minut temu był to idealny dla ciebie dupek.*

– Dobra – powiedział Thatch, wracając na ścieżkę, trzymając mnie mocno za uda. – Biegniemy.

Co kilka kroków zerkał z uśmiechem na mnie i Phila, bez wysiłku dokończył trzy i pół kilometra wyścigu – ze mną na plecach i małą świnką w mojej koszulce. Zrobił to z całkowitą łatwością. W chwili, gdy przekroczył linię mety, zdjął mnie z barków i pocałował. Nie dyszał nawet za bardzo.

Cholera, ależ ten facet miał kondycję.

\*\*\*

Godzinę później najedzeni goframi siedzieliśmy na ławce w parku – Phil spał na moim brzuchu, gdy nogi trzymałam wyciągnięte na kolanach Thatcha. Obserwowałam, jak przyglądał się z niewielką ciekawością spacerującym wokół ludziom.

Rozwiązał mi sznurówki, zdjął buty i skarpetki, wystawiając moje nagie stopy na przedpołudniowe słońce. Utalentowanymi palcami zaczął masaż po wszystkich wrażliwych i obolałych od biegu punktach.

Jęknęłam cicho, więc popatrzył na mnie.

– Dobrze?

– Bardzo dobrze.

Uśmiechnął się.

– Wiesz, jesteś naprawdę dobrym chłopakiem – przyznałam. Nawet jeśli nasz związek zaczął się od żartów i bezlitosnego dokuczania, Thatch naprawdę był dobrym chłopakiem. Wiedziałam, że żaden ze mnie ekspert, jeśli chodziło o takie relacje, ale pod specyficznym poczuciem humoru był czuły, troskliwy i słodki. Tak słodki, że czasami zastanawiałam się, czy nie zemdli mnie od tej słodyczy.

Uniósł pytająco brwi.

– No, tylko popatrz na siebie – powiedziałam, ruchem głowy wskazując na swoje stopy. – Masujesz moje ohydne nogi po pięćdziesięciokilometrowym biegu.

– Twoje nogi nie są ohydne. – Złapał w dwa palce moje pomalowane na różowo paznokcie. – Są urocze.

Pomachałam nimi, na co się zaśmiał.

– I przebiegłaś tylko kilometr, góra półtora – dodał z rozbawieniem. – Przebiegłem więcej niż połowę wyścigu z tobą i Philem na plecach.

– Ale ja przebiegłam najcięższą część trasy. Na początku było pod górkę.

Tak, kłamałam. Cały czas było równo.

Puścił do mnie oko.
— Oczywiście, że tak, kociaku.
Ponownie pomachałam paluszkami stóp.
— To kto cię nauczył być dobrym chłopakiem? Dziewczynę miałeś ostatnio w liceum, tak? Jak miała na imię?
— Tak — przyznał i zamilkł na chwilę, masując mi pięty.
— Miała na imię Margo.
— Jak długo się spotykaliście?
— Trochę ponad rok.
— Dlaczego zerwaliście?
— Nie zerwaliśmy. — Obrócił się twarzą do mnie. — Zmarła pod koniec ostatniej klasy szkoły średniej.

Wow. Tego się nie spodziewałam. Przed pogłębieniem relacji z Thatchem odpuściłabym taki temat i spróbowała poprawić nastrój, ale teraz tego nie chciałam.

— Wow, Thatch… Przykro mi… Naprawdę nie wiem, co powiedzieć.

— To stara historia — powiedział. — Oczywiście kiedy się to wydarzyło, byłem zdruzgotany, ale czas mijał, rany się zamykały i zrozumiałem, że mój związek z Margo ogromnie wpłynął na moje życie przez to, jak się zakończył, nie tylko dlatego, że rzeczywiście było między nami coś poważnego. Byliśmy młodzi, nieokrzesani i samolubni. Gdyby żyła, a każdego dnia tego pragnę, i tak nie siedzielibyśmy razem na ławce w parku. Żałuję jedynie, że nie miała szansy rozwinąć skrzydeł i wzbić się w przestrzeń, odnaleźć samą siebie.

Serce urosło mi w piersi. Na charakter Thatcha składało się tak wiele aspektów, tak wiele szczegółów i warstw. Pod tym całym urokiem i poczuciem humoru był naprawdę dobrym człowiekiem. Najlepszym.

Wzięłam go za rękę i lekko ścisnęłam.

Uśmiechnął się w odpowiedzi. Również się uśmiechnęłam, nie próbując powstrzymać uwielbienia, które musiało uwidocznić się w moich oczach. Chciałam, by wiedział, że mi na nim zależało. Chciałam przekazać, że powoli stawał się całym moim światem.

Phil chrapnął na moich kolanach. Otworzył zaraz małe oczka i się rozejrzał.

Thatch popatrzył na świnkę, następnie wrócił spojrzeniem do mojej twarzy.

– Wracamy do domu?

Dom. Nie potrafiłam zaprzeczyć myśli, jaka pojawiła się w mojej głowie.

*Dom jest tam, gdzie ty jesteś.*

– Tak, kochanie, wracajmy do domu.

## ROZDZIAŁ 26

## THATCH

– Przyprowadzisz go wieczorem do Monarch, prawda? – zapytała Georgia, gdy szedłem chodnikiem z telefonem przy uchu.

W końcu miała się odbyć impreza urodzinowa Kline'a, więc do tego czasu wszyscy żyliśmy w świecie Georgii.

Pokręciłem głową i uśmiechnąłem się, słysząc panikę w jej słodkim głosie.

– Nie zawiodę cię. Doprowadzę go tam bez względu na okoliczności.

Posłaniec na rowerze ominął mnie i wciął się pomiędzy przechodniów. Ulice pełne były taksówek i samochodów, ruch w godzinach szczytu przypominał próby upchnięcia dodatkowych sardynek do puszki.

– Ale nie odurzysz go niczym, prawda?

Parsknąłem śmiechem, aż stojący przede mną ludzie obejrzeli się. Zignorowałem ich i skupiłem się na rozmowie.

– Nie, nie wykorzystam ci męża. Ale zaniosę go, jeśli będę musiał.

– Dobrze.

– Niedobrze – poprawiłem. – Jeśli naprawdę będę musiał go nieść, lepiej zacznij planować mój pogrzeb.

Zaśmiała się.
– Dobra. Przynajmniej mam już jakieś doświadczenie w planowaniu imprez, postaram się, by twój pogrzeb był naprawdę ładny.
– Wcale mnie nie pocieszyłaś.
– Dopilnuję, by Cassie włożyła ci do trumny zdjęcie cycków.
Uśmiechnąłem się na ten pomysł.
– Okej, trochę mi lepiej.
– Fantastycznie!
Przechodząc Piątą Aleją i rozmawiając z przyjaciółką przez telefon, usłyszałem w tle po drugiej stronie głos jakiegoś faceta, więc zmarszczyłem brwi. Zawsze pojawiali się tacy, którzy mówili, kiedy nie chciało się ich słuchać; goście pokrzykujący na atrakcyjne kobiety, jakby dawało im to u nich szansę, lub szaleni ludzie zapominający, co to przestrzeń osobista. Jednak, słysząc głos, nadstawiłem uszu, zastanawiając się, co takiego spotkało Georgię.
– Gdzie jesteś? Potrzebujesz mnie do jakiegoś dodatkowego zadania? Dopiero za godzinę mam trening rugby. Idę do salonu tatuażu sprawdzić, czy u Frankiego wszystko w porządku, ale jeśli mnie potrzebujesz, mogę to sobie darować.
– Dzięki, ale chyba wszystko pozałatwiałam. Za chwilę spotkam się z Cass, razem pójdziemy do baru dokończyć przygotowania.
Moje serce trzykrotnie przyspieszyło na dźwięk imienia mojej współlokatorki i kochanki. Nie spodziewałem

się takiego obrotu zdarzeń, ale niekoniecznie mi to przeszkadzało. Uczucie budzące się na myśl o Cass było silne, więc spróbowałem rozproszyć swoją uwagę.

– Co powiedziałaś Kline'owi? Nie wyobrażam sobie, by nie chciał spędzić z tobą własnych urodzin.

Praktycznie mogłem usłyszeć jej uśmiech.

– Powiedziałam, że będziemy razem, tylko nieco później. I że bycie razem uwzględniać będzie bardzo sprośną aktywność.

– Ach. – Westchnąłem. – Prawdziwa droga do serca mężczyzny. Twoja ci…

– Tak, rozumiem, dzięki.

– Hej, chciałem tylko powiedzieć, że żołądek nie jest odpowiedzią, przynajmniej póki nie siedzi na nim…

– Powiedziałam, że rozumiem! – krzyknęła, a ja się roześmiałem na myśl o zaciekawionych spojrzeniach lądujących na niej na ulicy.

– Co? Powiedziałaś, że nie rozumiesz? Mówiłem, że…

– Zaraz się rozłączę! – zagroziła w sposób, który miał wzbudzać przerażenie, ale wzbudzał go tyle co wiewiórka. Georgia była zbyt słodka, by móc stanowić zagrożenie, w przeciwnym wypadku z pewnością już by mnie zabiła.

– Dobra, dobra – poddałem się ze śmiechem. – Przekaż tylko Cassie wiadomość, okej?

– Nie będę przekazywać przyjaciółce świństw.

Uśmiechnąłem się szeroko, jednak starałem się brzmieć umiarkowanie normalnie.

– Och, no weź. Wyobrażanie jest bardzo dobre.

– Kline by cię ukatrupił, gdyby cię teraz słyszał – powiedziała, gdy przed oczami mignęła mi jego postać znikająca na schodach do metra. Nieczęsto się to zdarzało, zwłaszcza teraz, gdy mieszkał poza miastem, ale niekiedy świat przypominał mi o tym, jaki naprawdę był mały. Przyspieszyłem kroku, by dogonić przyjaciela.

– Dobrze więc, że nie słyszy, co?

– Nawet nie wiem, dlaczego z tobą rozmawiam.

– Bo mnie kochasz. Wszyscy mnie kochają – odparłem.

Kobieta idąca obok zerknęła na mnie z ciekawością. Nie chciała, bym wiedział, że to słyszała, ale nie chciała też, by umknęły jej jakieś słowa.

Uniosłem rękę, pomachałem jej i puściłem do niej oko. Spojrzała na mnie zaskoczona, ale sekundę później przyspieszyła, oddalając się. Biorąc pod uwagę moje naturalne tempo, przebierając pospiesznie krótkimi nóżkami, wyglądała jak chomik biegnący w kółku.

– Tak – prychnęła mi do ucha Georgia.

– Do zobaczenia za kilka godzin. Przyprowadzę ze sobą twojego księcia.

– Jesteś niedorzecznie…

– Przystojny? Wiem. Nie martw się. Nie powiem Kline'owi, że tak myślisz.

– Pa, Thatch.

Pokręciłem głową, słysząc, że się rozłączyła, nim zdołałem odpowiedzieć.

Wszystko było proste.

Prócz Cassie.

Ta dzika, piękna kobieta rozpoczęła tę zabawę, ale z biegiem czasu prawda stawała się coraz bardziej oczywista – cholernie uwielbiałem tę grę. Wyzwania, szanse, natychmiastowe odpowiedzi na zagrywki. Mimo to w jakiś sposób wplatała w to czułość.

Bez względu na to, czy było to spojrzenie, uśmiech czy bliższy kontakt, widziałem oznaki jej uczuciowości. Tego, że dbała o innych i chciała, by troszczyli się o nią.

Pragnęła od życia wszystkiego – rodziny, przyjaciół… miłości, choć ludzie często nie spodziewali się tego po niej.

Przyspieszyłem, zbiegając po dwa stopnie na stację metra. Wagon już czekał, więc wskoczyłem do niego, nim zamknęły się drzwi. Kline z powodu mojego wtargnięcia uniósł głowę znad gazety.

– Super – powiedział z sarkazmem, ale uśmiechnął się.
– Śledzisz mnie? – zapytał, gdy usiadłem dwa siedzenia dalej. Dla swoich szerokich ramion potrzebowałem więcej miejsca.

– Tak. Cały dzień podglądałem cię przez okno twojego gabinetu. Nie zauważyłeś mnie?

Pokręcił głową, śmiejąc się, jednocześnie złożył gazetę i wsadził ją do leżącej u jego stóp torby.

– Nie dziwi mnie to. Przecież i tak nie masz nic do roboty.

– Właśnie – zgodziłem się, wiedząc, że miał świadomość, że pracowałem cały czas w pocie i znoju. Kline wiedział o mnie mniej więcej wszystko, czasami aż trudno było go zaskoczyć. Wskazywał mi wiele możliwości inwestycyjnych, zanim zdążyłem zwrócić na nie uwagę. Jasne, zazwyczaj i tak bym je rozważył, ale Kline wyprzedzał mnie niekiedy o milisekundy. A kiedy chodziło o pieniądze, znaczyło to bardzo wiele.

– Gotowy na trening? – zapytałem, gdy metro ruszyło.

– Szczerze?

Wzruszyłem ramionami i kiwnąłem głową.

– Wolałbym wydłubać sobie oczy. Mam ochotę iść do domu i poświęcić się studiowaniu natury z żoną.

Uśmiechnąłem się.

– Macie tylko dwa zwierzaki, to trochę mało.

– Wcale nie wydaje się, że są tylko dwa. Stan waży milion kilo, ale tak naprawdę jest łatwiejszy w obyciu.

– Wierzę – odparłem szybko. – Walter to mały gnojek.

– Ale wciąż to lubię, bo Georgii się podoba. Co to o mnie mówi?

– Że zgubiłeś gdzieś jaja? – zażartowałem.

– Pieprz się.

Położyłem łokcie na kolanach.

– To znaczy, że szczęściarz z ciebie. Jesteś teraz ponad wszystkimi tymi nieszczęśnikami, którzy wychodzą ze swoich marnych prac i idą do baru zamiast do domu – powiedziałem, a Kline uniósł brwi. – Z wyboru. Wolą przesiadywać w barach niż w domach, ale ty, mój przyjacielu, jesteś jednym z tych mądrzejszych.

– A ty?

– A co ja?

– Ty wolisz iść do baru zamiast do domu?

– Już rzadko tam chodzę.

– Nie o tym mówiłem. Wiesz, co mam na myśli.

Z nonszalancją wzruszyłem ramionami, próbując nie dać się rozproszyć.

– Pragnę tego, co masz ty. – Uśmiechnął się, więc kontynuowałem: – Myślisz, że Georgia by na mnie poleciała?

Jego uśmiech przekształcił się w grymas.

– Żartuję – wyjaśniłem ze śmiechem. Prawie wyznałem, że właśnie rozmawiałem z jego żoną, ale powstrzymałem się, by nie budzić podejrzeń.

Nie żebym nigdy z nią nie rozmawiał, ale nie za każdym razem go o tym informowałem.

– Jak to jest być rok starszy, dziaduniu?

Roześmiał się.

– Jesteś ode mnie starszy.

– Tak, ale ja się lepiej trzymam. Nie bierz tego do siebie, ale swój wygląd zawdzięczam diecie składającej się głównie z Oreo, Nutelli i M&M-sów. Dodatkowo, no wiesz…

– Wiem? – zapytał.

– Nie wstydź się. Nic na to nie poradzisz.

Uniósł brwi, a ja czekałem. Facet miał legendarną cierpliwość, więc oczywiście poległem.

– Nie twoja wina, że jesteś karłem.

– Jezu. – Parsknął śmiechem. – Jedyne, czego się wstydzę, to ty.

Wzruszyłem ramionami.

– Jakoś przeżyję.

\*\*\*

– Chodź, Thumbelino, weźmiesz szybki prysznic! – zawołałem przez zamknięte drzwi do pokoju gościnnego.

Ponieważ Kline nie mieszkał już w mieście, po treningu musiał używać mojego mieszkania jako szatni. Kiedy sam się wymyłem i oddałem Phila opiekunce, poczułem, że mamy mnóstwo czasu.

Drzwi natychmiast się otworzyły, więc musiałem zrobić unik, gdy pięść Kline'a znalazła się centymetry od mojego brzucha.

– Boże – powiedziałem spokojnie. – Myślałem, że nigdy nie wyjdziesz, a nie mamy czasu. Musimy iść i w ogóle.

Próbował się nie krzywić, ja próbowałem nie kryć śmiechu.

Ponieważ zauważyłem go na schodach metra, zrezygnowałem z wizyty w studiu tatuażu i poszedłem z nim na trening. Frankie nie miał nic przeciwko, a poza tym jego pretensje i tak nic by nie znaczyły. Miałem więcej udziałów w tym interesie, chociaż nie byłem dupkiem. Przeważnie.

– Przykro mi, stary. Im szybciej wyjdziemy, tym szybciej wrócisz do domu do swojej menażerii, ale na razie utknąłeś ze mną.

– Co jest koszmarem – mruknął żartem. – Ale będę musiał przecierpieć. Gdzie idziemy?

– Do baru Monarch – odparłem zwięźle. – Thelma i Louise już tam są.

Zmrużył podejrzliwie oczy.

– Thelma i Louise?

– Och – powiedziałem z emfazą i figlarnie poruszyłem brwiami. – Bliźniaczki. Nie pamiętam ich prawdziwych imion.

Wyglądał, jakby chciał mi przerwać, ale wyjaśniłem:

– Obie są dla mnie.
– A co z Cassie? – zapytał, gdy szliśmy w kierunku salonu.
– A co ma być? – odpowiedziałem, ukrywając uśmiech.
– Jej rzeczy są w twoim mieszkaniu, a ty spotykasz się z innymi kobietami?

Z których jedna była nią.

– Tak, to jej nie przeszkadza – skłamałem.

Nie wiedziałem, jak poważnie Cassie myślała o naszym związku – czy był dla niej tak ważny jak dla mnie – ale miałem świadomość, że życzyła sobie póki co zostać moją jedyną kobietą. Dziękuję bardzo, lubiłem własne jaja. Nie były najładniejsze, ale dbały o dobrą zabawę, gdy przychodziło co do czego.

Telefon zawibrował mi w kieszeni, gdy wypchnąłem Kline'a z mieszkania i zamknąłem drzwi. Przyjaciel wyraźnie był nie w humorze.

– Chodź – zachęcałem. – Kiedy wsiądziemy do metra, będziesz mógł pisać do swojej żoneczki, aż dotrzemy na miejsce. A w ogóle, to gdzie się podziewa?

– Pracuje – powiedział, wzdychając.

– Rany, Wes wie, jak pogonić ludzi do roboty.

– To nie on. Rozmawiałem z nim o tym. To Georgia jest zdeterminowana, by wywiązać się z obowiązków.

– To chyba dobrze, nie uważasz? – zapytałem, gdy znaleźliśmy się przed budynkiem. Palce świerzbiły mnie, by wyjąć komórkę, bo wiedziałem, że dostałem wiadomość, ale od metra dzieliło nas zaledwie kilka kroków, a miałem świadomość, że w wagonie łatwiej mi będzie ukryć ekran przed Klinem.

– Oczywiście, że to dobrze. Nie bez powodu nieustannie próbuję ją do siebie ściągnąć.
– Myślałem, że to przez napalenie.
– Dobra, są ku temu dwa powody.

Roześmiałem się i, nie zwalniając, poprowadziłem go do słabo oświetlonej stacji metra. Nie musieliśmy długo czekać, by wagon otworzył drzwi. Jazda miała być krótka, więc nie trudziliśmy się szukaniem miejsca. Zamiast tego stanęliśmy na środku przy rurach do striptizu.

Dobra, nie były to rury do tańca, wiedziałem, że można by się zarazić niezłymi chorobami, gdyby pocierać o nie wrażliwymi częściami ciała, ale wyglądały jak te w barach. Musiałem o tym porozmawiać z nowojorskim przedsiębiorstwem transportu publicznego.

Telefon ponownie zawibrował mi w kieszeni. Wyciągnąłem go ostrożnie i obróciłem się, by Kline nie mógł przeczytać czegoś z ekranu.

Cassie: ORZEŁ WYLĄDOWAŁ?

Cassie: WYKASTRUJĘ CIĘ, JEŚLI MI NIE ODPOWIESZ.

Kurwa. Natychmiast odpisałem.

Ja: JESZCZE LECI.

Cassie: CO? CO TO, DO DIABŁA, ZNACZY?

Pokręciłem z uśmiechem głową.

Ja: TO ZNACZY, ŻE JESTEŚMY W DRODZE. GDYBY ORZEŁ WYLĄDOWAŁ, ZOBACZYŁABYŚ GO, BO BYŚMY TAM BYLI.

Uniosłem głowę i zobaczyłem, że Kline przyglądał mi się z zaciekawioną miną.

– Cassie – wyjaśniłem. – Wkurza się, bo zużyłem całą pastę do zębów.

Zmrużył oczy. Szlag by trafił jego inteligencję.
– O, patrz – powiedziałem, podchodząc do drzwi. – Nasz przystanek.
– Co się dzieje z Cassie? – zapytał, gdy przeciskaliśmy się pomiędzy ludźmi, by wysiąść.
– O co ci chodzi? Ona wciąż nie chce odpuścić, tak jak i ja. Wiesz, jak to jest.
– Przestań mi wciskać ten kit. Nieważne, jak bardzo jesteś zdeterminowany, by wygrać; laska nie mieszkałaby nadal z tobą, gdyby ci się to nie podobało.
Wzruszyłem ramionami, ale się uśmiechnąłem, gdy wchodziliśmy zatłoczonymi schodami na poziom ulicy.
– Nieustannie mnie zaskakuje. Kiedy coś podejrzewam, okazuje się inaczej.
– I o to chodzi? O dreszczyk? – zapytał sceptycznie.
Nie chciałem rozwodzić się nad szczegółami, ale wiedziałem, że był jednym z niewielu moich przyjaciół, więc musiałem coś mu zdradzić.
– Nie tylko o to.
Kline się uśmiechnął.
W tej właśnie chwili mój przyjaciel, człowiek, który wielokrotnie narzekał na to, że często puszczam do niego oko, sam mi to zrobił.

***

Georgia spiorunowała mnie wzrokiem przez szklaną ścianę oddzielającą nas od patio, gdy Kline zamawiał drinka przy barze.
Rozchmurzył się nieco, gdy odsłoniłem przed nim odrobinę mojego miękkiego serca, nie miałem zamiaru

tego niszczyć, żeby wszyscy mogli krzyknąć „niespodzianka" pięć minut wcześniej.

Dodatkowo ostatnio brakowało mi przyjaciela.

Ale gdy Cassie zaczęła wymachiwać trzymanym nożem, wiedziałem, że nie zostało mi wiele czasu.

– Dzięki – powiedział Kline do barmanki i upił niewielki łyk szkockiej (bez limonki). Uśmiechnąłem się.

Bar pełen był osób, które chciały wyluzować się po pracy, kilka kobiet, jak i mężczyzn wyglądało, jakby było na łowach w poszukiwaniu kolejnej ofiary na jednonocną przygodę. Nie tak dawno temu sam do nich należałem, prowadziłem gadki szmatki tylko po to, by dobrać się do majtek upatrzonej laski.

Zabawne, jak w krótkim czasie wszystko się zmieniło. Seksowne uśmiechy stały się zdesperowanymi fałszywymi uśmieszkami, a to, co kiedyś wyglądało jak seksowne ciała, w tej chwili nie miało dla mnie żadnego znaczenia.

– Chciałbyś kiedykolwiek pić jak kiedyś? – zapytałem, nawet jeśli znałem już odpowiedź, która skrywała się we wszystkich wcześniej niedostrzegalnych dla mnie szczegółach.

– Ani trochę – odparł bez wahania. Nie chodziło o imprezowanie, a o życie. Obaj byliśmy szczęśliwi. Byliśmy usatysfakcjonowani naszymi nawykami, zainteresowaniami, karierami, jednak niektóre puste przestrzenie pozostawały niezauważone, póki coś ich nie wypełniło.

– Chodź. – Wskazałem kierunek, gdy ponownie upił łyk. – Wyjdźmy na patio. – Kątem oka zauważyłem, że za szybą Georgia i Cassie odwróciły się plecami.

– Zgaduję, że już czas, co? – Kline uśmiechnął się, a ja zmrużyłem oczy.

– O czym mówisz? – zapytałem, nieskutecznie próbując grać dalej.

– O mojej żonie. Czeka na mnie. A ty zmarnowałeś już wystarczająco dużo czasu.

– Skąd wiesz?

Roześmiał się, na co sam się uśmiechnąłem. Szczwany skurczybyk.

– Gdybym nie zorientował się już dwa tygodnie temu, byłbym pewien w chwili, w której zobaczyłem przez okno tyłek własnej żony.

Roześmiałem się głośno, bo Georgia miała niezapomnianą pupcię. Wyobrażałem sobie, że facet, który poświęcał czas wielbieniu jej, był z nią dokładnie zaznajomiony.

Ale nieważne. Gdyby czegoś nie podejrzewał, zapewne nigdy nie udałoby mi się go przekonać, by tu przyszedł. Dobrze grał przez całą drogę, ale Kline Brooks nie dał się nabierać, kiedy tego nie chciał.

– Tylko jej nie mów, że wiesz.

– W przeciwieństwie do ciebie nie pragnę śmierci ani nie muszę mieć zawsze racji.

– Hej, uważam, że to zajebiste.

– Pragnienie śmierci jest zajebiste? – zapytał sceptycznie, kiedy przeciskaliśmy się przez tłum kobiet, kierując się do wyjścia na patio. Śledziło nas kilkanaście par oczu. Robiłem, co mogłem, by na nie nie patrzeć.

– Dobra, może nie, ale trzeba sporo odwagi…

– Nie – zaprzeczył, przerywając mi. – Nie obronisz tego.

Miał rację.

Zaśmiałem się i w geście porażki pochyliłem głowę.

– Niespodzianka! – wykrzyknęli wszyscy, gdy przeszliśmy przez drzwi, przy czym nie przepuściłem okazji.

– O Boże – pisnąłem, łapiąc się za serce. – Nie musieliście!

Do tego zdawałem sobie sprawę, że Kline nie lubił poświęcanej mu uwagi.

– Thatcherze Kelly! – syknęła Cassie, machając upominająco palcem, przy czym podskoczyły jej cycki. Poruszyłem brwiami i podszedłem do niej, gdy Kline dotarł do żony i porwał ją w objęcia. Nie zwrócił się nawet do reszty, co mnie nie zdziwiło. Nie leżało to w jego naturze – zwłaszcza kiedy w pomieszczeniu była Georgia, bo patrzył tylko na nią.

– Cześć, kociaku – zagruchałem, gdy mocno objąłem Cassie. Jej piersi przepysznie dotknęły mojego torsu, dziewczyna złapała mnie za pasek. Wsunęła palce pod moją koszulę i pogłaskała ciało. Musiałem zapanować nad drżeniem.

– Dlaczego większość czasu, gdy się nie widzimy, spędzam na rozmyślaniu, jak cię zabić, po czym cię ściskam, gdy cię widzę?

*Mam nadzieję, że dlatego, że się we mnie zakochujesz.*

– Przez mój świetny wygląd i urok? – zażartowałem.

Nie odpowiedziała, jedynie wpatrywała mi się w oczy, aż ktoś potrącił ją z tyłu. Oboje się przez to przesunęliśmy, ale przytrzymałem ją, by nie upadła. Odsunęła się ode mnie, gdy odzyskała równowagę. Przytrzymywałem ją za łokieć, póki nie upewniłem się, że stoi stabilnie w wysokich szpilkach.

Cholera, miała nogi do samej szyi.

– Ups, przepraszam – rzuciła kobieta, jednocześnie próbując flirtować, kładąc mi rękę na ramieniu i uśmiechając się.

Powiedziałem, że nie szkodzi, ale utrzymywałem neutralny wyraz twarzy. Jednak Cassie zmrużyła oczy.

– Jennifer – przedstawiła się intruzka.

Wyciągnąłem rękę, bo nie chciałem być niegrzeczny.

– Thatch.

– Och, wow. Fantastyczne imię.

Przygryzłem wargę, by się nie śmiać, gdy Cassie przybrała minę płatnego zabójcy.

– Tak, ma naprawdę wyśmienite imię, kochaniutka – powiedziała dobitnie Cassie, nim wyciągnęła rękę i bezczelnie złapała mnie za pachwinę. – Ma też gigantycznego…

– Cass! – krzyknąłem, zaskoczony.

– No co? – zapytała, unosząc wyzywająco brew.

Przyciągnąłem ją plecami do swojej piersi i zakryłem jej ręką usta.

– Miło mi cię poznać, Jennifer. Moja dziewczyna również tak uważa.

– Gdzie jest Phil? – zapytała Cassie z uśmiechem, gdy Jennifer się pożegnała i odeszła.

– W domu z opiekunką.

– Zostawiłeś go z obcą osobą? Z kim?

Podszedłem do jednej z lodówek z piwem, które Georgia nakazała ustawić obsłudze baru. Z kubełka z lodem wystawały smukłe, długie szyjki butelek, więc dwoma palcami wyciągnąłem jedną z nich i ostrożnie potrząsnąłem, by spłynęła z niej woda. Z łatwością odkręciłem kapsel i wyrzuciłem go do śmietnika, następnie przystawiłem szyjkę do ust i pociągnąłem spory łyk, nim odpowiedziałem:

– Tak. Przez ciebie muszę komuś płacić, by zajmował się moją świnią. I jest to słodka sąsiadka.

Cassie uniosła przed siebie obie dłonie.

– Phil to coś więcej niż zwykła świnia.

– Masz rację. Jest dowodem na to, że bardzo chcesz wygrać naszą małą gierkę.

– Nie wiem, o czym mówisz – zaprzeczyła, ponownie się przysuwając.

Rozłożyłem ręce, by ją objąć. Oparłem się o ścianę i dałem jej stanąć między swoimi kolanami.

– Gówno prawda.

– Cześć – powiedział Wes, podchodząc do nas. W jego piwnych oczach gościła wesołość. Zawsze spóźniał się kwadrans. Na szczęście był na tyle ważną osobistością, że większość ludzi na niego czekała.

Częściowo spodziewałem się, że Cassie się odsunie, pójdzie porozmawiać z Georgią czy z jakąś inną koleżanką, ale zamiast tego obróciła się plecami do mnie, wcisnęła tyłek w moje krocze i przycisnęła mnie do ściany.

Wyciągnęła telefon, spojrzała na ekran, po czym pomachała do Wesa, który wpatrywał się z rozbawieniem w moją twarz.

– Cześć, Cass. Thatch mówił ci…

Przerwałem mu energicznym machaniem ręki. Pokręciłem głową, by podkreślić to, o co mi chodziło, gdy Cassie popatrzyła na Wesa.

Wesa, który urwał w pół słowa, ponieważ dostał ode mnie sygnał.

– O czym mówił mi Thatch?

W końcu dowie się o Seanie, ale wiedziałem, że będzie zła, że nie powiedziałem jej wcześniej, a nie byłem na to gotowy. Miałem dziś w planach flirtowanie i zwykłe droczenie się.

– Eee… – zaczął Wes, wpatrując się we mnie z niepewnością. – Mówił ci, jaki kiepski był dzisiaj na treningu rugby?

Zamknąłem oczy i czekałem na wybuch. Otaczali mnie wyłącznie ludzie, którzy nie potrafili kłamać. Dlaczego miałem dar w dziedzinie, w której moi przyjaciele byli aż tak kiepscy? Nie powinienem mieć w końcu z górki?

Ale Cass go nie przejrzała, zamiast tego parsknęła cichym śmiechem.

– Tak, jasne. Widziałeś go kiedyś? Rzuca ludźmi przed śniadaniem. Zaufaj mi, wiem o tym.

Wes uśmiechnął się i pociągnął rozmowę.

– Tak? A skąd o tym wiesz?

– Cholera. Zapomnij, że to powiedziałam albo zabije nas oboje. – Szturchnęła mnie tak mocno, że sapnąłem w połowie głośnego śmiechu.

\*\*\*

Trzymałem Cassie za rękę, gdy rozmawialiśmy z ludźmi wokół. Moja dziewczyna nie zauważała, jak się nam przyglądali z uśmiechem (lub drwiną jak w przypadku kilku lasek i palantów), ale ja to widziałem. Ich oczy rozszerzały się nieznacznie, kąciki ust unosiły się lekko bądź opadały. Jeśli miało się wystarczająco dużo czasu, można było obserwować ich myśli malujące się na twarzach.

Jednak miałem to gdzieś i, szczerze mówiąc, nie sądziłem, by Cassie również obchodziła czyjakolwiek opinia, choć dzisiaj, kiedy nieustannie pokazywałem publicznie, że jest moja, poczułem satysfakcję.

Delikatnie pociągnąłem ją za rękę, nim puściłem jej dłoń i zaborczo objąłem w talii. Wtuliła się we mnie bez wysiłku, nie byłem pewien, czy w ogóle zorientowała się, co zrobiłem.

– Przepraszam, drogie panie, ale na chwilę ukradnę wam moją dziewczynę.

Ponownie kąciki ust uniosły się niektórym, a niektórym opadły, choć moje pozostawały niezmiennie zwrócone na północ. Cassie nawet nie zakwestionowała moich słów. Najwyraźniej udało mi się ją wcześniej znieczulić. A dzisiaj łaziłem za nią praktycznie wszędzie, dotykałem bez pozwolenia i wspominałem o naszym związku, ilekroć nadarzyła się ku temu okazja. Jak zawsze naginałem granice, kilku chłopakom powiedziałem nawet, że niedługo zamierzam się oświadczyć. Cassie się uśmiechała. Oczywiście była pewna, że żartowałem.

Ja jednak nie byłem tak przekonany.

Dawno się tak świetnie nie bawiłem.

Kiedy odsunęliśmy się od grupy kobiet na kilka kroków, uwagi Cassie powróciły.

– Nie puściłeś nawet oka do żadnej z tych lasek, Thatcher. Czyżbyś odpuszczał?

Przygryzłem wargę, by powstrzymać uśmiech, ale nie walczyłem z ochotą, by się pochylić i subtelnie ją pocałować.

– Nie było to konieczne. – Kiedy się odsunąłem, nie omieszkałem zadowolić jej mrugnięciem.

– Och, no i wracasz do gry. – Westchnęła. – Ale chyba z opóźnieniem.

– Niech ci będzie.

Otworzyłem przed nią drzwi, gdy wchodziliśmy do baru, po czym przecisnęliśmy się na jego drugą stronę, aż znaleźliśmy się przy kolejnych drzwiach. Wielki napis ogłaszał „wyjście ewakuacyjne", ale wiedziałem, że nie były podpięte pod alarm. Pamiętałem, że któryś z chłopaków opowiadał kiedyś historię o tym, jak po pijanemu je otworzył, próbując zbajerować jakąś laskę. Niezbyt mądre zagranie, ale kimże byłem, by go pouczać? Tę lekcję musiał odrobić samodzielnie.

A dzisiaj zwracanie uwagi na takie rzeczy miało się opłacić.

– Gdzie idziemy? – zapytała Cass, gdy wyszliśmy na taras znajdujący się na dachu.

– Mam zamiar przeprowadzić niewielki eksperyment, kociaku.

– Eksperyment? – zapytała podejrzliwie.

Miała ku temu dobry powód. Nie wiedziałem, czy mój plan wypali, ale musiałem się postarać. Mądrzy mężczyźni nie przepuszczali takiej szansy.

– Trochę przyjemności kontra lęk.

– Lęk? – warknęła. – Co ty kombinujesz?

– Chodź, kociaku – powiedziałem, ciągnąc ją za rękę, gdy obróciła się do drzwi. – Obiecuję, że poświecenie będzie warte twojego czasu.

– Poświęcenie? To nie jest dobre słowo. Poświecenie sugeruje ból i cierpienie.

Roześmiałem się.

– Nie lubię cierpieć – wyjaśniła – i jeśli mnie zmusisz, obiecuję się zemścić.

– Zapamiętam – zgodziłem się.

Przeprowadziłem ją przez taras w kierunku drabinki przeciwpożarowej i pokierowałem, by przeszła przede mną, czym nie była zachwycona.

– Chcesz, żebym weszła jeszcze wyżej? Zwariowałeś? Wiesz, że nie znoszę wysokości. Zagroziłam już Georgii, że zamorduję ją we śnie za wybranie tego konkretnego lokalu, a przecież to moja najlepsza przyjaciółka. Lubię ją bardziej niż ciebie.

– Poważnie?

– Tak.

Parsknąłem śmiechem.

– Uwielbiam twoją szczerość.

– O tak – mamrotała, gdy przysunąłem ją do drabiny i gdy postawiła stopę na pierwszym szczeblu. – Naprawdę cię teraz nienawidzę.

Przysunąłem nos do jej szyi i zaciągnąłem się zapachem, nim powiedziałem:

– Nie, wcale nie. – Musnąłem ustami jej skórę, po czym pokręciłem głową. Skubnąłem ją zębami i zassałem, następnie pogładziłem wrażliwe miejsce końcówką języka, by złagodzić pieczenie. Niewielkim zarostem podrapałem ją, aż zadrżała.

– Thatch – szepnęła, ale umilkła.

– Wejdź po drabinie, Cassie – poleciłem cicho, ściskając kobietę po raz ostatni i odsuwając się, by ją asekurować.

Zamarła na chwilę, ale nie obejrzała się. Weszła i pospiesznie odsunęła się od krawędzi.

Kiedy dotarłem na górę i odsunąłem się o kilka kroków od pewnej śmierci, Cassie napadła na mnie. Była mocno zdenerwowana, co nie pasowało do jej pewności siebie i sprawowania kontroli. Przez chwilę czułem się z tym źle, ale gdy złapała mnie za koszulę, wszelkie wątpliwości uleciały z mojej głowy.

– O co tu chodzi, Thatcher?

Uśmiechnąłem się, gdy piorunowała mnie wzrokiem.

– Ufasz mi?

– Nie. – Jej odpowiedź była natychmiastowa, pełna zdecydowania i całkowicie pozbawiona zastanowienia.

– Cass...

– Kurwa! – krzyknęła sfrustrowana i zacisnęła mocno powieki. – Tak. Z jakiegoś całkowicie szalonego powodu ufam ci i nie mam pojęcia dlaczego, skoro jesteś psychopatą.

– Trafił swój na swego.

– Thatcher... – warknęła.

Rzuciłem się na nią, natarłem agresywnie na jej usta, a ona mnie nie powstrzymała ani się nie wycofała.

Sapnęła w moje wargi, gdy złapałem ją za pośladek i przyciągnąłem do siebie. Jej spódnica była krótka, końcówkami palców musnąłem jej udo.

Zacisnąłem dłoń, próbując pozostawić malinkę na idealnym płótnie jej skóry bez względu na to, czy wyraziła na to zgodę.

Skubnąłem zębami jej dolną wargę, na co pociągnęła mnie lekko za włosy.

– Chcesz, żebym rozproszył twoje myśli o wysokości, kociaku? – zapytałem, odsuwając od niej usta jedynie na tyle, bym zdołał to powiedzieć.

– Już to zrobiłeś, głuptasie. Teraz sprawiłeś, że znów o tym myślę.

Kiedy ponownie ją pocałowałem, miałem wrażenie, że znów zapomniała.

Uśmiechnąłem się.

– Nie na długo.

Zacząłem powoli, objąłem ją, aż obie dłonie spoczęły na jej tyłku. Ścisnąłem jędrne ciało, aż jęknęła.

– Masz majteczki, skarbie? – szepnąłem znów, wtulony w nią.

Kiedy przygryzła wargę i pokręciła głową, nie potrafiłem powstrzymać jęku, tak jak desperackiego pragnienia dowiedzenia się, czy nie kłamała.

Ostro podwinąłem jej spódniczkę, aż pomiędzy moimi dłońmi a jej skórą nie znajdowała się żadna bariera. Jednym płynnym ruchem opadłem na kolana, na co Cassie odchyliła głowę do tyłu, złapała mnie za włosy i za nie pociągnęła.

Przysunąłem się i dotknąłem językiem jej łechtaczki.

– Cholera. Już nigdy nie będzie tak samo – wyznałem szczerze, klęcząc przy jej szparce. Teraz, gdy wiedziałem, że potrafiła nie założyć bielizny pod tak krótką spódnicę, będę się nieustannie zastanawiał, czy to kiedyś powtórzy.

Przerzuciłem sobie jej nogę przez ramię i zacząłem lizać i ssać, aż zadrżały jej kolana. Trzymając ją obiema rękami za biodra, uniosłem na tyle, by mogła założyć na moje ramię też drugą nogę.

– Cholera – dyszała. – Dosłownie siedzę teraz na twojej twarzy.

*Właśnie tak, jak tego pragnę.*

Przytaknąłem i powiodłem językiem po jej łechtaczce.

Przerwałem, by móc mówić, i potarłem zarostem o jej pachwinę.

– Zamknij oczy, kociaku.

Przez chwilę wpatrywała się we mnie, ale w końcu coś w mojej twarzy między jej udami sprawiło, że się poddała.

Krzyknęła zaskoczona, gdy podniosłem się, kiedy nadal siedziała mi na ramionach.

– Kurde!

– Nie otwieraj oczu – poleciłem.

Postawiłem pięć kroków ku krawędzi, do której dochodziła główna ściana, ale przed jej końcem znajdowało się wysokie na mniej więcej metr podwyższenie.

Ostrożnie posadziłem na nim Cassie, całując jej zamknięte powieki. Pisnęła, gdy jej goły tyłek znalazł się na zimnym betonie.

– Zaufaj mi, skarbie. Sprawię, że będzie ci wyjątkowo dobrze.

– Przestań gadać i weź się do roboty! – skarciła. Parsknąłem śmiechem, wspiąłem się na krawędź za nią i na niewielkie podwyższenie.

– Thatch – powiedziała zdenerwowana, gdy pocałowałem ją od tyłu w ramię.

– Wszystko dobrze, kociaku.

Przytrzymując ją jedną ręką za plecy, a drugą za nogi, uniosłem ją, by skóra nie zadrapała się na twardym betonie, następnie obróciłem twarzą do miasta.

Zszedłem z podwyższenia i ponownie opadłem na kolana. Rozszerzyłem jej nogi, aż była gotowa. Gdy wciąż zaciskała powieki, pocałowałem wnętrze jej ud.

– Zadbam o ciebie – przyrzekłem. – Nie otwieraj tylko oczu, póki nie poczujesz, że zbliża się orgazm, ja zajmę się resztą.

Wróciłem ustami do jej cipki i zacząłem pieszczoty. Początkowo droczyłem się końcówką języka, następnie zacząłem ssać jej łechtaczkę i penetrować ją dwoma palcami. Sapała, ułożyła ręce na betonie pod pośladkami.

Jęknąłem, gdy jej podniecenie pokryło moje wargi i spłynęło po języku.

Cholera, ależ wyśmienicie smakowała.

– O Boże… – dyszała, gdy pieściłem ją mocniej, szybko i ostro doprowadzając do orgazmu, niemal samemu spuszczając się w spodnie z powodu pragnienia zaspokojenia jej.

– Zaraz… zaraz… – wołała, więc odsunąłem się na chwilę, by przypomnieć jej o otworzeniu oczu.

Wypuściła gwałtownie powietrze, gdy zobaczyła przed sobą panoramę miasta, a lęk i przyjemność zlały się w jedno idealne odczucie. Jej sutki wyprężyły się i nacisnęły na materiał topu.

Zdecydowanie nie miała biustonosza. Zrobiła to celowo, by doprowadzić mnie do szału, wiedziałem o tym.

Pieściłem ją dalej, delektując się widokiem, ostrożnie, by nie przegapić żadnego szczegółu mimiki jej twarzy. Kiedy stało się jasne, że dłużej nie wytrzyma, ponownie zamknęła oczy, odchyliła głowę do tyłu, przez co stała się najpiękniejszą istotą, jaką kiedykolwiek widziałem.

Drżała, gdy ją objąłem, wtuliła twarz w moją szyję.

– Jak się spisałem, kociaku?

Instynktownie objęła mnie mocniej.

– Wyśmienicie – powiedziała. – Wspaniale pokazałeś moją cipkę wszystkim znajdującym się na pięćdziesiątym piętrze Empire State Building.

Roześmiałem się i cmoknąłem ją w usta.

– Zaufaj mi, skarbie, cieszyli się tym widokiem.

# ROZDZIAŁ 27

## CASSIE

Przycisnęłam telefon ramieniem, szukając miętowych gum w torebce. Małe odświeżające skurczybyki były dla mnie jak narkotyk.

– Znajdziesz czas przed spotkaniem w południe, by wpaść do domu i nakarmić Phila? – zapytałam, klucząc pomiędzy przechodniami na Dwudziestej Ósmej Ulicy. – Zrobiłabym to, ale umówiłam się z Georgie i Willem na lunch, a potem mam iść do siedziby ESPN, by oddać zdjęcia.

– Tak, żaden problem – odpowiedział mi Thatch; dotarły też do mnie dźwięki przesuwania dokumentów.

– Rany, ależ jesteś dziś zgodny – droczyłam się. – Ma to coś wspólnego z porankiem?

– Jeśli każdego ranka będziesz mnie tak budzić, zrobię dla ciebie prawie wszystko.

Uśmiechnęłam się.

– Czasami zapominam, jak bardzo uszczęśliwiają cię lodziki.

– Po pierwsze, zasada sześćdziesiąta: nigdy o tym nie zapominaj. I po drugie, uszczęśliwiają mnie lodziki od ciebie – dodał.

– Nie chcesz, by robił ci je ktoś inny? – droczyłam się. Znałam odpowiedź, ale lepiej, by to przyznał.

– Nie – odparł natychmiast. – Kiedy spróbujesz Dysona, nie użyjesz już innego środka do czyszczenia dywanów.

Uśmiechnęłam się.

– A co z moimi cyckami?

– Ich też się to tyczy.

– A z moją cipką?

– Wiem, że jesteś w tej chwili łasa na komplementy, ale i tak ci powiem – stwierdził z rozbawieniem. – Tak, ponętna Cassie, twoja cipka sprawia, że mocno mi staje.

– A mój tyłek?

– Rozszerzasz propozycję? Rzucę wszystko, nad czym teraz pracuję i zrobię, co konieczne, by dobrać się do twojego tyłeczka.

*Niezła próba, Thatcher, ale tak się nie stanie. Dama musi mieć asa w rękawie.*

Roześmiałam się i przypomniałam sobie, po co tak naprawdę dzwoniłam.

– Przestań mnie rozpraszać. Dzwonię z konkretnego powodu.

– Co mogę dla ciebie zrobić, kociaku?

– Cóż… mam dla ciebie pewną niespodziankę – powiedziałam, idąc Piątą Aleją. – Cieszysz się już?

– Nie – odparł płaskim tonem. Jego odpowiedź przypieczętowały dwa długie klaksony taksówek.

– Jesteś naprawdę cholernie niewdzięczny.

Nie wykazał żadnej skruchy.

– Ostatnim razem, gdy zrobiłaś mi niespodziankę, skończyłem ze świnią i nowojorskimi urzędnikami, którzy sądzą, że mam stany lękowe i depresję.

Roześmiałam się.

– Ale przecież kochasz Phila.

– Tak, teraz tak – odparł. – Przekonał mnie do siebie, ale początkowo nie było łatwo. Nie zachwycała mnie myśl o zwierzęciu hodowlanym śpiącym w kącie mojej sypialni.

– Ale teraz to coś bardziej ekscytującego niż Phil – wyjaśniłam. Cieszyłam się, że mogę go zaskoczyć. Było to dosłownie jedno z moich ulubionych zajęć. Po „lęku wysokości" tydzień temu palce mnie świerzbiły, by coś dla niego zrobić. Chociaż musiałam przyznać, że tamta akcja sprezentowała mi najsilniejszy orgazm w życiu.

Ale to nieistotne szczegóły, prawda?

– Przygotuj się, Thatcher, bo wiesz co? Zostaniesz starszym bratem!

– Że co?

– Starszym bratem! – powtórzyłam.

– O czym ty mówisz?

– Zapisałam cię do programu Starszy Brat w klubie dla dziewcząt i chłopców na Manhattanie.

Na chwilę zapadła cisza.

– Dlaczego, u licha, postanowiłaś zrobić coś takiego?

– Ponieważ czułam, że nadszedł czas na kolejny wielki krok w naszym związku – wyjaśniłam, przy czym diabelski uśmieszek rozciągnął mi usta. – Przygotuje nas to na posiadanie dziecka.

– A w jaki sposób to, że ja będę starszym bratem, przygotuje ciebie?
Gnojek nie dawał się podejść.
Ale właśnie to mi się podobało.
Tak jak i on.
– Będziesz mógł mnie nauczyć wszystkiego, czego się dowiesz. Jedno z nas musi być ekspertem od dzieci, a czułam, że lepiej się w tym sprawdzisz – dodałam. – Musisz podpisać tylko kilka dokumentów i takie tam, ale reszta jest już przygotowana. Za tydzień poznasz swojego małego braciszka! – wykrzyknęłam, ale zatrzymałam się gwałtownie na chodniku, kiedy stanęłam naprzeciwko kiosku z napisem GuyFi na bocznej ścianie.
Spojrzałam na informacje pod logo. Budka do masturbacji dla facetów zawierająca laptopa, fotel i kurtynę.
– Czym, na miłość boską, jest to gówno?
Jakaś dwudziestolatka ubrana w krótką sukienkę i glany zatrzymała się zaraz obok z obrzydzeniem wypisanym na twarzy, wpatrując się w to samo co ja.
– Ohyda nie?
– Co za gówno? – zapytał Thatch, jednak przestałam się na nim koncentrować. Potrzebowałam odpowiedzi i to teraz.
– Jak długo to tu stoi? – zapytałam dziewczynę.
– Chyba z miesiąc. – Pokręciła głową. – Przyrzekam, Nowy Jork robi się coraz bardziej dziwaczny, a faceci to świnie – dodała, nim odeszła.
Zgadzałam się z nią stuprocentowo. Krew zaczęła mi wrzeć, gniew wzrastał z każdą sekundą, gdy wpatrywałam się w napis.

– Cassie – powiedział głośniej Thatch. – Jakie gówno?
– To gówno! – krzyknęłam, energicznie wskazując na kiosk, nawet jeśli nie mógł mnie widzieć. – Na środku chodnika stoi buda do walenia konia! – Tupnęłam mocno. – I to tylko dla facetów! Co, jeśli jakaś napalona laska zechce sobie ulżyć? – Na miłość boską, sama byłam napaloną laską. – Dlaczego nie mogę wejść do tej budki i popracować nad sobą?
– Cass... – próbował mi przerwać, ale było za późno. Wystarczająco się nakręciłam.
Wskazałam na mijającego mnie gościa.
– A ty, łysy? Chcesz pobawić się przez chwilę swoim ogonem? – Facet spojrzał na mnie, ale przyspieszył i przebiegł przez ulicę, by zniknąć w tłumie.
– Cass...
– Hej, ty w czerwonej czapce! Może ty? – Wskazałam na kiosk. – Chcesz sobie dogodzić, zanim wrócisz do pracy? – Zniesmaczona wyrzuciłam ręce w górę. – Pieprzone zboki! Cholera, to Manhattan! Weźcie się, kurwa, ogarnijcie!
Dlaczego nie mogli trzepać kapucyna w domu w skarpetę albo w pracy w łazience jak każdy normalny facet w tym kraju?
– Hej, świrusko – powiedział Thatch dość głośno, by zwrócić moją uwagę.
– Czego? – warknęłam.
– Przestań obrażać każdego mijanego faceta.
– Nic nie mogę na to poradzić, Thatcher. Jestem porażona. Prawdę mówiąc, bardziej chodziło mi o seksizm.

– Czekaj, gdzie ty jesteś? – zapytał. – Na rogu Dwudziestej Ósmej i Piątej?

– Tak, dlaczego pytasz?

– Masz ze sobą dokumenty z tego programu?

– Ee, tak.

– Super. Siedzę w budce, rozkoszując się w przerwie na lunch. Przynieś mi je.

Skrzywiłam się zdezorientowana.

– Co takiego?

– Przynieś mi te dokumenty – powtórzył, mówiąc powoli, jakby pomagał mi zrozumieć.

– Zamknij się, kłamczuchu. Wcale nie siedzisz w tej budzie.

– Kociaku, wejdź do tego GuyFi. Twoje cycki nieco bardziej by mnie zmotywowały. Cały ten gwar za kurtyną niszczy mi nastrój.

– Skąd wiesz, jak to się nazywa?

– A jak myślisz? Bo jestem w środku.

Opadła mi szczęka i nim zdołałam przemyśleć racjonalnie całą sprawę, jak szalona wdarłam się do środka. Szarpnęłam za kurtynę, aż cały kiosk się zatrząsł.

W chwili, w której spojrzałam w twarz zszokowanego typa, którego nigdy wcześniej nie widziałam, trzymającego w dłoni penisa, którego nie rozpoznawałam, wydarłam się:

– Boże, nie znam tego kutasa!

– Zasuń kurtynę! – wrzasnął facet. – Zasuń tę pieprzoną kurtynę!

– Przepraszam – rzuciłam, zasłaniając go czarnym materiałem. Następnie, pod wpływem impulsu, ponownie go odsłoniłam i dodałam: – Miłego polerowania berła! – zanim ponownie go zasłoniłam.

Głośny śmiech Thatcha wypełnił mi ucho, gdy wybiegłam z budki.

– Jesteś dupkiem! – dyszałam z powodu adrenaliny wywołanej nieplanowanym zajściem.

Thatch nie przestawał rechotać.

– Nie wierzę, że dałaś się nabrać.

– Właśnie zmusiłeś swoją dziewczynę, by gapiła się na fiuta innego faceta, Thatcher. To całkowicie popieprzone.

– O, kociaku, musisz przyjść pogapić się przez kilka minut na mojego. Poczujesz się wtedy lepiej?

– Pieprz się, T. Pieprz się i to mocno – powiedziałam i się rozłączyłam, nim kolejny potok śmiechu wpadł mi do ucha.

Ja: Zasada #61: nie każ mi patrzeć na fiuty innych gości.

Thatch: HAHAHAHAHAHAHAHAHAHA…

Zrobiłam zdjęcie wyprostowanego środkowego palca trzymanego między piersiami i wysłałam mu z podpisem: Pożegnaj się z lodzikami na następne trzy tygodnie.

Thatch: Ej! Nie tak ostro.

Ja: Za późno na negocjacje. Trzy tygodnie. Przełknij to.

Thatch: Jeśli zmienisz zdanie, przez następny miesiąc możesz mi na śniadanie serwować swoją piczkę.

Cholera, ciężko było odrzucić taką ofertę.

Ja: Dobra.

Thatch: Mówiąc słowami Richarda Gere'a: zapłaciłbym cztery.

Nagle stałam się Julią Roberts w kąpieli z pianą w *Pretty Woman*. Naprawdę byliśmy pokrewnymi duszami. Jasne, w tym scenariuszu byłam dziwką, ale jeśli Julia Roberts potrafiła wcielić się w tę rolę, ja także mogłam to zrobić.

Ja: Zostałabym przy dwóch.

\*\*\*

Kwadrans później weszłam do Starline Diner i rozejrzałam się w poszukiwaniu Georgii i Willa. Ściany zdobiły chromowane, błyszczące płyty, a czerwona skóra na siedzeniach w boksach sprawiała wrażenie, jakby była pokryta brokatem.

– Tutaj, Cass! – Przyjaciółka pomachała mi ze stolika w kącie, kiedy nie mogłam ich zlokalizować.

Przeszłam ku nim, nie wpatrując się w pozostałych klientów. Galop mojego serca sugerował, że wciąż obawiałam się ataku postronnej osoby.

Kiedy mogłam swobodnie unieść głowę, zobaczyłam, że obok brata Georgii, Willa, siedziała kobieta, której nigdy wcześniej nie widziałam.

– Cześć, Williamie – przywitałam się z uśmiechem, nim spojrzałam na jego niesłychanie atrakcyjną towarzyszkę. Generalnie próbowałam unikać oceniania, ale w tym przypadku naprawdę to widziałam: blond włosy, niebieskie oczy, a pod jedwabną bluzką i ołówkową spódnicą idealnie wyrzeźbiona sylwetka. Ta kobieta była oszałamiająca.

– To nie jest moja dziewczyna – powiedział Will, nie czekając, aż zadam pytanie, na co się uśmiechnęłam.

Wstał i przedstawił nas sobie, wspomagając się gestem.
– Cassie, to Winnie, moja przyjaciółka i szefowa. Winnie, to Cassie.

Ponieważ miałam zrobić dobre pierwsze wrażenie, postanowiłam niezbyt mocno mu dokuczać.

Przywitałyśmy się przyjaźnie, przy czym Winnie dodała:
– Mam nadzieję, że nie przeszkadza ci moja obecność na lunchu.

Usiadłam naprzeciw niej i machnęłam ręką.
– Nie przesadzaj. Przyjaciółka Willa jest moją przyjaciółką.

– Szczerze mówiąc – wcięła się Georgia – każdy, kto potrafi się dogadać z moim bratem, z miejsca zasługuje na moją przyjaźń.

Winnie się uśmiechnęła, a Will parsknął głośno.
– Jak to jest być jego szefową? – zapytałam z ciekawości, bo wcale nie chciałam usłyszeć szpitalnych ploteczek. Wprawdzie zadeklarował, że nie była jego dziewczyną, ale nie powiedział też, że jej nie posuwał. A możecie mi wierzyć, wiedziałam, że wiele pozornie sprzecznych zjawisk nie wykluczało się wzajemnie.

– Czy to tak straszne, jak mi się wydaje? – zapytała Georgia.

Winnie się roześmiała.
– Tak naprawdę Will jest jednym z moich ulubionych rezydentów.

Georgia spoważniała.
– A to rozczarowanie. Miałam nadzieję, że powiesz o nim coś okropnego.

*Spokojnie, Ciporgia. Dotrę do końca tej króliczej nory.*

– Dobra, mam pytania. – Pochyliłam się i położyłam łokcie na stoliku.
– No to lecimy – mruknął Will.
– Powiedz prawdę. Czy lekarze i pielęgniarki naprawdę pieprzą się tak, jak w *Chirurgach*?
– O tak! – Oczy Georgii rozpaliły się. – Powiedz o wszystkim, co szpital wolałby przemilczeć... No, chyba że dotyczyłoby to waszej dwójki, to nic nie mów.

Instynktownie wydęłam usta, na co Georgia się roześmiała.

– To mój brat!
– To zakryj uszy – odparłam.

Will westchnął.

– Nigdy ze sobą nie spaliśmy, Gigi. Po prostu się przyjaźnimy.
– Tak, nasza relacja jest do bólu platoniczna – zgodziła się Winnie. – Póki nie wejdzie Wyśniony, nie skuszę się na seks ze współpracownikiem.

Will na wpół się uśmiechnął, na wpół skrzywił, jakby sam nie mógł powiedzieć czegoś takiego o sobie.

Winnie to zauważyła.

– O Boże. Ty pieprzysz się w pracy? Dlaczego omijają mnie zawsze najfajniejsze rzeczy?
– Przypuszczalnie dlatego, że za ciężko pracujesz lub zajmujesz się córką. I w moim przypadku to czas przeszły. W tej chwili nie mam żadnego szpitalnego romansu.
– Masz córkę? – zapytałam, bardziej interesując się dziećmi teraz niż przez całe życie. Było to nieco niepokojące, ale zamiast spanikować, ciągnęłam temat.

– Sześcioletnią. – Jej spojrzenie rozjaśniło się, a usta ułożyły w słodki uśmiech. – Na imię jej Lexi i jest całym moim światem.

– Winnie jest superbohaterką pośród samotnych matek – wtrącił Will. – Prowadzi odział ratunkowy, pracuje osiemdziesiąt godzin tygodniowo i w jakiś sposób godzi to z wychowywaniem wspaniałego dzieciaka.

– Podlizujesz się w tej chwili. I nie, nie wezmę za ciebie zmiany w weekend.

Will wzruszył ramionami.

– Warto było spróbować.

Roześmiała się.

– Ale ma rację. Jestem dobra we wszystkim, tylko nie w odnoszeniu sukcesów w życiu osobistym, prócz córki i pracy.

Winnie miała ikrę. Już ją polubiłam.

– Żądam, byś częściej się z nami spotykała.

– Tak – zgodziła się Georgia. – Żebyśmy wyszły gdzieś wieczorem. Oczywiście bez Willa.

Winnie się uśmiechnęła.

– Dajcie mi znaleźć nową pracę, w której grafik nie będzie tak przeciążony, a z pewnością się zgodzę. Nie pamiętam już, kiedy ostatnio wyszłam na drinka.

– Wiesz – zaczęła Georgia – drużyna Mavericksów szuka rehabilitanta.

Poderwała głowę.

– Poważnie?

– Nie znam wszystkich szczegółów, ale wiem, że praca byłaby mniej wymagająca niż twój obecny grafik. Zwłaszcza poza sezonem. Mogę przesłać ci więcej informacji na e-mail, jeśli tylko chcesz.

– Mniej pracy i masowanie futbolistów? To może mnie zainteresować. – Wyjęła wizytówkę z torebki i przesunęła ją po stole.

Spojrzałam Georgii przez ramię i rzuciłam okiem na czarny napis.

– Winnie Winslow – przeczytałam na głos. – Zarąbiste nazwisko.

Wzruszyła nonszalancko ramionami.

– Bo zarąbista ze mnie laska.

Tak, z pewnością się z nią zaprzyjaźnię.

Georgia, czując, że wyczerpała zestaw plotek odnośnie swojego brata i blond piękności, wróciła spojrzeniem do mnie.

– A co z tobą?

– Co ze mną? – dopytywałam.

– Jesteś jak ten twój chłopak! – oskarżyła ze śmiechem, i choć próbowałam zapanować nad rumieńcem, poległam.

– Chłopak? – zapytał Will. – Jaki chłopak?

Skóra zaczęła mnie mrowić, więc milczałam.

– No tylko spójrzcie – naciskała Georgia. – Kto by pomyślał, że nie zdołasz o tym mówić? Na miłość boską, powinnaś się nauczyć, skoro mieszkasz z facetem.

– Chwila. Mieszkasz z facetem? A od kiedy? – Will zasypał mnie gradem pytań, na co Winnie spojrzała na niego z zaciekawieniem.

– To Thatch – wyjaśniła Georgia.

– O cholera. Dlaczego on mi o niczym nie powiedział?

Zmarszczyłam brwi.

– Bo to dość nowa sprawa.

– Mieszkacie razem – nalegał ze śmiechem Will.

– Dzięki, ale jestem tego świadoma. To miał być tylko żart.

– U-u-u – mruknęła Georgia. – Nie dam się nabrać. Kiedy wprowadzasz się dla żartu, zaraz się wyprowadzasz. Nie pieprzysz się jak królik i nie patrzysz na faceta maślanym wzrokiem, nie wspominając o tym, że nie pytasz każdego dnia, co mu kupić na kolację.

Zastanawiałam się, ile wysiłku kosztowałoby mnie skręcenie jej karku.

– Podoba mi się, tak? – przyznałam pospiesznie. – Jest zabawny, wesoły i ma fiuta, od którego można się uzależnić.

– Jezu – jęknął Will.

– Już mi się podoba – powiedziała z uśmiechem Winnie.

– Prawda? – rzuciłam. – Ten głupek sprawia, że nie można go nie lubić. To nie moja wina.

Uśmiech Georgii był olśniewający.

– To co to oznacza? Co się między wami dzieje?

Wzruszyłam ramionami.

– Rozmawiałaś z nim o waszej sytuacji? – drążyła, a Will jęknął. Spiorunowała go wzrokiem i warknęła: – Cicho! To babski czas, więc się z tym pogódź.

Umilkł, a Winnie się roześmiała.

– Zacznę zwracać się do ciebie w ten sposób w pracy. Będziesz szybciej spełniał polecenia.

Ponownie jęknął i zakrył twarz dłońmi.

Georgia ponownie skierowała uwagę na mnie, ale byłam skłonna wykorzystać to rozproszenie na swoją korzyść.

– Odpuść, dobrze? Pozwól, że ja się zajmę wzwodem Thatcha, a ty skup się na Wielkofiutym. – Uśmiechnęłam się, dogryzając jej i mając nadzieję, że zrozumie.

Wiedziałam, że muszę porozmawiać z Thatchem o tym, co się między nami dzieje, ale martwiłam się również, że, choć po raz pierwszy się z kimś związałam, tylko mnie zależało, by było to prawdziwe – a on nadal sądził, że to żart.

## ROZDZIAŁ 28

## THATCH

– Pobudka, kociaku – powiedziałem cicho wprost do jej ucha.

Phil chrumknął i zaczął szturchać ryjkiem moją rękę.

– Patrz, Phil, próbuję obudzić twoją mamusię, a wiem, że nie będzie to proste.

– Słyszę cię, dupku – wymamrotała Cassie w poduszkę.

– Ach, więc śpisz jak zabita, tylko kiedy próbuję cię bzykać?

– Hej! Od dawna na tobie nie zasnęłam.

Uśmiechnąłem się i pocałowałem ją w nagie ramię.

– Lepiej, żeby tak zostało.

– O Boże, gdzie kawa? Masz jakąś kawę? – zapytała wciąż z zamkniętymi oczami.

Wziąłem kubek z szafki nocnej i ostrożnie podsunąłem jej pod nos.

– Mam kawę.

Uchyliła jedną powiekę, by to sprawdzić.

– Dzięki Bogu – powiedziała, chwytając napój i siadając. Upiła trzy łyki, nim ponownie się odezwała: – Która godzina? Kiepsko się czuję.

– Nie martw się o godzinę.

Zmrużyła oczy i spojrzała na szafkę, szukając tego, co wcześniej ostrożnie zabrałem.

– Gdzie zegarek?

– Hmm... – powiedziałem, udając niewinność. – Chyba Phil musiał coś z nim zrobić.

– Nie waż się obwiniać Phila! – krzyknęła. – Która, na miłość boską, jest godzina? Masz mi natychmiast powiedzieć, Thatcher!

– To nieważne. Wypij kawę i się obudzisz – próbowałem ją uspokoić, ale się nie udało.

Wstała i pobiegła z kawą w ręce, Phil potruchtał za nią. Chrumkał, a ona klęła jak szewc, więc również wstałem i poczłapałem za nimi.

Tak zapewne czuli się ludzie idący na egzekucję.

– Trzecia w nocy? – pisnęła w kuchni. Skrzywiłem się.
– Trzecia jest po to, by się położyć, a nie wstawać! – krzyknęła, gdy wszedłem do salonu.

– Czasami trzeba też wstać. Prezenterzy radiowi tak robią. Zapytaj ludzi, którzy muszą zdążyć na poranny lot.

– Czy ja wyglądam jak któraś z tych osób? – zapytała, na co wytrzeszczyłem oczy, próbując się nie śmiać.

Cassie miała na głowie wielki kołtun, piersi zwisały jej luźno, jak często miały w zwyczaju, tusz do rzęs rozmazał się na kremowej skórze pod niebieskimi oczami, a jej sutki stały w pełnej gotowości.

Była najlepszą kobietą, jaką w życiu widziałem.

– Przepraszam za tak wczesną pobudkę – powiedziałem. – Ale mam niespodziankę.

Jej spojrzenie nieco zmiękło.

– Lubię niespodzianki.

– Wiem, kociaku.

– No dobrze. Ubiorę się. Ale umieszczamy cię z Philem na czarnej liście, prawda, Phil?

Prosiak nawet na mnie nie spojrzał, zajęty węszeniem wkoło kuchennej wyspy.

– Cholera, Phil. Zabolałoby cię, gdybyś nieco mnie wsparł? – zapytała Cassie.

– Phil woli stawać po stronie facetów, skarbie. Kodeks braterski i te sprawy. Nie denerwuj się.

– Lepiej, żeby się ogarnął i przypomniał sobie, kto go tu przyniósł – powiedziała głosem, jakim kobiety mówiły do dzieci, choć jej następne słowa były trochę straszne: – Albo skończy w kanapce. Prawda, mały Philmorku?

– Włóż coś wygodnego – poleciłem, gdy przechodziła obok, by wrócić do sypialni. W przypływie rozsądku dodałem pospiesznie: – I biustonosz.

Zatrzymała się, oparła o ścianę i obróciła twarzą do mnie.

– Biustonosz? Lepiej, żeby nie był to kolejny pieprzony wyścig, Thatcher.

– Żadnego biegania – zapewniłem. Kiedy wciąż miała sceptyczną minę, wytoczyłem największe działa. – Obiecuję na mały paluszek.

Podeszła i zahaczyła ze mną palec. Uśmiechnąłem się na ten gest.

Klepnąłem ją w tyłek, gdy się nie ruszyła.

– Idź. Przyszykuj się.

Zanim zniknęła w korytarzu, szła tyłem, grożąc mi gestem przez całą drogę.

Jeśli sądzicie, że teraz chciała mnie zabić, musicie poczekać.

\*\*\*

– Gdzie jesteśmy? – zapytała, gdy przyjechaliśmy na polne lotnisko. Na szczęście dla mnie było zupełnie ciemno, więc nie miała pojęcia, o co chodzi.

– Wkrótce się przekonasz.

– Wiesz, może jednak nie lubię niespodzianek – marudziła.

Zaśmiałem się.

– Tak, lubisz. Proszę o chwilę cierpliwości. Zaraz wszystkiego się dowiesz.

*Nie byłabyś tak chętna, gdybyś już wiedziała.*

– Szkoda, że Phil nie mógł z nami przyjechać – dąsała się, na co parsknąłem śmiechem.

– Groziłaś, że przerobisz go na boczek, a teraz żałujesz, że go tu nie ma?

– To z miłości. Wszyscy dobrzy rodzice czasami grożą swoim dzieciom.

Boże, ależ była urocza. Niedorzecznie urocza.

Żwir na pustym parkingu zachrzęścił pod oponami, kiedy zatrzymałem samochód.

– Jesteśmy na miejscu.

Przewróciła oczami.

– Widzę, ale gdzie jesteśmy?

Zapytałem o najważniejsze:

– Ufasz mi?

Oparła głowę o zagłówek i nakryła twarz dłońmi. Jęknęła.

– Cholera, pytasz mnie o to, tylko zanim zaproponujesz coś, co mi się nie spodoba.

– Ale zazwyczaj wszystko dobrze się kończy, prawda?

– Chyba tak – mamrotała. Wziąłem jej rękę w swoje i obróciłem, bym mógł śledzić palcem linie jej dłoni.

– Będę się o ciebie troszczył, dobrze? I nie mówię o tu i teraz. Zawsze będę to robił.

– Jezu Chryste. – Otworzyła drzwi, wysiadła i trzasnęła nimi. Siedziałem przez chwilę oszołomiony, nim wyszedłem za nią. – Teraz już wiem, co czuje Georgia – ciągnęła, gdy obeszła maskę i rzuciła się w moje ramiona – która radzi sobie z tym wielkofiutym gnojkiem, czarującym czułymi słówkami.

Pokręciłem głową i mocno ją objąłem. Tak właśnie reagowała Cassie Phillips, gdy niespodziewanie usłyszała coś, co jej się spodobało.

Pochyliłem się, pocałowałem ją w czubek głowy, zaciągając się zapachem jej szamponu. Normalnie zastanawiałbym się, co tak pachnie, ale nie przy niej. Wiedziałem, że używa różowego Herbal Essences, widziałem tę pieprzoną butelkę pod prysznicem, na myśl o czym chciało mi się śmiać. Nie czułem, by tajemnica przepadła ani by ziścił się jakiś inny banał, który wmawiali sobie faceci, jeśli nie chcieli się z czymś mierzyć. Czułem, jakbyśmy stawali się sobie dobrze znani i to w najlepszym tego słowa znaczeniu.

Wiedziałem o niej rzeczy, o których inni nie mieli pojęcia.

– Gotowa? – zapytałem, wciąż ukrywając nos w jej włosach.

– Wnioskuję, że nie mam wyboru – mruknęła i odsunęła głowę. Spojrzała na mnie spod swoich niebywale długich rzęs.

Nie odpowiedziałem słowami. Zamiast tego pocałowałem ją w usta i wziąłem za rękę. Na jej twarzy pojawił się nikły uśmiech.

Przeszliśmy przez parking w milczeniu, o świcie słychać było jedynie chrzęst żwiru pod naszymi stopami. Kiedy weszliśmy do hangaru, Cassie musiała przysłonić oczy.

Nasi towarzysze czekali już na nas w gotowości. Cassie zauważyła ich w tej samej chwili.

– Claire? Frankie? – Spojrzała na mnie, po czym znów na nich. – Co tu robicie?

Nie wiedziała jednak, że sama była nieoczekiwanym gościem.

Claire podeszła do niej jako pierwsza i uściskała ją serdecznie, co zrobił również mój przyjaciel.

Cassie odwróciła się do mnie, gdy zauważyła ich stroje, na widok których zmarszczyła nieco brwi.

– Wiecie, co robimy?

Claire próbowała mnie rozszyfrować, ale Frankie patrzył tylko rozbawiony.

– Nie wie, co się dzieje?

– To niespodzianka – powiedziała w mojej obronie Cassie.

– Aha – mruknął mężczyzna. – W takim razie, tak. Wiemy, co robimy. – Zawahał się, patrząc na mnie. – To nasza coroczna misja. Zawsze tego samego dnia.

Doceniałem próbę wsparcia, ale nie zamierzałem trzymać tego w tajemnicy. Przywiozłem ją tutaj, bo chciałem, by wiedziała. Chciałem, by dogłębnie mnie poznała, a co ważniejsze, chciałem, by była częścią mojego życia. Z każdym spędzanym z nią dniem pragnąłem tego coraz bardziej.

– Margo była młodszą siostrą Frankiego i najlepszą przyjaciółką Claire. Dziś byłyby jej urodziny – powiedziałem otwarcie. – Ja, Frankie, Claire, a teraz i ty, robimy to co roku, by ją uhonorować.

Wyraz jej twarzy zmiękł i, cholera, wpadłem jak śliwka w kompot. Mocno i nieodwracalnie. W tamtej chwili Cassie nie myślała o sobie ani o tym, jak dziwna jest sytuacja. Myślała jedynie o mnie.

– To wspaniale. Na pewno nie będziecie mieć nic przeciwko mojej obecności? – zapytała, odsuwając się, by mieć całą naszą trójkę w polu widzenia.

– Na pewno – odparłem bez wahania.

Cassie skinęła głową.

– Dobrze.

Uśmiechnęła się do mnie, następnie spojrzała na Frankiego i Claire. Przyjrzała się ich sylwetkom i skafandrom oraz uprzężom.

– Chwila… Dlaczego jesteście tak ubrani?

Wziąłem ją za rękę, pociągnąłem na zaplecze po sprzęt i zniszczyłem jej wesołość.

– Ponieważ będziemy skakać na spadochronach.

\*\*\*

– Jeśli żywa stanę na ziemi…! – wydzierała się Cassie, próbując przekrzyczeć dwa silniki samolotu. – …to cię zamorduję!

Objąłem ją mocno, nawet jeśli wiedziałem, że nie zdoła ode mnie uciec, choćby chciała. Była do mnie przypięta, ponieważ skakaliśmy w tandemie i czterdzieści sekund dzieliło nas od opuszczenia pokładu.

– Nie mogę się doczekać, kociaku! – odkrzyknąłem i pocałowałem ją w policzek, za co zarobiłem ostre spojrzenie i wyprostowane dwa środkowe palce.

Frankie i Claire przyglądali się nam z uśmiechem.

– Nie wierzę, że bierzesz udział w tym szaleństwie, Claire! – krzyknęła Cassie najgłośniej, jak zdołała. Frankie parsknął śmiechem, a jego żona pokazała dwa uniesione kciuki.

– Gotowa? – zapytałem, popychając ją do przodu, gdy pilot pokazał, że zostało nam piętnaście sekund.

– Nie, nie jestem gotowa, sukinsynie! Nie wierzę, że dałam się tu zaciągnąć!

Pociągnąłem za klamkę i otworzyłem drzwi, następnie ustawiłem nas na krawędzi.

– Och, na słodkie małe jednorożce! – dyszała.

– Wszystko w porządku, kociaku – koiłem. – Po prostu zamknij oczy i rozkoszuj się lotem.

– Mam zamknąć oczy? Co jest z tobą nie tak, że zawsze każesz mi zamykać pieprzone oczy? – piszczała.

– Ale tylko do chwili, w której dam ci znak, by je otworzyć – wyjaśniłem ze śmiechem. – Obiecuję, że o ciebie zadbam.

Złapałem się wyjścia po obu stronach i stanąłem na samej krawędzi, czekając na sygnał pilota. Kiedy tylko kątem oka zobaczyłem uniesione dwa kciuki, zacząłem odliczanie.

– Trzy, dwa…

– O kurwa. O kurwa, kurwa, kurwa! – krzyczała Cassie.

– Jeden.

Popchnąłem ją i wyskoczyłem z samolotu. Natychmiast uderzył w nas wiatr na tyle silny, że wycisnął okrzyk z moich płuc. Otaczał nas jedynie ryk powietrza, gdy pędziliśmy ku ziemi. Wiedziałem, że Cassie słyszała to samo. Zastanawiałem się, czy nie straciła przytomności, ponieważ nie przyjęła pozycji, jaką poleciliśmy jej przyjąć na wcześniejszym instruktażu. Jednak wyciągnęła ręce i złapała się mocno moich przedramion, na co uśmiechnąłem się, a siła wiatru sprawiła, że wargi niemal wywinęły mi się w drugą stronę.

Spadanie było fascynujące, a sceneria nie do opisania, jednak wcześniej ilekroć skakałem, nie było tak jak teraz, ponieważ w tym towarzystwie czułem się o wiele lepiej. Zaliczyłem dziś najfajniejszy skok mojego życia.

Kiedy dotarliśmy na odpowiednią wysokość, rozłożyłem spadochron, przez co porządnie nami szarpnęło. Zwolniliśmy tak gwałtownie, że zdawało się, że lecimy w górę. Spodziewałem się głośnego krzyku Cassie, jednak do moich uszu dotarł histeryczny śmiech.

– Dobrze się czujesz, kociaku? – zapytałem, gdy mogła mnie usłyszeć, ale odpowiedział mi pisk. – Powiedz coś po ludzku, nie w języku Phila, skarbie – rzuciłem ze śmiechem.

– To było niesamowite. Cholera jasna, niedobrze mi.

Zaśmiałem się i zahaczyłem stopą o jedną jej nogę.

– Zrób mi przyjemność i poczekaj z tym, aż znajdziemy się na ziemi, dobrze?

– Nie panuję nad tym – odparła szczerze.
– Po prostu się rozejrzyj i oddychaj, kochanie. Niedługo wylądujemy.

Spojrzałem na boki i zobaczyłem, że Claire i Frankie unosili się nieopodal nas. Claire uniosła kciuki, gdy zobaczyła, że na nią patrzę.

– Pomachaj im – poleciłem Cassie. Spojrzała w górę i wrzasnęła tak głośno, że żałowałem, że nie zakryłem uszu. Jednak był to okrzyk szczęścia.

Ja też byłem szczęśliwy.

Strefa lądowania szybko się zbliżała, więc zacząłem przypominać Cassie o ważnych rzeczach.

– Pamiętasz, co mówiłem? Nogi do góry, jakbyś chciała usiąść, okej?

– Tak! – krzyknęła w odpowiedzi.

Im niżej byliśmy, tym mocniej manewrowałem spadochronem, byśmy zwolnili i polecieli we właściwą stronę. Przy spotkaniu z ziemią, Cassie wypełniła moje instrukcje, aż całkowicie się zatrzymaliśmy.

– Oooooo! – krzyknęła podekscytowana.

Śmiałem się, odpinając ją od siebie, i poklepałem po ramieniu, by dać znać, że skończyłem. Nim zdołałem się podnieść, obróciła się i skoczyła na mnie, powalając całkowicie na ziemię, ściskając mnie za szyję i całując w usta.

Nigdy wcześniej nie doświadczyłem niczego lepszego.

Puściła mnie, podniosła się, następnie zaczęła skakać z ekscytacji. Przyglądając się jej uśmiechowi i słońcu tańczącemu w jej włosach, już wiedziałem.

Nigdy nie chciałem robić tego bez niej.

Niczego nie chciałem bez niej robić.

Byłem w niej zakochany.

– Cassie – zawołałem, więc na mnie spojrzała. Claire i Frankie wylądowali dziesięć metrów dalej, więc popatrzyła na nich, przez co musiałem powtórnie ją zawołać. – Cassie!

– Co? – zapytała. Kiedy na mnie spojrzała, uklęknąłem na jedno kolano. – Co robisz? – zapytała, śmiejąc się nerwowo. Pokręciłem głową i złapałem ją za biodra.

– Wyjdź za mnie.

– Co?! – krzyknęła.

– Wyjdź za mnie.

– Thatch… – Westchnęła, z niedowierzaniem kręcąc lekko głową.

Złapałem ją mocniej, wbijając palce w jej pośladki i rzuciłem jej wyzwanie, któremu wiedziałem, że się nie oprze. Nie obchodził mnie powód, dla którego zgodzi się spełnić moją egoistyczną potrzebę posiadania jej przy sobie do końca życia. Zależało mi tylko na tym, by usłyszeć „tak".

– O co chodzi, kociaku? Boisz się?

Zmarszczyła brwi i bezlitośnie spojrzała mi głęboko w oczy.

Po chwili, która ciągnęła się, jakby trwała wieczność, wypowiedziała słowo, które niemal mnie powaliło i sprawiło, że serce zapragnęło wyskoczyć z mojej piersi, by połączyć się z jej sercem.

– Tak.

# ROZDZIAŁ 29

## CASSIE

– Ile jeszcze, zanim dotrzemy do domu moich przyszłych teściów?

Spojrzałam na zrelaksowanego żartownisia. Thatch prowadził na autostradzie jedną ręką, drugą trzymał moją. Po obu stronach dróg rosły drzewa, nie było zaś zatłoczonych chodników. Świat poza miastem był zupełnie inny, łączyła je tylko nazwa stanu.

Ale dzięki Thatchowi nie potrafiłam skoncentrować się na naturze.

Wiedziałam, co robił. Okazjonalne dotknięcie czy też pogłaskanie serdecznego palca. Tak, wiedziałam. Próbował mnie podejść, by mieć pewność, że nie zapomniałam, na co się zgodziłam ani co oznaczała ta wycieczka. Może powinien mnie uspokajać albo szeptać do ucha słowa otuchy, ale byłam cholernie pewna, że gdyby role się odwróciły, ja bym tego nie zrobiła.

Wiedziałam jedynie – pomimo żartów w prawie każdej sytuacji – że oświadczyny były prawdziwe. Poważne w swej naturze i znaczeniu. Oczywiście, jak jakiś pieprzony tchórz nie zapytałam go o to. To do mnie niepodobne, ale… wszystko wydawało się być dobre. I nie chciałam tego niszczyć, dopytując o szczegóły.

Oznaczało to więc, że sama musiałam domyślić się, do czego zmierzała ta wojna na żarty. Nie byłam pewna detali, ale mogło się to skończyć nieplanowaną ciążą, poproszeniem Deana, by pomógł z organizacją wesela lub tym, żebym założyła doczepianego penisa, ale wojna byłaby otwarta – toczona na oczach przyjaciół.

Było też możliwe, że znajdę idealny kompromis – miłą równowagę w tych trzech aspektach.

Chociaż nie miałam pewności, czy ciężarna kobieta z doczepianym penisem nie stanowiła pogwałcenia jakichś niepisanych norm etycznych. Po powrocie do domu musiałam sprawdzić to w wyszukiwarce Google'a.

Thatch uśmiechał się obok mnie.

– Jakieś dwadzieścia minut, kociaku. Denerwujesz się?

– Ja i nerwy? – prychnęłam. – Nie byłam tak podekscytowana od premiery *Magic Mike'a XXL*, a nawet to wypada blado w porównaniu. I to już mówi samo przez się, Thatcher, bo w drugiej części wydawało mi się, że widziałam przebłysk fiuta Channinga.

– Cieszysz się, że poznasz moich rodziców?

Postukałam klamkę drzwi pasażera.

– O tak, kochanie. Muszę poznać przyszłych teściów. Zobaczyć pokój, w którym masturbował się nastoletni Thatch. Czuję się, jakbyś zabierał mnie do sex shopu – powiedziałam, figlarnie poruszając brwiami. – Nawet nie wiem, od czego zacząć. – Biorąc pod uwagę obecną sytuację, czułam się zaskakująco dobrze. Thatch był wyluzowany, więc również się nie spinałam.

– Powinienem był cię przeszukać, zanim wpuściłem cię do samochodu. Jeśli wyciągniesz z torebki lampę ultrafioletową i białe rękawiczki, zaniosę cię z powrotem do auta.

– Cicho. Podniecasz mnie – powiedziałam, na co puścił do mnie oko. Przyciszyłam muzykę i wzięłam telefon leżący na desce. – Powiedziałeś już Kline'owi o naszych zaręczynach?

Pokręcił głową.

Hmm... Pociąg plotek nieco zwolnił. Chociaż minęło zaledwie kilka dni, odkąd zechciał, bym weszła do ostatecznej, życiowej rozgrywki na żarty, ponieważ właśnie to oznaczałoby nasze małżeństwo – nieskończone wygłupy i śmiech. Na tę myśl serce mi urosło.

– Idealnie. – Wybrałam numer Georgii i przygotowałam się na najprawdopodobniej najlepszą rozmowę z nią, jaką kiedykolwiek odbyłam.

– Daj na głośnik. Muszę to usłyszeć.

Trzęsłam się z ekscytacji wzbudzonej wizją torturowania ludzi. Dotknęłam ikonki głośnika, po czym czekaliśmy z Thatchem, praktycznie podskakując na siedzeniach, aż Georgia odbierze, co zrobiła po trzecim sygnale.

– Cześć, Cass! – przywitała się, świergocząc. Kątem oka widziałam, że Thatch się uśmiechnął. – Co porabiasz?

– Och, niewiele. Jadę do rodziców. – Thatch ponownie się uśmiechnął, przez co pomyślałam, że występ bez udziału publiczności był lepszy. Ten cholernie przystojny gnojek mnie rozpraszał.

Wszystko w mojej głowie zwolniło, gdy próbowałam skupić się na rozmowie z przyjaciółką.

– Jesteś na lotnisku? – Dezorientacja parowała z telefonu jak gaz łzawiący.

– Nie do moich.

– Więc czyich?

– Thatchera. A do czyich niby miałabym jechać?

Roześmiałam się.

– Szczerze mówiąc, to nie wiem, ale nie pomyślałam, że chciałabyś poznać jego. Muszę otworzyć kalendarz i zapisać tę datę. To okazja, która powinna zostać udokumentowana.

Thatch posłał mi uśmiech i zjechał z autostrady na drogę ku Frogsneck.

– Dobra, otwieraj kalendarz, ponieważ chcę, byś zapisała kilka dat.

Jęknęła.

– Nie będę pilnować Phila. Jestem zajęta. Aż do śmierci.

Wyszczerzyłam zęby w uśmiechu, a Thatch ścisnął moje kolano.

– Jak myślisz, dwudziesty ósmy października jest dobry na ślub? Wystarczy ci czasu, by zorganizować mi wieczór panieński?

Częściowo rozanieliłam się na myśl o przejściu o zachodzie słońca po kolorowych liściach do czekającego pod polnym ołtarzem Thatcha. Jednak nie chciałam dzielić skóry na niedźwiedziu i skupiłam się na rozmowie prowadzonej z Georgią. Wkręcanie przyjaciół to jedno, ale nie rozmawialiśmy jeszcze z Thatchem o żadnych datach. Wydawało mi się, że planowanie wszystko zapeszy.

– Co?
– Zostaniesz moją główną druhną? – W kącikach moich oczu pojawiło się kilka fałszywych łez. Boże, musieli tęsknić za mną w Hollywood.
– Główną druhną? – Brzmiała na zaskoczoną, przez co szerzej się uśmiechnęłam.
– Na każde moje pytanie będziesz odpowiadać swoim? Jeśli tak, strasznie trudno będzie nam cokolwiek ustalić.
– Dostałaś udaru?
– A ty? – odbiłam piłeczkę.
– Jakie są objawy? Wydaje mi się, że... – Umilkła.
– Kline naprawdę musi przestać uderzać twoją głową o zagłówek, G. Chyba tracisz szare komórki – droczyłam się.
– Zgadzam się, kochana – wciął się Thatch. – Nie jesteś już tak bystra jak kiedyś.
– Co się tam, u diabła ciężkiego, dzieje? Kline! – zawołała Georgia. – Kline! Przytargaj tu tyłek!
Kilka sekund później głos Kline'a zabrzmiał gdzieś w tle.
– Jezu Chryste, Benny. Co się stało?
– Chyba coś niedobrego spotkało Cassie i Thatcha! – Nie przestawała krzyczeć.
Uśmiechnęliśmy się do siebie.
– Co? – Tym razem Kline był zdezorientowany.
– Coś złego spotkało Cassie i Thatcha! Chyba porwali ich kosmici. Albo opętały ich demony. Dzwoń po księdza! Nie znam się na egzorcyzmach, wiem tylko, że trzeba księdza. Daj Maureen do telefonu. Założę się, że zna jakiegoś księdza, który nam pomoże – nawijała.

– Oddaj mi komórkę, kochanie – polecił spokojnie Kline.
Coś zatrzeszczało, następnie to on pojawił się na linii.
– Dlaczego moja żona szuka w tej chwili księdza w książce telefonicznej?
– A dlaczego twoja żona ma w domu coś takiego jak książka telefoniczna? – wciął się Thatch. – Ostatnią taką widziałem w dwa tysiące piątym.
Zignorowałam go i zaczęłam po swojemu:
– Cześć, Wielkofiuty, jak leci? Thatch musi cię o coś zapytać.
– Cholera, kociaku, jeszcze nie zdecydowałem – grał swoją rolę. – A mogę mieć dwóch drużbów?
Na ekranie telefonu pojawił się komunikat, że Georgia chce połączyć się za pomocą kamery. Pokazałam to Thatchowi, na co z rozbawieniem w oczach przytaknął.
Dwie sekundy później na ekranie pojawiła się twarz Kline'a.
– Co się dzieje?
– Ciesz się, Brooks – powiedziałam z uśmiechem – bo się pobieramy!
Kline zmrużył oczy, ale nim zdołał cokolwiek powiedzieć, na ekranie telefonu pojawiła się twarz Georgii. Niebieskie oczy miała wielkie jak spodki.
– Jaja sobie robicie?
– Oczywiście, że nie, Ciporgia. Myślałam, że będziesz bardziej podekscytowana. Nie cieszysz się naszym szczęściem? – zapytałam z udawaną troską.
– Nie. Nie. Nie. – Kręciła głową. – Niemożliwe. Wiem, że mnie wkręcacie.

Thatch obrócił telefon w swoją stronę.
– Nie wkręcamy cię, Georgia. Twoja piękna przyjaciółka zostanie moją żoną.

Obróciłam telefon do siebie, próbując nie parsknąć śmiechem na widok wywołanego szokiem skrzywienia na twarzy Georgii.

– Ile czasu potrzebujesz na zorganizowanie mi wieczoru panieńskiego? Wiem, że masz sporo pracy i nie chcę ci przeszkadzać...

Szczęka opadła jej prosto na podłogę.
– Mówisz poważnie?

Przytaknęłam.

Odsunęła się od kamery, wzięła głęboki wdech. W końcu wróciła do mnie wzrokiem.
– Oświadczył się?

Ponownie przytaknęłam.
– Tak.
– I się zgodziłaś?
– Tak.
– I chcesz, żebym była twoją główną druhną, ponieważ naprawdę wychodzisz za mąż?
– Dlaczego jesteś teraz tak spokojna? Przecież to wielki krok, Cass. Największy, jaki możesz postawić, w dodatku w kierunku jeziora gorącej lawy, która na zawsze pochłonie twoją duszę.
– Hej! – powiedział ze śmiechem Kline. Georgia odwróciła się do niego z szalonym spojrzeniem, ale i uśmiechem.
– To nas nie dotyczy. Nasze małżeństwo nie jest takie.

Kline pokręcił głową.

– Tak, jasne.

Wzruszyłam ramionami, przygryzłam wargę, by się nie śmiać i zadałam ostateczny cios.

– Wiesz, nie przeraża mnie małżeństwo. Nieplanowana ciąża? Tak, nie będę kłamać, tego się trochę boję, ale nie ma z tym związku, że Thatch będzie ojcem mojego dziecka, a bardziej to, że moje cycki zrobią się naprawdę wielkie. To znaczy, możesz sobie wyobrazić, jakie…

Georgia wyglądała, jakby połknęła cytrynę.

– Jesteś w ciąży?

– Jeszcze nie mogę być stuprocentowo pewna, ale…

– Jesteś w ciąży?

– Teraz ten ślub ma sens – mruknął z tyłu Kline.

Zignorowałam go i skupiłam się na Georgii, zmieniając nieco historię.

– Cóż, nie, jeszcze nie. Ale wydaje mi się, że mam owulację, a Thatch jest naprawdę nienasycony. Wiesz, o czym mówię.

Zakryła twarz dłonią.

– Chyba muszę się położyć.

– Zostaniecie chrzestnymi?

Na ekranie pojawiła się ich kuchnia, nim telefon z hukiem wylądował na podłodze. Rozbrzmiały kroki, po chwili na ekranie znów zagościła twarz Kline'a.

– Jestem przekonany, że próbujecie zabić moją żonę.

Nie potrafiłam się nie śmiać.

– Dobra, ciąża była żartem, ale nie mogłam się powstrzymać.

Wyglądał na sceptycznego.

- Naprawdę się pobieracie?

Thatch ponownie obrócił do siebie komórkę.

- Chcę mieć wieczór kawalerski w Vegas, K., ale wydaje mi się, że Wes powinien go zaplanować. Bez obrazy, ale ma kasy jak lodu, a nie chcę jeździć po Strip minivanem.

- Jaja sobie ze mnie robisz.

- Kline, po prostu się rozłącz! – krzyknęła z tyłu Georgia. – Rozłącz się i zadzwoń na numer alarmowy. Myślę, że tak się zakręcili w tych żartach, że popadli w załamanie nerwowe.

Thatch się zaśmiał, a ja się uśmiechnęłam.

- Chcę usłyszeć, jak to mówisz – powiedział Kline, wpatrując się w przyjaciela. – Powiedz, że się żenisz.

Thatch zatrzymał się na czerwonym świetle i poświęcił Kline'owi sto procent uwagi.

- Żenię się.

- Powiedz, że poprosiłeś Cassie o rękę.

- Poprosiłem.

- Powiedz, że chcesz spędzić z nią resztę życia.

Thatch milczał przez krótką chwilę, następnie jego twarz się rozpogodziła.

- Chcę spędzić z nią resztę życia.

Na dźwięk tych słów oddech uwiązł mi w gardle. Jego odpowiedź brzmiała zbyt prawdziwie, by należała do gry. Częściowo błagałam w duchu bogów, by była to prawda, chociaż jednocześnie pragnęłam, by okazało się wręcz przeciwnie. Chciałam, by oba te scenariusze stały się realne. Jego żarty to jedyne, co powstrzymywało mnie przed utratą zmysłów.

*Ale on nie żartuje*, podpowiedział cichy głosik w mojej głowie, na co samoistnie napłynęła odpowiedź: *dzięki Bogu.*

Co się, u licha, ze mną działo?

Umysł krzyczał tylko jedno: *miłość!*

W odpowiedzi skurczył mi się żołądek.

Miałam ochotę klepnąć Thatcha z liścia w krocze. Albo w twarz. Albo może powinnam strzelić samą siebie. Ktoś w tym samochodzie powinien pójść po rozum do głowy.

Ale moje serce? Tak, ten mały sukinsyn się uśmiechał.

Kline milczał przez chwilę, następnie na jego twarzy zagościł szeroki uśmiech.

– Cholera jasna! – Uśmiech jeszcze się powiększył. – Koleś?

Thatch odpowiedział tym samym.

– Tak?

– Niech mnie szlag trafi. Gratulacje, stary. Cieszę się.

– Dzięki – odparł Thatch. – Prawie dojechaliśmy do moich rodziców. Ucałuj żonkę ode mnie.

Kline pokazał mu środkowy palec.

– Powiedz Cass, że Georgia do niej zadzwoni, kiedy tylko pogodzi się z całą sytuacją i wam wybaczy.

Rozłączyłam się, gdy Thatch wjechał na żwirowy podjazd.

Zanim schowałam telefon do torebki, zerknęłam na nową wiadomość.

Georgia: Nie jesteśmy już przyjaciółkami.

Ja: Tak, jesteśmy.

Georgia: Przed wyjazdem do jego rodziców powinnaś była włożyć biustonosz.

Ja: Wiem, o co ci chodzi, G.
Georgia: Jego mama pomyśli, że jesteś lafiryndą.
Tak, z pewnością w akcie zemsty próbowała sprawić, bym spanikowała.
Ja: Nie dam się nabrać.
Georgia: Naprawdę chcesz, bym była główną druhną?
Ja: I matką chrzestną moich dzieci.
Georgia: Nawet jeśli Cię teraz nienawidzę, i tak Cię kocham. Będę wszystkim, czego zapragniesz, nawet jeśli wydaje mi się, że tracisz rozum. Lepiej zadzwoń do mnie jutro. Czeka Cię poważna spowiedź.
Ja: Też Cię kocham, Ciporgia. Pogadamy jutro.

Chwilę później stanęliśmy pod domem rodziców, a Thatch wyłączył silnik. Obrócił się i przyjrzał mi z rozbawieniem.

– To było zabawniejsze, niż sądziłem.

– Prawda? – Śmiałam się. – Zapewne powinnam się wstydzić, ale, rety, nic nie mogę na to poradzić. Georgia jest moją ulubioną osobą do wkręcania.

Spojrzał na dom rodziców, po czym znów na mnie.

– Gotowa?

Skrzynki i doniczki z kwiatami odgradzały niewielką grządkę przed drzwiami. Nim zdołałam pomyśleć, co rabatka znaczyła dla mamy Thatcha, wzięłam wdech i stanęłam na niej obiema nogami.

– Zróbmy to. Pokażmy Sally i Kenowi, że jestem miłą dziewczyną, która przy okazji ma wspaniałe zderzaki.

– Nie zapędzajmy się aż tak – droczył się, na co pokazałam mu środkowy palec.

Roześmiał się w odpowiedzi, wysiadł i pomógł mi obejść samochód.

– Chodź, kociaku – powiedział, prowadząc mnie po schodkach. Stawiałam kroki nieco ciężej niż zwykle, więc oparłam się na nim. – Mam dla ciebie niespodziankę.

Zdezorientowana przechyliłam głowę na bok, ale nie miałam szans, by go o to zapytać. Drzwi otworzyły się i powitali nas uśmiechnięci rodzice.

– Mamo, tato, to moja narzeczona, Cassie – przedstawił mnie Thatch.

*Wow.* Z marszu wyjawił, że byłam jego narzeczoną. *Definitywnie nie żartował*, podpowiedział mój umysł.

Wstrzymałam oddech, czekając, aż jego matka zmieni się z przyjaznej w morderczą – ponieważ tak, generalnie potrafiłam zrobić świetne pierwsze wrażenie, ale moje cycki nie były „przyjazne dla teściowej", jeśli rozumiecie, o co mi chodzi. Jednak kobieta nie wykazywała morderczych skłonności, jak się spodziewałam. Całkowicie zignorowała Thatcha i podeszła do mnie, po czym mnie uściskała.

– Cassie, cudownie, że w końcu możemy cię poznać! – wykrzyknęła, ściskając mnie mocno. Odchyliła się i spojrzała na mnie czule, uśmiechając się przy tym. – Nawet nie wiesz, jak się cieszę, że mogę w końcu poznać kobietę, która trzyma mojego Thatcha pod pantoflem.

– W końcu? – palnęłam bezmyślnie. Nie byliśmy razem wystarczająco długo, by używać tego słowa.

– Mówi o tobie od ślubu Kline'a.

Natychmiast obróciłam głowę.

Thatch się zaśmiał, mogłam się założyć, że pod zarostem wykwitł rumieniec.

– Miło mi panią poznać, pani Kelly – odpowiedziałam, gdy już wzięłam się w garść. Mój uśmiech przepełniała dezorientacja, ale był prawdziwy. Świadomość, że myślał o mnie od tak dawna, sprawiła, że zrobiło mi się ciepło na sercu.

– Proszę, mów mi po imieniu.

Thatch się dąsał.

– A mnie nie uściskasz, mamo?

Machnęła na niego ręką i mnie objęła.

– Czyż nie jest wspaniała, Ken? – zapytała męża.

– Jestem pewien, że za ładna dla Thatcha – odparł z uśmiechem Ken. – Poważnie, Cassie? On cię czymś szantażuje? Powiadomić władze? Zamrugaj dwukrotnie, jeśli cię porwał. Trzykrotnie, jeśli obawiasz się o swoje życie.

Najwyraźniej dokuczanie mieli w genach. Już ich uwielbiałam.

Zamrugałam trzykrotnie, a mężczyzna się uśmiechnął.

– Zdrajcy – rzucił Thatch. – Znacie ją od dwóch minut i już jesteście po jej stronie.

Rodzice wyszczerzyli zęby w uśmiechu, mama w końcu uścisnęła syna.

– Cieszę się, że przyjechałeś, cukiereczku, ale mam wrażenie, że twoja narzeczona jest o wiele grzeczniejsza.

– Dzięki, mamo – odparł z grymasem, nim uśmiechnął się do niej z czułością. Od razu wiedziałam, że był zżyty z rodzicami. Serce ponownie mi urosło – ale Cassie z pewnością nie jest grzeczniejsza.

Teraz gwałtownie zatrzepotało.

– Wejdźmy do środka – powiedziała niezrażona kobieta. – Obiad już prawie gotowy.

***

– Było bardzo smaczne. – Wytarłam ostatni talerz i ostrożnie schowałam go do szafki. Sally podała posiłek na kosztownej zastawie, choć w moich myślach nieustannie przewijała się wizja, jak tłukę jej talerze. Jednak udało mi się zrobić dobre pierwsze wrażenie, a jeśli nauczyłam się czegoś z komedii romantycznych i pierwszego spotkania z Claire, pomaganie kobiecie w sprzątaniu, do którego zazwyczaj nie garnął się nikt inny, dodawało gościowi kilku punktów.

Sally uśmiechnęła się i wytarła ręce w ściereczkę.

– Cieszę się, że smakowało.

– Tak. Dziękuję za zaproszenie.

– Jesteś tu zawsze mile widziana, kochana. – W czułym geście założyła mi kosmyk włosów za ucho. Odczułam to jako dość intymny gest, czego się nie spodziewałam, bo poczułam się, jakby kobieta już traktowała mnie jak córkę. Mój szalony umysł nie wiedział, jak na to zareagować, ale pomyślałam, że w końcu coś wymyślę. – Mam nadzieję, że zmusisz Thatchera, byście częściej do nas zaglądali.

Czułość w jej głosie sprawiła, że przytaknęłam bez wahania.

– Da się zrobić.

– Mam przeczucie, że wiesz, co powiedzieć i trzymasz mojego syna na krótkiej smyczy. Nawet nie zdajesz sobie sprawy, jak się z tego cieszę. To dobry chłopak, ale potrzeba ustawić go do pionu.

Roześmiałam się. Szkoda, że nie wiedziała, że sama nie byłam za bardzo rozważna. Jednak robiłam, co mogłam, by nie rechotać jak żaba.

– A mówiąc o jego chłopięcych latach, z chęcią obejrzałabym jakieś zdjęcia z dzieciństwa – powiedziałam, ale po przemyśleniu dodałam: – Albo z jego nastoletnich lat z godnymi szantażu opowieściami w komplecie.

– Och, kochana, jedno twoje słowo, a wszystko ci opowiem.

– Tak, chyba czas, bym zabrał stąd Cassie, zanim sięgniesz po zeszyt z wycinkami z gazet, mamo. – Thatch wszedł do kuchni i objął mnie w talii. – Wiem, co zamierzasz i oficjalnie blokuję to, nim się nawet zacznie.

Sally pokazała mu w odpowiedzi środkowy palec, a ja mało nie umarłam ze śmiechu.

Thatch oczywiście to zignorował.

– Przyrzekam, dwie najważniejsze kobiety mojego życia pokazują mi faka częściej niż ktokolwiek inny. Naprawdę czuję się teraz mocno niekochany.

Sally uśmiechnęła się, a ja zarechotałam.

– Twoje ego i tak jest już duże, Thatcher. Jeśli cały czas będziemy okazywać ci miłość, wkrótce będzie tak nadęte, że odleci.

– Sally! Usiądź na kanapie i mnie też dopieść, kochanie! – zawołał Ken z salonu.

– Jestem zbyt zajęta sprzątaniem po ostatnim okazywaniu miłości! – odkrzyknęła, ale ruszyła w jego kierunku.

– Gotowa na niespodziankę? – szepnął mi Thatch do ucha, kiedy zostaliśmy sami w kuchni.

Spojrzałam w jego pełne intrygi oczy.

– Jaką niespodziankę?

Pocałował mnie w czubek nosa i wziął za rękę, wyprowadzając przez drzwi tarasowe do ogrodu. Kazał mi usiąść na ławce w cieniu pod wielkim dębem, nim wziął głęboki wdech, włożył rękę do kieszeni i wyciągnął z niej niewielkie czarne pudełeczko.

Mucha, wróbel… kaczka – którekolwiek z tych zwierząt mogło w tej chwili wlecieć do moich ust, tak szeroko je otworzyłam.

– Co robisz?

Uśmiechnął się i ukląkł przede mną na jednym kolanie. Niewielkie zawiasy zgrzytnęły, gdy otworzył pudełeczko, a moim oczom ukazał się cudowny, błyszczący, wspaniały, różowy, obramowany platyną brylant.

Właśnie w ten sposób wyobrażałam sobie pierścionek zaręczynowy.

*To definitywnie nie był żart*, podpowiadał mi umysł.

Czy on był teraz poważny?

Wymierzyłam mu mocny policzek.

– Au, kurwa, Cassie – powiedział, ale uśmiechał się jak szaleniec.

Wskazałam na niego palcem.

– Skąd wiedziałeś o pierścionku?

– Znam cię. – Zmrużyłam oczy, bo nie był aż tak dobry. – I może wspominałaś coś o nim kilka miesięcy temu, gdy szukaliśmy zaginionego kota.

Popchnęłam go na tyle mocno, że prawie wylądował na tyłku, ale jakoś się pozbierał i wstał, uśmiechając, jakby te szalone oświadczyny miały jakikolwiek sens. Jakbym nie traciła całkowicie głowy. Jakby to wszystko było normalne.

– Ale to było wieki temu. Jak to zapamiętałeś? Ćpasz coś?

– Są rzeczy, których nigdy nie zapomnę. Jak dotąd w moim życiu większość z nich dotyczy ciebie.

Patrzyłam na niego zaskoczona, moje serce nadal kołatało pospiesznie. Czułam się, jakby chciało wyrwać mi się z piersi.

Jego oczy były ciepłe, karmelowe.

– Cassie Phillips, proszę, zostań moją żoną.

Wstałam i zaczęłam przed nim chodzić.

– Jezu Chryste – mamrotałam pod nosem.

Złapał mnie za biodra i zatrzymał.

– Wyjdź za mnie, kociaku. Spędź ze mną resztę życia i miej ze mną śmiałe, dzikie i szalone przygody.

Klepnęłam go w pachwinę tak mocno, że przewrócił się na bok i złapał za krocze.

– Au! Cholera jasna!

Wyrwałam mu pudełeczko z ręki i zapatrzyłam się na pierścionek, gdy Thatch leżał w pozycji embrionalnej, walcząc o odzyskanie tchu.

– Nie poszło, jak planowałem – sapnął.

Wyjęłam przepiękny pierścionek, moje serce urosło trzykrotnie.

Był to mój pierścionek. Ten jedyny.

Boże, Thatch był idiotą. Idealnym idiotą. Moim idiotą. Ale z pewnością pieprzonym idiotą.

I z jakiegoś powodu nie zadałam pytań, jakie w takiej chwili zadałaby poczytalna osoba: co to dla nas oznacza, czy jest pewien albo czy do reszty zwariował, by kończyć w ten sposób coś, co zaczęło się od żartu.

Miłość przejęła kontrolę nad sytuacją. Jeśli chodziło o to głupie krótkie słowo, całe racjonalne myślenie traciło rację bytu. Miłość sprawiała, że traciło się rozum, a ja szczególnie chętnie chadzałam za głosem serca, nawet jeśli umysł wrzeszczał: *Co ty, do chuja, wyprawiasz?*

Nawet raz nie zachowaliśmy się romantycznie, ale kiedy spoglądałam w oczy temu mężczyźnie, który patrzył na mnie, jakby chciał mnie udusić lub poprosić o lód na jaja, wiedziałam, że to nieistotne. Władzę przejęło moje serce i poprowadziło ten szalony pociąg spontaniczności.

W końcu Thatch się podniósł i usiadł na ławce.

Stanęłam nad nim i podsunęłam mu pudełeczko przed twarz. Zakrył dłońmi pachwinę i z dezorientacją popatrzył mi w oczy.

– Tak. – Potrząsnęłam przed nim pierścionkiem.

Uniósł brwi.

– Tak?

– Tak, świrnięty dupku – powiedziałam, wyciągając lewą rękę. – Włóż ten cholernie ładny pierścionek na mój palec, nim kolejny raz strzelę cię w fiuta.

Thatch siedział przez dłuższą chwilę nieruchomo, wpatrując mi się głęboko w oczy.

Po czym sukinsyn się uśmiechnął.

Wziął pudełeczko i wsunął mi pierścionek na palec. Pocałował go czule, gdy wykonał zadanie.

– Chodź tutaj – powiedział, wstając i biorąc mnie w ramiona. – Pocałuj mnie tymi swoimi idealnymi, szalonymi ustami.

Nie wahałam się.

Wskoczyłam na niego, objęłam nogami w pasie i pocałowałam mocno.

Przyjechałam do jego rodziców jako narzeczona, ale wyjeżdżałam jako kobieta, która planowała wyjść za mąż. Normalnie nie było w tym różnicy, ale dla mnie te sformułowania dzieliła przepaść.

# ROZDZIAŁ 30

## THATCH

Cassie przylegała do mnie jak druga skóra, gdy siedzieliśmy na ławce pod starym drzewem w ogrodzie rodziców. Świerszcze cykały w oddali, świetliki tańczyły ponad trawą. Nie chciałem być nigdzie indziej niż tutaj z moją przyszłą żoną, wdychając świeże powietrze, zaciągając się zapachem jej skóry, tuląc ją, rozkoszując się krótką chwilą, w której nie liczyło się prócz nas zupełnie nic.

Nie wiedziałem, po jakiej ilości ciosów w krocze będę jeszcze mógł mieć dzieci, ale nie miałem wątpliwości, że nie chciałbym być nigdzie indziej niż przy niej, z nią – moją cholernie szaloną kobietą.

Zgodziła się już dwukrotnie. Za drugim razem nie była na adrenalinowym haju, nie była też napędzana pragnieniem ukończenia jakiegoś wyzwania. Kiedy powiedziała „tak" – cóż „tak, ty świrnięty dupku" – w głębi jej niebieskich oczu widziałem jej szalone, nieskrępowane serce i natychmiast zdałem sobie sprawę, że nie powiedziała tego, nie chcąc przegrać w naszej wojnie. Przyjęła oświadczyny, ponieważ chciała naszej wspólnej przyszłości tak samo jak ja.

Ta sama pieprzona historia.

*Tak, wiem. Ta sama niewypowiedziana na głos historia.*

*Bez obrazy, ale możecie się walić.*
Porozmawiamy o tym, gdy nadejdzie czas i będziemy gotowi.
– Chodź, Thatcher. Zabierz mnie w jakieś dobre miejsce – szepnęła mi do ucha. Uśmiechnąłem się, gdy poczułem, jak delikatnie powiodła ustami po mojej skórze.
– W jakieś dobre miejsce, co? Co masz na myśli?
– Nie. Nie ma mowy. To tak nie działa. Musisz mnie zaskoczyć.
Klepnąłem ją w kolano i zacisnąłem palce.
– Dobra, kociaku. Chyba coś wymyślę.
Wstałem z ławki i z łatwością postawiłem ją na ziemi. Dech uwiązł Cassie w gardle, gdy w wyniku tego ruchu mój fiut się obudził.
– Przyrzekam, że nigdy nie przywyknę do twojego rozmiaru.
Poruszałem figlarnie brwiami.
– Słyszałem, że chwilę zajmuje, by się zaaklimatyzować.
Psota zabłyszczała w jej oczach.
– Odłóż wzwód na bok, Thatcher.
Uśmiechnąłem się i ją przytuliłem. Pocałowałem w szyję i zaciągnąłem się jej wonią, nim powiedziałem:
– Nie ma szans.
– Poczekaj przynajmniej, aż wyjdziemy z ogrodu twoich rodziców – stwierdziła, chichocząc.
– W takim razie lepiej szybko z niego wyjdźmy – droczyłem się, odsuwając od jej aksamitnej skóry i prowadząc ją niemal biegiem w stronę garażu.

– Zwolnij, wielkoludzie!

Roześmiałem się i pociągnąłem ją mocniej, przez co musiała dwukrotnie przyspieszyć.

– Jak to jest, że zawsze zmuszasz mnie do biegu – mamrotała, na co puściłem do niej oko. – Oho – prychnęła z uśmiechem – jest i oko. Będę mieć dziś poważne kłopoty, prawda?

– Boże, mam nadzieję. – Złapałem ją za biodra, uniosłem i przerzuciłem sobie przez ramię. Przemierzyłem trawnik, przy czym Cassie cały czas piszczała. Gdybym o tym marzył (o mojej dziewczynie i całej tej sytuacji), nie posunąłbym się nawet do wymyślenia tak wspaniałego obrazu.

Drzwi garażu trzasnęły za nami, więc postawiłem Cassie na podłodze, bym mógł dostać się do starego chevroleta.

Włączyła światło, gdy pociągnąłem za łańcuch otwierający bramę. Ściągnąłem plandekę z auta, zwinąłem ją i rzuciłem na ławkę, następnie wziąłem kluczyki wiszące na korkowej tablicy, obszedłem samochód i otworzyłem drzwi.

– Gotowa na jazdę?

Oczy rozbłysły jej na ten podtekst seksualny – nie sądziłem, bym kiedykolwiek przywykł do kobiety, która nie bała się i nie wstydziła wyzwań. Uwielbiała je, karmiła się nimi. Każda komórka jej ciała błagała o więcej.

– Tak. – Uniosła brew, na co mój uśmiech się poszerzył, jakby zależał właśnie od niej. – A ty?

– Zawsze, kociaku. – Puściłem do niej oko, na co pokręciła głową. Przeważnie robiłem to, by sprawdzić jej reakcję. Nie miałem jej dość. – Wskakuj – poleciłem, sam opadając na siedzenie.

– Gdzie jedziemy? – zapytała, siadając obok.

Pokręciłem głową i roześmiałem się, zakładając jej włosy za ucho.

– Nie, nie ma mowy, żebyś to ze mnie wydusiła – odparłem. – Mam dla ciebie niespodziankę.

W jej oczach rozpalił się żar, ale znałem ją już na tyle, by wiedzieć, że spróbuje.

– Co jeśli ja... – zaczęła, przysuwając się powoli i pocierając moje udo.

– Niezła próba – odparłem, na co się skrzywiła. – Zostaw to na później.

Wsunąłem kluczyk w stacyjkę i przekręciłem, aż wielki silnik znajdujący się pod maską novy obudził się do życia. Samochód zatrząsł się gwałtownie, ale, na moje szczęście, nie on jeden.

– Cholera – powiedziałem do cycków Cassie. – Już zawsze będę cię woził tylko tym autem.

Odchyliła głowę ze śmiechem, eksponując szyję, jakby wychylała kieliszek. Miałem ochotę ją pocałować, gdy blask jej skóry był widoczny w ciemnej przestrzeni samochodu.

Śmiech poniósł się ponad warkotem silnika, a widząc mój pierścionek na jej palcu, zastanawiałem się, czy w moim trzydziestopięcioletnim życiu zdarzyła się kiedykolwiek lepsza chwila.

– Oczy do przodu i jedziemy – poleciła, machając ręką, jednak to, że zrobiła to na poziomie biustu, nie pozostało niezauważone. Pragnęła w duchu dać mi to, czego chciałem, nawet jeśli nie przyznawała tego głośno.

Wcisnąłem sprzęgło, wbiłem bieg i dodałem gazu, byśmy wyjechali z garażu.

Cassie rozsiadła się na miejscu i sięgnęła, by włączyć radio, gdy przez przednią szybę oświetliła nas poświata księżyca.

Z głośników popłynął miękki rock, na dźwięk *Night Moves* Boba Segera jej uśmiech się poszerzył.

Przez chwilę przyglądała się otoczeniu, nim przesunęła się na łączonym siedzeniu i umościła przy moim boku.

Nie tracąc czasu, przytuliłem ją do siebie, jadąc żwirowym podjazdem i wyjeżdżając na prawie pustą boczną drogę.

Już tak prowadziłem. Tą samą drogą z dziewczyną w dokładnie tej samej pozycji, jednak nigdy wcześniej nie było to tak naturalne. Jakby niezależnie od okoliczności wieczór miał być udany.

Cassie nuciła wraz z muzyką, gdy prowadziłem i słuchałem, więc nim się obejrzałem, dziesięć minut później parkowałem na ścieżce prowadzącej przez las do jeziora.

– Czy to jest to, o czym myślę? – zapytała, unosząc głowę, przez co musiałem zabrać rękę z jej ramion.

– Nie wiem. A o czym myślisz?

– Albo to miejsce z twoich nastoletnich marzeń, przedwczesnych wytrysków i pierwszych macanek, albo tu zginę.

Roześmiałem się.

– To pierwsze, kociaku.

– Cholera. Musi być dla ciebie legendarne. Masz w bagażniku wszystkie te biustonosze? To jak sanktuarium, prawda? – zapytała z ogniem w oczach.

– Musisz wiedzieć, że byłem tu tylko z pięcioma dziewczynami. – Uniosła brwi, na co udawałem, że się zastanawiam. – Dobra, sześcioma. – Przewróciła oczami, więc wyrzuciłem ręce w górę. – Góra piętnastoma.
– Dobra, przestań.
– Dobry pomysł – zgodziłem się, gasząc silnik, przez co nastała całkowita cisza. – Chodź – zawołałem, kiedy milczała i się nie ruszała. Wysiadłem, obserwując, jak zrobiła to samo, następnie pokiwałem palcem, by do mnie podeszła.

Nie chciała się podporządkować, ale ciało nie pozostawiło jej wyboru.

Boże, uwielbiałem widzieć, jak silnie na nią działałem.

– Czy to miejsce, gdzie mam dobrowolnie oddać stanik? Jeśli tak, mam złe wieści.

– Wiem. Nie masz na sobie żadnego. – Uśmiechnęliśmy się oboje. – I to wcale nie jest zła wiadomość.

– Czy to znaczy, że mam zostawić coś innego do twojej kolekcji? Na przykład zęby?

Parsknąłem śmiechem.

– Nie mam żadnej kolekcji – odparłem. – Przyrzekam na mały paluszek.

– O rety – mruknęła, kiedy zahaczyła ze mną mały palec. Mój był dwukrotnie większy. – Teraz wiem, że mówisz poważnie. Łamiesz zasadę numer dziewięć.

Zasada dziewiąta mówiła, że przysięgi na mały paluszek nie można było złamać.

Widząc, jak puszczam do niej oko, Cassie prychnęła uroczo. Zignorowałem jej szorstkość, otworzyłem bagażnik i znalazłem wciąż spoczywające tu przydatne rzeczy.

– Koc? – zapytała, kiedy pochyliłem się nad autem. – Odtwarzacz CD? Wow. Witamy w latach dziewięćdziesiątych.

Uśmiechnąłem się i zamknąłem klapę.

– Chodź.
– Idę. Powiedz, że masz też odpowiednie płyty, by puszczać je na tym sprzęcie.
– Przykro mi, ale albo radio, albo cisza.
– Albo mógłbyś mi pośpiewać serenady – podsunęła.
– Rozumiem. Myślisz, że wraz z boskim ciałem i wszelakimi talentami wiąże się anielski głos, ale zaufaj mi, mój głos nie jest wart występu.
– Czy przyznałeś właśnie, że jesteś w czymś kiepski? Dobrze się czujesz? – droczyła się.
– Potrzeba było piętnastu lat i nagrań wideo, by Kline'owi, Frankiemu i Wesowi udało się przekonać mnie, że nie byłem najlepszy. To znaczy, przecież to do mnie niepodobne.
– Nie jesteś też najwspanialszy w byciu skromnym. Tak tylko mówię.
– Phi – prychnąłem, rozkładając koc na brzegu jeziora.
– Kto by chciał być skromny?
– Eee, większość ludzi. Osoby publiczne. Politycy.
– Dziewczyny na balach? – dodałem sceptycznie. – To jakiś przeżytek. Jedynymi ludźmi, którzy muszą być skromni, są ci, którzy mają ku temu genetyczne skłonności.
– W takim razie zgaduję, że ani ty, ani ja się do nich nie zaliczamy.

– Prawda.
– Jaka więc mam być? – zapytała, siadając na kocu i opierając się na łokciach. Zupełnie inaczej patrzyło się na nią z dołu, niż górując nad nią. Przyglądałem się linii jej żuchwy i kremowej szyi, by zdecydować, z której perspektywy podobała mi się bardziej.
– To proste – powiedziałem. Wzięła się pod boki i czekała na odkrywczą odpowiedź. – Sobą. Wystarczy, że będziesz sobą.
– A powinnam być seksowna? – zapytała z uśmiechem, gdy pochyliła się, by włączyć radio. Z głośników popłynęło *Tennessee Whiskey* Chrisa Stapletona, Cassie zostawiła więc tę stację, by grała cicho w tle.

Subtelnie zaczęła kręcić biodrami, jakby próbowała mnie zahipnotyzować.

– O tak – zgodziłem się, przyglądając się jej. – Seksowna na pewno.

Jej oczy rozpaliły się, poświata księżyca sprawiała, że błyszczały. Niczym drzewo na wietrze, Cassie poruszała się z gracją, robiła to w takt muzyki, nie pozostawiała wątpliwości, że wczuwała się w rytm.

Zaczęła się przysuwać, podążając od moich stóp aż do biodra i z powrotem. Cały czas patrzyła mi w oczy, a moje serce zabiło intensywniej.

Spoglądałem na jej plecy, gdy się obróciła, przerzucając włosy za ramię i kołysząc nimi, nim się pochyliła. Spojrzała na mnie spomiędzy nóg, jednak widok jej uniesionego tyłka sprawił, że musiałem walczyć o opanowanie.

– Dobrze się czujesz, Thatcher? – zapytała z drwiną.
Odpowiedziałem ochryple:
– Tak, kociaku. Zajebiście dobrze.

Wstała i szybko się obróciła, następnie zbliżyła się i opadła za mną na kolana. Położyłem się na plecach, mocno wbijając łokcie w koc.

Pochyliła się nad moją twarzą, cycki z każdym ruchem kołysały się w materiale sukienki. Zauroczyły mnie.

Jej taniec był bardziej sensualny niż jawnie erotyczny, ale oczywiście mój fiut nie widział żadnej różnicy.

*Słodki Jezu.*

Wyciągnąłem rękę do tyłu, aż znalazłem nagą skórę jej uda. Była miękka i jędrna, czułem, jak poruszają się pod nią mięśnie, gdy Cassie kontynuowała swe tortury.

Nagle moja ręka nie znajdowała się już na niej, gdy odsunęła nogę. Cała się odwróciła, następnie opadła na moją pierś, wykonując przede mną szpagat, jakbym był jakimś aparatem do ćwiczeń.

– Cholera – mruknąłem pod nosem, na co się uśmiechnęła.

– Rozbierany aerobik, kochanie. Chcesz zostać moją rurą? – zapytała, puszczając do mnie oko.

*Kurde.*

– Wpisz mnie na siedem nocy w tygodniu.

# ROZDZIAŁ 31

## CASSIE

Kiedy siedzieliśmy w barze, pijąc piwo, pogryzając orzeszki i ciesząc się atmosferą małomiasteczkowego lokalu, wciąż czułam Thatcha między nogami.

Nie powstrzymywałam go po tym, jak tańczyłam dla niego nago pod gwiazdami. Dał mi dwa orgazmy, pieszcząc mnie, jakbyśmy nie znajdowali się na brzegu jeziora, za to jakbyśmy grali w filmie porno dla milionów. Na samą myśl się uśmiechałam.

Seks jednak zadziałał inaczej niż zazwyczaj, budząc mnie do poziomu, w którym wiedziałam, że coś innego zużyje moją energię, aż będę mogła zasnąć. Thatch przekonał mnie więc, byśmy pojechali na drinka do niesławnego Lepkiego Ogórka.

Zadowolenie w jego oczach podpowiadało mi, że mogłam przekonać go prawie do wszystkiego.

Nieustannie okazywał mi czułość – a to całując w czoło, a to zakładając włosy za ucho, a to uśmiechając się do mnie czarująco. I za każdym razem brał mnie za lewą rękę i całował w palec serdeczny, chociaż groziłam, że ponownie strzelę go z liścia w pachwinę.

Prawdę mówiąc, nie pamiętam, kiedy ostatnio tak dobrze się bawiłam.

– Cholera – mruknął Thatch, patrząc w stronę drzwi.

– Co? – zapytałam, obracając się na miejscu i zauważając przy wejściu trzech facetów. Zachowywali się hałaśliwie, miałam przeczucie, że były to lokalne cwaniaczki szukające wrażeń.

Spojrzałam na Thatcha.

– Znasz ich?

Przytaknął.

– Wychowywałem się z nimi.

– Wyglądają jak banda gnojków.

Uśmiechnął się.

– W dziesiątkę, kociaku.

Jeden z facetów podszedł do baru i stanął tak blisko Thatcha, jak było to możliwe, nie siadając mu na kolanach.

– Trzy piwa, Charlie – powiedział barmanowi, nim zwrócił uwagę na nas. – O, cześć, Thatch – przywitał się, ale nie było w tym ani krztyny przyjacielskości. – Przywiozłeś koleżankę? Jak cholernie miło.

Thatch zignorował go, wstał i spojrzał na mnie.

– Zagramy w bilard?

Ta ignorancja sprawiła, że przechyliłam głowę na bok.

– Tak, jasne, okej – zgodziłam się i wzięłam go za wyciągniętą rękę. Bez pytania dałam się poprowadzić do kąta na tyłach, gdzie rzędem stały stoły.

– O co chodziło?

Podał mi kij, sam wziął trójkąt.

– O uniknięcie kłopotów.

– Przez te same kłopoty musiałam wykupywać cię z paki?

– Dokładnie te same – mruknął.

Cały był spięty, zaciskał usta, a normalnie wesołe brązowe oczy pociemniały ze złości. Nie podobał mi się w tym stanie, był tak sztywny, że bałam się, iż pęknie na pół. Musiałam go szybko rozproszyć.

Odłożyłam kij i wsunęłam się pomiędzy jego ręce, które układały bile na stole. Oparłam się plecami o stół, nasze twarze dzieliły centymetry.

Uniósł brwi.

– Co robisz?

Objęłam go za szyję i uśmiechnęłam się.

– Flirtuję z narzeczonym.

– Ach tak? – Rozluźnił usta, które uniosły się w kącikach.

– Tak, kochanie – szepnęłam i go pocałowałam. Drażniłam się z nim językiem.

Złapał mnie za biodra i odpowiedział sprośnym, głębokim, mokrym pocałunkiem. Do czasu, gdy znalazł w sobie siłę, by się odsunąć, przyciskałam się do niego całym ciałem.

– Dziękuję. – Cmoknął mnie po raz ostatni. Wiedział, o co mi chodziło, ale tego nie skomentował, więc też milczałam.

Uśmiechnęłam się, gdy poprawił sobie spodnie, patrząc na mnie z rozbawieniem.

– Mogę rozbijać? – zapytałam, przesuwając kredą po końcu kija.

– Proszę bardzo. – Wskazał na stół.

Wszystko szło później jak po maśle. Rozegraliśmy dwie rundy bez zaczepek ze strony trzech łobuzów siedzących przy barze. Thatch wygrał dwukrotnie i nalegał, by za każdą wygraną otrzymać trzy lodziki.

– Twoja matematyka jest do bani – odparłam, kładąc rękę na biodrze. – Jedna rozgrywka, jeden lodzik.

– Lubię cyfry, kociaku. Moja matematyka nigdy nie jest do bani.

Roześmiałam się i pokazałam mu środkowy palec.

– Ustaw bile, a ja włączę jakąś muzykę – poleciłam, podchodząc do szafy grającej. Wrzuciłam do niej kilka drobniaków wyciągniętych z tylnej kieszeni.

Kiedy przesuwałam wzrokiem po bardzo depresyjnej liście utworów, zastanawiałam się, czy znajdę coś godnego puszczenia.

Conway Twitty? Nie.

*The Thong Song*? Nie.

*She Thinks My Tractor's Sexy*? Jezu, zmieńcie playlistę, nim ktoś w tym mieście wyzionie ducha przez tę muzykę.

R. Kelly *Stuck in the Closet*? Cholera, nie.

Shania Twain *Any Man of Mine*? Dobra, to zniosę.

Kiedy czekałam, aż maszyna przyjmie mój wybór, pojawił się przy mnie jeden z gnojków. Oparł się luzacko o ścianę i wtargnął w moją przestrzeń osobistą.

– Jestem Johnny. Musisz być koleżanką Thatcha do rżnięcia. – Jego oślizgły wzrok spoczął na moim dekolcie, nim w końcu powrócił do moich oczu.

Rozejrzałam się po sali, ale nie zauważyłam w pobliżu jego koleżków, a Thatch stał tyłem do mnie, rozmawiając z jakimś starszym jegomościem.

Wyglądało na to, że sama musiałam poradzić sobie z tym dupkiem. Zatem do dzieła.

– Jestem jego jedyną koleżanką do rżnięcia – poprawiłam. – Jestem jego narzeczoną.

– A to ci dopiero nowina.

Udawałam dezorientację i przygotowywałam się do walki. Ten sukinsyn chciał iść na całość, ale nie miał zielonego pojęcia, z kim zadziera.

– Co tam mamrotałeś, Joanie?

– Jestem Johnny i mówiłem, że to nowość. – Posłał mi nikczemny uśmieszek. – Ile ostatnio biorą nowojorskie dziwki, lalka? Jestem pewien, że mam przy sobie wystarczająco kasy, by zabrać twoją piczkę na przejażdżkę.

Lalka? Rety, ten facet naprawdę nie wiedział, komu fika.

– Joanie, nie wiedziałbyś, co zrobić z moją cipką, nawet gdybym podstawiła ci ją pod nos i kazała lizać.

Jego twarz straciła wyraz i stężała jak kamień.

Najwyraźniej trafiłam w czuły punkt, co nie było bardzo trudne. Goście jak ten nie potrafili obchodzić się z kobietami. Tacy faceci używali w piwnicy domu rodziców świerszczyków, nawilżacza i prawej ręki. A jeśli nawet udało im się upolować jakąś dziewczynę, wpychali się w nią, aż nie była w stanie tego znieść.

– O, Joanie. Nic nie szkodzi. – Obdarowałam go przyjaznym uśmiechem. – Pewnego dnia znajdziesz idealną dziwkę, która cię zechce i pozwoli się przelecieć za pieniądze. Głowa do góry, Joanie. W końcu ci się poszczęści.

Przysunął się do mnie i uderzył mnie jego śmierdzący oddech.

– Musisz być wyjątkową zdzirą. Zamierzasz poślubić mordercę.

Mordercę? Tak, wiedziałam, że te bzdury były czystą fikcją. Teraz już rozumiałam, dlaczego Thatch wylądował ostatnio w pierdlu.

Dupek wciąż stał przede mną, a jego usta rozciągnęły się w szatańskim uśmieszku. *Właśnie tak, skurwielu. Uśmiechaj się*, pomyślałam, patrząc na tego bezczelnego typa, który atakował kobietę mniejszą od niego o połowę.

Miał jaja, tego byłam pewna.

Ale ja też je miałam. I moje były większe.

– Cass... – zawołał z tyłu Thatch, ale było za późno. Nie było szans, bym się wycofała. Przecież potrafiłam się bronić. Nie ma się tak niewyparzonych ust jak moje, nie wiedząc, jak poprawnie wyprowadzić cios.

Zamachnęłam się prawą ręką i przywaliłam Johnny'emu na tyle mocno, by zmazać mu ten uśmieszek z gęby. W ciągu kilku sekund facet znalazł się na podłodze.

Zignorowałam ból w ręce, kiedy stanęłam nad nim i spojrzałam na żałośnie skulonego typa na ziemi.

– I kto tu jest zdzirą, sukinsynie?

– Cassie – powiedział Thatch z troską. Odciągnął mnie od miejsca zbrodni, dotknął mojej twarzy, ramion, rąk, szukając poważnych obrażeń. – Cholera, kochanie. Nic ci nie jest?

– Nic, T.

Patrzył na mnie, dziko zaniepokojony.

– Co się tam, kurwa, stało?

Na jego twarzy odmalowała się ochota, by zatłuc tamtego palanta, więc postanowiłam ostrożnie dobierać słowa.

Wskazałam na Johnny'ego, którego barman szturchał właśnie stopą w brzuch.

– Ten cały Joanie – odparłam – nie potrafił się zachować.

Thatch zamrugał trzykrotnie, jakby próbował zrozumieć, co właśnie powiedziałam.

– Czekaj… nazwałaś go Joanie?

– Oj, a nie tak ma na imię? – zapytałam z udawanym zaskoczeniem.

Parsknął śmiechem.

– Ma na imię Johnny, ale odnoszę wrażenie, że o tym wiesz.

Uśmiechnęłam się wymownie.

W okamgnieniu spojrzenie Thatcha z morderczego stało się rozbawione.

– Postanowiłaś więc na własną rękę nauczyć Joaniego manier?

Wzruszyłam ramionami.

– Najwyraźniej ktoś musiał.

– Nie może się tak dziać za każdym razem, gdy tu wpadasz, Thatcher – powiedział Charlie, stając za nami i próbując ocucić Johnny'ego. – Dzwonię do szeryfa.

– Daj spokój, Charlie – prosił Thatch, patrząc na mnie z uśmiechem. – Odpuść. Obraził moją narzeczoną.

Wyszczerzyłam zęby w uśmiechu.

Boże, oboje byliśmy szaleni. Poczułam mrowienie, więc uśmiechnęłam się tak szeroko, że policzki mało mi nie pękły.

Charlie zaś roześmiał się z niedowierzaniem.

– Nie podniósł ręki na twoją narzeczoną, obserwowałem wszystko z baru. I wiesz, że gnojek spróbuje wnieść zarzuty przeciw tobie już w chwili, gdy dojdzie do siebie. Niech mnie diabli, jeśli będę musiał stanąć jutro rano przed Millerem.

Thatch położył obie ręce na moich ramionach.

– Kociaku – powiedział z rozbawieniem – mam przeczucie, że tym razem to ja wykupię cię z paki.

– Cóż… – Wzruszyłam ramionami. – Było warto.

***

– Hej, szeryfie, mogę skorzystać z łazienki i wziąć jakąś przekąskę z maszyny?

– Mów mi Bill, kochana – odparł, siedząc wygodnie za biurkiem i opierając nogi na metalowym blacie. – I nie krępuj się, weź sobie coś z zaplecza.

– Dzięki bardzo.

Po znokautowaniu Johnny'ego jednym ciosem zostałam aresztowana przez policję z Frogsneck. Szeryf Miller zakuł mnie w kajdanki i wsadził na tylne siedzenie radiowozu, kiedy Thatch próbował go przekonać, by tego nie robił.

Jednak mu się nie udało. Najwyraźniej mój narzeczony był kiedyś łobuzem, więc nie miał poważania w tym mieście. Szeryf wyraził się dość jasno, że jeśli Thatch spróbuje za mną jechać, również skończy w kajdankach i w celi. Mój słodki wielkolud wyglądał, jakby poważnie się nad tym zastanawiał.

Jednak pół godziny trzepotania rzęsami i flirtowania udobruchało szeryfa, który mnie rozkuł i pozwolił chodzić wolno po posterunku.

Przeprosił mnie nawet za to, że musiał mnie przetrzymać regulaminowe sześć godzin.

Tak, byliśmy z Billem najlepszymi kumplami.

Wysikałam się, wzięłam paczkę chipsów z posterunkowego zaplecza i usiadłam za biurkiem zastępcy, kopiując pozycję szeryfa.

– Mogłabym zadzwonić?

– Śmiało, kochana. – Bill uśmiechnął się do mnie i zwrócił uwagę na niewielki telewizor. Oglądał trzeci odcinek *Bonanzy*.

Thatch odebrał po pierwszym sygnale.

– Wszystko dobrze, skarbie?

– O tak, w porządku. Możesz po mnie przyjechać za pół godzinki.

– Będę.

– Super. Do zobaczenia. – Rozłączyłam się i przesunęłam fotel do szeryfa. – Mogę się przysiąść?

Spojrzał przez ramię i przytaknął.

– Uwielbiam te seriale – powiedziałam, otwierając chipsy. – Kiedy byłam mała, oglądałam je nieustannie.

– Nie robią ich już jak dawniej – odparł z uśmiechem.

Obejrzeliśmy z Billem odcinek do końca, nim Thatch pojawił się na posterunku, odbierając mnie dokładnie pół godziny po telefonie. Najwyraźniej tak to wszystko wyliczył, bym nie musiała spędzić tu dodatkowej minuty. Zatrzymał się jednak, gdy zobaczył mnie za biurkiem szeryfa, gdzie uczyłam mężczyznę, jak korzystać z Facebooka.

– Prawdę mówiąc, Bill, nie jest to tak trudne, jak ci się wydaje – powiedziałam, przewijając posty. – Do tego możesz utrzymywać kontakt praktycznie ze wszystkimi, nie musząc zdawać się na telefon.

Zaśmiał się.

– Chyba zdołam się do tego przyzwyczaić.

– Przyjechał mój kierowca – stwierdziłam, wylogowując się z konta. – Będziesz się odzywał, prawda?

Bill się uśmiechnął.

– Ty też się odzywaj.

– Przyjechałeś mnie wykupić? – zapytałam Thatcha, wstając z fotela. Wyrzuciłam opakowanie po chipsach do śmieci.

– Ślicznotki nie płacą, kochana. – Szeryf nie dał mu szans na odpowiedź. – Miałaś ciężką noc, więc wróć do domu i odpocznij, dobrze?

– Dzięki, Bill. – Pocałowałam go w policzek. – Nie przepracowuj się.

Wzięłam torebkę i podeszłam do Thatcha.

– Gotowy?

Zdezorientowany rozejrzał się po pomieszczeniu.

– Coś tu pozmieniali?

– Co?

W czekoladowych oczach jaśniała wesołość i zaskoczenie.

– Kiedy ostatnio spędziłem tu noc, było zupełnie inaczej.

Uśmiechnęłam się do niego.

– Powinienem był wiedzieć – powiedział, obejmując mnie za ramiona i prowadząc w stronę drzwi.

– O czym?

– Że będziesz potrafiła owinąć sobie szeryfa Millera wokół małego palca.

Kiedy wsiedliśmy do samochodu, spojrzałam na niego.

– Mogę cię o coś zapytać?

Popatrzył mi w oczy.

– Oczywiście, skarbie.

– I będziesz ze mną szczery?

Przytaknął.

– Jak zawsze.

– Dlaczego Johnny nazwał cię mordercą?

Thatch zacisnął usta. Mięsień na jego policzku drgnął kilkakrotnie.

– Właśnie dlatego go uderzyłaś?

– Tak – odparłam. – Oczywiście wiedziałam, że to bzdury, ale fakt, że miał śmiałość, by powiedzieć coś takiego, popchnął mnie do działania. Nie spodobały mi się jego słowa, Thatch. Nie podobało mi się, że powiedział coś takiego o tobie.

Przyglądał mi się przez dłuższą chwilę, więc dałam mu czas.

– Towarzyszyłem Margo w dniu, w którym zmarła – wyjawił. – Była spontaniczna i uparta, a kiedy coś postanowiła, nikt nie mógł jej powstrzymać. Podjęła lekkomyślną decyzję, przez którą zginęła, a ja nie mogłem nic zrobić. Próbowałem ją powstrzymać, ale nie mogłem.

Wzięłam go za rękę i ścisnęłam lekko. To nie był koniec historii, ale wiedziałam, że opowie ją, gdy przyjdzie ku temu odpowiedni czas. Tyle na razie musiało mi wystarczyć.

– Dziękuję, że mi powiedziałeś.

Patrzył przez szybę, nieświadomie zataczając kciukiem kręgi na mojej dłoni.

– Dzięki, że jesteś sobą, Cassie. – W końcu na mnie spojrzał i się uśmiechnął. – I dzięki, że broniłaś mojego honoru.

Uśmiechnęłam się.

– Dzięki, że pozwoliłeś mi na ten *Fight Club* i że zatrzymasz się w McDonaldzie w drodze do domu.

Zaśmiał się.

– Głodna?

– Jak wilk – jęknęłam. – Policja w Frogsneck ma na zapleczu same gówniane przekąski.

– No chyba żartujesz. Byłaś na ich zapleczu?

– Nie żartuję ani na temat zaplecza, ani tego, że jestem głodna. – Wskazałam przed siebie i złapałam się za brzuch. – Jedź, kochanie. Czeka na mnie smakowity Big Mac.

# ROZDZIAŁ 32

## THATCH

– No chyba żartujecie – powiedział Kline, idąc z nami i z Georgią. – Wzięliście świnię? Tutaj?
– Hej, uważaj na słowa, Wielkofiuty. Nie każdy zwierzak to dupek – odparła Cassie.
– Eee, przepraszam bardzo? – wcięła się Georgia.
– Nie mogliśmy prosić naszej zwyczajowej opiekunki – powiedziałem radośnie Kline'owi, który wyglądał, jakby miał pęknąć i umrzeć ze śmiechu, ale trzymał się dzielnie.

Wróciliśmy wczoraj wieczorem od moich rodziców, bo kilka miesięcy temu obiecaliśmy Maureen przyjść na jej imprezę charytatywną „Ultrafiolet na zjeżdżalni". Oczywiście wtedy zaproszono nas oddzielnie. Teraz naprawdę byliśmy parą. Mieszkaliśmy razem. Byliśmy zaręczeni. Cholera, sam tego chciałem, chociaż po części wciąż nie potrafiłem pojąć tych zdarzeń.

Dwoje niefrasobliwych ludzi z praktycznie zerowym doświadczeniem w związkach zaręczyło się ze sobą. Zadzwoniłbym po egzorcystę, gdybym nie cieszył się na myśl o związaniu się z tą diablicą.

– Georgie! – zawołał jej ojciec, Dick, z przeciwległej strony. Ludzie tłoczyli się wokół gumowego toru do zjeżdżania, więc jedynie kolorowe lampki na drzewach na jej obwodzie sprawiały, że można było coś zobaczyć. Cała impreza ze światłem ultrafioletowym musiała odbyć się właśnie dzisiaj.

– Cześć, tato! – odkrzyknęła Georgia. Wszyscy pomachaliśmy jednocześnie jak małe marionetki.

Dick spojrzał na nas, próbując obejść dmuchaną budowlę. Była wielka na niemal całą przecznicę, ludzie tłoczyli się na jej skrajach. Kiedy sekundy zmieniły się w minuty przeciskania przez tłum, Dick się poddał i przeszedł przez środek, rozchlapując wodę butami, ignorując wszystkich, którzy na niego pokrzykiwali.

Nie próbowałem zapanować nad śmiechem, gdy Georgia mruknęła:

– Na miłość boską.

Kline objął żonę, gdy jego teściowa Savannah ubrana jedynie w bikini poszła w ślady męża. Cassie ze śmiechem wtuliła twarz w moją pierś. Chyba nawet prychnęła, ale kiedy na nią spojrzałem, wskazała na Phila.

– To prosiak.

– Cześć, Kline! – przywitał się z ekscytacją Dick, klepiąc zięcia w ramię, plecy, w końcu biorąc go w męski uścisk. Faceci się uwielbiali.

– Thatch, Cassie – przywitał się, gdy w końcu puścił Kline'a, następnie uściskał córkę. – To dopiero zabawa, co? Nie jak zwyczajowe przyjęcie.

Rozejrzałem się po oświetlonej neonami przestrzeni.

– Tak, nie sądzę, by zamożne towarzystwo się cieszyło, ale wydaje się to być wielkim hitem.

Przyszło więcej ludzi niż zazwyczaj widywałem przy tego typu okazjach, a atmosfera była naprawdę spoko. Błyszczące koszulki i podświetlana woda płynąca na gigantycznej zjeżdżalni i torze, który miał jakieś sto pięćdziesiąt metrów długości, stanowiły atrakcję. Niektórzy dorośli – w tym oczywiście ja – kochali zachowywać się jak przerośnięte dzieci. A robienie tego dla dobra kogoś innego było jeszcze lepsze.

– Dzięki Bogu. – Westchnął Dick. – Przynajmniej raz nie muszę siedzieć na którymś z tych wykwintnych obiadków.

– Tato! – skarciła go córka.

– Hej, popieram Dicka – powiedziałem.

– Ja też – zgodziła się ze mną Cassie.

Uniosłem brew. Savannah to zauważyła.

– Wow. Pomiędzy wami jest świetna energia seksualna.

Uśmiechnąłem się, ale Cassie to nie wystarczyło. Nigdy nie potrafiła milczeć.

– Pewnie dlatego, że bzykamy się jak króliki. – Kiedy inni się wstydzili, moja narzeczona promieniała. Było to cholernie seksowne.

– Fantastycznie! – wykrzyknęła Savannah. Dick uniósł kciuki, a Georgia nakryła twarz dłońmi.

– Boże, dlaczego?

– Kochanie – powiedział ze śmiechem Kline, przyciągając ją do swojej piersi.

– Gdzie twoja mama, Kline? – zapytała Savannah. – Chciałam się przywitać.

– Gdzieś tu jest – mruknął mój przyjaciel. Rozejrzeliśmy się, szukając jej, ale przypominało to szukanie konserwatywnej igły w wielkiej kupie błyszczącego siana.

– O! – Wskazała nagle Cassie. – Tam jest.

– Maureen! – krzyknął Dick. Pokręciłem głową i spojrzałem pod nogi. – Tutaj! Tutaj! – Mama Kline'a próbowała dostrzec przez otaczających ją ludzi, kto wołał.

– Szlag by trafił ten tłum – mamrotał Dick.

Cassie gwizdnęła głośno, przez co wszyscy ucichli i popatrzyli na nas. Spojrzenie Maureen w końcu odnalazło naszą grupę.

– Wiedziałem, że nie lubię cię tylko ze względu na zderzaki – powiedział Dick do Cassie.

Georgia westchnęła.

– Tato…

Ale Cassie to nie przeszkadzało.

– Dzięki, Dick.

Przytuliłem ją, gdy nadal się śmiała. Phil ciągnął co chwilę za smycz, ale głównie obwąchiwał wszystkim kostki. Normalnie Kline coś by na to powiedział, ale pies wielkości konia, w którym kochał się jego wredny kot, znieczulił go nieco na zwierzęta.

Bob dogonił żonę, która przedzierała się ku nam.

– Dobra robota z tymi piwami za dolara, Maur – powiedział, unosząc kubek w toaście.

– Już pijesz? – zapytała zaniepokojona żona. – Wciąż mam dla ciebie kilka zadań.

– Spokojnie. Zrobię wszystko, ale przecież nie wszędzie można dostać browar za dolca!

– Ja znam takie miejsce – wciąłem się, na co Kline pokręcił głową. Zapewne wyobrażał sobie, jak zabieram jego ojca na miasto.

Bob się jednak nie zniechęcił. Wskazał na mnie i powiedział:

– Wchodzę.

– Bob, proszę – rzuciła Maureen. – Możesz przynajmniej doglądać gości i trzymać rękę na pulsie?

– Wujek Thatch! – usłyszałem, następnie poczułem, jak małe ciało wpadło mi w nogi od tyłu. Oddałem smycz Cass i obróciłem się, by wziąć na ręce moją ulubioną dziewczynkę. Miałem też ulubioną kobietę.

– Cześć, księżniczko. Gdzie rodzice? – zapytałem, gdy pojawili się Claire i Frankie. I tak na nich wskazała. Tłum był gęsty, dorośli nie potrafili się przeciskać między nogami tak jak dzieci.

– Puściła się biegiem, gdy cię zobaczyła – wysapała Claire, gdy do nas dotarła.

Uśmiechnąłem się i popatrzyłem na Milę.

– Gotowa do zjeżdżania, moja dziewczyno?

– Nie jestem twoją dziewczyną – parsknęła. – Ciocia Cassie nią jest!

– Kto to? – wtrącił się Bob.

– Mila – odparła mała. – Mam sześć lat, a to moi rodzice. – Wskazała na Claire i Frankiego. – Kiedyś myślałam, że jak dorosnę, będę kierować ruchem przed szkołą, ale teraz chciałabym robić zdjęcia, jak ciocia Cassie.

– Lepiej, żeby poczekała kilka lat, zanim zacznie je robić tak jak ty – szepnąłem Cassie na ucho, wyobrażając sobie tabuny półnagich mężczyzn. Uśmiechnęła się.

– Super – mruknął Dick. Ludzie zaczęli zjeżdżać. – Właśnie widziałem sutek.

– Z... – Savannah zdołała wypowiedzieć aż jedną literę, gdy spanikowana Georgia krzyknęła:

– Mamo! Nie!

– Zajmę się tym – powiedziała Claire, biorąc Milę z moich rąk. Na szczęście.

W międzyczasie Georgia, zadowolona, że matka nie będzie więcej gorszyć dzieci, spojrzała na osobę, która pokazała sutek.

– Czyż to nie jest pieprzona Leslie?

– Dobrze, że Claire zabrała małą – mruknęła z boku. Zobaczyłem, że Frankie zabrał rodzinę, aby stanąć w pierwszym rzędzie przy zjeżdżalni. Córka zanurzyła paluszki w wodzie i wyciągnęła je, przyglądając się, jak świecą.

– Co tu robi Leslie? – ciągnęła Georgia.

– Musiałem ją zaprosić – ostrożnie bronił się Kline. – Zaprosiłem całą firmę.

Jego żona się skrzywiła.

– Ugh! Dlaczego to zawsze musi być Leslie? Dlaczego w ogóle jej jeszcze nie zwolniłeś?

Kline wzruszył ramionami.

Georgia zmrużyła oczy i spojrzała na niego z grymasem.

– Gdzie Meryl?

Kline jak zawsze zachowywał spokój, zapewniając ją dyplomatycznym tonem, że nie miał zamiaru faworyzować Leslie.

– Meryl wyraźnie zapowiedziała, że jeśli Leslie pojawi się tutaj, to po jej trupie.

Wszyscy pokręciliśmy głowami.

Znikąd pojawił się Dean.

– Widzieliście to? Wiedźma zmokła. Mam nadzieję, że rozpuszczą się jej cycki.

– Może nie powinnaś zjeżdżać? – powiedziałem Cassie, która roześmiała się i ścisnęła swoje zderzaki. Jęknąłem, przygryzłem wargę, a kiedy poczułem ruch w spodniach, przeniosłem wzrok w bezpieczniejsze miejsce.

– Dean – przywitałem się.

– Witam. Boże, aleś ty wysoki. Zostaniesz moim partnerem do zjazdu?

– Spadaj, Dean – warknęła w żartach Cassie.

– Dobra. – Odwrócił się do Kline'a. – A ty, Wielkofiuty draniu? Potrzebujesz partnera w zjeździe?

– Dean! – krzyknęła ze śmiechem Georgia. – To wciąż twój szef.

Maureen to nie przeszkadzało, ale Bobowi i Dickowi nie było do śmiechu.

– Chyba lepiej pójdziemy, Dick.

– Dobry pomysł, Bob. Idziesz, Vanna?

– Jasne – mruknęła kobieta, puszczając oko do Deana. Powiedziała bezpośrednio do niego: – Porozmawiamy później, cukiereczku.

– Buziaczki – pożegnał ją Dean.

Uśmiechnąłem się i rozejrzałem, aż zobaczyłem znajomego.

– Hej, to Clinton.

– Clinton? – zapytał Dean.

– Młodszy brat Thatcha – wyjaśnił ze śmiechem Kline.

– Stoi tam twoja młodsza wersja? – zapytał zainteresowany Dean.

Obróciłem się, by ściągnąć uwagę Clinta, ale usłyszałem, jak Georgia wyjaśnia:

– Spokojnie. To miejski program pomocy dzieciakom. Cassie wrobiła w to Thatcha.

– Clint! – zawołałem go. Obrócił się, przyglądając ludziom. Łatwo było mnie znaleźć, skoro górowałem nad resztą.

Pomachał do mnie, jakby chciał się przywitać, ale nie byłem pewien, czy z poczucia obowiązku, czy naprawdę się cieszył na mój widok. Zapewne nie podobał mu się pomysł zmuszania kogoś do uczestnictwa w jakiejś organizacji.

– Cieszę się, że przyszedłeś – powiedziałem, gdy do niego podszedłem. – Wygląda na to, że już zjechałeś. – Jego skórę i wielką białą koszulkę pokrywała zielona, żółta i pomarańczowa farba fluorescencyjna.

Spojrzał na siebie i się roześmiał.

– Tak.

Cassie wrobiła mnie w to jako jeden z wielu żartów, ale musiałem przyznać, że zaczynało mi się podobać. Pomaganie chłopakowi to najlepsza rzecz, jaką w życiu zrobiłem. Nie wiedziałem, czy byłem dla niego odpowiednim przykładem, ale się starałem.

– Jak ci poszedł sprawdzian z matmy?

– Chyba dobrze.

– Tylko dobrze?

Wzruszył ramionami.
– Powiedz kiedy, a przerobimy jeszcze raz cały materiał.
– Nie musisz tego robić – odparł. – Już mi pomagałeś.
– Wiem, że nie muszę – powiedziałem. – Ale chcę.
Jego twarz pozostawała bez wyrazu, ale wiedziałem, że się nad tym zastanawiał.
– Przyszedłeś z przyjaciółmi? – zapytałem.
– Tak.
Stali za nim, przyglądając mi się z zainteresowaniem. Wyciągnąłem pięść, by przybił mi żółwika.
– Dobra, będę leciał.
Skinął mi głową i się obrócił, ale po chwili znów na mnie spojrzał.
– Dzięki, Thatch.
Uśmiechnąłem się szeroko, aż wyszczerzyłem zęby jak Ross w jednym z odcinków *Przyjaciół*.
– Spoko, żaden problem. Do zobaczenia.
Tym razem ja się obróciłem, by on nie musiał. Cassie przyglądała mi się, podczas gdy Phil oplątał smyczą jej nogi. Pokręciła głową i puściła do mnie oko, na co ukradłem jej buziaka.
– Gdzie Will? Potrzebuję jakiegoś mięska – dąsał się Dean, gdy wróciłem do grupy i objąłem Cassie.
– Pracuje – powiedziała Georgia, marszcząc brwi.
– O! – rzuciła Cassie, jakby nagle sobie o czymś przypomniała. – A co z Winnie? Ktoś ją w ogóle zaprosił?
Georgia skinęła głową.
– Ja. Ale nie mogła znaleźć opiekunki.

Z tego, co powiedziała mi Cassie, Winnie zdawała się być kolejną piekielnicą. Naprawdę nie mogłem się doczekać, kiedy ją poznam.

Na to wszystko wszedł wiecznie spóźniony Wes.

– Kto nie mógł znaleźć opiekunki?

– Winnie – powiedziała mu Cassie. – Polubiłbyś ją. Pracuje z Willem.

Wes machnął lekceważąco ręką.

– Ostatnie, czego mi trzeba, to babka z dzieckiem.

Skrzywiliśmy się z Kline'em ze współczuciem dla kumpla.

– To okropne – warknęła Cassie.

– O nie, on tego nie powiedział – szepnął dramatycznie Dean.

– Poważnie, zapomnij. Winnie zasługuje na kogoś lepszego niż ty – skarciła go Cassie, na co Wes pokręcił głową i spojrzał na nas, ale żaden nie chciał go poprzeć i iść z nim na dno.

*Przykro mi, stary.*

Miałem teraz kobietę, o której musiałem myśleć.

Taką, która, miałem nadzieję, wynagrodzi mi później tę lojalność.

Jej oczy twierdziły, że tak.

Dzikość za dzikość, żart za żart.

Kiedy tylko znajdę kogoś, kto popilnuje mi prosiaka, miałem zamiar zabrać tę kobietę na piekielną jazdę.

***

Wchodząc do mieszkania, wyglądaliśmy, jakbyśmy byli napromieniowani. Cassie przylgnęła do mnie jak druga skóra, nie miałem jednak ochoty jej odsuwać.

Nie dbałem o to, że mieszkanie w świetle lampy ultrafioletowej będzie wyglądało, jakby ktoś narzygał tęczą.

Phil przeszedł przez drzwi, po czym zamknąłem je, wykorzystując idealne ciało Cassie.

– Boże – jęknęła, gdy skubałem zębami skórę jej szyi.

– Nie, kochanie. Nazywam się Thatch.

Wyciągnęła rękę i uszczypnęła mnie mocno w sutek. Szczęście, że w tej chwili zbyt ważny był dla niej stan mojego fiuta, by w niego celować.

Napływ krwi we wrażliwe strefy sprawił, że zabolało jeszcze bardziej. Kiedy zwilżyła wargi językiem, ból przeszedł w rozkosz.

Oparłem ją wyżej na drzwiach i wsadziłem twarz pomiędzy jej piersi. Czułem, jak jej palce pracowały nad gumką moich spodenek, jednym ruchem uwalniając mnie również z bokserek. Przysunąłem do niej pachwinę, wiążąc między nami jej dłoń.

– Jesteś wilgotna, kochanie?

– Nie mogłabym być bardziej – odparła, na co jęknąłem. Phil chrumknął niemiłosiernie pod moimi nogami, następnie znalazł sobie miejsce w mojej bieliźnie, którą miałem przy kostkach. Cassie spojrzała w dół i parsknęła.

– To nowe znaczenie wyrażenia „mieć bestię w spodniach".

Roześmiałem się, zdjąłem koszulkę, przez co byłem już kompletnie nagi, nie licząc spodenek zsuniętych do kostek i prosiaka przy stopach.

Cassie odepchnęła się od drzwi, bym się ruszył, przez co potknąłem się, niemal wywołując gigantyczną katastrofę. Usłyszałem pisk zarówno jej, jak i Phila.

Śmiałem się, kiedy niosłem ją do sypialni, podtrzymując za pośladki. Chichotała i uniosła ręce, gdy polizałem ją po szyi.

Kiedy dotarliśmy w końcu do łóżka, rzuciłem ją na środek i stanąłem z rękami na biodrach. Jej oczy błyszczały, gdy wpatrywała się w moje dolne rejony.

– Masz na sobie znacznie więcej ubrań niż ja – powiedziałem. – Zdecydowanie za dużo ubrań.

Uśmiechnęła się, usiadła, złapała za brzeg topu i zdjęła go przez głowę. Przyglądałem się, jak opadły jej uwolnione, jędrne, idealne piersi.

Mój członek się wzdrygnął.

– Mógłbym przysiąc, że miałaś dziś biustonosz – powiedziałem, zamykając dwa palce na jej sutku. Wypchnęła biust do przodu, więc jęknąłem z uśmiechem.

– Jest wszyty w top – wyjaśniła, gdy wziąłem jej sutek do ust.

– Co? – mruknąłem.

Roześmiała się.

– Mój biustonosz. Jest wszyty w koszulkę.

Na czubku mojego penisa pojawiła się kropelka preejakulatu, gdy wyobraziłem go sobie pomiędzy jej piersiami.

– Thatch!

– Co? – zapytałem ze śmiechem. – Staniki to bluźnierstwo. Nie wypowiadaj więcej tej nazwy w tym domu.

– Sam zacząłeś!

Śmiejąc się, odsunąłem się od jej piersi i wyplątałem piszczącego Phila z moich spodenek. Uciekł, jak tylko stanął na podłodze, jednak nie miałem ochoty skupiać się w tej chwili akurat na nim.

Pospiesznie uporałem się z materiałem wokół kostek, zdjąłem go jednocześnie z butami i skarpetkami, następnie uklęknąłem okrakiem nad biodrami Cassie.

– Wydaje mi się, że o czymś zapomniałeś. – Roześmiała się, ruchem głowy wskazując na swoje wciąż zapięte spodnie, ale zaprzeczyłem i podsunąłem się w górę, aż mój fiut znalazł się na wysokości jej klatki piersiowej.

– Nie martw się, kociaku – powiedziałem. – W końcu się nimi zajmę.

– Thatch...

– Rozepnij je. Dotykaj się, kiedy będę pieprzył twoje cycki.

Odetchnęła szybciej, a mnie rozszerzyły się źrenice. Cholera.

– Rób, co chcesz – poleciłem. – Wolno lub szybko, mocno lub słabo, pieść się, jak chcesz, aż doprowadzisz się do orgazmu.

W jej oczach pojawił się ogień, gdy zwilżyła wargi językiem.

– Będę pieprzył twoje cycki, aż go osiągniesz. Od ciebie zależy, jak długo to potrwa.

Złapała mnie za członek i dwukrotnie mocno przesunęła po nim ręką.

Spojrzałem, gdy rozpięła spodnie, zsunęła majtki na uda i wsadziła w siebie palec.

Kiedy go wyciągnęła i rozprowadziła wilgoć po łechtaczce, spojrzałem jej w twarz. Promieniała, gdy złapała mnie za tyłek i popchnęła ku sobie.

– No dalej, kochanie. Postaram się robić to wolno.

***

Polizałem rowek między jej piersiami, aż zszedłem do jej szparki, gdzie polizałem delikatnie jej łechtaczkę.

Zadrżała i odepchnęła moją głowę, oddychając ciężko z wyczerpania.

– Za każdym razem będę cię zmuszał, byś się pieściła.

Roześmiała się, patrząc na mnie.

– Wylizanie palca po orgazmie było najseksowniejszą rzeczą, jaką kiedykolwiek widziałem.

Nadal się uśmiechała.

– Okej – przyznała. – Było dość seksowne.

Wróciłem wyżej, pocałowałem ją miękko w usta, następnie ułożyłem się na boku, podpierając łokciem na poduszce.

Poklepała mnie czule po policzku, więc złapałem ją za rękę, obróciłem się na plecy i wciągnąłem na siebie. Popatrzyła mi w oczy, po czym zeszła spojrzeniem niżej, aż do tatuażu na mojej piersi.

– Co on oznacza?

– Tatuaż? – zapytałem, więc skinęła głową, położyła podbródek na mojej piersi i ponownie popatrzyła mi w oczy.

– *Mi Vida Loca* – wyrecytowałem. – Oznacza „moje szalone życie". Zrobiłem go sobie, gdy miałem dwadzieścia siedem lat. Kiedy dotarło do mnie, co osiągnąłem. Kiedy zrozumiałem, że odniosłem sukces we wszystkim i że całkowicie kontroluję swoje przeznaczenie. Ale nie spodziewałem się tego. Ani sukcesu, ani pędu. Sądzę, że wszyscy stawiali na to, że będę robił albo coś szalonego, albo nie będę robił nic.

– Byłeś aż tak nieokrzesany?

– Tak, ale miałem szczęście.

Zaśmiała się, patrząc w zamyśleniu na moją pierś, powoli śledząc palcem litery.

– Tak, potrafię zrozumieć.

Przeniosła palce na drugą stronę i skupiła się na modlącej się Maryi.

– A ten?

– Ten jest dla Margo. Cóż, mówi o niej. Zrobiłem go sobie u Frankiego na kilka lat po jej śmierci, gdy otworzył studio. Podejrzewam, że było to oczyszczające dla nas obu, gdy umieścił na mojej skórze nasze nadzieje, że znalazła w niebie to, czego poszukiwała na ziemi.

– Co takiego? – zapytała szeptem.

Powiodłem palcem po jej policzku i zacząłem bawić się jej włosami.

– Spokój, zadowolenie. Była taka młoda i niespokojna. Szukała wszystkiego, a skończyła z niczym.

Przytaknęła niespiesznie, wpatrując się we mnie. Miałem pewność, że szukała jakiegokolwiek znaku, że nie pogodziłem się z przeszłością, ale ja już o niej nie myślałem. Nigdy nie zbagatelizuję tamtych wydarzeń, jednak wszystko, co teraz czułem, dotyczyło Cassie. Ta kobieta nie zostawiała miejsca na nic innego.

Postukała palcem słowo „zaufanie" na mojej klatce.

– Dlaczego akurat zaufanie?

– Ponieważ tylko tego naprawdę mi trzeba.

– Potrzeba ci do czego?

– Do życia – stwierdziłem. – Nie muszę wiedzieć, co się stanie ani jak do tego dojdzie, ani nawet dlaczego.

Chcę jedynie wiedzieć, że temu, kto zawładnie moim losem, będzie na mnie zależało wystarczająco, by dać mi wolność.

– Mmm… – przyznała.

Ułożyła się jak do snu, więc z sercem w gardle postukałem palcem w jej nos. Chciałem powiedzieć jej o czymś, o czym nie mówiłem nikomu.

– Pominęłaś jeden.

Uniosła głowę, ponownie otworzyła oczy, gdy nad tym myślała. Była przekonana, że wystarczająco znała moje ciało, by wiedzieć. Uderzyło to w nią mocno.

– Oczywiście! – Odsunęła od siebie moją rękę i ją obróciła, by spojrzeć na wewnętrzną cześć, gdzie fantazyjną czcionką wypisane było „Rozwój".

– Dobra – powiedziała, śledząc palcem i te litery. – A ten?

Wziąłem głęboki wdech, nim wyjawiłem:

– To mój pierwszy samodzielnie wykonany tatuaż.

Spojrzała mi w oczy.

– Sam go zrobiłeś?

Przytaknąłem.

– Zeszłej jesieni.

– Co? Jak to? Nie rozumiem – mamrotała.

Wzruszyłem ramionami i spojrzałem na kołdrę.

– Ćwiczyłem z Frankiem. Pierwszą pracę musisz wykonać na sobie. Wiesz, żeby nie oszpecić skóry klienta.

– Nie wygląda, jakby to było twoje pierwsze dzieło – powiedziała podekscytowana. – Jest cudowne.

– Tak?

– Boże, tak. Naprawdę dobre!

Mój uśmiech był olśniewający.

– Przez chwilę na serio się denerwowałem. Właściwie dzień po tym, jak go zrobiłem, musiałem iść na trening rugby i oczywiście skończyłem w drużynie bez koszulek. Miałem przeczucie, że wszyscy będą się nabijać, jak go spaprałem.

Cassie pokręciła szybko głową, następnie przysunęła się, by delikatnie mnie pocałować.

– Masz jeszcze coś?

– Nie mam więcej własnych tatuaży, ale mam kilka szkiców.

Jednym wprawnym ruchem mnie odkryła, okręciła się kołdrą i zażądała:

– Pokaż mi, i to teraz.

Wstałem, włożyłem bokserki i poprowadziłem ją do sąsiedniego pokoju. Kiedy otworzyłem drzwi, tupnęła z wrażenia.

– Nie wierzę, że nie przetrząsnęłam tego pomieszczenia! Co jest ze mną nie tak?

Zaśmiałem się, przyglądając, jak się rozglądała. Do ścian przyczepione były moje szkice, na środku biurka leżał blok. Natychmiast do niego podeszła i zaczęła przerzucać strony.

Miałem w nim wiele różnych rzeczy. Oryginalne wzory, sentencje, które do mnie przemawiały, wypisane różnymi czcionkami, a nawet twarze i miejsca, które zapamiętałem wystarczająco dobrze, by je narysować.

– Cholera, Thatcher.

Stanąłem za nią i pocałowałem ją w ramię.

– Myślałaś kiedyś, by zrobić sobie tatuaż?

Pokręciła powoli głową, nadal niespiesznie przerzucając strony.

– Nie. Nigdy nie znalazłam czegoś, co spodobałoby mi się na tyle, by na zawsze naznaczyć tym skórę.

Przytaknąłem wtulony w jej szyję, aż mój zarost połaskotał ją na tyle, że zadrżała.

Zatrzymała się na jednej stronie, więc przeczytałem jej przez ramię. Jeden z moich ulubionych cytatów nabrał właśnie nowego znaczenia.

*Była szalona. Dzika.*
*Chaos i piękno.*
*Moje serce.*
*Moja.*

Cicho, choć wyraźnie wyszeptała:

– Chcę być twoja.

Zamknąłem oczy, gdy przytłoczyła mnie miłość.

– Jesteś.

*Na zawsze.*

# ROZDZIAŁ 33

## CASSIE

Wielki silnik ryczał przeraźliwie, gdy przeciskaliśmy się pomiędzy samochodami. Ludzie uciekali nam z drogi, ale pomimo powolnych postępów ku ratowaniu czyjegoś życia, nie potrafiłam się denerwować. Była trzecia po południu, siedziałam na miejscu pasażera w wozie strażackim i szczerzyłam zęby w uśmiechu.

– Thatch! – wrzasnęłam do telefonu, przekrzykując syrenę.
– Cass? Gdzie ty jesteś?
– W wozie strażackim na Piątej Alei!
– Co?! – krzyczał. – Nie słyszę cię. Wydaje mi się, że powiedziałaś, iż siedzisz w wozie strażackim.
– Dobrze słyszałeś! – Syrena wydała z siebie trzy głośne skowyty, gdy wóz przeciął skrzyżowanie. – Ratuję życie i zajmuję się ogniem!

Nie usłyszałam jego odpowiedzi, bo załoga zaczęła psioczyć na innych uczestników ruchu.

– Cholera! Ruszaj się!
– Skręć w lewo, Ronnie! Będzie szybciej!
– Pieprz się, Vin!

Chwilę później syrena ucichła, gdy podjechaliśmy pod apartamentowiec. Chłopcy wyskoczyli z wozu i udali się do środka, a ja zostałam na siedzeniu. Dowiedziałam się, że nie wszystkie nagłe wezwania były sytuacjami zagrożenia życia. Niekiedy coś, co jedna osoba mogła nazwać pożarem kuchni, druga skomentowałaby słowami: „zgaś kuchenkę, kretynie".

— Wciąż tam jesteś, T.? — zapytałam.

— Tak, kociaku — odparł. — Myślałem, że masz dziś sesję.

— Mam, do kalendarza charytatywnego z udziałem Straży Pożarnej Nowego Jorku. Skończyliśmy nieco wcześniej niż zakładałam — wyjaśniłam. — Przekonałam chłopaków, by pozwolili mi ze sobą pojechać. Masz pojęcie, jak zajebiście jest jeździć cały dzień po mieście w wozie strażackim? — Wysiadłam i spacerowałam chodnikiem. Adrenalina wypełniała moje ciało nerwową energią. — Chyba chcę zmienić zawód.

Zaśmiał się.

— Brzmi, jakbyś się dobrze bawiła.

— Tak jest — zgodziłam się, kiedy przy budynku gromadzili się ciekawscy gapie. Miałam ochotę powiedzieć im, by pilnowali własnego nosa, ale ostatnim razem, gdy to zrobiłam, porucznik kazał mi trzymać dziób na kłódkę, bo inaczej zarobię kopa.

Nie spodobała mi się wizja jego stopy w moim zadku, więc posłusznie zamilkłam.

— Masz na wieczór jakieś plany? — zapytałam Thatcha. Patrząc na budynek, miałam nadzieję, że zobaczę płomienie buchające z okna. Zapewne zniszczyłoby to czyjeś życie, ale dałoby mi niezłą zabawę.

Tak, byłam dzisiaj małym gnojkiem.

— Trening rugby, po czym jestem wolny.

Uśmiechnęłam się.
– Wyskoczymy później na drinka?
– Jasne. Podaj czas i miejsce, a się zjawię.
– Super. Zapytam chłopaków, gdzie idziemy i ci napiszę.
– A przez chłopaków masz na myśli strażaków?
– Tak. – Czekałam na wybuch zazdrości lub wahanie, co sprawdziłoby się w przypadku większości mężczyzn, ale nic takiego nie miało miejsca.
Thatch ledwie się zainteresował. Nie przejmował się, że cały dzień spędzałam w towarzystwie mięśniaków.
– Spoko, kociaku – odparł. – Do zobaczenia wieczorem.
– Dobra. Na razie.
– Cass? – zapytał, nim się rozłączył.
– Tak, skarbie?
– Uważaj na siebie, okej? – poprosił miękko.
*Cholerny troskliwy miś.*
Gdyby stał przede mną, mógłby zarobić z kolana w jaja. Ale zamiast tego odpowiedziałam:
– Nie martw się, wypuszczają mnie z wozu, tylko kiedy biegną do budynku. W innych sytuacjach te przewrażliwione skurczybyki powołują się na jakieś protokoły bezpieczeństwa i strażackie regulaminy. Szczerze mówiąc, są jak wrzód na dupie.
– To dobrze. – Zaśmiał się. – Już ich lubię.

***

Po kilku piwach usilnie zachęcałam Ronniego, by zaśpiewał ze mną na karaoke.
– Nie ma mowy, Cass – powiedział ze śmiechem. – Nieważne, jak jesteś piękna, nie dam się zaciągnąć na scenę.

Zatrzepotałam rzęsami jak dama, następnie wyrzuciłam z siebie słowa, które zdecydowanie temu przeczyły.

– Och, no dalej! Nie bądź moszną!

– Chyba chodziło ci o „nie bądź cipą" – odparł Ronnie.

– O nie – skrzywiłam się. – Cipki za każdym razem pokonują moszny. Potrafią znieść niezły łomot. Moszna jest piekielnie wrażliwa. Cholera, zapewne za każdym razem szlocha na *Titanicu*.

Vin się zaśmiał.

– Tak, Ronnie, przestań być moszną.

Kolega pokazał mu w odpowiedzi środkowy palec, ale pozostał wierny swojej decyzji.

– A może zamiast tego gra w ćwiartki? – zaproponował Brian. Jeśli chodziło o zabawy alkoholowe, tej akurat nie mogłam i nie chciałam odmawiać.

Przez następną godzinę pobiłam ich z kretesem, gdy kelnerka ciągle donosiła bursztynowy napój i kieliszki. Nieco po dziewiątej w drzwiach pojawił się Thatch, był świeżo po prysznicu i wyglądał cholernie seksownie. Boże, dopomóż – zwykłe jeansy i T-shirt wyglądały na nim o niebo lepiej niż na każdym innym facecie.

Spojrzał mi w oczy i uśmiechnął się powoli, ruszając w moją stronę.

– Cześć, świrusko – przywitał się, pochylając, by dać mi buziaka.

– Hej. – Uśmiechnęłam się do niego, nim zwróciłam się do zebranych przy stoliku. – Chłopaki, to mój narzeczony, Thatch – przedstawiłam sześciu strażaków. – Kochanie, to Vin, Ronnie, Brian, Bruce, Eddie i Matt.

Thatch uścisnął wszystkim dłonie i usiadł obok mnie. Kiedy zeszłam z własnego krzesła i umościłam się wygodnie na jego kolanach, uniósł w rozbawieniu brwi.

– Stęskniłam się – szepnęłam mu do ucha. – Cieszę się, że przyszedłeś.

Pocałował mnie w kącik ust.

– Cieszę się, że dobrze się dziś bawiłaś.

– Myślę, że w nocy będę bawić się jeszcze lepiej. – Poruszyłam figlarnie brwiami.

Thatch się uśmiechnął.

– Tak?

Przytaknęłam powoli.

– O tak.

Powiódł wzrokiem po moim ciele, robiąc inwentaryzację wszystkich swoich ulubionych miejsc, ale jego oczy rozpaliły się, gdy wzrok spoczął na moich zaczerwienionych policzkach. Stało się oczywiste, że byłam już na tyle wstawiona, by móc brzydko się zachowywać. Jego spojrzenie powróciło do mojego dekoltu, gdy tylko ta myśl odbiła się w moich oczach. Wiedziałam, że błyszczały w nich wszystkie moje zamiary.

– Komuś piwa? – zapytał Ronnie, odwracając uwagę Thatcha od moich cycków.

– Stawiasz kolejkę, Ronnie? – zapytał Vin.

– Nie, nie stawia – wtrącił się Thatch. Zrozumiał przekaz. Posadził mnie na krześle, uprzednio porządnie ściskając mój pośladek. Jego dłonie miały spędzić tam później więcej czasu. – Ja stawiam, chłopaki. – Wstał i skinął na kelnerkę, następnie podał jej kartę kredytową

i polecił, by potrącić z niej za rachunek naszego stolika za cały wieczór.
— O tak! Dzięki, stary! — Brian uniósł butelkę, gdy Thatch z powrotem usiadł.
— Wiesz — wciąż się Vin — jesteś nam winien za wożenie twojej dziewczyny przez cały dzień po mieście.

Thatch się zaśmiał, ale wiedział, by tego nie komentować. Miał w głowie wizję mojego nagiego ciała, nie było żadnej męskiej zażyłości, której by dla mnie nie poświęcił. Skrzywiłam się z irytacją i otworzyłam niewyparzone usta.

— Hej, głąbie! Jestem pewna, że to ja odpowiadam za zdjęcia do waszego kalendarza, a jeszcze ich nie obrabiałam. Niektóre rzeczy mogą wyjść na nich nieco mniejsze. Mikroskopijne nawet.

Ronnie się zaśmiał.

— Tak, ale Vin ma rację, Cass.
— A co to ma znaczyć?
— To, że przy tobie mieliśmy pełne ręce roboty — dodał Bruce. — Gwarantuję, że miasto wyśle nam skargę od staruszki, której kazałaś spieprzać z ulicy i iść w cholerę.
— Stała na środku przejścia — kłóciłam się. — Nie mogliście przejechać.
— Nie stała, kochana — poprawił Ronnie. — Po prostu bardzo wolno się poruszała.

Vin się roześmiał.
— Tak, miała chodzik. Powinnaś zostawić ją w spokoju.
— Nieważne — prychnęłam. — To ostatni raz, gdy próbowałam pomóc wam na akcji.

Wszyscy zgodzili się z tym stwierdzeniem z entuzjazmem, a Thatch zaśmiał się głośno.

– To definitywnie ostatni raz, gdy wpuszczono cię do wozu strażackiego – zgodził się z uśmiechem Brian.

– Nie wiem, dlaczego zadzierasz nosa – odparłam. – To ty prosiłeś z piętnaście razy, bym zjechała po waszej rurze.

Brian zakrztusił się piwem i w geście poddania uniósł obie ręce.

– W swojej obronie chciałem dodać – zaczął, patrząc na zaciekawionego, choć wyraźnie mniej przyjaznego Thatcha – że rzuciłem to, nim dowiedziałem się, że jest zaręczona i jej narzeczony ma bicepsy większe niż moja głowa.

Wszyscy się zaśmiali.

– I kopnęła mnie w pachwinę w chwili, w której to powiedziałem – dodał. – Szczerze mówiąc, nie wiem, czy powinienem bardziej bać się ciebie czy jej.

– Zapewne jej. – Thatch uśmiechnął się, objął mnie i przyciągnął do ciebie.

Przez następne kilka godzin bawiliśmy się ze strażakami, śmiejąc się, pijąc i dogryzając sobie nawzajem. Pod koniec wieczoru chłopaki prosili Thatcha, by dołączył do ich drużyny koszykówki i umówił się z nimi w piątek na rzutki u Maloneya.

Cholerny czaruś. Przyrzekam, nie miało znaczenia, czy chodziło o babki, czy też o facetów, Thatcher miał w sobie coś takiego, że ludzie od razu pragnęli z nim żartować, przyjaźnić się lub obie te rzeczy naraz.

Skończyłam piąte piwo i trzymając telefon, wskoczyłam Thatchowi na kolana.

– Wiesz co?
– Co?
– Wielkofiuty przejrzał naszą zabawę.
Uniosłam komórkę, by Thatch mógł przeczytać moją ostatnią rozmowę z nim.

Ja: Dostaniesz 50 dodatkowych punktów w sieci stacji benzynowych Shell, jeśli odpiszesz na tę wiadomość SMS-a o treści: MAM PALIWO!
Kline: WYPISANIE Z LISTY.
Ja: Błąd. Nie można przetworzyć wiadomości. Proszę wpisać: 12345678910111213141516 17, aby nasz dział informatyki mógł pomóc.
Kline: Cześć, Cassie.
Kline: Cześć, Thatch.
Kline: Zabawa skończona, dupki.
Ja: A co, jeśli następna subskrypcja dotyczyć będzie porno, Wielkofiuty?
Kline: Przestań do mnie pisać, Cassie! I powiedz Thatchowi, by przestał wyszukiwać w Internecie pokraczne fiuty.

Thatch się roześmiał i przyciągnął mnie do siebie, pozwalając, by jego śmiech przeszył moje ciało.
– Zmęczona? – zapytał. Głaskał kojąco moje plecy.
– Nie. – Pokręciłam głową. – Tylko napalona.
Zachichotał.
– No i co ja mam z tobą zrobić, świrusko?
Odchyliłam się, by popatrzyć w jego rozbawione oczy.
– Zabrać do domu i pieprzyć?
Poklepał stolik i wstał, nadal trzymając mnie w ramionach.

– Idziemy do domu. – Silnymi rękami przerzucił mnie na tył, bym zawisła mu na plecach.

Chłopaki jęknęli z rozczarowania.

– Och, dajcie spokój – droczyłam się – zabiera mnie do domu, bym mogła pojeździć na jego rurze.

Thatch roześmiał się i obchodząc stolik, każdemu uścisnął dłoń.

– Nie zamykam rachunku, pijcie do odcięcia.

Wszyscy wiwatowali i gwizdali. Pożegnaliśmy się, Thatch wyniósł mnie z baru, trzymając za uda i sunąc swobodnie po chodniku.

– Następny przystanek: superfiut Thatcha! – krzyknęłam w noc.

– I żadnego spania, póki oboje nie skończymy, kociaku.

# ROZDZIAŁ 34

# THATCH

We śnie widziałem wydarzenia ubiegłej nocy. Śniłem o ujeżdżającej mnie Cassie, czułem jej język w ustach i zęby ciągnące za kolczyk, który miałem w sutku. Nigdy nie myślałem o przekłuciu fiuta, ale rzeczy, które wyczyniała z tym pierwszym, sprawiły, że mogłem się nad tym zastanowić.

Uśmiechnąłem się na myśl o jej wargach na mojej skórze. Boże, uwielbiałem takie sny.

Mógłbym nigdy się nie budzić, gdyby wyśniona Cassie nie przestawała.

Zatoczyła językiem kółka wokół mojej żołędzi, nim wzięła mnie całego w usta, na co jęknąłem.

*Tak, kociaku.*

Zaczęła chichotać, nie wiedziałem, dlaczego, ale mi się to spodobało. Jeszcze bardziej mi przez to stanął.

*O tak.*

Byłem blisko.

Zacisnęła usta i zaczęła mocniej ssać.

*O tak, cholera, tak.*

Przesuwała palcami po części, która nie mieściła jej się w ustach, rozprowadzając przy tym ślinę.

*Szybciej.*

O rety, była dobra w wykonywaniu poleceń we śnie.
*O tak, dotknij jąder.*
Wypuściła z ust mojego fiuta, a mnie zachciało się płakać.
– Dobra, kochanie.
Otworzyłem oczy. Cassie znajdowała się pomiędzy moimi nogami, klęcząc na piętach.
– O cholera – załkałem z podniecenia, widząc, że naprawdę tu klęczała. Powiodła ręką po moim udzie, aż natrafiła na klejnoty.
Najwyraźniej w ogóle nie śniłem.
Ponownie zamknęła wokół mnie usta, zerkając na moją twarz, więc natychmiast skończyłem.
Coś w połączeniu zaskoczenia, jej warg i niewzruszonego spojrzenia sprawiło, że nie potrafiłem się powstrzymać. Nic dziwnego, że mój wytrysk ściekł jej do gardła, ale przełknęła.
Phil chrumknął w nogach pod łóżkiem. Cassie otarła usta grzbietem dłoni i przesunęła się, by wziąć go na ręce. Wszystko to, gdy leżałem nieruchomo, próbując dojść do siebie. Dobry Boże, zatraciłem się w niej. W sposób, w który nieustannie mnie zaskakiwał i nigdy tego nie negowałem. Nie wstydziła się być śmiała, przez co pragnąłem ją wspierać – stworzyć naturalne środowisko, w którym pragnęła być tylko sobą.
Kiedy Phil znalazł się na łóżku, ruszył do przodu, a ja nakryłem się kołdrą.
– Cieszę się, że tego nie widziałeś, mały.
Cassie uśmiechnęła się, pogłaskała prosiaka po głowie, choć ja nadal nie mogłem wyjść z szoku.

– Co się dzieje?
– Zrobiłam ci loda.
– Tak, kociaku – zgodziłem się z uśmiechem. – Ale czym sobie na to zasłużyłem?
– Jeszcze niczym. Chodzi o to, co zrobisz.

Pokręciłem głową.

– A cóż to ma być takiego?
– Jedziemy na kemping.

Uśmiech tylko minimalnie mi przygasł. Spróbowałem nad nim zapanować, ale i tak zauważyła.

– Och, przestań. Skakałam z tobą na spadochronie.
– Musiałem zawlec cię do samolotu – wytknąłem, próbując pozbierać wszystkie myśli. Zaufanie. Cassie nie znała szczegółów dotyczących śmierci Margo, ale w tej chwili nie musiała ich znać. Czułaby się źle z powodu czegoś, o co nie miała żadnego powodu się obwiniać. Nie chciałem, by czuła się w jakimś stopniu odpowiedzialna za zachowanie Margo. Nie potrafiłem wymyślić, co mogłoby mnie bardziej wkurzyć, gdyby role się odwróciły.

Zmusiłem umysł do powrotu do obecnej sytuacji w chwili, gdy słowa popłynęły z jej ust.

– Tak, jeśli o tym pomyśleć, było to dość popieprzone.
– Ale miałaś niezłą radochę – zauważyłem, biorąc ją za rękę i bawiąc się pierścionkiem zaręczynowym. Przyjrzała się, co robię i się uśmiechnęła.

– No tak. A teraz ty będziesz ją miał. Wszyscy jadą: Kline, Georgia, Wes, Will. Nawet Frankie i Claire.

Wziąłem głęboki wdech i uśmiechnąłem się.

Jej szczęście się pogłębiło. Phil chrumknął.

– O, i Phil. Przepraszam, Philmorze. Przyrzekam, że o tobie nie zapomniałam – poprawiła się.
– Kiedy wyjeżdżamy?
– Teraz. Masz czas na prysznic.
– A mam czas na prysznic z tobą?
– Nie.

Przeciągnąłem językiem po górnej wardze i przygryzłem dolną.

– Dobra – warknęła. – Z pewnością jest czas na wyjątkowy prysznic.

\*\*\*

Gdy wjechaliśmy na kemping, słońce stało w zenicie, a wilgoć unosiła się w powietrzu w postaci mgły. Zanosiło się na burzę, a wnosząc po zachowaniu Kline'a, który wyskoczył z auta, jakby tyłek mu się palił, zgadywałem, że nie tylko ja to zauważyłem.

Spojrzałem na siedzącego na tylnym siedzeniu Frankiego. Zielone oczy mężczyzny podpowiedziały, że wiedział, o czym myślałem.

– Lepiej to zróbmy, koleś.
– Tak. Przypuszczam, że mamy godzinę, zanim się rozpada.
– Co z was tacy meteorolodzy? – prychnęła Cassie, gdy stojący na podłodze u jej stóp Phil chrząknął.
– Na zewnątrz jest pieprzona sauna – wyjaśniłem. – Żeby przewidzieć deszcz, nie trzeba liczyć ciśnienia czy prędkości wiatru.
– Co? – zapytała Claire.
– Nie pytaj, kochanie – doradził Frankie.

– Co? – Roześmiałem się. – Nie lubisz ponadprzeciętnego zainteresowania pogodą, Franklinie?
– O Boże – załkała Cassie. – Jesteś meteorologicznym kujonem. – Zmrużyłem oczy. – Jestem zaręczona z pieprzonym mądralą.

Claire parsknęła śmiechem, a Frankie poklepał mnie po ramieniu.

– To w końcu musiało wyjść na jaw, stary.
– Pieprzcie się.
– O, nie złość się, Thatcher. To mnie kręci. Jaka jest przewidywana siła dla mojej cipki?

Odpowiedź padła bez wcześniejszego przemyślenia.

– Twoja cipka jest stała, a ponieważ siła to iloczyn masy i przyspieszenia, w tym równaniu to mój fiut ją ma.
– Boże – pisnęła. – Czuję się, jakbym w ogóle cię nie znała.

Spanikowałem nieco w duchu, że może rzeczywiście mnie nie znała. Co, jeśli odkryje we mnie coś, co skłoni ją do odejścia? Nie wiedziałem, czy bym to zniósł.

Niezadowolony z takich myśli, porzuciłem je, nim dałbym się im ponieść. Na tej wycieczce zmagałem się z wystarczającą ilością bagażu. Nie potrzebowałem dodatkowego kamienia na sercu.

– Chodź, Frankie – mruknąłem. – Pomóż mi rozłożyć to gówno.

Dźwięk śmiechu Cassie w końcu ucichł, gdy wysiadłem i trzasnąłem drzwiami. Chociaż range rover nieco to wygłuszył.

– Dlaczego Cassie wygląda, jakby połknęła klauna? – zapytała stojąca po drugiej stronie pola Georgia. Kline kazał jej trzymać jeden koniec namiotu, gdy sam wbijał śledzie przy drugim. Wysokie drzewa otaczały całą polanę, sosnowe igły stanowiły ściółkę. Teren na szczęście był na tyle duży, że mógł pomieścić jakieś sześć, siedem namiotów. Oczywiście Wes jak zwykle się spóźnił, więc żartowaliśmy z niego.

Frankie był nazbyt chętny podzielić się przyczyną wesołości Cassie.

– Thatch przechwalał się, że mu staje na myśl o nauce.
– Czasami mu się zdarza – krzyknął Kline. – To chyba pewne, że kiedy stawał mu tyle razy z jej powodu, musiał w końcu przyznać się, że podnieca go też wiedza.
– No i proszę! – powiedziałem, jakby w lesie znajdowała się jakaś ława przysięgłych, która miałaby rozstrzygnąć spór. – Jezu, dlaczego nikt nie nabija się z umysłu Kline'a?

Kline uśmiechnął się i niewinnie wzruszył ramionami, podczas gdy Georgia pochyliła się i wyszeptała mu coś do ucha, rumieniąc się przy tym.

*Szlag by ich trafił.*

– Chodź, Thatcher – zawołała Cassie, biegnąc do samochodu z piszczącym Philem na rękach. – Rozstawimy namiot, byś mógł mi pokazać pod nim swój piorun!

*Szalona.*
*Moja.*

# ROZDZIAŁ 35

## CASSIE

– Przejdźmy się! – Georgia stanęła przed moim leżakiem i wyciągnęła rękę. – Chodź, leniuchu, zaczerpniemy świeżego górskiego powietrza. – Phil szturchnął mnie ryjkiem w nogę, chcąc iść do niej. Pieprzona Georgia. Zaklinacz zwierząt.

Thatch miał rację co do wczorajszego deszczu, prawdę mówiąc, zaimponował mi swoją wiedzą. To znaczy gość nie uczył się w tym kierunku, ale rozumiał otaczający go świat.

Kiedy przycisnęłam go nieco w porze spania, przyznał, że pod koniec studiów rozpierała go energia i szukał sobie zajęcia, by „zagłuszyć biały szum" – kiedy nie wciągał Kline'a i Wesa w każde możliwe kłopoty, skupiał się na przeróżnych aktywnościach, aż jego umysł na powrót zaczynał się męczyć, w wyniku czego miałam naprawdę bystrego narzeczonego.

Skrzywiłam się z irytacji.

– Ugh, Ciporgia – mruknęłam, pragnąc być wszędzie, tylko nie pośrodku dziczy w tym upale. – Jest gorąco. Jestem wkurzona. A ty masz za dużo energii.

Kemping zapowiadał się dobrze jedynie w teorii, jednak w praktyce – robale, upał, spanie na ziemi... – człowiek zdawał sobie sprawę, że był zupełnie do bani.

Parsknęła śmiechem.
– Zamknij się i chodź.
– Dlaczego Wielkofiuty nie może z tobą iść?
– Bo poszedł z chłopakami i Claire wędkować nad jeziorem.

Założyłam okulary przeciwsłoneczne i oparłam się wygodnie, licząc na to, że jeśli zasnę, przyjaciółka odejdzie.
– To nie zadziała – stwierdziła. Usłyszałam chrzęst ściółki, gdy stanęła za mną. – Podnoś tyłek! – wykrzyknęła, chwytając za oparcie leżaka i popychając je do przodu. Phil natychmiast skorzystał z okazji, gdy noga siedziska przestała trzymać jego smycz i uciekł.

Chwilę później moje pośladki spotkały się z ziemią.
– Co, u diabła?! – krzyknęłam, unosząc głowę, widząc, że ta żmija uśmiecha się do mnie, opierając ręce na biodrach. – Świnia mi uciekła!
– I teraz musisz wstać, by ją złapać. – Ponownie podała mi rękę, więc przyjęłam pomoc, by się pozbierać.
– A tak dla jasności, jesteś moją najmniej ulubioną osobą na tej wyprawie.
– Spoko, Cassciołku. – Objęła mnie i poprowadziła na szlak. – Podczas wędrówki odzyskam twoją miłość.

Prychnęłam.
– To próbuj.

Być może czwarty raz w życiu puściłam się biegiem, ale gdyby nie to, Phil zgubiłby się w lesie, w którym mieszkały dzikie stwory.

– Którym chcesz iść szlakiem? – zapytała, kiedy chwilę później wróciłam z prosiakiem.

Miałam do wyboru ruszyć w dół albo w górę. Z jakiegoś szalonego powodu żołądek nie skurczył mi się na myśl o stanięciu na wysokości. Wydawało mi się, że miało to wiele wspólnego z Thatchem i tym, że znieczulił mnie na wiele lęków. Wskazałam na tę drogę, która wiodła w górę.

– Zobaczmy, jakie widoki czekają ponad wodą. – Georgia się uśmiechnęła, na co dodałam: – Nie sądź, że się cieszę.

– Och, nie będę – powiedziała, ale cholerny uśmieszek nie spełzł z jej twarzy.

W miarę jak szłyśmy szlakiem, zatraciłam się w podziwianiu widoku drzew i natury. Było tu zupełnie inaczej niż w miejskiej dżungli. A gdybym miała się zdobyć na odrobinę szczerości, cieszyłam się zmianą scenerii. Poza bzyczącymi komarami, błotem pryskającym na twarz i spoconą skórą, która nie wysychała w tym popieprzonym lesie, było naprawdę miło.

Przeszłyśmy przez polankę, zatrzymałam się, patrząc z urwiska prosto na jezioro. Powoli się wychyliłam, aż zobaczyłam promienie słońca połyskujące na tafli wody. Nieco kręciło mi się w głowie z powodu wysokości, ale miałam przemożną ochotę rozebrać się do naga i skoczyć.

– Cholera, jak tu pięknie – powiedziała Georgia, podziwiając widok. – Dobrze się czujesz, Cassie? Wiem, że nie lubisz wysokości…

– Właściwie wszystko spoko. – Zbliżyłam się nieco do krawędzi. – Czuję, jak wzywa mnie ta woda. Tu jest tak gorąco, że powietrze mnie dusi.

Georgia uniosła rękę do czoła, by osłonić oczy przed ostrymi promieniami.

– Hej, czy to nie chłopaki i Claire?

Spojrzałam na lewo i na skalistym brzegu zobaczyłam naszą grupkę z wędkami w rękach. Byli dość daleko.

– Joł, Thatch! – krzyknęłam, więc spojrzał w moją stronę. – Ściągaj gacie!

– Pokaż cycki! – odkrzyknął. Widziałam, że szeroko się uśmiechnął.

Georgia się roześmiała, a ja walczyłam z pokusą, by zrobić coś szalonego, gdy patrzyłam na wodę poniżej. *Pieprzyć to, raz się żyje*, pomyślałam, zdejmując buty, koszulkę i spodenki. Zostałam w bieliźnie i podałam Georgii smycz Phila.

– Wow, Cassie. Co robisz? – zapytała zdezorientowana.

– Skaczę do wody – powiedziałam.

Usłyszałam donośny głos Thatcha:

– Cass? Co ty wyprawiasz? Zakładaj z powrotem ciuchy.

– Idę pływać! – Wskazałam na wodę.

– Cassie! – Wstał ze swojego miejsca na kamieniu i gwałtownie zaczął machać. – Nie skacz, kociaku! Tu nie jest bezpiecznie!

– Jest dobrze, Thatcher! – odparłam i zbliżyłam się do krawędzi. Stanęłam nagimi stopami na ostatnim kamieniu nad przepaścią prowadzącą do potencjalnej śmierci. Albo do dobrego adrenalinowego haju.

– Cassie! – krzyknął głośniej, jakby za wszelką cenę próbował ściągnąć na siebie moją uwagę.

– Nie sądzę, by to był dobry pomysł – powiedziała Georgia.

Moje serce było niczym sportowy samochód przyśpieszający od zera do setki w trzy sekundy. Nabrało maksymalnej prędkości, więc musiałam zapanować nad oddechem, by je nieco uspokoić.

Rety, tu naprawdę było cholernie wysoko. Do diabła, musiałam być naćpana, by to w ogóle rozważać.

Zapewne byłam naćpana. Życiem. Thatchem. Każdą szaloną, a mimo to niesamowitą rzeczą, która wydarzyła się w przeciągu kilku ostatnich miesięcy.

Nawet jeśli żołądek przykleił mi się do kręgosłupa, nie chciałam się wycofać z wyzwania, które sama przed sobą postawiłam. Nie znosiłam, gdy ktoś mógł mnie kontrolować, uniemożliwiając zrobienie czegoś, co zapewne mi się spodoba.

*Tak, pieprz się, lęku wysokości.*

Przekonywałam samą siebie, że nie byłam moszną. Mogłam to zrobić. Potrafiłam. Thatch nakłaniał mnie przy kilku ostatnich okazjach, ale tę sama sprowokowałam.

– Nie jest za wysoko – powiedziałam. – Ludzie nieustannie tu skaczą.

Thatch wyglądał na naprawdę wkurzonego.

Spojrzałam w dół i zobaczyłam, że zaczął się wspinać niewielką ścieżką prowadzącą od ich zatoczki. Nie spuszczał mnie przy tym z oka.

– Cholera – mruknęłam. – Ma misję.

– Tak, powiedziałabym, że bardzo nie chce, byś skakała – stwierdziła przyjaciółka, wpatrując się w mężczyznę.

– Nie skacz! – polecił, będąc zaledwie kilka metrów za nami. – To niebezpieczne!
– Nic mi nie będzie, Thatcher! – zawołałam przez ramię i skupiłam się na zadaniu.
– Proszę, Cass. – Był zaraz za mną. – Zaufaj mi, kochanie. Nie rób tego.
Spojrzałam na niego przez ramię, następnie na dół na grupę, która przestała wędkować. Przyjaciele wstali i patrzyli na nas.
– T., to nic takiego.
– To poważna sprawa. Dla mnie to cholernie poważna sprawa. Nie rób tego, skarbie – zażądał wściekłym, choć jednocześnie pełnym desperacji głosem.
Nie spodobało mi się to. Thatch sądził, że zdominował mnie na tyle, by rzucać rozkazy i mówić mi, co mam robić?
Zupełnie to na mnie nie działało. Ani trochę. A teraz, gdy byliśmy zaręczeni, czułam, jakby ta jedna decyzja była w stanie stworzyć precedens w naszym życiu.
– Chodź, Cass. Wracajmy do obozowiska – próbowała wciąć się Georgia, ale ją zignorowałam.
– Nie rób tego – nalegał, a jego brązowe oczy stapiały się w popołudniowym żarze. – Proszę, byś tego nie robiła.
Zapewne powinna mi dać do myślenia desperacja wyczuwana w jego głosie, ale wciąż byłam skupiona na słowach. Jego ostrych, wymagających słowach.
Zaręczyny nie dawały nikomu prawa do kontrolowania mnie.
Sama o sobie decydowałam.
A w tej chwili to ja panowałam nad sytuacją.

Kiedy nie odsunęłam się od krawędzi, Thatch ruszył ku mnie.

– Cassie.

Miałam sekundy na decyzję, inaczej ten niepoprawny jaskiniowiec podjąłby ją za mnie.

*Skoczyć?*

*Czy pozwolić mu się kontrolować?*

# ROZDZIAŁ 36

## THATCH

Uśmiech zniknął z jej twarzy, gdy jednym płynnym ruchem obróciła się i skoczyła.

Nie potrafię stwierdzić, czy krzyknąłem, czy skoczyłem za nią, czy rzuciłem się, próbując ją złapać. W jednej chwili patrzyłem w oczy kobiety, która z pewnością nie zmusiłaby mnie do czegoś takiego, a w drugiej znajdowałem się już w wodzie.

Wspomnienia związane ze śmiercią Margo wróciły do mnie z całą intensywnością. Nasza sprzeczka, upór w jej głosie, gdy powiedziała mi, że nie mogę mówić jej, co ma robić – wszystko. Znów znalazłem się w tym miejscu – miejscu, które zostawiłem za sobą wiele lat temu. Miejscu, do którego nie wracałem, ponieważ nie musiałem. Miałem jedynie tatuaż pod sercem, który mi o tym przypominał.

Potrzebowałem jedynie zaufania.

Kobiety, która mi uwierzy i da spokój, bym mógł ofiarować jej to samo.

A teraz wszystko przepadło – akceptacja, zadowolenie oraz wizja przyszłości.

Płuca paliły mnie, gdy złapałem Cassie i szamoczącą się wyciągnąłem na brzeg. Poruszała się z łatwością, choć w tym samym czasie ja zapomniałem, jak się oddycha. Uśmiechała się, dopóki nie spojrzała mi w twarz.

– Thatch?

Złapałem ją za policzki i ścisnąłem, nawet jeśli wiedziałem, że zrobiłem to za mocno. Musiało ją zaboleć, ale nie potrafiłem się powstrzymać.

Spojrzałem jej głęboko w oczy, jednocześnie próbując nie płakać. Nigdy nie było mi tak ciężko.

Jednak wyglądała na całą i zdrową. W jej włosach nie znajdowała się krew, życie wciąż błyszczało w jej oczach.

Nie słyszałem za wiele przez chaos panujący w mojej głowie, ale usłyszałem Claire, choć kobieta szeptała.

– Frankie… – wypowiedziała imię męża zdruzgotanym, załamanym głosem. Przerażonym, przy czym dokładnie wiedziałem, jak się czuła. Wspominali każdą sekundę wraz ze mną, byliśmy przywiązani do pociągu przeszłości, który w tej chwili nie miał hamulców.

Zacisnąłem mocno powieki, jednocześnie przyciskając twarz do klatki piersiowej Cassie, wsłuchując się w bicie jej serca. Jego rytm był niebezpiecznie szybki, ale jakimś cudem mój wcale nie był wolniejszy.

– Thatch – szepnęła Cassie, a jej głos wbił się we mnie niczym ostry nóż. Zmartwiła się moją reakcją, ale nie potrafiłem zatrzymać nieustającego potoku myśli.

*Za późno. Jest za późno.*

– Prosiłem cię, byś tego nie robiła. Kurwa, błagałem cię – powiedziałem ostro, a mój głos był manifestacją wszystkich odsłoniętych uczuć.

– Wiem – przyznała. Chciałbym, by umilkła, ale oczywiście musiała mieć ostatnie słowo. Nie potrafiła przyznać się do błędu i właśnie to stanowiło sedno problemu. – Ale sama podejmuję decyzje. Nie odpowiadam przed tobą.

– Nie prosiłem cię o to. Jest różnica pomiędzy błaganiem, byś się zmieniła, a żebyś mnie dostrzegła.

W jej oczach widziałem upór, poczułem się, jakbym po tej chwili nie był już w stanie spojrzeć na nią jak przedtem. Nie zobaczyłem w niej pasji, ale brutalność, gdy się we mnie wpatrywała.

– Dostrzegam teraz jedynie dupka!

Struny głosowe naprężyły mi się wraz z rykiem:

– Jaja sobie robisz? Cholernie cię kochałem!

– Ja sobie robię jaja?! – krzyknęła. Drżała, próbując zapanować nad sobą, by mnie nie uderzyć. Widziałem to w jej oczach. Przełknąłem gulę w gardle. – Ani razu mi o tym nie powiedziałeś. Ani razu, by zrobić to właśnie teraz. To jakaś popieprzona gra o dominację, w której musi być po twojemu albo wcale? I dlaczego w czasie przeszłym? Pieprz się, Thatcher! Pieprz się i to mocno!

– Wiesz, co czułem – nie odpuszczałem, na co odpowiedziała, szturchając mnie w pierś. Natarłem na nią, stając z nią nos w nos. Jej klatka piersiowa uniosła się gwałtownie, gdy Cassie zaczerpnęła tchu. – Kurwa, prosiłem, byś spędziła ze mną życie!

– Jako pieprzony żart! – wykrzyknęła. – Chciałeś tym wygrać tę głupią rywalizację, co stanowiło jedno z twoich największych wyzwań!

– Nie o to mi chodziło i dobrze o tym wiesz. To nie był żart, już dawno z nich zrezygnowałem. Musiałaś to poczuć.

– Niczego nie poczułam – zaprzeczyła, na co moje serce dosłownie zamarzło.

– No to gratulacje, Cassie. Wygląda na to, że w końcu wygrałaś, bo ja mam dosyć.

# ROZDZIAŁ 37

## CASSIE

Przyglądałam się, jak Georgia biegnie za Thatchem, gdy odszedł ode mnie w stronę naszego pola namiotowego. Zapragnęłam cofnąć te okropne słowa, które wyszły z moich ust i wepchnąć je sobie z powrotem do gardła.

Dlaczego to powiedziałam? Dlaczego on to powiedział? Co się właśnie, u diabła, stało?

Byłam równie zdezorientowana co wściekła. Wkurzona na niego, na siebie i całkowicie zagubiona z powodu jego reakcji. Czułam, że przesadził. Nadał całej sytuacji ogromne znaczenie, choć nie powinna go mieć.

Tak, ale moje gówniane słowa też nie pomogły.

Nie mogłam zaprzeczyć, że zachowałam się po chamsku. Całkowicie podle.

W żadnym razie nasza relacja nie była dla mnie żartem.

Ręce mi się trzęsły, kolana drżały, gdy za nim biegłam. Mięśnie nóg protestowały, gdy spieszyłam żwirową ścieżką, a chwasty chłostały moją nagą skórę.

Jednak cieszyłam się z bólu, który oznaczał zbliżanie się do niego.

Musiałam go dogonić. Musiałam dać znać, że kłamałam.

Kochałam go. Potrzebowałam.

Wiedziałam o tym, miałam świadomość, że to, co rozwinęło się między nami, nie było żartem. Wiedziałam, że było prawdziwe. Może zaczęło się od wygłupów, ale przekształciło we wszystko, czego kiedykolwiek pragnęłam, nawet jeśli długo sobie tego nie uświadamiałam.

– Thatch! Czekaj!

Ale się nie zatrzymał. Nie słuchał.

Wszedł do naszego namiotu i zaczął się pakować.

Weszłam za nim i objęłam go w pasie.

– Przepraszam. Nie chciałam tego powiedzieć – szepnęłam w jego koszulkę. – Kocham cię. – W końcu odnalazłam w sobie siłę, by wypowiedzieć te słowa.

Słowa, których nigdy do nikogo nie powiedziałam, oczywiście prócz rodziny.

Słowa, które powinny poinformować go, że byłam zaangażowana.

Pragnęłam z nim być.

Jednak nie wywarły na nim żadnego wrażenia.

Odtrącił mnie, zapiął torbę i wyszedł z namiotu.

Klęczałam nieruchomo przez dobre dziesięć sekund.

Zszokowana. Zraniona. Zła.

Dlaczego mnie nie słuchał?

Wyszłam z namiotu i spotkałam się z nim przy bagażniku, do którego wkładał torbę. Frankie i Claire również się spakowali i wsiedli do jego auta.

– Słyszałeś mnie?! – krzyknęłam. – Właśnie ci powiedziałam, że cię kocham! Dlaczego mnie nie słuchasz? Dlaczego wariujesz? Nie rozumiem, co się dzieje!

Podszedł do drzwi kierowcy.

Pobiegałam za nim i rzuciłam się na niego, nim zdołał je otworzyć.

– Thatch! – załkałam, więc w końcu na mnie spojrzał. Oparł się o drzwi, gapiąc się gdzieś przed siebie. Ponownie go objęłam, tuląc wielką sylwetkę, jak tylko potrafiłam. – Proszę, nie odchodź w taki sposób – błagałam. – Porozmawiaj ze mną. Nie wyjeżdżaj w złości.

W końcu spojrzał mi w oczy. Jego brązowe tęczówki były zimne, wycofane i właśnie w tej chwili uświadomiłam sobie, jak bardzo go skrzywdziłam.

– Nie jedź – prosiłam.

– Dosyć, Cassie. – Złapał moje ręce i odsunął je, a następnie ostrożnie przesunął mnie do tyłu. – Mam dosyć.

– Dosyć?

– Tak – warknął. – Mam dosyć. Nie mogę już. Muszę pojechać i przemyśleć to, co się stało. Potrzebuję czasu, by się uspokoić.

– Więc to tak? – podniosłam ze złością głos. – Odejdziesz? – Wbiłam palec w jego pierś.

Nawet nie drgnął. Nie zareagował. Stał tylko i patrzył na mnie.

Jego zachowanie doprowadziło mnie do szału. Było gorsze niż najokropniejsze słowa. Prócz obojętności, nie okazał mi ani jednej emocji.

– Przestań się tak zachowywać! Przestań się zachowywać, jakby ci nie zależało! – Uderzyłam go mocno w pierś. Byłam zdesperowana wycisnąć z niego jakiekolwiek uczucia. Cokolwiek. – Skończyłeś ze mną, Thatch? Zrobiłam jedną rzecz, która cię wkurzyła, i nagle potrzebujesz się ode mnie odsunąć?! – krzyczałam. – Dlaczego nie mam w tej sprawie nic do powiedzenia?

– Miałaś – poprawił mnie, jego głęboki głos załamał się przy końcu. – Wyraźnie słyszałem, co powiedziałaś po tym, gdy skoczyłaś. – Otworzył drzwi, ale popchnęłam je, by zamknąć.

Jednak był silny, otworzył je ponownie z wielką łatwością. Próbowałam za nim wsiąść, ale musiał dać znać Kline'owi, ponieważ silne ręce objęły mnie w talii i odciągnęły od samochodu.

– Puść mnie! – krzyczałam, gdy Thatch zamknął drzwi i uruchomił silnik.

– Uspokój się – szepnął mi Kline do ucha. – Będzie dobrze.

– Nie! Nie będzie! On odjeżdża! – łkałam, ale smutne oczy Georgii zablokowały mi widok na auto. Kilka łez spłynęło po jej policzkach, gdy mnie objęła i mocno przytuliła.

– Jestem. Jestem.

\*\*\*

Siedziałam w swoim gównianym mieszkaniu w nielubianej dzielnicy w Nowym Jorku. Jedyne, co miałam wspólnego z Chelsea to to, że obie potrzebowałyśmy prysznica.

Od wyprawy na kemping minęły trzy dni. Trzy dni, od kiedy Thatch ześwirował, ponieważ skoczyłam z klifu. Z klifu, z którego ludzie od lat skakali do jeziora.

Nie próbował się ze mną kontaktować.

Ja również nie wykonałam żadnego ruchu.

Rozumiałam, że nie był gotowy ze mną rozmawiać.
Był kutasem.
A mnie to nic nie obchodziło.
*Wcale nie.*
Nic mi nie było!
Ciche pukanie wyrwało mnie z cholernego uczuciowego stuporu. Przeszłam po odnowionej podłodze w swoich zajebistych skarpetkach i otworzyłam drzwi, by sprawdzić, kto przyszedł.
Wróciłam z powrotem na kanapę, na której posadziłam tyłek. Z pilotem w ręce przeszukałam wszystkie nagrane seriale, których nie obejrzałam, odkąd wyprowadziłam się do Thatcha.
– Dobrze wyglądasz – powiedziała Georgia, gdy weszła, zbierając po drodze puste pojemniki po żywności i wyrzucając je do kosza. – Jak się czujesz?
– W porządku.
– Świetnie. – Rozejrzała się. – Nowa podłoga wygląda dobrze... przynajmniej to, co wystaje spod śmieci.
– Dzięki. – Włączyłam ostatni odcinek *Vanderpump Rules*. Georgia podeszła do telewizora i go wyłączyła.
– Hej! Oglądałam to! – Ponownie go włączyłam.
Znów go wyłączyła.
Spiorunowałam ją wzrokiem i znów go włączyłam.
Ponownie go wyłączyła.
– Dobra, wydaje mi się, że czas, byś sobie poszła.
– Nie pójdę.
– Cóż, więc ja wyjdę. – Wstałam i popłapałam do sypialni.

Poszła za mną.

– Czas na drzemkę, G. – powiedziałam, zrzucając pudełko po pizzy na podłogę i wskakując do łóżka. – Zadzwonię później. – Dziewczyna usiadła obok. – Idź się poprzytulać do Wielkofiutego, mi się nie chce – jęknęłam i naciągnęłam kołdrę na głowę. Zdarła ją ze mnie, więc spojrzałam na nią z irytacją. Wyglądała, jakby się martwiła, a jej współczucie mnie wkurzyło. – Przestań. Nie musisz się o mnie troszczyć. Nic mi nie jest.

Pokręciła głową.

– Wcale nie.

– Wszystko w porządku.

– Skarbie, twoje mieszkanie wygląda jak miejskie wysypisko śmieci i masz na sobie majtki założone na spodnie.

Zerknęłam pod kołdrę i przekonałam się, że miała rację. Wielkie mi rzeczy, no więc gacie miałam na spodniach. Wielokrotnie widywałam bezdomnych, którzy paradowali tak po mieście.

– Możesz być przygnębiona, wiesz? Na twoim miejscu wcale nie czułabym się dobrze.

– Nie jesteś na moim miejscu.

– Tak – powiedziała, cicho się śmiejąc. – Ale masz na sobie zajebiste skarpetki, a widziałam je jedynie przy dwóch okazjach. – Wyprostowała palec. – Kiedy skończyli produkcję serialu *Friday Night Lights* – wyprostowała drugi – i kiedy torebka Prady, którą kupiłaś na wyprzedaży w Soho, okazała się podróbką.

Chciało mi się płakać. Zakryłam twarz.

– Nie lubię się tak czuć. Nigdy się tak nie czułam. Nigdy, z powodu nikogo i niczego.
– Tak, ale Thatch nie jest nikim.
– Masz rację. Jest największym dupkiem, jakiego kiedykolwiek poznałam. Żałuję, że wpadłam w pułapkę tego wielkiego ogra.
– Nie mówisz poważnie.
– Nie – szepnęłam – ale bym chciała.

Georgia oparła się o zagłówek i przesunęła mnie na tyle, bym położyła głowę na jej kolanach. Przeczesywała palcami moje włosy, trafiając co jakiś czas na węzły. Szczotka zapewne nie dałaby rady z tymi kudłami.

Milczałyśmy przez chwilę, pozwalałam, by kojąca energia uspokajała moje emocje, których tak bardzo starałam się unikać.

– Dlaczego to się stało, Georgie? – zapytałam szeptem.
– Nie chciałam, by tak się spieprzyło. Nie skoczyłabym, gdybym wiedziała, że on tak zeświruje.

Spojrzała na mnie.

– Jesteś tego pewna? Stałam obok i słyszałam, jak błagał cię, byś tego nie robiła. Wyglądał na zdesperowanego, kochanie. Zbolałego nawet.

Prawdę mówiąc, nie byłam pewna. I nie podobał mi się głosik w głowie, mówiący, że byłam cholernie uparta.

– Ale dlaczego skok do jeziora tak go wystraszył? – Zmieniłam kierunek rozmowy. – Na miłość boską, ten facet wyskoczył ze mną z samolotu.

Wzruszyła ramionami.

– Nie jestem pewna.

– Jesteś pewna, że nie jesteś pewna? Bo mam przeczucie, że Kline coś wie. A jeśli on wie, zapewne ty też wiesz.

– Kline nie podał szczegółów, co mówi już samo przez się, zważywszy na to, że nigdy niczego przede mną nie ukrywał, ale myślę, że ma to coś wspólnego z Margo.

Przeszukiwałam umysł za odpowiedziami, które tak naprawdę obawiałam się znaleźć.

– No dalej, Cass. – Georgia podniosła mnie do pozycji siedzącej. – Wyjdźmy stąd na jakiś lunch. Wydaje mi się, że świeże powietrze dobrze ci zrobi. – Podeszła do drzwi i spojrzała na mnie z uśmiechem. – Ale nie wyjdziemy, póki się nie wykąpiesz. Śmierdzisz jak jaja.

Uśmiechnęłam się po raz pierwszy od wieków.

– Jakby ci to przeszkadzało. Wszyscy wiedzą, że uwielbiasz wąchać gacie Kline'a.

W drodze korytarzem pokazała mi środkowy palec.

– Ruszaj śmierdzący zadek! Jestem głodna!

Powoli wydostałam się z łóżka i poszłam się umyć.

Wmawiałam sobie, że Georgia wcale nie miała racji i że nie musiałam zapanować nad tęsknotą za Thatchem, za to robiłam to, ponieważ musiałam się posilić, bo nie jadłam od wczoraj.

Tak, dokładnie tak to się miało.

Wszystko było w porządku. Byłam głodna, ale poza tym nic mi nie dolegało.

*Pieprzona kłamczucha.*

# ROZDZIAŁ 38

## THATCH

– Nie musiałeś dziś tego robić – powiedziałem głośno, przysuwając się do Kline'a, aby usłyszał mnie w głośnym barze.
– Czego nie musiałem robić? – zapytał niewinnie.
Skinąłem głową i się roześmiałem.
– Daj spokój. Dobrze wiesz, czego. – Nie miałem wątpliwości, że wolałby być w domu z żoną niż siedzieć ze mną w jakiejś zatłoczonej knajpie. Jednak Kline Brooks miał klasę, a ja miałem szczęście nazywać go przyjacielem.
– Ale dzięki.
Uniósł szklankę w toaście, przy czym starałem się być wart jego poświęcenia. Chciałem udawać, że wszystko w porządku, że nie tęskniłem za Cassie, że wiedziałem, jak żyć. Prawda była jednak taka, że nie wiedziałem. Kobieta wtargnęła w każdy aspekt mojej egzystencji, co bardzo mi się podobało.

Od chwili, kiedy wszystko się posypało, walczyłem ze sobą. Naprawdę dobrze postąpiłem? A może robiłem z igły widły?

W połowie – która za nią tęskniła i prawdopodobnie była dolną częścią mojego ciała – się z tym nie zgadzałem, ponieważ pozwalałem, by historia Margo przyćmiła obecną sprawę. Choć z drugiej strony, kiedy myślałem o jej twarzy przed skokiem, nawiedzało mnie wspomnienie.

Nie podjęła przemyślanej decyzji, ponieważ nie wiedziała, jak było to dla mnie ważne. Ale wyraźnie wybrała, by się odsunąć ode mnie i od wszystkiego, co razem budowaliśmy.

Jak zawsze postawiła swoje interesy ponad moimi.

Wszyscy zawsze mówili o bezinteresowności w związku, ale ja oczekiwałem i szanowałem nieco egoizmu. Nie chciałem, by się dla mnie zmieniła. Chciałem jedynie, by zaufała mi na tyle, by znać granicę pomiędzy szacunkiem do mnie a całkowitą uległością.

Ale droga była wyboista, Cassie nie odkryła jej jeszcze całkowicie.

– Gdzie zniknąłeś? – zapytał Kline. Czułem pod palcami, że miałem sztywne mięśnie karku.

Złapał mnie za ramię i ścisnął, przez co poczułem się nieco lepiej. Mimo to zastanawiałem się w duchu, czy przyjaciel, gdyby znalazł się na moim miejscu, wybrałby życie bez Georgii.

Nie, nie było o tym mowy.

Uniosłem głowę i zobaczyłem zbliżającego się Wesa, więc wiedziałem, że Kline wezwał kawalerię. Pokręciłem głową, na co przyjaciel spojrzał przez ramię, by odnaleźć źródło mojego zdziwienia.

– Jezu. Whitney też? – zapytałem. – Zmówiliście się?

Wes przecisnął się przez tłum, a Kline obrócił, by uścisnąć mu dłoń.

– Dzięki za przyjście – powiedziałem. Wes położył rękę na moim ramieniu i ścisnął. Uśmiechnąłem się, choć wiedziałem, że nie było to do mnie podobne, ale się starałem.

– O, kurwa – rzucił, nim mnie uścisnął. Nigdy tego nie robił, ale tym razem położył mi rękę na karku, drugą na plecach i poklepał.

Poczułem ucisk w gardle, musiałem więc przełknąć wyimaginowaną gulę.

– Kocham cię, stary – szepnął mi do ucha. Zachowywaliśmy się bardzo nienormalnie, choć wszystko zostało po staremu.

Dla postronnego widza nasze żarty wyglądały super, ale był to tylko sposób na codzienne obcowanie ze sobą. To teraz było wszystkim, czego potrzebowałem, by mieć wolność – była to wiedza, że nasza trójka skoczyłaby za sobą w ogień.

Jasne, żaden z nas nie był nieśmiertelny, więc wiedzieliśmy, że nie potrwa to wiecznie, ale miałem nadzieję, że dzięki osiągnięciom współczesnej medycyny dożyjemy wspólnie jakichś stu dwudziestu lat.

– Też cię kocham, Whitney – mruknąłem. Ścisnął mnie po raz ostatni i odsunął się ode mnie.

– Super, a teraz spieprzaj – powiedział z uśmiechem. – Jesteś tak wielki, że zajmujesz cały bar.

Posłałem mu prawdziwy uśmiech i odsunąłem się, by mógł zamówić sobie rum z colą.

– Pieprzona moczymorda – droczyłem się, gdy pomachał na barmana.

– Lepiej moczymorda niż cipa – powiedział, ruchem głowy wskazując na moje piwo.
– No nie wiem – wtrącił się Kline. – Cipki są fajne.
– Prawda? – zgodziłem się z nim ze śmiechem, na co uśmiechnął się też Wes.

Oczy zaszły mi mgłą, gdy przyjaciele próbowali poprawić mi humor. Cholera, przez to zerwanie przeobrażałem się w miesiączkującą kobietę.

W tej samej chwili mina Wesa zmieniła się całkowicie, gdy popatrzył na coś ponad moim ramieniem.

Powiedziałem sobie w duchu, by się nie obracać, ale najwyraźniej Cassie nie była jedyną, która mnie nie słuchała.

Kline również się odwrócił i wiedziałem, w którym momencie zauważył Cassie, ponieważ natychmiast spojrzał w podłogę, nim wrócił wzrokiem do Wesa.

Jej widok mnie nie zdenerwował. Cholera, było wręcz przeciwnie.

Tęskniłem za nią.

Kiedy obróciłem głowę, by odstawić na bar butelkę po piwie, Kline i Wes popatrzyli na mnie z troską. Skinąłem im głową i podszedłem do czekającej na mnie kobiety.

– Thatcher.
– Świrusko – szepnąłem, na co zamknęła oczy i zwiesiła głowę. Delikatnie podniosłem ją za podbródek, czekając, by spojrzała mi w twarz. – Co tu robisz, kociaku?

Pokręciła głową i odwróciła wzrok, ale ponownie zmusiłem ją, by na mnie popatrzyła.

– Patrz na mnie – zażądałem.

Wzruszyła ramionami, bezradna wobec własnych emocji, a pojedyncza łza spłynęła po jej policzku. Odezwała się cicho, choć usłyszałem ją pomimo gwaru.

– Tęsknię za tobą.

Z głośników nad barem popłynęła *H.O.L.Y.* zespołu Florida Georgia Line, powolna, uwodzicielska melodia rozbrzmiała w mojej piersi, więc wziąłem Cassie za rękę i powiedziałem pierwsze, co przyszło mi na myśl.

– Zatańcz ze mną.

Przytaknęła, objęła mnie, ale nie ruszyła się z miejsca, za to zaczęła kołysać się do rytmu. Zamknęła oczy i zaczęła poruszać głową, aż objąłem jej twarz.

Otworzyła pełne ognia i uczuć oczy i popatrzyła głęboko w moje, aż nie pamiętałem o nikim i niczym innym niż ona. Moje usta mimowolnie przywarły do jej warg, ciało do ciała, na co sapnęła i zadrżała. Przytuliłem ją, mocniej przywarłem do jej ust i językiem rozchyliłem wargi.

Zrobiła to samo, zatracając się we mnie, na co dreszcz wstrząsnął każdym mięśniem mojego ciała.

– Już dobrze, kochanie – powiedziałem, pozostając blisko. Pogłaskałem kciukiem jej skórę i ponownie ją pocałowałem, a końcówki jej włosów połaskotały odsłoniętą skórę mojego przedramienia.

– Przepraszam – powiedziała szeptem, a ja westchnąłem. Ulga sprawiła, że ogromny kamień spadł mi z serca. – Przykro mi, że wszystko się między nami zepsuło – kontynuowała. – Ale nie potrzebuję niańki, wiesz? Potrafię o siebie zadbać. Potrafię się pilnować. Potrafię podejmować własne decyzje. – Musiałem się wysilić, by nie zmrużyć oczu. – Wmawiałam sobie, że wszystko w porządku. Boże, każdego dnia od pieprzonego tygodnia wmawiałam sobie, że wszystko jest dobrze.

Zamknąłem oczy i się odsunąłem, oddzielając ją od siebie. Wciąż nie rozumiała. Myślałem, że mieliśmy to już za sobą, że przesadzałem, ale ona nadal tego nie rozumiała.

– Thatch?

– To nie wystarczy, Cass. Nie masz pojęcia, jak bardzo bym chciał, by wystarczyło, ale tak nie będzie. Zasługuję na coś lepszego.

– Co? – zapytała, a kiedy uświadomiła sobie, co powiedziałem, zaczęła się złościć. – Zasługujesz na coś lepszego? – powtórzyła, podnosząc głos. – Dlaczego kobieta musi cię potrzebować, by być cię godną? Najwyraźniej chyba nigdy nie zrozumiem facetów.

Złapałem ją za rękę, gdy się odwróciła i przyciągnąłem do siebie. Nie chciałem pozwolić, by tak to się skończyło.

– Nie o to chodzi i o tym wiesz. Pomyśl o mnie, pomyśl, jaki jestem przy tobie i dopiero wtedy powiedz, że chodzi mi o to, byś mnie potrzebowała.

– O co więc chodzi? O Margo? Nie jestem nią.

– Nie chcę, byś nią była! – krzyknąłem. – Margo jest tak daleko od naszych spraw, że to nawet nie jest śmieszne. Chodzi o nas i o twoją gotowość bycia w prawdziwym związku.

– Jestem gotowa!

– Nie, nie jesteś! – zanegowałem. – Ktoś, kto by mnie szanował i mi ufał, wiedziałby, że nie chodziło mi o przejęcie kontroli ani o zmienianie ciebie. Nie chcę mieć żony ze Stepford. Nie chcę powstrzymywać cię przed życiem i z pewnością nie chcę cię wspierać z cienia. Chcę być z kimś, kto zaufa mi wystarczająco, by wiedzieć, że nigdy nie poproszę o nic więcej niż szacunek i zaufanie. A kiedy wtedy skoczyłaś, okradłaś mnie z obu tych rzeczy. Właśnie o to chodzi.

Ominąłem ją i przepchnąłem się przez tłum. Wściekłość kierowała mnie na zewnątrz, gdzie mógłbym odetchnąć.

Ciepłe wieczorne powietrze uderzyło mnie w twarz, gdy otworzyłem drzwi, ale nie złagodziło dławienia w gardle i ucisku w piersi.

– Szlag by to trafił! – krzyknąłem, strasząc jakieś laski palące przy ścianie.

Stałem nieruchomo dobre pięć minut, próbując pozbierać myśli. Prawdę mówiąc, po części miałem nadzieję, że Cassie za mną wybiegnie. Powie, że się mylę, że pragnie tego samego co ja.

Jednak podobnie jak wtedy, gdy zasnęła podczas seksu, i tym razem nie zdołała mnie zadowolić.

# ROZDZIAŁ 39

## CASSIE

Miałam tydzień z piekła rodem. Każdej nocy, gdy spałam w gównianym mieszkaniu w Chelsea, żałowałam, że nie byłam w centrum w ramionach mężczyzny, którego nie mogłam wyrzucić z głowy.
Jednak nie miałam czasu na smutki i żale.
Musiałam skupić się na wielkiej sesji dla *Cosmopolitana*.
Robiliśmy ogromny, szesnastostronicowy dodatek do ich listopadowego numeru, więc powinnam się cieszyć. Powinnam kipieć energią, jednak myśli o Thatchu, naszym związku i wszystkim, co poszło nie tak, kładły się cieniem na mojej ekscytacji, dlatego nie potrafiłam myśleć o pracy z aparatem.
*Kurwa. Weź się w garść. Zaraz spieprzysz sobie też karierę.*
*Do tego siedzisz właśnie w słodkim kabriolecie...*
Kiedy *Cosmo* dokonywało ustaleń, zażyczyłam sobie do zdjęć czerwone porsche. Oczywiście wynikało to z czysto egoistycznej potrzeby, więc miałam całe przedpołudnie, by pojeździć tym cackiem po mieście.

I, Boże, cudownie się go prowadziło – pokonywałam ulice przy dźwiękach cichego mruczenia. To niebanalne doświadczenie w miejscu, w którym ludzie rzadko mieli samochody. Było coś niesamowitego w prowadzeniu tego auta bez dachu, gdy muzyka rozbrzmiewała w głośnikach, a wiatr targał włosy.

Nastrój zaczął mi się poprawiać, gdy wyjechałam z korków, robiąc co jakiś czas przystanki, by załatwić poranne poniedziałkowe sprawunki. Najpierw stanęłam w niedozwolonym miejscu pod Starbucksem, po czym udałam się do centrum do pralni. Wyszłam z niej, nim parkomat odliczył dziesięć minut.

Zatrzymując się na światłach, zerknęłam w lusterku wstecznym na leżący z tyłu garnitur Thatcha.

– Cholera – mruknęłam.

Naprawdę odebrałam jego rzeczy?

Wydawało się, że całkowicie zapomniałam o tym, co się między nami stało: że zerwaliśmy, że rozmawialiśmy w barze, że on już nie chciał ze mną być.

– Kurwa. Dlaczego to zrobiłam? – zapytałam samą siebie.

*Wiesz dlaczego, kretynko...*

Skarciłam siebie w duchu i pozwoliłam myślom odpłynąć do tego smutnego miejsca, w którym czekała świadomość, że Thatch nie był mój. Że nie byliśmy razem. Że wszystko się skończyło.

– Kurwa! – wykrzyknęłam i dałam głośniej radio, by zagłuszyć myśli.

Skoncentrowałam się na zbliżającej się sesji fotograficznej.

***

– Idealnie, Eduardo. Unieś nieco głowę i przechyl ją w prawo – poinstruowałam, gdy opierał się o porsche na tle nowojorskiego wieżowca.

Pstryknęłam kilka fotek z boku i położyłam się, by zrobić też kilka z dołu.

– Nie widuję cię ostatnio, Cassie – powiedział, opierając się biodrem o auto. – Nie podoba mi się to. – Posłał mi olśniewający uśmiech. Eduardo był modelem, którego znałam od lat. Był niewiarygodnie przystojny, co zauważyłam przy niejednej okazji. Możecie mi wierzyć, łączyły nas nie tylko popołudniowe sesje zdjęciowe, ale również nocne łóżkowe eskapady.

Pokręciłam głową, by się skupić. Na myśl o byciu z nim poczułam się dziwnie nieprzyzwoicie. Źle. Niekomfortowo.

Ponownie się uśmiechnął.

– Uważam, że powinniśmy to zmienić, piękna. Umów się ze mną po zdjęciach.

Zamarłam na chwilę za aparatem, miliony emocji przetoczyły się moimi żyłami wprost do serca.

Normalnie z ochotą skorzystałabym z oferty modela.

Tak jak wielokrotnie robiłam to w przeszłości.

Ale ostatnio nie miałam ochoty robić tego, co normalne.

Jedyna normalność, jakiej pragnęłam, tyczyła się Thatcha i spędzania z nim czasu. Chciałam być z tym dupkiem. Chciałam tego, co mieliśmy. Chciałam żartów, wygłupów, puszczania oka i mocnego seksu.

Boże, nienawidziłam go.

*Kłamczucha.*

Chciałam go nienawidzić.

Opuściłam aparat i spojrzałam na zegarek.

Była dziewiętnasta.

Różowy brylant w pierścionku zaręczynowym błysnął w słońcu. Cholerny błysk!

Musiałam się go pozbyć. Natychmiast.

Właśnie dlatego wrzuciłam aparat na tylne siedzenie porszaka, kazałam Eduardo się odsunąć i otworzyłam drzwi.

Mężczyzna popatrzył na mnie zdezorientowany.

– Spadaj – poleciłam i na szczęście dla niego, posłuchał.

Jak jakaś obłąkana nie traciłam czasu na wyjaśnienia, nie wytłumaczyłam się załodze. Z piskiem opon wyjechałam z parkingu, pozostawiając za sobą największą sesję w całej mojej karierze, a wszystko przez to, że zabłyszczał mi na palcu pieprzony pierścionek.

Kwadrans później niemal rozjechałam przechodniów, gdy zaparkowałam w niedozwolonym miejscu przed studiem tatuażu. W sekundę wysiadłam i wpadłam do środka. Dzwonek nad drzwiami odezwał się ostro, na co siedzący za ladą Frankie uniósł głowę, wytrzeszczając oczy ze zdziwienia.

– Cass?

Mój umysł nie pozwolił zapanować nad głosem, więc wrzasnęłam:

– Zabierz to cholerstwo!

Pociągnęłam mocno za pierścionek, by zsunąć go z palca, ale ten utknął jak niegdyś Walter w klatce Stana. Szarpałam, przez co mogłam skończyć z zakrwawionym palcem, ale w tej chwili miałam to gdzieś.

Przejmowałam się jedynie tym, że Thatch mnie nie chciał, więc pragnęłam, by zniknęła pamiątka po nim. Ciągnęłam, przy czym powracały do mnie emocje, więc w końcu rozpłakałam się, gdy nie mogłam go zdjąć.

– Chodź tu – powiedział Frankie, chwytając mnie za łokieć i prowadząc ostrożnie ku fotelowi. Przyniósł mi z łazienki chusteczkę i podał ją z uśmiechem. – Posiedź chwilę, by się uspokoić – polecił łagodnie.

Otarłam oczy i zaczęłam przeklinać.

– Pieprz się za ten swój spokój.

Uśmiechnął się, czym mnie zaskoczył.

– Lepiej się czujesz? – zapytał chicho.

Wzruszyłam ramionami.

– Trochę.

– Dobrze.

Teraz, gdy się nie trzęsłam, pierścionek z łatwością zsunął mi się z palca. Zacisnęłam go w dłoni i skoncentrowałam się, by go oddać. Każda komórka mojego ciała tego odmawiała. Zaciskałam na nim palce tak mocno, że poczułam, jak kamień wrzyna mi się w skórę.

W końcu odetchnęłam głęboko i odnalazłam w sobie siłę, by podać go Frankiemu.

– Przekaż mu to.

Pokręcił głową.

– Uważam, że sama powinnaś mu to oddać.

Tysiące uczuć przemknęły przez moje ciało, aż usłyszałam własny przyspieszony puls. Dlaczego Frankie nie chciał wziąć tego pierścionka? Gdybym sama musiała go oddać, oznaczałoby to ostateczne zerwanie. Stawienie czoła Thatchowi, a także faktowi, że to naprawdę koniec, chybaby mnie zniszczyło.

– Nie mogę – warknęłam. – Na jego widok pęka mi serce, więc lepiej weź ten pieprzony pierścionek, nim spuszczę go w kiblu! – wykrzyknęłam, rzucając na podłogę tę cholerną błyskotkę, gdy nadal nie wyciągnął po nią ręki.

Wyraz jego twarzy pozostawał neutralny.

– Chcesz usłyszeć, co myślę?

– Nie – odparłam prosto z mostu. Uniósł wyzywająco brwi, na co dałam się nabrać. – Tak – przyznałam.

– Siadaj – polecił, czemu się nie sprzeciwiłam. Byłam zmęczona po długim dniu, ale głównie wyczerpana przypominaniem sobie milion razy dziennie, że nie mogłam zadzwonić do Thatcha, wysłać mu wiadomości ani nawet o nim pomyśleć, ponieważ nie byliśmy już razem.

– Przeraziłaś go.

– Wiem. I skrzywdziłam do szpiku kości, ale naprawdę nie interesuje mnie bycie duchem jego dziewczyny.

– Cieszę się, że tak jej współczujesz...

Skrzywiłam się.

– Boże, przepraszam – kajałam się. – Nie powinnam mówić czegoś tak chamskiego.

Frankie przytaknął.

– Tak, nie powinnaś, ale w porządku – przyjął przeprosiny. – Ale to nie ma z nią nic wspólnego.

Thatch stwierdził to samo, ale nie byłam pewna, czy mogłam temu wierzyć.

– Jasne, zginęła właśnie w ten sposób – kontynuował, na co wytrzeszczyłam oczy. Ponownie skinął głową. – Tak. Skoczyła z klifu do płytkiej wody, zaraz po tym, jak Thatch błagał ją, by tego nie robiła.

Jego słowa uderzyły w moje serce niczym kula. Wciągnęłam gwałtownie powietrze.

– Więc jednak chodziło o nią – szepnęłam.

Pokręcił głową.

– Nie, wcale nie. Tamtego dnia, w tamtej chwili, pamiętał. Przecież to on pół godziny ją reanimował, więc tak, pamiętał.

Pojedyncza łza spłynęła po moim policzku, gdy pękło mi serce. Pękło z powodu Thatcha – faceta, który zasługiwał na coś o wiele lepszego niż ja – i z powodu Frankiego, gotowego otworzyć dla mnie swoje ramiona, nawet jeśli moje emocje przypominały jo-jo i wahały się pomiędzy szaleństwem a chamstwem.

– Ale wystraszył się z twojego powodu.

Pokręciłam głową i otarłam oczy.

– Nie rozumiem. – Ale, Boże, bardzo chciałam to pojąć. W głębi duszy zapewne znałam już odpowiedź.

– Jesteś kobietą, której zawsze pragnął, Cassie. Zawsze, ale tamtego dnia się wystraszył. Obawiał się tego, przez co mógłby przechodzić przez całe swoje życie. Wie, że pozostaniesz dzika i nieokrzesana i kocha cię właśnie za to, ale poczuł, że jeśli to zaakceptuje, być może właśnie przez to cię straci.

– Więc co mam zrobić? – zapytałam ledwie słyszalnym głosem.

– To już zawsze będzie zależeć wyłącznie od ciebie, Cassie. To ty musisz zdecydować, co jest dla ciebie ważniejsze.

Na to pytanie akurat znałam już odpowiedź.

Przeszedł przez salon i podniósł pierścionek.

– I jeśli naprawdę uważasz, że to koniec, sama musisz mu go oddać. Będzie tu dzisiaj o dziewiątej.

# ROZDZIAŁ 40

## THATCH

Walczyłem ze zdenerwowaniem, przygotowując swoje stanowisko pracy i wyciągając z szafki wysterylizowany sprzęt.

Miałem dziś tatuować swoją pierwszą w życiu klientkę. Frankie, jak i inni tatuażyści pozwolili mi beztrosko na sobie ćwiczyć, no i oczywiście musiałem zrobić to też na swoim ciele, ale praca z klientem była zupełnie inna. Nie zamartwiałem się, że coś spieprzę, ale nie miałem też pewności, że będę dobry.

Mój kiepski nastrój też zapewne nie pomagał.

– Gotowy? – zapytał Frankie, zaglądając do prywatnego pokoju, w którym siedziałem. Moją klientką miała być kobieta o imieniu Kristen. Przyszła do salonu jakiś tydzień temu, pragnąc mieć tatuaż z jakimś cytatem z książki, a Frankie nalegał, że nadszedł dla mnie czas. Choć on był mistrzem portretów, czuł, że miałem dar do czcionek.

Kto by pomyślał? Mój charakter pisma był do dupy.

– Jak zawsze – odparłem, posyłając mu najlepszy uśmiech, na jaki było mnie stać.

Jego oblicze nienaturalnie promieniało.

– Co masz na twarzy?

– Co?

– Co się dzieje na twojej facjacie? – zapytałem, kręcąc palcem, by to wskazać. – Wyglądasz w tej chwili jak Joker.
– Nic. Nie wiem, o co ci chodzi.
– Poważnie, dlaczego kumpluję się z samymi kiepskimi łgarzami?
Pokazał mi środkowy palec.
– Jeśli skończyłeś, zaproszę ją do środka.
– Skończyłem, ale kiedyś rozwikłam tę zagadkę.
Jego uśmiech jeszcze bardziej się poszerzył.
– Nie mam co do tego żadnych wątpliwości.
– Nieważne. – Obróciłem się na krześle i nalałem odpowiednich tuszy do kubeczków. Jednak przed przystąpieniem do pracy miałem zamiar wszystko sprawdzić. Kobiety miały tendencję do zmieniania zdania.
Co? Nawet nie myślcie o udawaniu, że to nieprawda.
Rozbrzmiało pukanie do drzwi.
– Proszę… – Odebrało mi mowę na widok klientki, jednak głos wrócił mi na widok jej uśmiechu. Po raz pierwszy w naszym związku nie miałem nastroju do żartów. – Co tu robisz?
– Jestem twoją pierwszą klientką – powiedziała Cassie, wchodząc do pomieszczenia i wskakując na fotel przede mną.
– Nie. Moją pierwszą klientką jest kobieta o imieniu Kristen.
Pokręciła głową.
– Już nie.

## ROZDZIAŁ 41

## CASSIE

— Myślałem, że masz sesję.
— Pieprzyć sesję — wyznałam. — To jest ważniejsze. — Podciągnęłam koszulkę, pokazując prawą stronę klatki piersiowej.

Nie minęło dużo czasu, nim poszłam po rozum do głowy. Zrozumiałam, co chciał powiedzieć Frankie, twierdząc, że sama powinnam oddać mu pierścionek. Kiedy wróciłam do studia, wyglądał jednak na zdziwionego.

Frankie kazał mi pomyśleć nad tym, co najważniejsze, i tak zrobiłam. Najważniejszy był dla mnie mężczyzna wielkości słonia, ponieważ był wszystkim, czego potrzebowałam od życia. Popychał mnie do działania, jednocześnie pozwalając podejmować własne decyzje.

Thatch był mój.

Był moją teraźniejszością i przyszłością.

Był dla mnie.

Boże, byłam kretynką. Zaryzykowałam wszystko — własne szczęście, szczęście Thatcha — bo byłam nierozważna i uparta, bo nie mogłam znieść myśli, że ktoś miałby mnie kontrolować. Ale teraz zmądrzałam.

Zabawne, że kiedy uświadamiasz sobie, że chcesz spędzić z kimś resztę życia, nie chcesz tracić bez niego ani sekundy.

Chcesz wszystkiego i chcesz tego od razu.

Thatch wpatrywał się we mnie.

– Wyrzuciłaś stąd moją pierwszą klientkę?

– Nie jest twoją pierwszą klientką. Ja nią jestem.

– Szkodzisz w ten sposób moim interesom.

*Zależy mi wyłącznie na tobie.*

Wzruszyłam ramionami.

– Zależy mi wyłącznie na tobie.

Umysł i serce w końcu się zsynchronizowały.

Uśmiechnęłam się szeroko, przyglądając, jak Thatch ostro odetchnął. Patrzył na swoje palce, bawiąc się sterylnie opakowanymi igłami.

– Chcesz, żebym zrobił ci tatuaż? – zapytał w końcu po dłuższej chwili ciszy. Wpatrywał mi się w oczy, poszukując odpowiedzi, których byłam skłonna mu udzielić. – Chcesz coś konkretnego? Pamiętaj, że zostanie z tobą na całe życie.

– Chcę, byś sam wybrał.

– Oszalałaś? – zapytał natychmiast.

Uśmiechnęłam się z powodu ironii tego stwierdzenia i przytaknęłam.

– Wiesz, że tak.

– Ufasz mi na tyle, że pozwalasz wybrać sobie tatuaż?

Pokręciłam głową, patrząc mu głęboko w oczy. Musiałam mieć pewność, że zrozumie. Że pomimo tego, co spieprzyłam, nadal go potrzebowałam. Ponieważ dzięki niemu byłam lepsza. Nie zmieniłam się. Nie byłam gorsza. Ale stanowiłam nowszą, ulepszoną wersją samej siebie.

– Nie. We wszystkim ci ufam.

Przez chwilę patrzył mi w twarz, nim odwrócił wzrok, by przygotować się do pracy. Ułożył tusze, założył igły. Przyglądałam mu się jak zauroczona. Tęskniłam za dźwiękiem jego głosu, za jego śmiechem, za niewielkimi gestami.

– Wszystko jest sterylne – wyjaśnił, otwierając paczki i patrząc na mnie. – Będzie używane tylko na tobie, następnie trafi do utylizacji.

– To zajebiście, bo chcę mieć tatuaż, a nie żółtaczkę – droczyłam się, ale w moim głosie nie zabrzmiało ani trochę zwyczajowej intensywności. Chciałam odzyskać mojego wielkoluda.

Uśmiechnął się i wskazał na odsłonięte żebra, ale nie objął mnie i nie powiedział, że też mnie kocha. Nie byłam pewna, co z tego wszystkiego wyniknie.

– Tu go chcesz?

Przytaknęłam.

– Jesteś tego pewna.

Przytaknęłam.

Wymył mi skórę środkiem dezynfekującym.

– Jesteś stuprocentowo pewna, że tego chcesz?

– Studziesięcioprocentowo.

Dziesięć minut i kilkanaście pytań „czy jestem pewna" później miałam na sobie szkic, a Thatch naciągał lateksowe rękawiczki.

– Chcesz zobaczyć, nim zacznę?

Pokręciłam głową i położyłam się na fotelu.

– Nie. Chcę go zobaczyć po całkowitym zakończeniu pracy.

Uśmiechnął się samymi kącikami ust i pokazał mi pistolet.
- Najpierw nie użyję tuszu, byś wiedziała, jak to boli.
- Dawaj - powiedziałam i zamknęłam oczy. Ukłucie sprawiło, że się wzdrygnęłam, ale nie było aż tak źle.
- I jak? - zapytał, trzymał palcami skórę wokół nakłucia.
- Jakbyś miał stworzyć dla mnie coś wspaniałego.
- Zerknęłam na niego jednym okiem i zobaczyłam, że uśmiechał się z czułością. Poczułam się, jakbym po raz pierwszy mogła odetchnąć.
- Gotowa, kociaku? - zapytał szeptem. Musiałam walczyć ze łzami przez tę słowną pieszczotę.
*Kociaku.* Tak bardzo tęskniłam za tym słowem.
Wzięłam kilka wdechów i z entuzjazmem skinęłam głową.
- Gotowa.
- Dobra, świrusko. Postaraj się odprężyć.
Położył ręce na moim boku, pochylił się i przyłożył igłę do mojej skóry. Jego twarz znajdowała się kilka centymetrów od mojej klatki piersiowej, czułam na sobie jego ciepły oddech.
W pokoju panowała cisza, przestrzeń wypełniało jedynie brzęczenie pistoletu. Skrzywiłam się, gdy igła kilkakrotnie trafiła na jakiś nerw.
- Spokojnie. Świetnie sobie radzisz - zachęcał.
Zamknęłam oczy i pozwoliłam mu działać, a czterdzieści minut później wymył mój bok i powiedział:
- Gotowe.

Spojrzałam na niego i się uśmiechnęłam.

– Serio?

Przytaknął.

– Tak.

– Mogę zobaczyć? – zapytałam z ekscytacją.

Pokiwał głową, zdjął rękawiczki i pomógł mi zejść z fotela.

Podeszłam do wysokiego lustra i się obróciłam.

W chwili, w której zobaczyłam czarny tusz na zaczerwienionej skórze, do oczu napłynęły mi łzy.

*Była szalona. Dzika.*

*Chaos i piękno.*

*Moje serce.*

*Moja.*

Stanął za mną, obserwując w lustrze moją reakcję.

– Byłam w życiu pewna tylko jednego – powiedziałam cicho, patrząc na piękny tatuaż, jaki mi zrobił. – Fotografii. Uwielbiałam kontrolę, jaką miałam – przyznałam. – Odkąd pamiętam, nie znosiłam jej tracić. Właśnie taka byłam. Potrzebowałam nad wszystkim panować. Musiałam mieć wolność wyboru, by robić, co zapragnęłam. – Thatch chciał coś powiedzieć, ale położyłam mu palec na ustach i popatrzyłam w oczy. – Ale poznałam ciebie. I to właśnie ciebie po raz pierwszy w życiu jestem pewna, ponieważ jesteś stworzony idealnie dla mnie, Thatch. Ufam ci bezgranicznie, ponieważ wiem, że ty ufasz mnie. – Zbliżyłam się do niego. – Przepraszam za to, co zrobiłam. Przepraszam, że skoczyłam. Podjęłam egoistyczną i okrutną decyzję, przepraszam więc, że cię zraniłam. Kiedy prosiłeś, bym tego nie robiła, powinnam wiedzieć, że nie chciałeś mnie kontrolować, ale martwiłeś się o moje bezpieczeństwo. – Dotknęłam jego policzka.

Przylgnął do mojej dłoni i zamknął oczy.

– Powinienem wcześniej się pozbierać.

Pokręciłam głową.

– Wybaczysz mi?

– Oczywiście, że tak, kociaku – szepnął i spojrzał na mnie z uczuciem w oczach.

– Wciąż będziesz mnie kochał?

Objął moją twarz.

– Nie przestałem i przepraszam, że tak na ciebie naskoczyłem.

Odetchnęłam głęboko, gdy poczułam ulgę.

Objęłam go za szyję, stanęłam na palcach i pocałowałam go czule.

– Kocham cię.

Odpowiedział mi olśniewającym uśmiechem. Wziął mnie na ręce, podtrzymując za pośladki, więc objęłam go nogami w pasie.

– Też cię kocham, kociaku.

– Wystarczająco, by chcieć mnie poślubić? – zapytałam, nie oddalając swoich ust od jego.

Zaśmiał się.

– Czy to oświadczyny?

Przytaknęłam.

– Ożeń się ze mną, Thatch.

Powaga natychmiast zastąpiła wesołość w jego oczach.

– Naprawdę mnie o to pytasz?

Oparłam czoło o jego i popatrzyłam mu głęboko w oczy.

– Tak. Ożeń się ze mną. Uczyń mnie najszczęśliwszą dziewczyną na całej tej pieprzonej planecie.

– Jesteś tego pewna, kociaku?

Uniosłam lewą rękę, pokazując mu pierścionek, którego nie chciałam już zdejmować. Zabawne, bo jeszcze kilka godzin temu miałam ochotę odrąbać sobie palec, by ściągnąć to cholerstwo.

– Tak. Jestem pewna.

Złożył na moich ustach głęboki, seksowny pocałunek.

– Czy to oznacza „tak"? – zapytałam, nie mogąc się oderwać od jego warg.

Wzruszył ramionami, ale uśmiechał się słodko.

– Może.

Odsunęłam się, by na niego spojrzeć.

Jego uśmiech się poszerzył, więc nie mogłam nie naśladować jego miny.

– Może? Tak to może pisać sobie Leslie na Instagramie. Najlepiej z hasztagiem: GównianaOdpowiedź.

Puścił do mnie oko.

Cholera, mrugnął do mnie.

Najwyraźniej było to wyzwanie. Widziałam to w wyrazie jego twarzy. Nie chciał, by nasz związek podążał drogą normalności, a po przemyśleniu ja też tego nie chciałam.

Potrzebowaliśmy jedynie przyrzeczenia, nie żadnych górnolotnych oświadczyn.

Cholera jasna, ależ go kochałam.

– Nie zdejmę tego pierścionka.

Jego odpowiedź była natychmiastowa, wymagająca i taka, jakiej od zawsze pragnęłam.

– Zasada siedemdziesiąta piąta: nigdy nie zdejmuj tego pieprzonego pierścionka.

# WIELKI, TŁUSTY, PIEPRZONY EPILOG

## CASSIE

Promienie porannego słońca wpadały przez wielkie okna w salonie, gdy szłam do kuchni nalać sobie świeżej kawy. Wlałam do dzbanka swojej ulubionej karmelowej śmietanki, przecierając przy tym zaspane oczy.

Było wcześnie. Cholernie wcześnie, ale przez ostatnie tygodnie spieprzył się mój wewnętrzny zegar. Ostatnio budziłam się przed Thatchem i Philem, co mówiło samo przez się, ponieważ nasz prosiak wstawał przed kogutami.

Zegar na kuchence pokazał szóstą rano, więc jęknęłam.

Życie rannego ptaszka było wkurzające.

Wzięłam kilka łyków z kubka, nalałam czarnej mikstury również Thatchowi i wróciłam do sypialni. Po drodze przyglądałam się zdjęciom, jakie przez ostatnie miesiące powiesiłam na ścianach. Czarno-białe pejzaże i kolorowe fotografie miast... Na kominku z dumą wisiała fotka całej naszej trójki, zrobiona, gdy Thatch zabrał nas do parku.

Jego mieszkanie nie było już dłużej tylko jego – w tej chwili stanowiło nasz dom.

Czasami wciąż nie mogłam uwierzyć, że działo się to naprawdę. Niekiedy trudno to zrozumieć, bo w pewnej chwili niemal go straciłam. Jednak nasz związek był prawdziwy. Byliśmy razem. I to na zawsze. Mieliśmy pewność, reszta to tylko pomniejsze szczegóły.

Tak, wielki gnojek podbił moje serce. Zmieniła mnie miłość do niego. Był moim najlepszym przyjacielem, a dzięki jego miłości i przyjaźni stałam się lepszą wersją samej siebie.

Wiem, wiem, to naprawdę kiepskie bzdury, co?

Ale miłość to pieprzona zdzira, a kiedy już cię dopadnie, jesteś skończony. Dlatego właśnie mogłam przyznać, że byłam kobietą po uszy zakochaną w facecie, który mnie kochał. Wiem, miałam pieprzone szczęście. Przez swój upór, egoizm i głupotę niemal go straciłam, ale przysięgam na jego superfiuta, że już nigdy nie popełnię tego błędu. Wielkolud utknął ze mną do końca mojego szalonego życia.

Dziękuję wam zatem, że mnie nie zabiliście, zanim nasza historia dotarła do szczęśliwego zakończenia.

I chciałabym również podziękować Miłości za bycie większą zdzirą ode mnie.

Kochanie Thatcha sprawiło, że stałam się jeszcze bardziej napalona. Przez całe dnie mogłabym nie wychodzić z łóżka.

Przez ostatnie tygodnie myślałam jedynie o seksie z Thatchem, o nagim Thatchu pod prysznicem, o Thatchu, który by mnie lizał, który dawałby mi klapsy, który...

W mojej głowie przewijały się ostatnio niekończące się sceny pornograficzne. Zastanawiałam się, czy mój egoizm przeniósł się z mojego serca do cipki. I, prawdę mówiąc, ta mała ladacznica wyrywała mi się ostatnio spod kontroli. Ale rety, o rety, kiedy żądała przyjaciela, była w tym nieubłagana.

Co wyjaśniało zapewne, dlaczego postawiłam dwa kubki z kawą na szafce nocnej i wróciłam do łóżka, by obudzić Thatcha na poranne bzykanko.

Kołdra ledwie przykrywała wielką sylwetkę, ciche pochrapywanie wydobywało się spomiędzy jego rozchylonych warg. Kiedy moje chciwe spojrzenie przesunęło się po jego ciele, w tle cipka wykrzykiwała swoją aprobatę. Przyjrzałam się jego wąskim biodrom, seksownemu „V" na podbrzuszu, wyrzeźbionemu kaloryferowi na brzuchu, a wiodąc wzrokiem po jego skórze, zauważyłam tatuaże i błyszczący kolczyk, dzięki któremu stwardniały mi sutki.

Pragnęłam zjeść go łyżeczką.

Skreślcie to, nie potrzebowałam łyżki, gdy miałam dwie ręce i usta.

*I mnie* – wymruczała moja szparka. Cholera, ależ była wymagająca. Gdyby nie moje napalenie, zastanawiałabym się, czy nie wezwać Jezusa, by przemówił jej do rozsądku.

Miałam świadomość, że mówienie o Jezusie w tym samym zdaniu, w którym mówiłam o szparce, zapewne stanowiło dla większości populacji świętokradztwo, ale ci ludzie nie żyli z nią na co dzień.

A ja tak.

I, cholera, rządziła się, przez co zaczęłam się zastanawiać, czy próbowała doprowadzić, byśmy zaszły w ciążę, nawet jeśli mój umysł podpowiadał, że brałam tabletki.

Wierzcie mi, potrzebowałam Jezusa.

I chyba jakiegoś egzorcyzmu.

Pogłaskałam gładką skórę jego torsu i pocałowałam go w szyję, aż dotarłam do ucha, które skubnęłam zębami, ciągnąc kilkakrotnie.

– Thatch – szepnęłam. – Pobudka.

– Nie – powiedział, nie otwierając oczu.

– Kochanie, ja...

– Nie – powtórzył, nim zdołałam dokończyć.

– Ale...

– Nie, Cass – odmówił. – Wydaje mi się, że zepsułaś mi fiuta. Przez ostatnią dobę pieprzyliśmy się przynajmniej dziesięć razy. Nie ma takiej fizycznej możliwości, by mi teraz stanął. Koniec.

Boże, miał tak seksownie ochrypły od snu głos.

– Ale jeśli...

– Wypieprzyłaś mnie dosłownie do suchej nitki. Mam nadzieję, że nie masz nic przeciwko adopcji, kociaku, bo jestem na dziewięćdziesiąt dziewięć procent pewny, że moje jądra są puste.

Uśmiechnęłam się, przytulając do niego.

– Chcesz mieć ze mną dzieci?

– Czuję, że to może być podchwytliwe pytanie. Ostatnio, gdy stwierdziłem, że chciałbym zobaczyć cię w ciąży, strzeliłaś mnie z liścia w krocze. Nie, żeby to miało teraz jakieś znaczenie. I tak nie czuję nic od pasa w dół.

Usiadłam na piętach i spojrzałam na jego przystojną twarz. Miał zamknięte oczy, ale niewielki uśmieszek rozciągał jego usta. Wycisnęłam w ich kąciku pocałunek.

– Przyrzekam, że to nie było podchwytliwe.

Zaśmiał się cicho.

– Jeśli nie było to podchwytliwe pytanie, w takim razie starasz się pobudzić mnie do seksu. Przejrzałem twoje zamiary, świrusko. I oboje wiemy, że nadal łykasz tabletki, więc nie ma to teraz znaczenia.

Westchnęłam z irytacją. Niech go szlag. Nawet jeśli nie mógł tego zobaczyć, pokazałam mu wyprostowany środkowy palec, nim pokonana oparłam się o zagłówek. Myślałam, że cała sprawa z dzieckiem sprawi, że jego konar zapłonie, ponieważ pomimo tego, że się jeszcze nie pobraliśmy, Thatcher ostatnio coraz częściej mówił o posiadaniu potomstwa. Gdyby nie miał tak wielkiego węża w spodniach, zastanawiałabym się, czy aby na pewno nie był kobietą.

Jego zegar biologiczny z pewnością tykał. Chwila – tykać to on mógł mnie tym swoim drągiem.

Ale poważnie, miał idealny, długi, gruby członek. I cholernie mocno go pragnęłam.

Ponownie westchnęłam i skrzyżowałam ręce na piersi. Naprawdę przesadą było prosić o trochę porannego seksu, nawet jeśli nie pozwoliłam mu zasnąć przed drugą w nocy, bo po pierwszej turze bzykania zażądałam drugiej, następnie trzeciej i czwartej? Nie, nie wydaje mi się.

Kiedy w końcu otworzył oczy, wydawał się wkurzony, gdy spojrzał w moją pełną frustracji twarz.

– Kociaku, nie mówię tego dlatego, że cię nie pragnę. Chcę być z tobą przez cały pieprzony czas. Odmawiam, bo fizycznie nie daję rady. – Uniósł kołdrę i ruchem głowy wskazał na swoje bokserki. – Sprawiłaś, że nie mam nawet porannego drąga. A to już coś mówi, biorąc pod uwagę, że miałem go codziennie przez jakieś dwadzieścia lat.

Miał rację. Jego wzwód nie przyszedł się ze mną przywitać, a to było bardzo do niego niepodobne. Każdego ranka się ze mną witał.

Oparłam głowę o łóżko i jęknęłam.

– Ale jestem napalona. Czuję, że zwariuję, jeśli przez następne pięć minut nie osiągnę orgazmu. Chcesz tego, Thatch? Wiedząc, że to ty zepchnąłeś mnie z tej krawędzi?

Spojrzał na mnie i się uśmiechnął.

– Już ustaliliśmy, że jesteś szalona, kociaku. Piękna, ale świrnięta. Cholernie seksowna, ale szurnięta.

– Kochasz moje wariactwo.

– Najwyraźniej. Pozwoliłem ci, byś zepsuła mi fiuta.

– Wcale ci go nie zepsułam – powiedziałam, wbijając spojrzenie w jego pachwinę. Zepsułam go? Zaczęłam się zastanawiać, czy będę musiała zawieźć go do szpitala.

Prychnął.

– Tak, kociaku, zepsułaś.

– A co, jeśli przez chwilę go possę?

Ponownie zamknął oczy, jakby próbował zasnąć.

– Fiut potrzebuje przerwy. Możesz wpychać mi cycki przed nos, a jego to nie ruszy.

Dlaczego o tym nie pomyślałam? Thatch nie potrafił oprzeć się moim piersiom.

Zerknął na mnie jednym okiem i dodał:

– To nie było wyzwanie.

Znów jęknęłam.

– Zmieniasz się w jakiegoś zgreda.

– Nie mówiłaś tak wczoraj, gdy błagałaś, bym cię polizał.

– Tak, proszę. Możesz to zrobić.
Otworzył szeroko oczy.
– Jesteś aż tak spragniona, kociaku?
Przytaknęłam.
– Muszę się rozładować. I to mocno.
Położył się na mnie i uwięził w klatce swoich ramion.
– Pragniesz moich ust?
– Tak.
Odsunął ramiączko mojego topu i polizał moje ramię i szyję.
– Potrzebujesz orgazmu? – szepnął mi do ucha.
Stwardniały mi sutki.
– Bardziej niż powietrza.
Possał moją szyję, dochodząc do tego miejsca za uchem, dzięki któremu spomiędzy warg wymknął mi się jęk. Wsunął palce w moje włosy i przechylił moją głowę, robiąc sobie miejsce. I, Boże, wykorzystał je – ustami, językiem, ssąc i liżąc, schodząc na ramię i wracając.

Wygięłam plecy i uniosłam biodra, szukając ulgi, której potrzebowałam zaznać za sprawą jego warg, rąk, fiuta. Musiałam go mieć na sobie, w sobie, wszędzie. Chciałam wszystkiego i to w tym samym czasie.

Wbiłam paznokcie w gładką skórę jego pleców, pozostawiając czerwone ślady, demonstrując, jak byłam zdesperowana.

Całował ścieżkę na mojej szyi i pomiędzy piersiami, schodząc coraz niżej. Zsunął koszulkę z mojego torsu, aż byłam naga.

– Chryste – jęknął, kiedy dostrzegł moje twarde sutki i unoszące się przy oddechu piersi. Polizał je, zassał ich szczyty. – Te cholernie piękne cycki są stworzone idealnie dla moich wielkich dłoni. Cholera, Cass. Nie powinien mi stawać, ale tak właśnie jest. Jestem twardy dla ciebie. – Przypieczętował to stwierdzenie ocieraniem się o mnie, aż jęknęłam.

Kiedy te słowa opuściły jego usta, byłam pewna, że słyszę śpiew anielskich chórów.

– Tak, kochanie. Potrzebuję go.

– Jeszcze nie.

Ściskał moje piersi, kciukami pieszcząc moje sutki, ustami schodząc do mojego brzucha. Polizał skórę od jednej kości biodrowej do drugiej, aż zszedł niżej i przycisnął ciepłe usta do mojej łechtaczki. Zassał ją przez majtki, aż oczy wywróciły mi się na tył głowy.

– Jesteś wilgotna. Muszę cię wylizać, nim wejdę w tę idealną cipkę.

Pospiesznie zdjął mi bieliznę, po czym nie marnował czasu. Ssał, lizał i pożerał, aż zaczęłam drżeć i złapałam go za włosy.

– Czego chcesz, kociaku? Ust czy fiuta?

– Przysięgam, że jeśli nie będziesz mnie pieprzył...

Złapał mnie za uda, nim zdołałam dokończyć zdanie. Wszedł we mnie pomiędzy jednym oddechem a drugim.

Jęknęłam, mój głos odbił się echem w naszym mieszkaniu.

– Jeszcze? – Wszedł nieco głębiej.

– Nie przerywaj. Nie waż się przerywać.

– Cholera, Cass – wołał. – Taka cudowna.

***

Cztery godziny – i cztery orgazmy później (trzy moje i jeden jego) – jechaliśmy windą w stronę apartamentu na stadionie Paula Howarda, stanowiącego dom drużyny nowojorskich Mavericksów.

Byłam podekscytowana, praktycznie nie potrafiłam ustać w miejscu.

Thatch uśmiechnął się, objął moje ramiona i przyciągnął mnie do siebie.

– Nie martw się, kociaku. Jest zdrowy. Jest w najlepszej formie. Sean świetnie sobie poradzi.

Przytaknęłam.

– Wiem, ale nie potrafię przestać się denerwować. Przecież mój młodszy brat rozpoczyna karierę zawodowego futbolisty.

– Tak, i pokaże Mavericksom, że zatrudnienie go było najlepszą decyzją w ich historii.

Winda zadzwoniła, kiedy dotarliśmy na najwyższe piętro, a Thatch wyprowadził mnie z niej, trzymając rękę na moich plecach.

Spojrzałam w jego zadowolone oczy i się uśmiechnęłam.

– Masz rację. Sean skopie dziś kilka tyłków.

– Też tak myślę, kochanie. Nie mam co do tego żadnych wątpliwości.

Uniosłam rękę i zamarkowałam cios w kroczę.

Nawet nie drgnął, na co zdziwiona przechyliłam głowę na bok.

Uśmiechnął się.

– Nie mam również wątpliwości, że zepsułaś mi fiuta, kociaku. Możesz mnie teraz kopać w jaja, a zapewne w ogóle tego nie poczuję.

Spojrzałam w dół, następnie ponownie uniosłam głowę. Moje usta rozciągnęły się w szatańskim uśmieszku.

– Nie – powiedział i pokręcił głową. – Nie będę cię tu pieprzył. Musisz się natychmiast z tym pogodzić.

Tak? No to jeszcze zobaczymy, ponieważ wszystko miałam z wyprzedzeniem zaplanowane.

## THATCH

– Bardzo cię kocham – jęknąłem w biust Cassie. Wyglądała dzisiaj obłędnie w koszulce Mavericksów z numerem siedemdziesiąt osiem, pod którą nie miała biustonosza.

Może nie powinienem się ślinić, gdy była w koszulce, którą kupiła, by wesprzeć brata, ale, cholera, jej cycki naprawdę dobrze się w niej prezentowały. Kiedy weszliśmy na stadion, kobiety spojrzały na nią, jakby postradała zmysły, a mężczyźni popatrzyli na mnie, jakby chcieli mnie zamordować, by tylko zająć moje miejsce.

Było zajebiście.

– Mocniej, kochanie – poleciła, sapiąc, gdy poddałem się pokusie i wcisnąłem twarz w jej dekolt, jednocześnie trzymając ją przy ścianie w łazience właściciela apartamentu. Od ostatniego miesiąca była niezmordowana, całkowicie seksualnie nienasycona i po raz pierwszy w życiu nie miałem pewności, czy zdołam sprostać wyzwaniu.

Próbowałem zwiększyć siłę i tempo, nie łamiąc jej przy tym na pół ani nie kończąc wszystkiego zbyt wcześnie. Granica w obydwu przypadkach była cudownie cienka.

– Pieprz mnie, Thatch – zażądała, więc zamknąłem oczy, walcząc z mrowieniem w podbrzuszu.

– Pieprzę, kociaku – powiedziałem, ponieważ właśnie to robiłem. Dawałem jej wszystko, co miałem, a ona wciąż chciała więcej. Jednocześnie uwielbiałem i nienawidziłem myśli, że moja kobieta potrafiła to wszystko znieść.

Było to cholernie podniecające, ale nie miało wyjść mi na dobre, gdybym jednak jej nie sprostał.

Ssąc twarde szczyty jej piersi, mocniej złapałem za jej pośladki i uniosłem ją, silniej przyciskając do drzwi i zwiększając rytm pchnięć. Drewno zaczęło skrzypieć, nie miałem więc wątpliwości, że słyszeli to wszyscy nasi przyjaciele.

– O cholera, tak, tak – krzyczała Cassie. Przeniosłem wargi z jej piersi na usta i rozsunąłem je językiem, by ją uciszyć.

Czknęła z przyjemności i wbiła mi paznokcie w łopatki, próbując być jeszcze bliżej.

Puściła mnie jedną ręką, by złapać się za sutek, na co jęknąłem.

– Ostrożnie, kociaku – ostrzegłem. – Jeśli będziesz tak robić, skończysz na moim języku.

– O tak – jęknęła, całkowicie mnie ignorując, próbując osiągnąć spełnienie.

– Cholera – powiedziałem. – Jesteś najseksowniejszą kobietą na tej planecie.

Pociągnęła koszulkę i zaczepiła ją pod piersią, by pokazać mi swoje nagie ciało i by dać do niego dostęp moim ustom.

– Ssij, Thatcher – jęknęła. – Pożeraj.

– Kurrrwa…

Nigdy w życiu nie mógłbym się sprzeciwić takiej prośbie.

Ilekroć jej cipka pochłaniała mojego fiuta, dojąc go, aż ledwie mogłem z niej wyjść, a jej piersi podskakiwały, traciłem nad sobą kontrolę.

– Dojdź, Cass – poleciłem, przesuwając rękę, aż moje palce znalazły się pomiędzy jej wilgotną łechtaczką a moim członkiem.

Odchyliła głowę w tył, jej długie włosy spływały po drzwiach. Przygryzła mocno wargę, gdy próbowała stłumić siłę orgazmu, ale poległa.

Na widok jej twarzy i z powodu zaciskania się jej mięśni, dołączyłem do niej w tej rozkoszy.

Wepchnąłem twarz pomiędzy jej cycki, by stłumić jęk. Chwyciła mnie za włosy i wyciągnęła stamtąd.

Polizałem jej piersi, okrążyłem językiem oba sutki.

Przycisnęła się do mnie, jakby nie miała dosyć.

– Wciąż spragniona? – zapytałem szeptem. Zwilżyła wargi językiem i skinęła głową. – Niedługo znów się wymkniemy – obiecałem, choć wiedziałem, że w tych okolicznościach nie można mówić o żadnym tajemnym wychodzeniu. Wątpiłem również, bym ja to zainicjował. Byłem pewien, że jeśli jeszcze raz będę ją posuwał, fiut w końcu mi uschnie i odpadnie.

Postawiłem ją ostrożnie na podłodze, trzymając za biodra, póki nie odzyskała równowagi.

Długa spódnica, pod którą nie miała majtek, z pewnością wszystko ułatwiała. Cassie roześmiała się, gdy pomachałem na pożegnanie jej piersiom, nim poprawiła koszulkę.

– Będę tęsknił – wyznałem im szczerze.

Za każdym razem, gdy je widziałem, czułem się jak za pierwszym razem.

– Wszystko w porządku? – zapytałem, gdy myła się w umywalce, a ja zapinałem spodnie. – Mam poczekać, byśmy spacer wstydu odbyli razem?

Jej śmiech kazał mi się cofnąć. Nigdy nie miałem się nim nasycić.

– Byłby spacerem wstydu, gdybyśmy potrafili czuć coś takiego, a oboje wiemy, że…

– Nie mamy żadnego wstydu – dokończyłem, gdy chichotała. Postawiłem duży krok, zbliżając się do niej i pocałowałem ją miękko w usta. – Kocham cię.

– Wiem – powiedziała i puściła do mnie oko. Złapałem się za galopujące serce i wycofałem do drzwi. Przewróciła przesadnie oczami, a kiedy spojrzała ponownie w lustro, przetarła twarz i przeczesała palcami włosy, poprawiając wszystko, o co martwiły się kobiety, a czego mężczyźni praktycznie nie zauważali. Skorzystałem z okazji i wymknąłem się za drzwi.

Natychmiast spojrzały na mnie wszystkie pary oczu.

Wes zaczął powoli klaskać, a Kline wtulił twarz w szyję Georgii, by stłumić śmiech. Georgia chichotała głośno, siedząc na jego kolanach.

– Dopilnuję, by ekipa sprzątająca poświeciła łazience specjalną uwagę – wytknął Wes, na co wzruszyłem ramionami i pokazałem mu środkowy palec.

– Mecz zaraz się zacznie – przypomniałem mu. – Nie masz nic innego do roboty niż nabijać się ze mnie?

– Nie – odparł z uśmiechem. – W tej chwili nie.

Uśmiechnąłem się, bo miałem to gdzieś. Ponieważ Cassie oficjalnie należała do mnie, miałem odporność na wszystko, co mogło zepsuć mi nastrój. Nie żeby wcześniej cokolwiek go psuło, ale teraz byłem dosłownie naćpany szczęściem.

Chociaż byłem też cholernie zmęczony.

Przeszedłem obok Wesa i usiadłem obok Kline'a, któremu Georgia zeskoczyła z kolan.

– Nie musisz ustępować mi miejsca, kochana.

Uśmiechnęła się i machnęła ręką.

– Spędź z chłopakami trochę czasu, a ja sprawdzę, czy moja przyjaciółka wciąż może chodzić.

Puściłem do niej oko.

– Ledwie.

Kline jęknął.

– No co? – zapytałem, widząc, że wychodząca z łazienki Cassie mi pomachała. Wskazała na drzwi, więc podejrzewałem, że miała zamiar iść z Georgią na dłuższy spacer.

– Niedługo wrócimy! – krzyknęła Georgia. Kline poderwał się z miejsca, by pocałować ją na pożegnanie.

Tym razem jęknął Wes.

– Jezu Chryste, ludzie. Ktoś zauważa boisko na dole? Czy wszyscy macie cipki na oczach? – Usiadł na zwolnionym przez Kline'a miejscu.

– Ale to naprawdę ładna cipka – droczyłem się z nim.

– Czyja? – zapytał Kline, gdy usiadł po mojej drugiej stronie.

– Twoja – odparł Wes.

– Jak już to mojej żony – poprawił Kline. – I wierz mi, bez względu na to, co myślisz, zajebiście mi z nią.

Miałem ochotę zamknąć na chwilę oczy, więc poddałem się i oparłem wygodnie.

Poczułem, że ktoś szturcha mnie w kolano, więc otworzyłem oczy.

– Co się z tobą dzieje? – zapytał Wes. – Cassie cię tak wykończyła?

Zaczepiał mnie, ale, cholera, naprawdę się nie mylił.

Kline usiadł i zainteresował się, gdy nie odpowiedziałem.

Ale zanim zdołałem coś powiedzieć, zadzwonił telefon Wesa.

– Tak? – odebrał sztywno, na co przewróciłem oczami. Co za palant. – Dobra. Tak. Zejdę za chwilę.

Uniosłem brwi, patrząc na Kline'a.

– Wygląda na to, że mimo wszystko musi się wziąć do roboty.

– Pieprzcie się – powiedział Wes. Rozłączył się akurat i mnie usłyszał. – Mam nadzieję, że zaraz wrócę. – Poszedł do drzwi jak żołnierz na misji.

– Dobra – powiedział poważnie Kline. – Co się, u diabła, z tobą dzieje?

Miałem ochotę odpowiedzieć żartem lub zmienić temat.

– Jestem wykończony – przyznałem jednak szczerze.

– Wykończony?

Usiadłem i przytaknąłem.

– Cassie ostatnio jest strasznie napalona.

Przewrócił oczami, myśląc, że żartuję. Pokręciłem gwałtownie głową.

– Nie, stary. Mówię poważnie. Chce seksu jakieś pięć, sześć, siedem razy dziennie, a już nie tylko mój fiut się poddał, ale mam nawet obolały język.

– Mniej szczegółów, proszę – polecił z grymasem.

– Jest nie do zajechania, a wolałbym amputować sobie fujarę niż jej odmówić, jednak poważnie nie wiem, jak długo pociągnę.

Zaczął się uśmiechać, czym mnie wkurzył. Wskazałem na niego palcem.

– Mówię poważnie. To problem. To znaczy, to świetny sposób na zejście z tego świata, ale myślałem, że spędzę z nią jeszcze trochę czasu, nim to się stanie.

Roześmiał się, ale uniósł ręce w geście poddania, na co zmrużyłem oczy.

– Zastanówmy się. To dla niej nowe?

– Zawsze była chętna do jazdy na moim superfiucie…

– Mniej szczegółów – zdenerwował się. – Mówiłem, mniej szczegółów.

– Ale ostatnio chce więcej. O wiele, wiele więcej. – Dąsałem się. – Pomóż.

Uśmiechał się drwiąco, ale następne słowa wskazywały, że naprawdę chciał mi pomóc.

– Coś się prócz tego zmieniło?

– Niby co? Wypiękniałem? – zapytałem, ale zaraz sobie odpowiedziałem: – Może.

– Nie w tobie, kretynie. W niej. Coś jest inaczej?

Przeszukiwałem dziko umysł, gapiąc się przy tym w sufit.

– Jest szalona.

Pokręcił głową.

– To akurat jest niezmienne.

Roześmiałem się, bo tak, miał trochę racji.

– Tak, ale nie o to chodzi. Jest bardziej szalona.

– A w jej ciele zaszły jakieś zmiany? – dociekał Kline, na co zmarszczyłem brwi.

Jej ciało jak zawsze było nieziemskie.

– Jezu. Nie wiem. Jej ciało jest…

– Nie mów – przerwał mi, nim zdołałem opowiedzieć o rzeczach, o których nie chciał słyszeć.

I wtedy mnie oświeciło. Co za bystry gnojek.

– Myślisz, że jest w ciąży, co?

Wzruszył ramionami.

– A jest? Może być?

Cholera, pieprzyliśmy się jak zwierzęta. Istniała taka możliwość. Przemyślałem wszystko raz jeszcze, aż to we mnie uderzyło.

– Szlag. Myślisz, że urosły jej cycki? – Wydawało mi się, że tak właśnie było.

Cassie była w ciąży. Chyba.

Spojrzałem na drzwi, które zgrzytnęły przy otwieraniu. Cassie i Georgia chichotały, wchodząc do apartamentu, a ja nie potrafiłem oderwać spojrzenia od mojej ukochanej. Biło od niej szczęście, piękno, życie i wszystko, czego kiedykolwiek pragnąłem.

Kline się przysunął i szepnął mi do ucha, na co moje serce zakołatało w piersi.

– Ona promienieje. Moje gratulacje.

# WINNIE

Miesiąc temu zwolniłam się ze szpitala Świętego Łukasza, gdzie pracowałam na oddziale ratunkowym, i podpisałam kontrakt z nowojorskimi Mavericksami, u których zajęłam stanowisko rehabilitantki. Postawiłam na zmianę ścieżki kariery w nadziei, że mój tydzień pracy będzie składał się tylko z pięćdziesięciu godzin, a co ważniejsze, będę dzięki temu miała więcej czasu dla Lexi.

Trudno sprostać roli samotnej matki, a dodając do tego pracę na pełen etat, było to wręcz niemożliwe, jednak w tej chwili czułam, że podjęłam właściwą decyzję. Lexi nie spędzała całego czasu z opiekunkami, a ja zaczęłam znajdować chwile dla siebie, by umawiać się z przyjaciółmi i z facetami – choć to ostatnie miałam dopiero w planach.

Chociaż mi się nie spieszyło. Po zmianie pracy chciałam pocieszyć się najpierw tą odrobiną normalności.

Dobiegł do mnie gwar stadionu, gdy przechodziłam korytarzem prowadzącym do tunelu wychodzącego na boisko. Dziś Mavericksi grali mecz otwarcia, więc byłam podekscytowana, widząc ich na murawie, i liczyłam na to, że skopią przeciwnikom tyłki.

Moje obcasy stukały na betonie, gdy wyciągnęłam telefon z kieszeni, chcąc sprawdzić milion wiadomości w konferencji z Georgią i Cassie.

Georgia: MAVERICKS DO BOJU! POWODZENIA, WIN!

Cassie: ZGADZAM SIĘ Z G. JAK MÓJ BRAT? DOBRZE WYGLĄDAŁ NA ROZGRZEWCE? JAK JEGO KOLANO? MÓWIŁ CI COŚ O TYM?

Georgia: Seanowi nic nie jest, Cass. Przestań wypytywać ją o to po milion razy dziennie.

Cassie: Przestań do mnie pisać. Siedzisz tuż obok.

Georgia: Niedawno pieprzyłaś Thatcha w łazience.

Cassie: Wiem, co robiłam. Byłam przy tym.

Georgia: Co się z Tobą dzieje? Dobrze się czujesz?

Georgia: Halo? Ziemia do Cassie.

Georgia: Dobrze się czujesz?

Dialog ciągnął się na kilometr. Uśmiechnęłam się mimowolnie na jego niedorzeczność. Georgia i Cassie były wspaniałe. Po tym, jak poznałam je na lunchu z Willem, na którym rozmawiały jak dwie prawdziwe przyjaciółki, umawiałam się z nimi na kawę i drinka, a także lunche w domu Georgii – co stało się w moim życiu powszechnym zjawiskiem.

Czytałam dalej, zastanawiając się z rozbawieniem, czy to się kiedyś skończy.

Cassie: Czułabym się o wiele lepiej, gdybyś przestała do mnie pisać.

Georgia: Cicho. Jak na kobietę, która wrzeszczała niedawno podczas orgazmu, jesteś dziś rozdrażniona.

Cassie: Ignoruję Cię.

Georgia: Wcale nie, gnomie.

Cassie: Przestań.

Georgia: O co Ci chodzi, gnomie?

Cassie: O Ciebie.

Georgia: Wcale nie, gnomie.

Roześmiałam się, kiedy dotarłam wreszcie do ostatnich wiadomości, które wpisały chwilę temu. Odpisałam.

Ja: Dzięki, dziewczyny! I Sean jest w świetnej formie, Cass. Nie masz się czym martwić. Twój brat jest gotowy.

Georgia: Jej! Widzisz, Cassie? Mówiłam!

Cassie: Dzięki, Win!

Cassie: Przestań do mnie pisać, Ciporgia.

Georgia: Nigdy.

Ja: Oglądacie mecz z apartamentu?

Cassie: Tak. Później idziesz z nami na drinka. I nie możesz odmówić.

Ja: Tak! Mam opiekunkę. Mogę zarwać wieczór.

Georgia: Juuupiii!

Cassie: (Naprawdę krzyknęła mi to do ucha, pisząc do Ciebie). Ja też jestem bardziej niż chętna, by się napić.

Ja: Hahaha.

Ja: Super. Spotkamy się więc po meczu.

Telefon zaczął wibrować w mojej dłoni, więc natychmiast odebrałam:

– Doktor Winslow.

– Gdzie jesteś? – zapytał jeden z trenerów, Eddie. Jego głos ociekał zmartwieniem.

– Idę w kierunku boiska, by się upewnić, że przyjechali sanitariusze. Co się dzieje?

– Potrzebuję cię w szatni.

Zatrzymałam się. Nie zanosiło się na nic dobrego.

– Dlaczego?

– Mitchell doznał kontuzji.

Westchnęłam.

– Niech zgadnę, lewy dwugłowy uda?

– Tak. Jestem pewien, że naderwany.

– Cholera. – Zamknęłam oczy i odetchnęłam z frustracją. – Wiedziałam, że nie był gotowy na te dwa przedsezonowe mecze. – Obróciłam się i udałam z powrotem długim tunelem. – Kiedy sobie to zrobił?

– Myślę, że podczas rozgrzewki.

– Gówno prawda. Zapewne na treningu w piątek, ale udało mu się nie zwrócić na siebie uwagi. Zaraz przyjdę. – Rozłączyłam się i pospieszyłam do szatni.

W chwili, w której ochroniarz otworzył przede mną drzwi i gestem zaprosił do środka, dotarły do mnie okrzyki mężczyzn gotowych stoczyć pojedynek. Widok, dźwięk i zapach był przewidywalny – wchodząc, robiłam, co mogłam, by patrzeć na zawodnika, dla którego tu przyszłam. Nie weszłam do męskiej szatni, by oglądać gołe tyłki czy zwisające fiuty.

Chociaż gołe tyłki przeważnie były ładne, jak można się było spodziewać.

Zauważyłam Mitchella, który siedział na ławce przed swoją szafką, opierając łokcie na kolanach i gapiąc się w podłogę.

– Świetnie – mruknął, gdy zobaczył moje buty. Uniósł głowę i westchnął. – Eddie przesadza. Mogę grać, doktorku.

Pokręciłam głową.

– Znowu naderwałeś mięsień. Nie zagrasz dziś.

– Mogę grać. Znam swoje ciało. I nic mi nie jest. Daj sobie spokój. Nie jest mi potrzebna żadna mamuśka.

Walczyłam, by nie przewrócić oczami na ten komentarz. Musiałam też zapanować nad słowami, bo miałam ochotę wyrzucić mu, że też nie chciałam być jego matką i żeby przestał zachowywać się jak pieprzony kretyn.

Jednak źle zinterpretował moje milczenie.

– Możesz już iść – dodał, machając przy tym ręką.

Tak, właśnie mnie pogonił. Miałam ochotę wysunąć pazury.

Szybko nauczyłam się, że zawodnicy nie lubili, gdy mówiłam im, że nie mogą grać. Co rozumiałam. Współczułam im trudnej sytuacji, ponieważ byli zawodowcami. Kasa była spora, ale praca nie należała do najłatwiejszych. Za każdym razem, gdy stawali na boisku, musieli przekraczać limity swoich możliwości, wiedząc, że być może popełnią błąd i przegrają. Za każdym razem stawali w obliczu kontuzji, która mogła wykluczyć ich z gry na cały sezon, a nawet przekreślić ich karierę.

Mając to na uwadze, mogłam im jedynie współczuć. Moje zadanie polegało na upewnieniu się, że byli na tyle zdrowi, że mogli grać. Jednak w swojej pracy nie powinnam pozwolić sobie na brak szacunku lub obrażanie.

Niestety dla mnie, niektórzy z tych mężczyzn widzieli we mnie słabą kobietę. Nie wszyscy, ale paru na pewno. Niestety dla nich, nie lubiłam być popychadłem. Miałam czterech starszych braci, więc kiedy chodziło o radzenie sobie z bezczelnością faceta, nie miałam żadnych skrupułów. Do licha, cieszyło mnie ustawianie ich do pionu, zwłaszcza kiedy obrażali moją inteligencję czy kwalifikacje.

Nie ukończyłam z najlepszym wynikiem medycyny na Yale i nie pracowałam ze światowej klasy chirurgami ortopedami, by być kiepska w swojej pracy. Nie prowadziłam oddziału ratunkowego w szpitalu, bo sobie nie radziłam. Nie zatrudniono mnie w Mavericksach, bo byłam niekompetentna.

Byłam naprawdę cholernie dobra i znałam się na medycynie, a szczególnie na ortopedii.

Kontuzja Camerona Mitchella to nic dziwnego. Większość zawodników z ligi futbolu nadrywała mięśnie na boisku, ale grała pomimo tego, przez co szesnaście procent zrywało je całkowicie. Jednak dla Mitchella odpoczynek był upokarzający, więc nie zdziwiło mnie jego niezadowolenie.

Ale ponieważ postanowił potraktować mnie po chamsku, zdecydowałam zachować się nieco inaczej niż normalnie.

– Zatem wszystko w porządku? – zapytałam, nawet jeśli wiedziałam, że sytuacja wyglądała wręcz przeciwnie.

Spojrzał na mnie z irytacją.

– Tak. Właśnie to powiedziałem.

– O, dobrze. Cieszy mnie to.

Kiedy zaczął zakładać ochraniacze, pochyliłam się i oboma rękami ścisnęłam jego umięśnione udo. Wbiłam palce w ciało i natychmiast dostałam dowód jego kontuzji.

– Co jest, doktorku? – Próbował się odsunąć, ale zamknęłam mocniej palce i przyglądałam się, jak próbował się nie krzywić.

– Pomyślałam, że skoro już tu jestem, mogę sprawdzić ci dwugłowy uda – oznajmiłam słodkim głosem. – Nie masz nic przeciwko, prawda? Przecież cię nie boli ani nic z tych rzeczy.

Pokręcił głową, ale milczał, zaciskając usta w prostą linię.

– Super. – Uśmiechnęłam się. – Zajmie to tylko chwilę.

Przesunęłam palcami po mięśniu, wyczuwając napięcie i obrzęk. Tak, zdecydowanie go naderwał. Pod jego skórą zaczynał malować się siniec, za kilka godzin będzie na tyle wyraźny, że zobaczą go również fani w ostatnich rzędach na trybunach.

– Nie boli? – zapytałam, ale wiedziałam, że moje działania sprawiały mu potężny ból. Czy mogłam mu zaszkodzić? Nie. Ale czy właśnie zmieniałam jego życie w piekło? Oczywiście, że tak.

Ponownie pokręcił głową, ale w tym samym czasie jeszcze mocniej zacisnął usta.

Ponownie wzmocniłam uchwyt i zauważyłam, że gwarna szatnia nagle ucichła.

– Wciąż nie boli?

– Nie, nie boli – odparł, ale nie zdołał opanować skrzywienia.

*Akurat*, pomyślałam.

– Wciąż dobrze? – Jeszcze mocniej wbiłam mu palce w mięśnie.

Normalnie ktoś z naderwanym dwugłowym uda wiłby się już, ale Mitchell to twardziel. Facet potrafił znieść więcej niż przeciętna osoba, dlatego właśnie był tak dobrym zawodnikiem. Ale jego zdolności i wkład dla drużyny stanowiły powód, dla którego nie chciałam pozwolić mu grać.

Musiał dać nodze odpocząć. Mięsień musiał się wygoić, inaczej ten mecz będzie ostatnim w jego karierze.

Przez dłuższą chwilę patrzyliśmy sobie w oczy, jego twarz przybrała kamienny wyraz, gdy moje palce nadal wbijały się w bolące miejsce, ale mój wzrok pozostawał cierpliwy i niewzruszony.

Aż w końcu Mitchell się poddał.

– Kurwa. – Skrzywił się. – Dobra. Kurwa, dobra – powiedział, więc nie naciskałam więcej. Nie miałam zamiaru się mścić i zmuszać go do wypowiedzenia tych słów.

Puściłam jego nogę w chwili, w której stanął obok mnie Eddie.

– Nie jest dobrze? – zapytał.

– Nie pozwolę mu dzisiaj grać. Chcę rezonansu nogi i zalecam kąpiel w lodzie – powiedziałam. – Kiedy dostaniemy wyniki, przeanalizujemy plan działania.

Mitchell gapił się w podłogę. Poklepałam go po plecach.

– Nie robię tego ze złośliwości – szepnęłam, by słyszał mnie tylko on. – Robię to dlatego, że chcę, byś wrócił na boisko i dokończył grę w tym sezonie i mógł wystąpić w przyszłych.

Przytaknął, ale nie spojrzał mi w twarz.

– Cholera, doktorku. Ale z ciebie jędza – powiedział Owens, stając obok mnie na miejscu Eddiego. Był większy niż niedźwiedź, grał na pozycji obrońcy.

Spojrzałam na niego i się uśmiechnęłam.

– Tak, powinieneś o tym pamiętać, gdy następnym razem wyczyścisz automat z moich ulubionych M&M-sów.

Wyszczerzył zęby w uśmiechu i pogłaskał się po okrągłym brzuchu.

– Wiesz, że muszę dbać o najlepszą formę.

– Musisz zamienić M&M-sy na białko – droczyłam się. – A przynajmniej na snickersy.

Owens dalej się śmiał, następnie zmrużył oczy, patrząc na Mitchella.

– Naprawdę dziś nie zagrasz, Mitch?

– Nie. – Kontuzjowany spojrzał na niego i ruchem głowy wskazał na mnie. – Doktor Jędza nie wpuści mnie na boisko.

Posłał mi nikły uśmiech, na co odpowiedziałam głośnym śmiechem.

Eddie ukląkł przed Mitchellem z torbą medyczną.

– Zabandażuję cię naprawdę szybko – powiedział i wziął się do pracy.

W szatni dało się słyszeć niezadowolenie, do moich uszu dotarły słowa:

– No chyba sobie jaja robisz. Naprawdę nie wpuścisz Mitchella na boisko?

Obróciłam się, ale nie popatrzyłam na tego, kto tak chamsko podważył mój osąd.

– Nie, nie robię sobie jaj – odparłam, przyglądając się, jak Eddie zakłada Mitchellowi opatrunek chłodzący. – Jeśli chce dokończyć sezon, nie może dziś grać.

– Jak długo? – zapytał zirytowany głos za moimi plecami.

– Aż mięsień uleczy się na tyle, że nie będzie kontuzji – odparłam.

– Wystarczy, że zrobi rezonans i wpakuje tyłek do lodu.

– To nie jest moja pierwsza diagnoza tego typu urazu, więc jeśli pozwolisz, sama zaordynuję pacjentowi właściwe leczenie – powiedziałam, obracając się do typa, który najwyraźniej znał się na medycynie lepiej niż ja.

Stanęłam wpatrzona w błyszczącą parę piwnych oczu, przystojną twarz i wysoką, muskularną sylwetkę ubraną w garnitur i krawat. I, Boże Wszechmogący, co to był za garnitur.

Mężczyzna przyglądał mi się uważnie, z jego postawy wyraźnie biła irytacja.

*Cholera*. Miałam przed sobą Wesa Lancastera, właściciela Mavericksów i mojego szefa.

Ponieważ niedawno trafiłam do drużyny, a Wes całe dnie spędzał w rozjazdach, był to pierwszy raz, gdy się spotkaliśmy. Wcześniej zadzwonił do mnie i zdawkowo powitał w pracy, lecz ta rozmowa trwała jakieś dwie minuty.

Miałam wrażenie, że cała sytuacja była bardzo niezręczna.

Mężczyzna stanął przede mną i zerknął przelotnie na Mitchella, nim ponownie na mnie spojrzał.

– Każesz mu siedzieć na ławce, póki nie zobaczysz skanu z rezonansu? – zapytał wyzywająco.

Wkurzył mnie. Mógł być właścicielem – który przy okazji był niesamowitym przystojniakiem – ale zatrudnił mnie do konkretnej pracy, więc musiał się wycofać i pozwolić mi działać.

Nadal bezlitośnie patrzyłam mu w oczy.

– Nie potrzebuję rezonansu, by wiedzieć, że został kontuzjowany. Muszę mieć skan, by ocenić, jak długo mięsień będzie się regenerował.

Przechylił głowę na bok i uśmiechnął się zawadiacko.
– Wiesz w ogóle, kim jestem?
Miałam ochotę mu przywalić.
Lub pocałować w ten krzywy uśmieszek.
Nie, definitywnie chciałam mu tylko przywalić. Nieważne, jak był bogaty i przystojny, nie chciałam całować mężczyzny, który wywarł na mnie tak negatywne pierwsze wrażenie.
Czy wiedziałam, kim jest? Serio? Mówił poważnie?
Brzmiał jak kutas. Cóż, apetyczny kutas. Wydawało mi się, że wyrósł przede mną mężczyzna idealny, po czym ów gość otworzył usta, a całą moją fantazję szlag trafił.
– Tak. Ta twarz wisi na każdej ścianie tego budynku – odpowiedziałam, nawet jeśli trochę przesadziłam. Na całym stadionie wisiały chyba tylko dwa zdjęcia Wesa Lancastera, ale nie mogłam się powstrzymać przed podrażnieniem jego ego. Wyciągnęłam rękę. – Miło mi w końcu pana poznać. Jestem doktor Winnie Winslow i poważnie traktuję swoją pracę, która polega na niewpuszczaniu zawodników na boisko bez stuprocentowej pewności, że są zdrowi.
Uścisnął moją dłoń, a w chwili, gdy poczułam ciepło jego skóry, wydawało mi się, że poraził mnie prąd, który przebiegł żyłami wprost do mojej piersi.
Co to, u diabła, była za reakcja?
– Miło poznać, doktor Winslow – powiedział, ściskając moją dłoń, choć brzmiał, jakbym była ostatnią, której chciał dotykać w tej chwili. – Mów mi Wes. – Wpatrywał się w moje oczy, poszukując odpowiedzi na niewypowiedziane pytania.

Nie potrafiłam go rozszyfrować. W jednej chwili był wesoły i zarozumiały, w drugiej zirytowany i patrzył, jakby nie mógł mnie znieść. Czułam się wyprowadzona z równowagi samą jego obecnością.

– Dobrze, Wes. Proszę, również mów mi po imieniu.

Patrzyliśmy sobie w oczy, póki Eddie nie podniósł się z klęczek i nie odchrząknął.

Dopiero wtedy uświadomiłam sobie, że Wes nadal ściskał moją dłoń.

Dlaczego jej nie zabrałam?

Zaskoczeni, oboje puściliśmy swoje ręce w tym samym czasie i odsunęliśmy się od siebie, ale nie zerwaliśmy kontaktu wzrokowego. Wydawało się, że próbowaliśmy rozgryźć się nawzajem, choć naprawdę nie wiedziałam dlaczego.

Wes zamrugał i odwrócił wzrok. Zacisnął usta i mruknął, że musi coś sprawdzić, następnie wyszedł z szatni, jakby gonił go sam diabeł.

Przez chwilę stałam nieruchomo w miejscu – zbyt długo, by można było uznać to za normalne.

Co się, u licha, właśnie stało?

## WES

Huk rozszedł się w powietrzu, gdy trzasnąłem drzwiami apartamentu i podszedłem do wielkiego okna wychodzącego na boisko.

– Wow. Co się stało? – zapytał Kline.

Reflektory błyskały, petardy wybuchały, gdy drużyna wybiegała z tunelu na murawę, po trybunach rozeszły

się wiwaty i ryk. Żyłem dla tego dźwięku, cieszył mnie zwłaszcza teraz, w meczu otwarcia sezonu, jednak nic nie szło zgodnie z planem i nad niczym nie panowałem.
*Szlag by to trafił.*
– Cameron Mitchell dziś nie zagra.
– Dlaczego nie?! – wrzasnął Thatch.
Pokręciłem głową i zacisnąłem usta. Byłem tak wkurzony, że nie wiedziałem, czy mogłem o tym mówić. Mój zdradziecki fiut myślał o ślicznej rehabilitantce, o jej szpilkach i spódnicy oraz zadziornej postawie. Kim, u diabła, była ta kobieta?
– O rany, mamy przerąbane, Whitney – jęknął Thatch.
Spojrzałem przez ramię, spodziewając się, że zacznie się wkurzać o jakąś grubą sumę, którą postawił na drużynę, ale zamiast tego siedział spokojnie i uśmiechał się, trzymając Cassie za rękę.
Sposób, w jaki ten gigant niemal ją pochłaniał, tworzył dość zabawny widok, ale nie podobał mi się uśmieszek Thatcha. Nie rozumiałem tego i nie chciałem dla siebie takiego gówna, choć cieszyłem się, że nie był już tamtą nędzną, nieszczęśliwą wersją samego siebie, którą widziałem, gdy spotkałem się z nim, kiedy sądził, że stracił swoją kobietę.
Uniosłem wzrok znad ich złączonych dłoni i popatrzyłem Cassie w błyszczące, niebieskie oczy.
– Lepiej, żeby twój brat się spisał.
Skrzywiła się.
– A czy cipka może znieść łomot? – Uśmiechnąłem się na wspomnienie tego, co robili w mojej łazience i wysoko uniosłem brwi. Cassie przyglądała mi się bez żadnego

wstydu, potwierdzając dokładnie to, o czym myślałem. – No właśnie. Jest lepszy niż myślisz. Potrafi zrobić więcej, niż oczekujesz.

Miałem na to wielką nadzieję.

– Właśnie, kociaku – zgodził się Thatch. – Powiedz mu.

*Cholerni zakochani.*

Przewróciłem oczami i wróciłem spojrzeniem na boisko, na którym kapitanowie ustawili się na środku, by rzucić monetą. Potrzebowaliśmy, by los się do nas uśmiechnął. Bez najlepszego obrońcy atak miał mieć pełne ręce roboty i ustawić ponadprzeciętne tempo gry.

– Masz tu jakiś alkohol? – zapytała Cassie, więc obróciłem się, by na nią spojrzeć. Thatch natychmiast spochmurniał.

– Tak – odparłem, patrząc na przyjaciela, próbując zrozumieć, o co mu chodziło. – W lodówce jest jakieś piwo, ale jeśli chcesz coś innego, to ci przyniosę.

– Może być piwo – powiedziała, wzruszając ramionami. Zeszła z kolan Thatcha, ale ten złapał ją za biodra i nie puścił.

– Próbuję iść, Thatcher – rzuciła z uśmiechem. Jego twarz pozostawała bez zmian.

Moja dezorientacja wzrosła. Co się stało z wesołkowatym facetem, z którym miałem do czynienia jeszcze piętnaście sekund temu?

Thatch zerknął przelotnie na Kline'a, który się uśmiechnął i wzruszył ramionami, następnie znów popatrzył na Cassie. Pociągnął ją mocno, aż wylądowała na jego kolanach, następnie szepnął jej coś do ucha, przez co rozpaliły się jej oczy.

Była szybka. Z piorunującą prędkością zeskoczyła z jego kolan i pociągnęła go za sobą. Spojrzał na mnie przelotnie, w jego oczach tliło się coś, czego nie rozumiałem, nim podążył za Cassie w stronę łazienki.

*Jezu Chryste, znowu?*

– Czy ktoś ma w ogóle zamiar obejrzeć ze mną ten mecz? – zapytałem Kline'a. Prawdę mówiąc, zabrzmiałem jak rozkapryszony dzieciak, jednak chyba dlatego, że wcześniej pieprzona Winnie Winslow wyprowadziła mnie z równowagi.

Kline mi tego nie wytknął. Był chyba jedynym dorosłym w naszej paczce. Wstał z miejsca, podszedł do okna i stanął obok mnie, więc obaj zapatrzyliśmy się na boisko.

– Jaki jest plan?

Pokręciłem głową, krzywiąc się, gdy moneta dała pierwszeństwo gry Pittsburghowi. Odparłem zgodnie z prawdą:

– Chyba grać tak ostro, jak się tylko da.

Kątem oka zauważyłem, że przyjaciel się uśmiechał.

– No co? – zapytałem.

Pokręcił lekko głową.

– Mam tylko nadzieję, że plan trenera Bennetta jest trochę bardziej dokładny.

\*\*\*

Do końca czwartej kwarty zostały dwie minuty, a my mieliśmy siedmiopunktową przewagę. Pieprzone przyłożenie było praktycznie na nic, bo nasze prowadzenie w każdej chwili mogło się zmienić, ale zawsze lepsze to niż przegrywać.

Nie opuściłem miejsca przy oknie, moje stopy niemal wrosły w podłogę, co mi się nawet podobało. Byłem zaangażowany w każdą sekundę gry.

Przyjaciele nie koncentrowali się na meczu tak jak ja, ale robiłem, co mogłem, by tego nie zauważać, gdy rozmawiali i śmiali się w pomieszczeniu. Cassie skupiała się na grze tylko wtedy, gdy na murawie pojawiał się jej brat, wydzierała mi się do ucha za każdym razem, gdy zrobił coś godnego uwagi, choć wolałbym, by tego nie robiła.

Wsadziłem ręce do kieszeni spodni, próbując nie ocierać twarzy. Wiedziałem, że w każdym momencie ktoś mógł mnie sfotografować i choć się tym nie denerwowałem, nie chciałem niszczyć swojej reputacji, bo mówiono, że miałem nerwy ze stali. Komentatorzy często rzucali uwagi na temat mojej zdolności do zachowania spokoju.

Do diabła, może to jednak nie było dobre. Może wszyscy z tego szydzili, chociaż tylko tak potrafiłem się zachowywać. Tylko w ten sposób dobrze się czułem.

Kiedy przyglądałem się bocznym liniom, starając się dostrzec nową rehabilitantkę, wiedziałem, że będę potrzebował jak najwięcej swojej normalności.

Przeciwnicy, by zdobyć czwarte przyłożenie, mieli do przebiegnięcia niecałe trzy metry, a nasza obrona ustawiła się bez swojej gwiazdy. Płuca zabolały mnie, gdy zrobiłem głęboki wdech i zacisnąłem usta, ale jeśli powstrzymalibyśmy ich od dokończenia czwartego przyłożenia, mecz byłby skończony. Rodeshiemer puścił się biegiem, przebierając nogami i rozglądając na boki w poszukiwaniu niekrytego odbiorcy podania. Był jednym z najlepszych podających, miał bardzo wysoki wynik punktowy w całej lidze, więc jaja niemal mi się skręciły na myśl o posiadaniu go po drugiej stronie linii w takiej właśnie sytuacji. *Atakujcie, atakujcie, atakujcie go* – skandowałem w duchu. *Skończcie to, kurwa.*

Linia obrony przeciwników była silna, ale wszyscy zawodnicy, do których mógł podać, byli kryci. Widziałem, że rzucił okiem na nasz słaby punkt, wypatrując dziury po Mitchellu, którego ledwie zastępował Harvesty, ale Ontario Williams, nasz środkowy obrońca w końcu wyswobodził się Danowi DeLuvie i rzucił swoje wielkie cielsko w kierunku ich rozgrywającego.

*Kurwa, tak! Skończ to!*

Pittsburgh nie bez kozery był mocnym przeciwnikiem, stanowił koszmar na meczu otwarcia, ale przecież nie był niezwyciężony. Williams powalił Rodeshiemera z hukiem, a ja w końcu wyrzuciłem ręce w górę.

Cassie wiwatowała z tyłu, Kline poklepał mnie po plecach, nim się odwrócił, by podejść do żony. Uśmiechnąłem się i po raz pierwszy odetchnąłem pełną piersią.

Ale nie trwało to długo, bo uświadomiłem sobie, że Winnie wciąż była na dole, a rozpętało się pandemonium. Wpatrywałem się w każdą grupę, przyglądając się ludziom po kolei.

– Quinn Bailey zagrał zajebiście – powiedział Thatch, stając gdzieś z boku. Nie zauważyłem nawet, że podszedł.

Zerknąłem na niego, ale wciąż skupiałem uwagę na boisku, gdy tłum przykrył je jak koc.

– Tak? Mówisz, że naprawdę oglądałeś mecz?

Na jego twarzy jednocześnie odmalowało się szczęście i żal. Nie byłem pewien, czy kiedykolwiek widziałem go takiego.

– Przykro mi, stary. Wiem, że musiałem dzielić dziś uwagę, ale przyrzekam, że akurat tym razem miałem ku temu dobry powód. Podczas następnego meczu cały czas będę przy tobie.

Chciałem się skupić na jego słowach, zapytać o czym, u licha, bredził, ale nie mogłem. Nie, póki jej nie odszukam.

– Co się stało? – zapytał, więc wiedziałem, że nie byłem najlepszy w ukrywaniu paskudnego przeczucia.

– Nic – zbyłem go i nadal wpatrywałem się w pole.

– Szukasz kogoś? – zapytał. Musiałem wykorzystać całą silną wolę, by nie odpowiedzieć: *Znalazłbym szybciej tego, kogo szukam, gdybyś mi na to pozwolił!*

– Patrzcie! – pisnęła Georgia, stając przy szybie. – Winnie tam jest!

Natychmiast na nią spojrzałem, by stwierdzić, gdzie patrzyła. Powiodłem w to miejsce wzrokiem i w końcu ją zobaczyłem. Znajdowała się pośrodku tłumu, miała przy sobie ochroniarza i zmierzała przez boisko do tunelu.

Zamknąłem oczy i przeczesałem palcami włosy. Nie czułem, by sytuacja była dobra. Większość moich pracowników stanowili mężczyźni albo, jak w przypadku Georgii, były to żony moich przyjaciół, więc nieczęsto znajdowałem się w tej sytuacji, ale nie wyglądała dobrze. Nie można ostro posuwać własnej pracownicy.

Wyobrażałem ją sobie, jak obejmuje mnie tymi swoimi długimi nogami, gdy pieprzę ją, ssąc jej piersi przy bramce. *Kurwa*, skarciłem się w duchu, *mówiłem, że jest poza twoim zasięgiem.*

Z zadumy wyrwał mnie podekscytowany głos Cassie.

– Tak się cieszę, że pójdzie z nami wieczorem.

Nie potrafiłem się powstrzymać przed zapytaniem:

– Kto?

Popatrzyła na mnie jak na wariata.

– Winnie.

*Cholera.* Spojrzałem ponownie na boisko, ale zdołała wejść do tunelu.

– Ja też – zgodziła się Georgia. – Gdzie powinniśmy iść?

Kobiety powiedziały jednocześnie:

– Do baru Barcelona!

Thatch wzdrygnął się obok mnie. Przyrzekam, że gość zasypiał na stojąco.

– Do Barcelony? – Wyraz jego twarzy mówił, że nie było o tym mowy.

Cassie wyglądała na opętaną.

– Tak, Barcelona! Cholera, chcę wychylić drinka Harry Potter!

– Nie – powiedział Thatch, na co zdezorientowany uniosłem brwi. Mina Georgii wyrażała równe zaskoczenie, jednak Kline, który jako jedyny wydawał się wszystko rozumieć, uśmiechał się z tyłu.

– Nie? – zapytała Cassie głosem, który przeraziłby każdego. – Co znaczy „nie"?

– Cass...

– Nie, Thatcher. Od kilku godzin uniemożliwiasz mi dobrą zabawę, więc w tej chwili chcę wiedzieć, co tu się, do chuja, wyprawia.

Przyjaciel spojrzał na nas z desperacją, ale nikt nie próbował mu pomóc.

– Chodź, kociaku – próbował. – Będziemy uprawiać seks.

Jej oczy rozpaliły się, gdy ruszyła ku niemu, ale nagle stanęła, jakby coś zrozumiała.

– Czy ty używasz mojej własnej cipki, by mnie rozproszyć?

Thatch próbował wyglądać niewinnie, ale poległ w tym z kretesem.

– Boże, właśnie tak! – krzyknęła. – Lepiej mi powiedz, co się tu dzieje, inaczej cię zniszczę.

– Cass – szepnął. – Zaufaj mi, kociaku. Teraz nie jest ku temu odpowiedni czas.

Rozbrzmiało pukanie, w uchylonych drzwiach pojawiła się Winnie i spojrzała prosto na mnie.

– Wydaje ci się, że nie czujesz fiuta, ale z pewnością go już nie poczujesz, kiedy ci go odetnę – odparła Cassie.

Skrzywiłem się na samą myśl, choć nadal patrzyłem na Winnie. Czułem jakieś dziwne przyciąganie, które nie chciało puścić.

– Dobra! – krzyknął Thatch. – Jesteś w ciąży, okej? Zadowolona?

*Co?* Natychmiast popatrzyłem na zakochane ptaszki. Najwyraźniej tego typu wieści były w stanie przełamać to, co ciągnęło mnie do kobiety w drzwiach.

– Że co? – pisnęła Cassie.

Thatch przytaknął.

– Nie. – Cassie pokręciła głową i roześmiała się histerycznie. – To najbardziej niedorzeczne słowa, jakie kiedykolwiek słyszałam.

– Cassie – próbował spokojniej Thatch.

– Nie jestem w ciąży, wariacie. Dlaczego w ogóle tak mówisz? To dosłownie najbardziej szalona rzecz, jaka kiedykolwiek wyszła z twoich ust.

Georgia próbowała się wciąć i położyć rękę na ramieniu przyjaciółki, ale ta ją odtrąciła.

– Cassie.

Brunetka na nią spojrzała.

– Nie jestem w ciąży – powtórzyła.

– Cassie – próbował zwrócić jej uwagę Thatch.

– Ignoruję cię. Przestań zasypywać naszych przyjaciół takimi kłamstwami. – Pokazała mu wyprostowany palec. – Przyrzekam, że nie jestem w ciąży – powtórzyła, ale nie wiedziałem, czy próbowała przekonać nas czy siebie.

– Kociaku. – Thatch stanął przy niej. Złapał ją za ramiona i nie puścił, choć próbowała się wyrwać. – Nie wygaduję żadnych kłamstw. Naprawdę uważam, że jesteś w ciąży.

Pokręciła głową, a na jej twarzy zagościło niedowierzanie.

– Zdajesz sobie w ogóle sprawę, jak niedorzecznie to brzmi? Biorę tabletki antykoncepcyjne. Nie ma szans, bym była w ciąży.

– Wydaje mi się, że musisz zrobić test, kochanie – powiedział cicho. – Kiedy miałaś okres?

– Na miłość boską – skarciła go. – Nie będę omawiała z tobą swojego cyklu.

Jednak gdy tylko te słowa opuściły jej usta, jej mina pokazała, że kobieta nie była już tak pewna swego.

Z drugiej strony pomieszczenia poniósł się głos Winnie.

– Chodź, Cass. Zrobimy test.

Cassie przez chwilę patrzyła na Winnie, aż przytaknęła, choć widziałem, że miała ochotę się kłócić. Winnie miała jednak niezaprzeczalny autorytet.

Natychmiast wyobraziłem ją sobie rozłożoną na moim biurku, z czerwonym śladem po mojej dłoni na pośladku.

*Cholera.*

– Dobrze – powiedziała Cassie, wyrzucając ręce w górę. Obróciła się do Thatcha i wbiła palec w jego pierś. – Przygotuj się na porażkę.

Thatch się uśmiechnął, ale czułość w jego oczach podpowiedziała, że nawet nie brał pod uwagę takiego scenariusza. Wyglądał jak ktoś, kto był pewien. I nie martwiła go w ogóle taka możliwość.

Nie, wydawał się nią cieszyć.

## CASSIE

– Nie jestem w ciąży – powiedziałam, otwierając test. – Biorę tabletki. Nie ma pieprzonej mowy, bym była w ciąży.

Prawda? Każdego dnia brałam pastylkę. Nie chorowałam, nie przyjmowałam antybiotyków. Nie miałam wahań cyklu. Wszystko przebiegało normalnie. Cóż, poza tym, że ostatnio musiałam często się bzykać, ale przecież mieszkałam z facetem, który pieprzył się jak młody bóg. Nie potrafiłam wymyślić, która kobieta w tej sytuacji nie chciałaby seksu.

Spojrzałam na Georgię i Winnie. Obie opierały się o umywalkę, przyglądając mi się, jak rozrywam opakowanie na strzępy. Jednak ich miny nie przypominały mojej. Nie mówiły, że Cassie nie jest w ciąży.

Zmrużyłam oczy, patrząc na Georgię, gdy zerknęła na mój brzuch.

– Nie, Ciporgia – powiedziałam, wskazując na nią testem. – Natychmiast wyrzuć te myśli z głowy. Nie jestem w ciąży.

Wyraz jej twarzy zmiękł jeszcze bardziej, gdy się uśmiechnęła.

– Poważnie. Przestań patrzeć na mnie w ten sposób.

– Po prostu zrób test, Cass – powiedziała w końcu.

Jęknęłam i weszłam do kabiny. Była to najbardziej bzdurna sytuacja, w jakiej się znalazłam. Robiłam test ciążowy na stadionie futbolowym, gdy chłopaki czekali na nas na parkingu. Gdybyśmy się cofnęli o dziesięć lat w czasie, a łazienka byłaby szkolna, mielibyśmy gotowy odcinek *Nastoletnich ciąż*.

Jednak Thatchera nie było przy mnie nie z jego winy.

Zabroniłam mu iść, by patrzył, jak sikam na test. Przy ekscytacji, jaką miał na twarzy, podejrzewałam, że był gotowy mi go nawet przytrzymać.

Pospiesznie wyszłam z kabiny. Położyłam test na papierze toaletowym, umyłam ręce, gdy Georgia i Winnie cały czas się we mnie wpatrywały.

– Poważnie, możecie przestać się gapić. Już wam powiedziałam. Nie jestem w ciąży – stwierdziłam, susząc ręce i wyrzucając ręcznik do śmieci. Oparłam się o blat, skrzyżowałam ręce na piersi i patrzyłam wszędzie, tylko nie na plastikowy wskaźnik.

*Głupi test. Nie jestem w ciąży.*

Poważnie, ile razy miałam powtórzyć tym idiotkom, że nie byłam w ciąży?

Thatch się mylił, a ja miałam rację.

– Cass – szepnęła Georgia. – Powinnaś to zobaczyć.

Spojrzałam na nią i jej wielkie, wytrzeszczone oczy.

– Nie – odmówiłam. – Nie popatrzę. Znam odpowiedź.

– Cassie – rzuciła Winnie. – Georgia ma rację. Musisz sama sprawdzić.

Przewróciłam oczami.

– Nie bądźcie śmieszne. Po prostu powiedzcie, co mówi… No proszę – powiedziałam, wskazując ręką na to cholerstwo. – Powiedzcie, że nie jestem w ciąży, byśmy mogły wyjść z tej łazienki i iść do baru.

Georgia pokręciła głową.

– Nie mogę. Sama musisz to zobaczyć.

– Zachowujecie się niedorzecznie – jęknęłam, obróciłam się i porwałam test razem z papierem. Spojrzałam w okienko z wynikiem i się roześmiałam.

Jedna różowa kreska pośrodku. Brak ciąży.

Uniosłam test.

– Widzicie? Nie jestem w ciąży. Mówiłam wam.

Winnie popatrzyła na mnie, szerzej otwierając oczy, a u Georgii zobaczyłam łzy.

Naprawdę poczułam się odrobinę źle. Nie zdawałam sobie sprawy, że przyjaciółka tak mocno pragnęła, by było inaczej.

– Przykro mi, Georgie – powiedziałam. – Obiecuję, że pewnego dnia będę w ciąży, a ty zostaniesz matką chrzestną mojego dziecka, tak jak o tym rozmawiałyśmy.

Boże, moja przyjaciółka była tak słodka, że ciężko mi było to znieść.

– Eee, Cassie – powiedziała Winnie, chwytając mnie za rękę, by przytrzymać test. – Patrzysz na okienko kontrolne. Musisz przesunąć kciuk, by odczytać właściwy wynik.

Spojrzałam w dół i na palec, który mi odsunęła. Drugie okienko było dwa razy większe i różowych kresek było więcej.

*Jedna.*

*Dwie.*

*Chwila. Że co?*

Ponownie je policzyłam.

*Jedna.*

*Dwie.*

*Co?*

*Jestem w ciąży?*

Patrzyłam na test Bóg wie jak długo.

Byłam porażona.

Oniemiała.

*Zaszłam w ciążę!*

– Ten wielki gnojek zrobił mi dziecko! – wykrzyknęłam, kiedy wróciła mi mowa. Wypadłam z łazienki, ściskając plastik. Przebierałam nogami po stadionowym korytarzu, sekundę później wypadłam przez drzwi na parking.

Thatch opierał się o zderzak range rovera, ręce krzyżował na piersi, miał zrelaksowany wyraz twarzy. Rozmawiał z Kline'em i Wesem.

Postawiłam cztery wielkie kroki, następnie rzuciłam w niego testem. Trafiłam go prosto w czoło.

– Au! Co, do chuja…? – Rozejrzał się, aż zobaczył moje laserowo śmiercionośne spojrzenie. – Cass? Kociaku?

Milczałam. Wskazałam na test leżący u jego stóp.

Przechylił głowę na bok, nim się schylił i podniósł to dziadostwo.

Uniósł je w górę.

– Zrobiłaś go?

– O tak – potwierdziłam. – Zrobiłam.

Usłyszałam, jak otworzyły się drzwi, wiedziałam, że wyszły za mną Winnie i Georgia. Kline i Wes wpatrywali się w dziewczyny, ale Thatch patrzył na trzymany plastik.

Przyrzekam, że przez pełną minutę ani drgnął.

A kiedy to zrobił, jego usta rozciągnęły się w najszerszym uśmiechu, jaki kiedykolwiek widziałam.

Thatch spojrzał na moją twarz, na mój brzuch, po czym znów na test.

– Jesteśmy w ciąży? – zapytał, gdy ponownie spojrzał mi w oczy.

– Nie – warknęłam. – Nie jesteśmy. – Wskazałam na siebie. – Ja jestem. To mnie urośnie tyłek i to ja będę miała cycki większe niż twoja pieprzona głowa. Zrobiłeś mi dziecko!

Nie sądziłam, by było to możliwe, ale jego uśmiech stał się jeszcze szerszy.

# THATCH

Natychmiast do niej podszedłem, aż musiała na mnie spojrzeć.

– Thatch – szepnęła, kiedy zobaczyła moją minę. Wiedziałem, że w najlepszej chwili mojego życia wszystkie uczucia malowały się na mojej twarzy: zaskoczenie, miłość, ekscytacja, a także o wiele więcej.

Asfalt wgryzł się w materiał moich spodni, gdy opadłem na kolana i przyłożyłem twarz do jej brzucha.

Mieszkało w nim życie, które w połowie poczęte zostało z niej, a w połowie ze mnie.

Złapałem ją za biodra i uniosłem nieco jej koszulkę, aż odsłoniłem fragment skóry na jej talii.

Przywarłem do niego ustami, zamknąłem oczy, czując ciepło. Kiedy wsunęła niewielkie dłonie w moje włosy, w moich oczach pojawiły się łzy.

– Thatcher – powtórzyła szeptem. Otworzyłem oczy i spojrzałem na nią, ale nie zabrałem warg z jej skóry.

– Zrobiliśmy dziecko, Cassie.

Skinęła głową, jej grdyka podskoczyła.

Boże, tak bardzo ją kochałem.

– Jesteś szczęśliwa? – zapytałem, nawet jeśli po części obawiałem się jej odpowiedzi.

Nie planowałem tej ciąży i z pewnością nie starałem się o dziecko, ale gdy trzymałem usta zaledwie kilka centymetrów od jej łona, nie pragnąłem niczego bardziej.

– To dość wcześnie – powiedziała łagodnie, a jej spojrzenie zmiękło. Miłość i szczęście były jedynymi emocjami, dzięki którym jej twarz traciła ostrość.

Pokręciłem głową.

– Wszystko. Ty. Ja. To małe, które wyjdzie z mieszanki naszych cholernych genów. Czas. Jest w porządku.

– Będziemy potrzebować nowych zasad – powiedziała z uśmiechem.

Roześmiałem się i pokręciłem głową.

– Mam już jedną.

– Tylko jedną? Jestem w ciąży, będziemy musieli wymyślić, jak być rodzicami, a ty masz tylko jedną pieprzoną zasadę?

Wstałem i przysunąłem usta do jej ucha.

– Bądź wart tej rodziny. – Odsunąłem się, a gdy spojrzała na mnie, dostrzegłem w jej oczach łzy. – I, kociaku, tej jednej pieprzonej zasady przenigdy nie złamię.

# PODZIĘKOWANIA

Po pierwsze dziękujemy za przeczytanie tej książki. Tyczy się to każdego, kto przeczytał egzemplarz recenzencki, pomagał przy konsultacjach lub znalazł czas w swoim harmonogramie, by się upewnić, że nie spieprzyłyśmy całkowicie historii Waszego ulubionego niegrzecznego chłopaka (chociaż zapewne Thatch zasługiwał na kilka dodatkowych strzałów z liścia w krocze podczas tej opowieści. Kochamy go, nawet jeśli był dupkiem).

Dziękujemy za wsparcie, za rozmowy o naszych książkach, za dobroć i miłość dla naszych bohaterów. Sprawiacie, że to nasza najlepsza przygoda.

Dziękujemy sobie nawzajem. Monroe dziękuje Max, Max dziękuje Monroe, bla, bla, bla. Wiemy, że robimy to w każdej książce, ale od tego właśnie są najlepsze przyjaciółki, zatem nie przestaniemy. Do diabła, zapewne będziemy to robić do końca świata – pisać książki i dziękować :-)

Dziękujemy naszej Lisie za to, że jest sobą. Jesteś wspaniała, cudowna i cholernie elastyczna. Poważnie, ćwiczyłaś jogę? To działa ;-) I sprawia, że Cię kochamy.

Dziękujemy Kristin i Murphy za to, że są ninjami edycji i korekty i potrafią jednocześnie robić milion rzeczy naraz. Podczas pracy nad tą książką dałyście radę. Jesteście najlepsze.

Dziękujemy Amy, że zachęciła nas do oglądania serialu *Vanderpump Rules* i podzieliła się uwielbieniem do Tylera z *Nastoletnich ciąż*. O, i za to, że jest naszą agentką... i to naprawdę dobrą.

Dziękujemy JoAnnie i Sandrze za bycie terapeutkami Feather. Zmieniłyście, moje panie, Camp Love Yourself w najlepsze miejsce na Facebooku. Ściskamy Was mocno.

Dziękujemy Sommer za tolerowanie naszych wiadomości e-mail zatytułowanych: „Potrzebujemy więcej rzeczy" i „Hej, to znowu my" i za to, że nas nie udusiłaś. Jesteś najlepsza. Nie mamy co do tego wątpliwości. I, cóż, uważamy, że jesteś naprawdę ładna.

Dziękujemy wszystkim blogerkom, które czytały, recenzowały, opisywały, dzieliły się i nas wspierały. Wasz entuzjazm, zachęta i ciężka praca nie przejdą niezauważone. Żałujemy, że każdej z Was nie możemy wysłać osobnego Thatcha. Po prostu się nie da. A nawet gdyby się dało, nie sądzimy, byśmy oddały go dobrowolnie i nie czujemy się za bardzo komfortowo z myślą o handlu ludźmi.

Dziękujemy członkiniom CLY i CLYCOG. Każdego dnia nas rozśmieszacie. Albo wrzucacie inne bzdury.

Dziękujemy naszym rodzinom za ich wsparcie, motywację i, co najważniejsze, tolerowanie nas. Czasami nie jest łatwo z nami mieszkać, zwłaszcza kiedy na karkach mamy *deadline*.

#TrochęInnyGhostwriter, #ŻywyTrup, #Zabójstwo ToStanUmysłu.

Naprawdę nie wiemy, co byśmy bez Was zrobiły.

Jak zwykle żegnamy się, wkładając w to całą naszą miłość.

SEKSOWNA I ZABAWNA SERIA, W KTÓREJ
NIEPOROZUMIENIE GONI NIEPOROZUMIENIE,
A WSZYSTKO PO TO, ABY WRESZCIE ZNALEŹĆ MIŁOŚĆ!

# FILIA

# Emma Chase

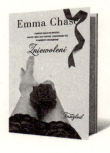

## SEKSOWNA, ZABAWNA, BŁYSKOTLIWA... GENIALNA!

Zaplątani

Zakręceni

Zniewoleni

Związani

**FILIA**

– Dobranoc, księżycu. Gwiazdki, dobranoc – szepczę, dotykając palcami niewielkiego okienka.
– Dobranoc, świetliki, przylećcie znów rano.

FILIA